陶渊明集全鉴

〔晋〕陶渊明◎著

季拓 韩艳春◎解译

中国纺织出版社

内容提要

《陶渊明集》囊括了陶渊明所写的诗文辞赋等内容，其中以诗歌居多，较为集中地反映了陶渊明的文学思想。本书选取了《陶渊明集》中的精华部分，分为原文、注释、译文及赏析等板块，方便爱好国学的读者阅读及理解，让读者得以阅览文学知识，获得文学熏陶。

图书在版编目（CIP）数据

陶渊明集全鉴 /（晋）陶渊明著；季拓，韩艳春解译 . —北京：中国纺织出版社有限公司，2020.2（2023.11 重印）

ISBN 978-7-5180-7101-2

Ⅰ . ①陶… Ⅱ . ①陶… ②季… ③韩… Ⅲ . ①中国文学—古典文学—作品综合集—东晋时代 Ⅳ . ① I213.722

中国版本图书馆 CIP 数据核字（2020）第 002466 号

责任编辑：段子君　　责任校对：楼旭红　　责任印制：储志伟

中国纺织出版社有限公司出版发行

地址：北京市朝阳区百子湾东里 A407 号楼　邮政编码：100124

销售电话：010-67004422　传真：010-87155801

http://www.c-textilep.com

中国纺织出版社天猫旗舰店

官方微博 http://weibo.com/2119887771

德富泰（唐山）印务有限公司印刷　各地新华书店经销

2020 年 2 月第 1 版　2023 年 11 月第 2 次印刷

开本：710×1000　1/16　印张：20

字数：295 千字　定价：39.80 元

前言

首先，简略地介绍一下陶渊明。

陶渊明（365—427），又名潜，字元亮；一说陶潜，字渊明，私谥靖节先生。他是浔阳柴桑（今江西省九江市）人，晋宋之际伟大的诗人、辞赋家。他先后任江州祭酒（王凝之手下）、桓玄幕宾、建威参军（刘敬宣手下）、镇军参军（刘裕手下）等职。

后经族叔的推荐，陶渊明做了彭泽令，象征性地做了八十多天后，适逢上司督邮巡查。因不愿趋炎附势，陶渊明留下那句著名的“吾不能为五斗米折腰，拳拳事乡里小人邪”的宣言之后，解印而去。紧接其后，陶渊明所作的著名的《归去来兮辞》和作于南朝宋的《桃花源记》，更加成了被后人津津乐道的千古名篇。

陶渊明是历史上有名的隐逸诗人，与此同时，儒家思想对于他的思想影响深远。孔子著名的“未知生，焉知死”与“子不语怪力乱神”的言论，使得儒家通常强调气节、大义而规避死亡，但对于生死的困惑与思考却贯穿了陶渊明的一生。同时，在生活中，陶渊明对于乡村田园的描写恰恰体现了他的儒家情怀。比如《劝农》，在描述先民的劳作与收获之后，笔锋一转，于结尾处写下孔子与董仲舒对于农业超然乃至鄙夷的态度，表明了自己愿意追寻心目中的先贤。

在后世第一个发现陶渊明诗文价值的人，是南朝梁昭明太子萧统。他亲自整理陶渊明的作品集并为之作序，两人的异代相惜可见一斑。但客观地讲，从萧统的序我们能够看到，他或许更倾向于强调陶诗的教化作用，因为在当时那个浮华的时代，陶诗朴实的文风确实能起到教化百姓的作用。以下章节选自萧统《陶渊明集序》：

“……尝谓有能读渊明之文者，驰竞之情遣，鄙吝之意祛，贪夫可以廉，懦夫可以立，岂止仁义可蹈，抑乃爵禄可辞，不劳复傍游太华，远求柱史，此亦有助于讽教尔。”

到了北宋，苏轼对陶渊明大加推崇，他在《与苏辙书》中说：“吾于诗人无所甚好，独好渊明之诗。渊明作诗不多，然其诗质而实绮，癯而实腴，自曹、刘、鲍、谢、李、杜诸人，皆莫及也。”不仅如此，苏轼还次韵了陶渊明的一百多首诗。足以反映出后者在苏轼心目中的地位。

自明以来，陶渊明的影响越来越大。一方面是出于对前人崇敬对象的推崇；另一方面也是更为本质的，即陶渊明用《桃花源记》等描写山水田园的文字，为乱世中的后人开辟了一个近乎乌托邦式的想象空间。

需要说明的是，陶渊明的作品集版本众多，本书以中华书局的《陶渊明集笺注（上、下）》（袁行霈编）为底本，有所取舍地收录了七卷。同时，《传赞五首》（《五孝传》）《集圣贤群辅录（上、下）》与诗《四时》真伪待考，故不收入本书。

本书的写作，很大程度上是为了纪念一位世人眼中平凡的长者——我的先师李仲华先生。先师对陶渊明所达到的境界，虽自知不能及，但心向往之。幼蒙庭训，关于陶渊明的轶事与精神，我略窥一二；在先师的耳濡目染之下，我对陶渊明贫贱不移和威武不屈的精神深表感佩。本书的缘起，还要感谢世伯张友慈老师，他不仅从事语文教学数十载，更是以身表法，践行了陶渊明式的风骨，在滚滚红尘中，恪守着他传统文人式的道德底线与孟子思想意义影响下的赤子之心，为我在为学做人方面做出了榜样。

关于本书的成型，感谢张兆茱、王文献与曹惠民等师长，他们的帮助和提点亦是促成本书成型的不可或缺的成分与要素；感谢我的大学同学与研究生室友，在我的写作过程中，他们给我精神上的支持——是他们让我体会到陶渊明的《杂诗》中“落地为兄弟，何必骨肉亲”的情感。

最后，感谢中国纺织出版社有限公司，给了我一个正式而深入地研究陶渊明的理由与机会。

谨以我曾送给一位友人的诗结束这本书的前言部分。可以说这首诗暗喻了陶渊明所处的晋宋之交的乱世环境，同时也描写了我这几年江湖夜雨十年灯的心境。其中藏每句第二字，希望津门异地求学的师弟师妹们，多多保重，一切顺遂。

问津孤潭边，
寒门风雪前。
蜀道迢迢意，
路远杳杳天。
虽珍无价宝，
尤重有情言。
难平昔日事，
长安又一年。

季拓

2019 年 9 月

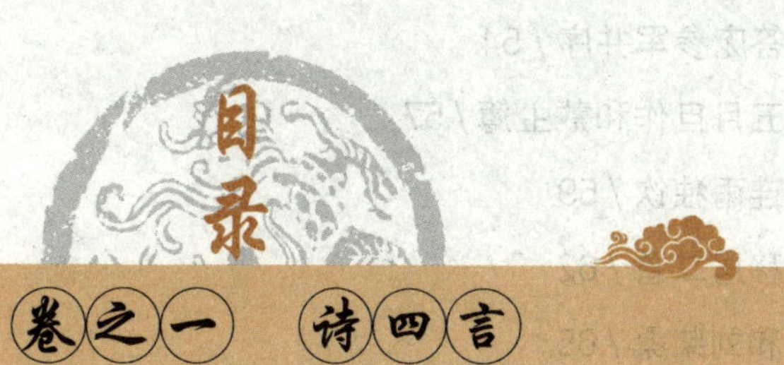

目录

卷之一 诗四言

卷之二 诗五言

卷之三　诗五言

卷之四　诗五言

卷之五　赋辞

卷之六　记传赞述

卷之七　疏祭文

卷之一 诗四言

停云并序

【原文】

停云[1]，思亲友也。罇湛新醪[2]，园列初荣。愿言不从[3]，叹息弥襟[4]。

霭霭停云，濛濛时雨[5]。八表[6]同昏，平路伊阻[7]。静寄东轩[8]，春醪独抚。良朋悠邈，搔首延伫[9]。

停云霭霭，时雨濛濛。八表同昏，平陆成江。有酒有酒，闲饮东窗。愿言怀人，舟车靡[10]从。

东园之树，枝条载[11]荣。竞用新好，以怡余情。人亦有言，日月于征[12]。安得促席，说彼平生[13]？

翩翩飞鸟，息我庭柯。敛翮闲止[14]，好声相和。岂无他人？念子寔[15]多。愿言不获，抱恨[16]如何！

【注释】

①停：凝聚不散。

②罇（zūn）：指酒杯。湛（chén）：没（mò），有盈满之意。醪（láo）：汁滓混合的酒，即浊酒。这一句是说酒罇之中斟满新酿之醪。

③愿言不从：思念朋友但不能相见。

④襟：胸怀。

⑤霭霭：密。濛（méng）濛：微雨绵绵的样子。

⑥八表：八方以外极远的地方。

⑦伊：语气助词，无实义。

⑧寄：寄身。轩：窗子。

⑨搔首：搔头，形容等待良朋的焦急情状。延伫：久立等待。

⑩靡：无。

⑪载：开始。

⑫日月于征：出自《诗经·唐风·蟋蟀》："今我不乐，日月其迈"。于：语气助词。征：犹"迈"行，这里指时光流逝。

⑬ 说：陈说。彼：语气助词。平生：这里指年少时光。

⑭ 敛翮（hé）闲止：敛翅在树上栖息。翮：鸟的翅膀。敛翮：收敛翅膀。闲止：闲静。止：语助词。

⑮ 寔（shí）：通“实”。

⑯ 恨：遗憾。

【译文】

《停云》，因思亲友所作。酒杯斟满新酿的酒，庭院摆放着新开的花。思念朋友却不得相见，怅望叹息忧愁满怀。

密密的阴云，伴随迷蒙的烟雨。天地一起昏沉下来，平坦的道路已阻断。静居东窗，只有春酒相伴。与好友天各一方，使我焦急难安。

阴云密密，烟雨迷蒙。天地一起黯淡下来，平坦的陆地成了江河。在东窗下，饮着家中的新酒。思念远方的友人，但舟车不通难于相见。

东园的树木开始枝繁叶茂。竞相用美好的景色来安慰我。人们常常说日月轮转。何时能再次见到友人，共话年少时光？

鸟儿轻快地飞翔，栖息在我的庭院的树梢。敛翅在树上栖息，鸣声婉转互相唱和。世上难道没有别人可以相伴？和你的情谊实在难以放下。思君而不见君，无奈而抱憾！

【赏析】

如无特殊说明，本卷四言诗均八句一章或一段。

此诗约写于公元404年春，作者四十岁时。停云，指停滞不前的云。停云与“潇湘”“南浦”一样，成为后世文人思念亲友的意象之一。

全诗叙事抒情，有着安宁美好的意境，一二两段主要用重章叠唱的手法，三四两段主要用比兴的手法，寄托了作者思念远方友人的悠远之情。

本诗共分为四章。“霭霭停云，濛濛时雨”为全诗营造了一种烟雨凄迷的意境。“八表同昏”把读者的视野遽然拉得很广很大，营造了某种安静的氛围。“平路伊阻”以景写心，表面的烟雨凄迷对应内心的风雨如晦，呈现了失落与惆怅，既表达对友人的思念，又表达了对时局的担忧。“良朋悠邈，搔首延伫”，用动作表达心情。

第二章前四句几乎和第一段一样，通过重章叠唱的手法，加重安静凄迷甚至惆怅的氛围；后四句的含义，也与第一段相近。赋主要作用是强调，这进一步的刻画与抒写，更加凸显并深化了宁静的氛围和惆怅的心境。

“东园之树，枝条载荣”，树木的茂盛和故人的凋零形成对比。因为“竞用新好，以怡余情”不是简单的起兴，而是引出了作者对时间的飞逝的感慨，想象着何时与友人“安得促席，说彼平生”的场景。

“翩翩飞鸟，息我庭柯”引自曹丕《短歌行》：“翩翩飞鸟，挟子巢栖。”以鸟喻人，运用起兴，表达了对友人的思念。而“敛翮闲止，好声相和”，以动衬静，深化了这种安静的美好，而鸟儿的和鸣仿佛是友人间的畅谈，更加引起作者对友人的思念。

结尾的直接抒情留给读者莫名的惆怅。作者情绪昂扬地写道“岂无他人？念子寔多”，现实却是“愿言不获，抱恨如何”，在理想与现实间形成了对比和张力，留给读者的想象更为丰富与广阔。

时运并序

【原文】

时运①，游暮春也。春服既成②，景物斯和，偶景③独游，欣慨交心④。

迈迈⑤时运，穆穆⑥良朝。袭⑦我春服，薄⑧言东郊。山涤馀霭，宇暖微霄⑨。有风自南，翼彼新苗。

洋洋⑩平泽，乃漱乃濯。邈邈⑪遐景，载欣载瞩⑫。称心⑬而言，人亦易足。挥兹一觞，陶然自乐。

延目⑭中流⑮，悠悠清沂。童冠齐⑯业，闲咏以归。我爱其静⑰，寤寐交挥⑱。但恨殊世，邈不可追。

斯晨斯夕，言息其庐。花药分列，林竹翳如⑲。清琴横床，浊酒半壶。黄唐莫逮⑳，慨独在余。

【注释】

① 时运：一年四季的运行。

② 春服既成：出自《论语·先进》：“暮春者，春服既成。”春服已经穿定，气候确已转暖。

③ 景：通“影”。偶景：以影为伴，以示孤独。

④ 欣慨交心：悲欣交集。

⑤迈迈：步步迈进，有时光消逝的意思。

⑥穆穆：和美庄严的意思。

⑦袭：披。

⑧薄：迫近，来到。

⑨霭：云翳。宇：《淮南子·齐俗训》："四方上下谓之宇。"暧：遮蔽。霄：云气。

⑩洋洋：出自《诗经·卫风·硕人》："河水洋洋。"水广阔貌。

⑪邈邈：遥远。

⑫载欣载瞩：欣喜的样子。

⑬称心：本心。

⑭延目：放眼远眺。

⑮中流：水中央。

⑯齐：通"济"，成。

⑰静：儒家意义下仁者性格。《论语·雍也》："知（zhì）者动，仁者静。"

⑱寤寐交挥：日思夜想。

⑲翳如：半隐半显，隐蔽貌。

⑳黄唐：黄帝与唐尧。

【译文】

《时运》一诗，描写光阴轮转，已到暮春时节。春天的衣服已经在身，春景是那么美好。独自出游只有影子作伴，不由得悲喜交集。

时光周而复始，庄严而温煦的时节已到。披上春衣，我追随春天的脚步来到东郊。山间剩余的雾霭已被涤荡，天宇间浮着一抹淡淡微云。清风自南而来吹着新苗。

春水涨满了河道，我洗帽缨、洗双脚。眺望远处的景色，使我开怀欣喜。就本心而论，人们很容易满足。喝干这杯美酒，我欣喜而自得其乐。

远眺着中流，像清澈的沂水悠然地流淌。成年人和童子完成了学业，在沂水里洗完澡吟唱歌谣回家。我向往那份宁静，日思夜想那种氛围。只可惜我生不逢时，来不及聆听夫子的教化。

清晨与傍晚，我住在这简朴的草庐。花圃与药栏分开，竹林的阴凉遮住了庭院。清琴横放在面前，半壶酒放在旁边。可惜未能生在黄帝、唐尧时代，我深深慨叹孤独。

【赏析】

与《停云》相同，《时运》创作于约公元404年，陶渊明生于国家不能统一、生活不定的东晋，他叹息生不逢时，向往曾皙“浴乎沂，风乎舞雩，咏而归”的生活，更慨叹未能生在尧舜盛世，与圣明君主相交。这种性情与志向与现实生活时常发生冲突，陶渊明只有叹息与懊恼。无可奈何，在暮春之时，隐居的茅屋里，“清琴横床，浊酒半壶”，他“陶然自乐”！

第一章，“迈迈时运，穆穆良朝”构成对仗，“迈”有时光消逝的意思，“穆穆”表和美庄严的意味。过滤了战争的激荡带给作者与读者的强烈的情绪。“袭我春服，薄言东郊”，披上春衣，来到东郊，让人心旷神怡。“山涤馀霭，宇暧微霄”，极为优雅而美丽地点出了当时的场景与作者的心情：广大、明朗、包容、安静。其中，“涤”与“暧”字是点睛之笔。

第二章，作者描写自己在水边游赏的情景。“称心而言，人亦易足。挥兹一觞，陶然自乐”：表达了“知足者富”的思想，阐述了作者归隐田园的理想。

第三章，作者向往心灵的安宁。那种友人间的相融无间、默契有加的场景，在那个乱世是奢侈的。

第四章，作者弹琴喝酒，享受隐居生活。这样的描写除去战乱带给人们的创伤，本身就是一种“心远地自偏”的归隐。

回到序言，我们可以看出“偶景独游，欣慨交心”更深一层的意思。不仅有因为战乱的黍离之悲，更有“未见君子”的遗憾与惆怅。

作者的文风安静而美好，一如他的理想。某种意义上，《时运》升华了《诗经》，重现了魏晋诗坛中的安宁之美。

荣木并序

【原文】

荣木[①]，念将老也。日月推迁，已复九夏[②]。总角[③]闻道[④]，白首无成。

采采[⑤]荣木，结根于兹，晨耀其华[⑥]，夕已丧之。人生若寄[⑦]，顦顇[⑧]有时。静言孔念[⑨]，中心怅而[⑩]。

采采荣木，于兹托根。繁华朝起，慨暮不存。贞脆[⑪]由人，祸福无门[⑫]。匪道曷依[⑬]，匪善奚敦[⑭]？

嗟予小子[⑮]，禀兹固陋[⑯]。徂年[⑰]既流，业不增旧。志彼不舍，安此日富[⑱]。我之怀矣，怛[⑲]焉内疚。

先师[⑳]遗训，余岂之坠[㉑]？四十无闻，斯不足畏。脂我名车[㉒]，策我名骥。千里虽遥，孰敢不至？

【注释】

① 荣木：即木槿（jǐn），一种木本植物，夏天开花，朝开暮闭，花色淡紫色、白色。

② 九夏：夏季有三个月，大约九十天，所以称“九夏”。

③ 总角：古代未成年孩子的一种发式，因把头发中分后分别扎成两个髻角，所以称总角。这里代指童年。

④ 道：指圣贤的思想、学说和做人的一些道理。

⑤ 采采：繁盛的样子。兹：此，这里。

⑥ 华：同“花”。丧：指枯萎凋零。

⑦ 人生若寄：出自《古诗十九首》：“人生天地间，忽如远行客。”“人生寄一世，奄忽若飙尘。”这里比喻人生短暂。

⑧ 顦顇：通“憔悴”，形容枯槁瘦病的样子。出自《楚辞·渔父》：“颜色憔悴，形容枯槁。”

⑨ 静言孔念：安静地深思。孔：很，非常。

⑩ 中心怅而：心中很惆怅。而，语气助词。

⑪ 贞脆，指或坚定或脆弱的禀性。

⑫ 祸福无门：出自《左传·襄公二十三年》："祸福无门，惟人所召。"意思是祸与福的降临并没有什么特殊的原因，而是人们言行好坏所招致的必然结果。

⑬ 匪道曷依：不遵循正道遵循什么。匪：同"非"。曷：同"何"。依：遵循。

⑭ 奚敦：不敦促善行还敦促什么。奚：何。敦：敦促，勤勉。

⑮ 小子：原意指地位低下、无德无能之人，这里是自谦之辞。

⑯ 固陋：见识短浅而不通达。

⑰ 徂年：过去的岁月。

⑱ 彼：指代上文的"道"与"善"。不舍：形容孜孜不倦，奋斗不息的样子。出自《荀子·劝学》："骐骥一跃，不能十步；驽马十驾，功在不舍。锲而舍之，朽木不折；锲而不舍，金石可镂。"日富：指醉酒。出自《诗经·小雅·小宛》："壹醉日富。"

⑲ 怛（dá）：忧愁伤悲。

⑳ 先师：孔子。

㉑ 之坠：坠之。意为遗忘（先师的遗训）。

㉒ 脂：这里用作动词，指将油涂在车轴上。出自《诗经·小雅·何人斯》："尔之亟行，遑脂尔车。"

【译文】

《荣木》一诗，是为感叹衰老将至而作的。日子一天天过去，又到了木槿花盛开的夏天了。我从幼年开始追求真理，时至今日，依然没有什么成就。

木槿花茂盛地开着，在泥土中结根生长。清晨闪耀着华丽的色泽，日落凋零而委于尘土。人生如匆匆过客，总有心力交瘁的一天。我安静地深思，由衷地感到年华老去，因而惆怅不已。

木槿花盛开着，在泥土中扎根生长。白天怒放着勃勃生机，感慨晚上却不复存在。我们选择坚强或者脆弱，灾难和福祉都没有一定的门路。不遵循正道还遵循什么，不敦促善行还敦促什么？

感叹我德才都不足，到今天见识短浅而不通达。匆匆空叹年华的老去，大道于我依然遥远。我原本立志追求真理，怎料想岁月年华推移却沉溺于酒中。每每想到这里我都会心痛，为空掷的年华感到忧愁伤悲。

先师孔子的训诫言犹在耳，使我不敢忘却。不惑之年却依然默默无闻，但这不足以使我感到惶惑。用油脂粉刷我的车轴，用长鞭驱赶我的名马。千里之行纵然遥远，怎么敢畏惧艰难而不到达？

【赏析】

这首诗也作于公元404年，诗作不久后，作者即投奔刘裕麾下。

这是一首儒家意味很浓的诗，而在《论语》中，“道”往往是有为的、积极的。本诗表达了对于积极向上的大道的向往。

第一章，前四句起到起兴的作用。“采采”两句为下文两句“晨耀其华，夕已丧之”的转折做铺垫。在第一章中，作者的感情是悲伤的，后四句写憔悴，前后形成对比。

第二章，采用了重章叠唱的手法，和第一段前四句基本一致，后四句貌似更为阴郁实则绝处逢生。正是因为时日无多，所以更要遵循正道，敦促善行，如此才可无愧于心。结尾两句都是反问的语气，加强了语气，颇有儒家取义成仁的精神。

第三章，作者的笔调再度低沉下来，与序言相呼应：原本立志追求的真理愈发遥不可及。因而“我之怀矣，怛焉内疚”，我原本立志追求真理，怎料想随着岁月年华推移却沉溺于酒中。每每想到这里我都会心痛，为空掷的年华感到忧愁伤悲。我不能对不起我那些空过的年华。这就为第四章做好了铺垫。

第四章，具体表现出作者心里蓬勃着的激扬的进取之心——取得功名，建功立业的豪情壮志。诗一开始就说“先师遗训，余岂之坠？四十无闻，斯不足畏”，陶渊明早期功业之心，主要是传统文化的熏陶、影响使然。不少学者都认为这几句表达了陶渊明想在刘裕帐下建功立业的愿望，但结合不久后的归隐，我更愿意把它理解作一种精神的回归。而结尾的“千里虽遥，孰敢不至？”呼应了这种魂归一朝心亦乡的理想。

从《桃花源记》《五柳先生传》与《归去来兮辞》中，我们看到的陶渊明似乎都是不食人间烟火、超然物外的，但是这首诗让我们看到了一个入世的、进取的陶渊明。

这首诗提出了一个世间恒常的主题：人生苦短。陶渊明把“荣木”这一

意象赋予新的含义——人生美丽却很短暂。他忧虑于人生短暂，认为如果不勤奋，就会一事无成，这是人生的悲哀。他告诫人们，人生就像匆匆过客，人的寿命、祸福取决于自己；到了四五十岁还没有什么成就，没有什么好名声，这并不需要羞愧和心虚。他自信自己一定能出人头地，无论前路要经历什么艰难困苦，需要多么长久的时间，都没有任何理由放弃。

赠长沙公并序

【原文】

长沙公余于为族祖，同出大司马。昭穆①既②远，以为路人。经过浔阳，临别赠此。

同源分流，人易世疏。慨然寤叹，念兹厥初③。礼服④遂悠⑤，岁月眇徂⑥。感彼行路，眷然⑦踌躇。

於穆令族⑧，允⑨构斯堂。谐气冬暄⑩，映怀圭璋⑪。爰采春华⑫，载警秋霜⑬。我曰钦哉，寔⑭宗之光。

伊余云遘⑮，在长忘同。言笑未久，逝焉西东。遥遥三湘⑯，滔滔九江。山川阻远，行李⑰时通。

何以写心？贻兹话言⑱：进篑⑲虽微，终焉为山。敬哉离人，临路凄然。款襟或辽⑳，音问其先㉑。

【注释】

①昭穆：宗族制度。宗庙之次序，始祖居中，左昭右穆，如二世为昭，三世为穆，这里指世次相隔已远。

②既：已经，……之后。

③厥初：初始。

④礼服：丧服。与逝者亲疏不同，丧服亦有差异。

⑤悠：渐渐疏远。全句指亲属关系渐渐疏远。

⑥眇徂（cú）：远去。

⑦眷然：留恋。

⑧於（wū）穆令族：使得你们这一名门望族更为美好。於：叹词，穆：

使美好。令：美，善。

⑨允：诚然。堂：正室，比喻父业。出自《尚书·大诰》："若考作室，既厎法，厥子乃弗肯堂，矧肯构？"意思是说，父亲已奠定建房的基础，儿子不肯为堂基，又怎肯继续建造房屋？这里是反用其意。

⑩谐气冬暄：和谐的气度像冬天的太阳一样温暖和煦。

⑪圭璋：名贵的玉器。这两句赞美长沙公气度温和，品德高尚，可与美玉相映生辉。

⑫爰：语气助词。爰采春华：光彩如同春天的花朵。这里是形容长沙公风华正茂，功绩卓著。《宋书·高帝纪》载："义熙五年（409年），慕容超率铁骑来战，命咨议参军陶延寿击之。"可知长沙公陶延寿于义熙间颇立功业。

⑬载警秋霜：长沙公有如春花之光，惕于秋霜之微。载，通"再"。

⑭寔：通"实"。

⑮遘：相遇。

⑯三湘，即潇湘、漓湘、蒸湘。这里指长沙公封地。

⑰行李：使者，此处代指书信。

⑱贻兹话言：赠此善言。

⑲蒉：通"篑"，土笼。

⑳款襟或辽：再度会面以诉衷情可能遥遥无期。

㉑音问其先：事先通书信。

【译文】

长沙公是我的族人，我们有着共同的祖先，即先大司马陶侃。我们的血缘关系已经很远，感觉好像陌生人一般。我们在江西浔阳见面，到分手时，我以此诗相赠。

我们的先祖同为先大司马陶侃，因为世系渐远，所以很少见面。如今与你相见我不由得喟叹，想到我们都是陶氏家族的子孙。由于我们的亲属关系逐渐地疏远，岁月流转也已远去。因而我们初次见面时，我留恋徘徊，不敢相认。

你能够秉承祖业，使得家族更为美好。你温和的气度，有如冬天的太阳般温煦；品性高贵纯良，可与美玉相映生辉。有如春花之光华，而惕于秋霜之警肃。我倍感钦服，你确实光耀了我们陶氏家族的门楣。

我与长沙公相遇，虽然是他的长辈，却忘记我们同祖同宗。愉快的交心刚刚开始，我们却不得不各奔东西。我们间隔着迢遥的三湘之水，邈远的九江之地。从此我们山水相隔，希望我们时有书信往来。

以什么来抒发自己的心情？以下这些话我赠送给你：一篮子的土虽然很少，但积少成多，它们能成为一座大山。再见了我的朋友，登程送别会让人伤感。再度会面以诉衷情可能迢遥无期，烦请事先通好书信。

【赏析】

本诗作于义熙元年，即公元405年，长沙公是陶延寿。序言中的大司马陶侃分别是陶渊明的曾祖，陶延寿的高祖。作者的祖父是庶出，所以作者与陶延寿勉强在五服之内。因而陶渊明在序言中不无遗憾地写道："昭穆既远，以为路人。"两人路过温阳而得以相会，临别之际，陶渊明作此诗相赠。

全诗开头处的"同源分流，人易世疏。慨然寤叹，念兹厥初"，不仅仅有着对于亲情无奈的叹惋，亦有对山河破碎的黍离之悲。"礼服遂悠，岁月眇徂。感彼行路，眷然踌躇"，解释了不敢与陶延寿相认的原因。作者用"礼服"这一正式用语指代宗族关系，暗含了祭祀的内容，同时以"眇徂"这一用语代表时间的悠远。结合作者与陶延寿的关系，表面上是解释不敢与陶延寿相认的原因，实际上是作为族叔对对方的勉励。这充满仪式感的文字表达了作者对陶延寿这位晚辈的尊重与敬意。

第二段是对陶延寿的赞美与勉励。"於穆令族，允构斯堂"，赞美对方秉承了先祖的遗愿与事业。"谐气冬暄，映怀圭璋。爰采春华，载警秋霜"，作者表达了对陶延寿的钦敬。"我曰钦哉，实宗之光"，作者倍感欣慰，因为陶延寿确实光耀了陶氏家族的门楣。

这一大段溢美之辞，一方面是出自真心地羡慕与钦服，因为作者也想像陶延寿那样随刘裕征战沙场，从而光宗耀祖；另一方面也是希冀陶延寿本人能因赫赫战功，来恢复陶家在陶侃时代的荣光。

陶渊明和陶延寿不但是亲戚，而且也是朋友。"伊余云遘，在长忘同"，很自然地完成了身份的切换。继而作者不无伤感地写道："言笑未久，逝焉西东"，用地理上的距离去隐喻心灵的距离："遥遥三湘，滔滔九江"，从此要与友人天各一方了。作者希望两人能经常往来书信："山川阻远，行李时通。"

陶渊明是性情中人，"何以写心，贻兹话言：进篑虽微，终焉为山"，从中我们看到了作者不仅仅有着超脱的一面，更有着务实的一面。“敬哉离人，临路凄然”，是作者对陶延寿最后的叮嘱。因为其时兵荒马乱，今天作别，可能就是永诀，这也是作者“临路凄然”的原因之一。同时，作者也是乐观的，为下次可能的见面做了准备：“款襟或辽，音问其先。”

这首诗前两段是以长辈的口吻写的，后两段则是以平辈人的语气写的。通篇都在感叹与话别。

酬丁柴桑①

【原文】

有客有客②，爰③来爰止。秉直司聪，于惠百里④。飡胜如归⑤，聆善若始。

匪惟谐也，屡有良由。载言载眺，以写我忧⑥。放欢一遇，既醉还休⑦。寔欣心期⑧，方⑨从我游。

【注释】

① 丁柴桑：柴桑丁县令。

② 有客有客：出自《诗经·周颂·有客》：“有客有客。”东汉郑玄笺注：“重言之者，异之也。”

③ 爰：出自《诗经·小雅·斯干》：“爰居爰处。”郑玄笺注：“爰，于也。”爰止：袁行霈《陶渊明集笺注》中引《诗经·小雅·采芑》：“鴥彼飞隼，其飞戾天，亦集爰止。”

④ 于惠百里：为全县带来福祉。于，为。百里，代指全县。

⑤ 飡（cān）胜如归：悦纳正确的意见有如皈依真理一般。飡，通“餐”，胜：正确的意见。归，皈依。

⑥ 写：除。

⑦ 还：通“旋”，随即。

⑧ 期：期许。

⑨ 方：开始。

【译文】

有一位尊贵的客人，从外地来居住在这里。他办事公正，体恤民情，恩泽遍及百里山川。他悦纳明谏如皈依真理一般，聆听善言总像第一次听到一般愉悦。

我们不仅思想和谐一致，而且良缘使得我们多次愉快地相处。一边谈心，一边远眺，我心中的忧愁也随之烟消云散。一见如故，我们豪饮尽欢，不醉不归。我们开始交游，彼此交心，这确实是一件值得高兴的事情。

【赏析】

这是一首残诗。柴桑县是作者的老家，丁柴桑指的是柴桑县姓丁的县令。在前县令刘程之的引见下，作者与丁柴桑逐渐成了莫逆之交。

这首诗的开头，陶渊明就用了《诗经·周颂·有客》中的句子："有客有客。"在笔者看来，有两重含义：一是借用《诗经·周颂·有客》中周成王对于商朝贤臣微子的热忱，来表达自己对于客人的态度；二是以微子的贤明比喻丁县令的美德。"秉直司聪，于惠百里。""飡胜如归，聆善若始。"是对丁县令的溢美。

作者在第二段展现出他轻松而率性的一面。一见朋友就尽情欢畅痛饮，一醉方休。这是陶渊明对待挚友的常态。虽然有些意犹未尽，但考虑到这是一首残诗，作者应该在遗佚的部分把意思表达清楚了。

"秉直司聪，于惠百里。飡胜如归，聆善若始"，是对朋友的赞美，这又何尝不是作者的理想呢？

这首诗的确切年代已不可考。作者这个乌托邦式的幻想和现实中百姓饱受兵灾家破人亡的惨状形成对比，可见作者的向往和无奈之情。

答庞参军并序

【原文】

庞为卫军参军，从江陵使上都，过浔阳见赠①。

衡门之下②，有琴有书。载弹载咏，爰得我娱③。岂无他好？乐是幽居。朝为灌园，夕偃蓬庐④。

人之所宝，尚或未珍。不有同爱，云胡以亲？我求良友，实觏怀人[5]。欢心孔洽，栋宇唯邻[6]。

伊余怀人，欣德孜孜[7]。我有旨酒[8]，与汝乐之。乃陈[9]好言，乃著新诗。一日不见，如何不思！

嘉游未斁[10]，誓将离分。送尔于路，衔觞[11]无欣。依依旧楚[12]，邈邈西云[13]。之子之远[14]，良话曷闻？

昔我云别，仓庚载鸣[15]。今也遇之，霰雪飘零。大藩[16]有命，作使上京。岂妄宴安[17]？王事靡宁[18]。

惨惨[19]寒日，肃肃[20]其风。翩彼方舟，容与[21]江中。勖哉征人[22]，在始思终。敬兹良辰，以保尔躬。

【注释】

① 江陵、上都、浔阳，都是地名。江陵，荆州治所，在今湖北；浔阳，在今江西；上都，京都，东晋南朝皆都南京。

② 衡门：横木为门，代指简陋的房屋。语出《诗经·陈风·衡门》："衡门之下，可以栖迟。"衡，同"横"。

③ 爰：于是。

④ 灌园：给菜园子挖渠灌水。诗人在这里特指隐居生活。偃（yǎn）：卧下，放倒。蓬庐：用茅草搭建的小屋，这里泛指简陋的房屋。

⑤ 觏（gòu）：遇见。怀人：所思念的人，指庞参军。

⑥ 洽：和谐。

⑦ 孜孜：认真的样子。

⑧ 旨酒：美酒。

⑨ 陈：诉说。

⑩ 斁（yì）：厌倦。"嘉游未斁"，美好的游玩还未厌倦。

⑪ 衔觞：饮酒。

⑫ 旧楚：指江陵。江陵是古代楚国的国都郢，所以称江陵为"旧楚"。

⑬ 西云：西去之云，庞参军西行。

⑭ 之子：此人。

⑮ 仓庚：黄鹂。载鸣：始鸣。立春后黄鹂就起初鸣叫，此处点明上次分别的季节。

⑯ 大藩：指时为宜都王的刘义隆。

⑰ 宴安：闲逸安乐。

⑱ 王事靡宁：国家的事情没有停息。

⑲ 惨惨：暗淡无光的样子。

⑳ 肃肃：寒气重。

㉑ 容与：缓缓地移动。

㉒ 勖（xù）哉征人：勉励吧，朋友啊。勖：勉励，征人：行人。

【译文】

为了前去任职卫军将军的参军，庞公取道江陵奔向都城，途经浔阳。他写了一首诗送给我，作为答谢，我写下了这首诗。

草舍虽然鄙陋，但有古琴和古书。我一边弹奏古琴，一边吟诵书中的内容，于是我逐渐变得快乐。难道没有其他的爱好了吗？我最安于这幽静的环境。早晨起来为园中浇水，晚上躺在了草舍中。人们认为的珍宝，我不那么看重。如果没有共同的喜好，为何要亲近呢？我苦苦寻觅与我志同道合的朋友，果然让我遇见了。我们的心意相投，住所也很近。你是我所思念的朋友，你修德乐道，孜孜不倦。我有美酒，想和你同乐。我们曾倾诉彼此快乐的事情，曾写下新的诗篇。一天没有见面，让我怎么能不想！愉快的游玩还没有厌倦，我却不得不和你分开。与你话别，纵然饮酒，也了无乐趣。想象着潇湘之地，而你西去如缥缈的白云。将要和我相隔万里，怎样才能听见你的美语良言？当年话别的时候，黄鹂鸟开始鸣叫。如今在冬天遇到了你，飞雪如我们的心情一样纷纷飘零。宜都王命你前去到京城。怎么敢耽于闲适安乐？因为国家的事情还远远没有安宁。黯淡的太阳失去光泽，寒冷的北风如我的心情。小船如江山一般飘摇不定，在这波涛汹涌的江中。勉励吧，我的朋友，考虑好一件事再去干。值此良辰，请你珍重，保重好身体是最重要的。

【赏析】

作者写过两篇《答庞参军》，分别是五言和四言，这首四言诗是在五言诗之后所作。庞参军是作者的知己好友。

这首诗作于公元424年，作者六十岁。从序言中能看出庞参军从江陵郡到其时的首都南京，路过诗人的老家浔阳。这首酬答之作，不仅诗作较长（六章），而且因为背景复杂，言外之意很多。

第一段“衡门之下，有琴有书”，不仅交代了处所，也表达了归隐的志向。“载弹载咏，爰得我娱”，描写作者自由高雅的生活。“岂无他好？乐是幽居。朝为灌园，夕偃蓬庐”，隐居的生活在作者笔下是轻松而快乐的。

第二段叙述两个人的交情。前四句叙述了自己的孤独：“人之所宝，尚或未珍。不有同爱，云胡以亲”，独立自由的人是寂寞的，这是为后四句铺陈。“我求良友，实觏怀人。欢心孔洽，栋宇唯邻”，可见他们曾经是邻居，性情相投。

第三段开始为送别铺陈。“伊予怀人，欣德孜孜”，庞参军孜孜不倦地探寻真理。“我有旨酒，与汝乐之”，“乃陈好言，乃著新诗”，不仅仅是曾倾诉彼此快乐的事情，还曾写下新的诗篇。“一日不见，如何不思！”与第三段首句“伊予怀人”相呼应。说明作者与庞参军笃深的友情。

第四段正式写到别离。“嘉游未斁，誓将离分”，之后笔调转向低沉。“依依旧楚，邈邈西云”，按理说，建康，亦即南京，是在浔阳东边的，但作者可能是想用“旧楚”代指“潇湘”，相隔甚远，不能一起喝酒，也见不到面，惆怅难过不言而喻。

第五段描写了话别时的心情，也描写了尚未稳定的政治局面。引用《诗经·小雅·采薇》的意象开头与结尾，描写了肃杀的场景与晦暗的心情。

最后一段，作者从隐喻转向直白：“惨惨寒日，肃肃其风”，情景交融。“翩彼方舟，容与江中”，友人的安危如小船，或者说，江山一样飘摇不定。

最后的四句，作者乐观地结束了担忧，转而劝勉友人。

这首诗意境和用典有些跳跃，先是交代了居住环境，再是记叙两人深厚的友情，紧接着笔锋一转，谈及晦暗不定的前程。从用典的角度，也是从前面《国风》式山明水秀到后面《小雅》里风雨如晦。此外，本诗意境跨度较大，使诗本身构成了较大的张力。

劝农①

【原文】

悠悠上古，厥初生民。傲然自足，抱朴含真。智巧既萌，资待靡因②。谁其赡之③？实赖哲人。

哲人伊何④？时惟后稷。赡之伊何？实曰播植。舜既躬耕，禹亦稼穑。远若周典⑤，八政始食⑥。

熙熙⑦令德，猗猗⑧原陆⑨。卉木繁荣，和风清穆。纷纷士女，趋时竞逐。桑妇宵兴，农夫野宿⑩。

气节易过，和泽⑪难久。冀缺携俪⑫，沮溺结耦⑬。相⑭彼贤达⑮，犹勤垄亩。矧伊众庶⑯，曳裾拱手。

民生在勤，勤则不匮。宴安自逸，岁暮奚冀？檐石⑰不储，饥寒交至。顾余俦列，能不怀愧？

孔耽道德，樊须是鄙⑱。董⑲乐琴书，田园弗履。若能超然，投迹高轨⑳。敢不敛衽，敬赞德美。

【注释】

①劝农：劝勉农耕。

②厥初：初始。出自《诗经·大雅·生民》："厥初生民，实维姜嫄。"资：本义钱财。《周易·旅》："怀其资。"《韩非子·说疑》："资之以币帛。"作动词用，转义为：资给，给济。待：需要，需求。西汉司马迁《史记·天官书》："不待告。"注："须也。"

③其：语气助词。赡，供给，使充裕。如《晋书·羊祜传》："皆以赡给九族，赏赐军士。"

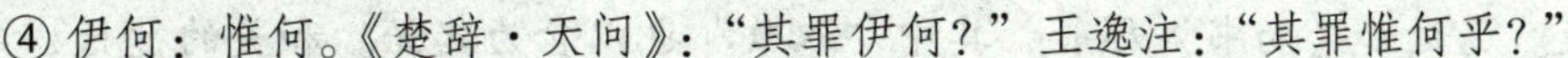
④ 伊何：惟何。《楚辞·天问》："其罪伊何？"王逸注："其罪惟何乎？"

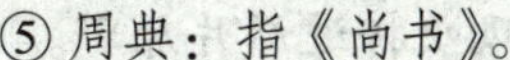
⑤ 周典：指《尚书》。

⑥ 八政：《尚书·周书·洪范》记载"八政"：一曰食，二曰货，三曰祀，四曰司空，五曰司徒，六曰司寇，七曰宾，八曰师。八政始食，八政以食为始。

⑦ 熙熙：出自《老子》："众人熙熙，如享太牢，如登春台。"熙熙，和乐的样子。

⑧ 猗（yī）猗，形容物品的华美。

⑨ 原陆，高且平的土地。

⑩ 与"舜既躬耕，禹亦稼穑（sè）"相同，互文，农夫桑妇勤于劳作。宵兴：天未亮时便已起身。野宿：深夜寄宿于田野间。

⑪ 和泽，气候温润。

⑫ 俪：夫妇。此处代指妻子。丈夫在田中劳作，妻子为丈夫送饭，夫妻配合默契。

⑬ 沮溺结耦（ǒu）：出自《论语·微子》："长沮、桀溺耦而耕。"一起耕种。

⑭ 相，看。

⑮ 贤达：此指冀缺、长沮、桀溺等勤于劳作之先民。

⑯ 矧（shěn）：何况。庶：众民。全句：更何况这些普通的百姓。

⑰ 檐（dàn）：通"擔（dàn）"，量词。全句：连一石粮食都不储备。

⑱ 孔耽道德，樊须是鄙：这里指孔子耽于道德而忽视农耕。《论语·子路》："樊迟请学稼，子曰：'吾不如老农。'请学为圃，曰：'吾不如老圃。'樊迟出。子曰'小人哉，樊须也！'"

⑲ 董：董仲舒。

⑳ 高轨，高尚道路。

【译文】

遥远上古的时候，当初的先民，他们能逍遥自足而无他求，从而保持朴素淳真。但心机一旦起来，欲望就多了，从自然中获取的就远远不够了。谁将让他们富足？这确实要仰仗贤人。贤人有哪些呢？是周人的始祖后稷。如何使得人们富足？确切地讲是播种与种植。舜帝也亲力耕种，大禹也播种与收获。遥远如《尚书》那般，其中“八政”也以食为起始。和美的德行，丰盛的土壤，花朵与树木在上面茂盛地生长，和煦的清风吹拂过那片原野。在贤人的感召之下，士女们也纷纷竞相耕种。采桑的妇女天未亮时便已起身，农夫深夜寄宿于田野间，他们在贤人的感召之下也勤于劳作。耕种的节气很容易过去，温润的气候也难于长久。冀缺带着他的妻子一起种植，而长沮和桀溺也一同劳作。看那些贤人，还在忙着田中的事情。而那些平民百姓，却拖着大襟，拱着手，一副无所事事的样子。人民的生活在于勤劳，勤劳才不会缺衣少食。如果耽于享乐而不思进取，一年到头指望什么？连很少的粮食都没有储存，饥馑与寒冷接踵而至。看看我同伴的人，我怎么能不心生愧疚？孔子乐于求道而忽视农耕，所以鄙夷他的弟子樊须。董仲舒沉浸在弹琴与阅读上，没有踏进田园一步。如果能超越对于物质的需求，投足于孔子和董仲舒之流的高尚道路，虽不事稼穑，敢不整理衣襟，称赞德行的美好吗？

【赏析】

这首诗作于作者二十九岁时（一说三十九岁），其时作者任祭酒。本诗用典颇多颇深，庄重而典雅，说教意味有些浓烈，有明显的教化与引导的作用。

第一章的前六句内涵接近于老庄，借引了《老子》的典故，言上古之时百姓的朴素生活。这里的“哲人”并非不食人间烟火，相反地他们是入世并有领导能力的，这就自然而然地过渡到第二章。

第二章就讲到周人的先祖后稷，后稷是尊称，后，即帝王，稷，即谷物，他的原名是姬弃。后稷善农事，在尧舜时期曾为执掌农业的官员。接下来讲到舜禹等贤明君主的作为：“舜既躬耕，禹亦稼穑。”这里采用了互文的手法，舜和禹躬耕稼穑，一方面是为先民们做出表率，另一方面也是出于自身的饮食需求。然后又讲到离作者年代差不多远的《尚书》，其中的八条原则中，吃饭是第一的。“远若周典，八政始食”，民以食为天。《礼记·礼运》中也说，“饮食男女，人之大欲存焉”。可见那时的贤人，就是善于种庄稼的人。

第三章中，作者交代了和美的场景，写古代士女竞相耕作，时代清明，农人安然自逸。“熙熙令德”开头，用了“兴”的手法，隐含了朴素的“天人合一”思想。美景须有美德与之相和，也须有美好的民众与其相配。

第四段写古代贤达之人尚且躬耕，众人庶士更当勤于耕种，以保自安。前两句交代了种植时节的珍贵易逝。后六句作者对比了贤人与平民的区别。这与第一章构成呼应。

第五章颇有意味，谈耕作的重要性。总结了上文。接着作者做出预言："檐石不储，饥寒交至。顾余俦列，能不怀愧？"

最后一章的前四句举了两个圣人——孔子、董仲舒——的例子，他们专心学业，不事农耕，都对于稼穑之事不屑一顾。诗人借此从反面强调要重视农耕，借以批评那些既不劳作又不进德修业的人。这一段尤其是后面四句，可以视作全篇的升华。回顾开头，可见作者渴望脱离物质与思绪的羁绊，所以后来选择寄情山水。这首诗我们可以从中找到诗人日后归隐田园任性自然的伏笔。

全诗环环相扣，强调农耕对生计的重要意义，即便舜禹那样的贤君，贤达的隐士，都躬耕自保，更何况普通的老百姓呢？然劝农躬耕是其一意。诗人于劝农耕作中呈现出的"卉木繁荣，和风清穆"的上古气象，"傲然自足，抱朴含真"的淳朴民风，是其真正仰慕的对象。诗人写景观物，情致高远，无不体现出旷远的性情，突出地表现了诗人的农本思想。

命子①

【原文】

悠悠我祖，爰自陶唐②。邈为虞宾③，世历重光。御龙勤夏，豕韦翼商④。穆穆司徒⑤，厥族以昌。

纷纭战国，漠漠衰周。凤隐于林，幽人在丘。逸虬绕云⑥，奔鲸骇流⑦。天集有汉，眷予愍侯。

於赫愍侯⑧，运当攀龙⑨。抚剑风迈，显兹武功。书誓山河，启土开封。亹亹⑩丞相⑪，允迪前踪⑫。

浑浑长源，蔚蔚洪柯⑬。群川载导，众条载罗。时有语默，运因隆窊⑭。在我中晋，业融长沙⑮。

桓桓长沙，伊勋伊德。天子畴我，专征南国。功遂辞归，临宠不忒。孰谓斯心，而近可得。

肃矣我祖，慎终如始。直方三台⑯，惠和千里。於穆仁考⑰，淡焉虚止。

寄迹风云，寘兹愠喜⑱。

嗟余寡陋，瞻望弗及。顾惭华鬓，负影只立。三千之罪，无后为急。我诚念哉，呱闻尔泣。

卜云嘉日，占亦良时。名汝曰俨，字汝求思。温恭朝夕，念兹在兹。尚想孔伋⑲，庶其企而。

厉夜生子，遽而求火⑳。凡百有心，奚特于我。既见其生，实欲其可。人亦有言，斯情无假。

日居月诸㉑，渐免于孩。福不虚至，祸亦易来。夙兴夜寐㉒，愿尔斯才。尔之不才，亦已焉哉。

【注释】

① 命，教诲。

② 爰：相当于“乃”，连词。陶唐：指陶唐氏，尧的别称。尧开始住在陶丘，后来搬家到唐，因此被称为陶唐氏。

③ 虞（yú）宾：尧的儿子丹朱，因舜待之以宾礼，所以称为虞宾。

④“御龙”二句：和上文的“虞宾”一样，都是传说中的尧的后代，他们以御龙氏的身份效劳服务于夏朝，以豕（shǐ）韦氏的身份像两翼一样守护辅佐商朝。豕韦翼商：先祖豕韦氏为商朝尽力。

⑤ 穆穆司徒：《左传·定公四年》曾记载周灭商以后，周公把殷商的百姓七族分配给周武王的弟弟康叔，陶氏就是这七族之一，陶叔曾任司徒。

⑥ 逸虬绕云：虬龙飘逸地绕于云中。

⑦ 奔鲸骇流：腾起的鲸鱼掀动起让人害怕的海浪。形容秦朝末年群雄争战的乱世。

⑧ 於（wū）赫愍侯：伟大的愍侯。於，表赞叹，赫，表光明。愍（mǐn）侯：汉高祖时右司马愍侯陶舍。

⑨ 运当攀龙：追随帝王建功立业。

⑩ 亹（wěi）亹：勤奋努力，不知疲倦。

⑪ 丞相：指汉代丞相陶青。《汉书·百官公卿表》记：孝景二年八月丁未，“御史大夫陶青为丞相”。

⑫ 允迪前踪：追随前人的步伐。允，信。迪，蹈。

⑬ 浑浑长源，蔚蔚洪柯：陶氏家族源远流长，子孙绵延不绝。

⑭ 隆窊（wā）：高低。此二句的含义：时运有好有坏，有高有低。

⑮长沙：指陶渊明的曾祖父陶侃。陶侃在晋明帝时因功封长沙郡公。

⑯直方三台：直方：《周易·坤》："六二：直方大，不习，无不利……文言曰：直其正也，方其义也。君子敬以直内，义以方外。"三台：是汉朝之尚书、御史及谒者之总称，此处以三台代指朝廷。直方三台：指秉直方正的威仪享誉朝中。

⑰於穆仁考：崇高伟大的先父。

⑱寘兹愠喜：不（因仕宦与否而）有所喜怒。

⑲孔伋，孔子之孙，孟子之师，作《中庸》，后世尊为"述圣"。

⑳厉（lài）夜生子，遽（jù）而求火：出自《庄子·天地》："厉之人，夜半生其子，遽取火而视之，汲汲然唯恐其似已也。"在这里陶渊明担心儿子像自己一样一事无成。

㉑日居月诸：光阴流逝。

㉒夙兴夜寐：出自《诗经·卫风·氓》："夙兴夜寐，靡有朝矣"。早起晚睡，形容勤奋。

【译文】

我的祖先可以追溯到唐尧一脉，那时称作陶唐氏。唐尧之子丹朱是虞舜的贵宾，旷世历代都彰显着美德。先祖御龙氏辅佐夏朝，而豕韦氏又为商朝尽力。周代伟大的司徒陶叔又将我们陶家发扬光大。随着周朝的落寞衰微，就到了战火纷飞的战国时期。在那个时期贤者隐居不仕，所以我们陶氏家族也没有彰显的人物。秦末群雄并起时，有如飘逸的虬龙绕于云中，而奔起的鲸鱼惊起骇浪。终于，皇天使得汉朝建立，于是有了愍侯陶舍，得以追随汉高祖建立了赫赫功勋。他抚剑时飒爽的英姿，彰显着他的威仪和武功。高祖书写誓言以分封诸侯，我们的祖先陶舍就得以分封到开封，成为开封公。陶舍之子陶青在景帝时期任丞相之职，他确实承袭了乃父的功业。陶氏的血脉源远流长，如涛涛大河；根深叶茂，如蔚蔚大树。后世支派虽然分散却有着共同的来源，枝繁叶茂在同一棵树上生长。时运有彰显，也有埋没，运势有凸显，也有衰微。想当年在本朝东晋鼎盛之时，长沙公陶侃立下了赫赫功勋。威武的长沙公陶侃，战功赫赫，更有着德行。天子命令他平定苏峻之乱和荆、湘之地的杜弢之乱。陶侃成功之后就辞归乡里，临宠而不失礼节。我的曾祖父陶侃这份对朝廷的忠挚之心委实难得。我的祖父陶茂很庄重严肃，他干事情，始终谨慎。他秉直而方正的威仪享誉朝中，敦惠而温和的风气广泽千里。我崇高伟大的先父陶逸，对于名利之事颇为淡泊。他置身于风云之上，不因仕宦上的得失与否而有所喜恶。至于我自己则孤陋寡闻，望先辈之项背而无法达到。如今自己两鬓已经斑白，却只有影子相伴相随，想到这些我不由得心生惭愧。《孝经》中说："五刑之属三千，而罪莫大于不孝。"而《孟子》中说："不孝有三，无后为大。"我正念及没有后代的事情，而你呱呱坠地。我占卜了良辰吉日，为你取名叫"俨"，为你取字叫"求思"，这是来自《礼记》的"毋不敬，俨若思"。希望你能由你的名和字领悟，为人须温和与恭敬，并时时谨记。希望你能有孔子之孙、"述圣"子思的作为。我如同《庄子》中那个厉地的人，匆忙地拿着火把看着自己的孩子，唯恐像自己一样一事无成。人皆有此心，岂止我一人如此？既然见证了你的出生，那就希望你能做出一番成就。人们也都说，来自父亲的爱不会有假。光阴一天一天地流逝，你也一天天长大。福祉不会平白无故地到来，而苦恼却会轻易地降临。希望你能像你的祖先那样晚睡早起。如果你不能成才，我也无可奈何。

【赏析】

这首诗作于公元406年，其时作者刚刚归隐。这首《命子》与其说是写给儿子，不如说是一种自我勉励与宽慰；从始至终，诗中不曾使人感受到被"命"的压力，反而处处感受到诗人陶渊明对儿子的慈爱和宽容。

全诗共十段，其中前六段都是在追忆从唐尧到父亲这一脉先辈的不朽功勋，通过列家谱的方式以增加自豪感。第八段讲述了为孩子取名和字的良苦用心，第九段引用了《庄子》里的典故，希望孩子不要像自己，第十段让我们看到了陶渊明作为一个家族的子孙和一个父亲，世俗而无奈的一面。

全诗首先讲了陶氏家族在远古时的状态："悠悠我祖，爰自陶唐。邈为虞宾，历世重光"，历数了夏商周出现的伟大先祖，以光耀门楣。

作者往下列家谱。战国时期，陶氏家族没出现什么大人物，作者找了借口，是"纷纭战国，漠漠衰周。凤隐于林，幽人在丘"，东周贤人隐居不仕，所以我们陶家也没有彰显的人物。到了秦朝末年，又一位陶家家谱中足以青史留名的人物出现了："逸虬绕云，奔鲸骇流。天集有汉，眷予愍侯。"汉朝建立，于是有了愍侯陶舍。

陶舍被分封到开封，成为开封公。而陶舍之子陶青在景帝时期任丞相之职。

“时有语默，运因隆窊。在我中晋，业融长沙”。很委婉地交代了陶家在东汉到西晋没有值得书写的大人物，但“在我中晋，业融长沙”，开始谈到又一个值得大书特书的重量级人物——陶侃。

第四段前四句在谈及长沙公陶侃之前，诗人委婉交代了自身庶出背景，在门第森严极为看重的嫡庶之别的晋朝，对于尴尬的庶出之身，陶渊明可能也只有苦笑了。

第五段，作者开始交代长沙公陶侃的功勋与品德，天子命令他平定苏峻之乱和荆、湘之地的杜弢之乱等，都做到了不负使命。在《晋书》里，记载了陶侃出身寒门，凭借着自己卓越的军事才能与高尚的人格，一步步走到朝廷重臣的位置。后世，陶侃位列武成王庙的六十四位名将之列，亦曾供奉于宋武庙之中，足见陶侃卓越的军事才能与高尚的人格情操。

第六段，作者谈到了自己的祖父和父亲。作者的祖父陶茂曾任武昌太守，慎始敬终；而父亲陶逸曾任安城太守，但很早过世，那时作者仅八岁。陶逸给诗人留下“淡焉虚止”“寘兹愠喜”的印象。而祖父陶茂是庶出，在那个时代里，陶渊明无疑会有一些压力。

下面的一段很有趣，作为转折：至于自己，则孤陋寡闻，望先辈之项背而不能及。正念及没有后代的事情，陶俨呱呱坠地了。作者很严肃地为儿子占卜，取名叫“俨”，取字叫“求思”，希望儿子以孔伋为楷模，能重振陶家雄风。陶渊明自认为很失败，因而自比于无所作为的孔鲤，希望儿子如“述圣”孔伋能有一番作为。

归鸟

【原文】

翼翼①归鸟，晨去于林。远之八表，近憩云岑②。和风弗恰，翻翮③求心。顾俦④相鸣，景⑤庇清阴。

翼翼归鸟，载翔⑥载飞。虽⑦不怀游，见林情依。遇云颉颃⑧，相鸣而归。遐路诚悠，性爱⑨无遗。

翼翼归鸟，驯[⑩]林徘徊。岂思天路，欣反旧栖。虽无昔侣，众声每谐。日夕气清，悠然其怀。

翼翼归鸟，戢羽寒条[⑪]。游不旷林，宿则森标[⑫]。晨风清兴，好音[⑬]时交。矰缴[⑭]奚施，已卷[⑮]安劳。

【注释】

①翼翼：翅膀一扇一扇的样子。《楚辞·离骚》："凤凰翼其乘旂（qí）兮，高翱翔之翼翼。"

②云岑（cén）：高耸入云的山。

③翮（hé）：翅膀。

④顾俦：伴侣互相顾盼。

⑤景：通"影"。

⑥翔：借风力而行。

⑦虽：通"惟"，语助词。

⑧颉（xié）颃（háng）：出自《诗经·邶风·燕燕》："燕燕于飞，颉之颃之。"鸟上下翻飞的样子。

⑨性爱：本心的喜好。

⑩驯：顺。

⑪戢（jí）羽寒条：敛翅栖息于寒枝之上。戢，收敛。

⑫标：树梢。

⑬好音：美好的声音。出自《诗经·鲁颂·泮水》："食我桑黮（shèn），怀我好音。"

⑭矰（zēng），一种短箭，缴（zhuó），系在箭上的丝绳。

⑮卷：通"倦"。

【译文】

众鸟相和着展翅飞翔，清晨到了树林里。远的飞到极目远眺的八荒之外，近的栖息在云端之上的高山。可惜没有遇到温和的风，不得已翻转翅膀返回，这一切都是为求得初心。无奈之下众鸟相鸣，影子在清阴的庇护之下。众鸟相鸣而展翅高飞，一边借助风力而滑行，一边凭借自己的力量振翅高飞。本不欲出游，所以见到树林依依不舍。遇到了巨大的乌云就上下翻飞，它们相鸣着归来。虽然路途遥远，但本心喜好树林，是以不愿舍弃。众鸟相鸣着高飞展翅，沿着树林徘徊飞翔。天道多艰，它只得回到原来的地方。虽然没有了以前的伴侣，但群鸟齐鸣也使得它欢欣。太阳落山，薄暮斜晖下，空气逐渐清新，这使得它得以在树林间悠闲自在地飞翔。众鸟相和着高飞展翅，在寒枝上收起翅膀。不愿在空旷的林间游玩，而寄宿于繁密的树枝之上。在清晨的风中兴致高昂，美妙的鸣叫在那里交相辉映。矰缴之箭已经派不上用场了，鸟儿都已疲倦，栖息于树林了。

【赏析】

本诗作于公元406年，是作者著名的《归园田居》组诗的同时代作品。在一定意义下，可以视为《归园田居》的补充。它很具体地写了作者如何披星戴月地劳作和独处时的个人感受，深化了作者“捡尽寒枝不肯栖”的孤高。

全诗采用了重章叠唱、赋和比的手法，尤其是每段开头的“翼翼飞鸟”，更容易让人联想到《诗经》。

先看文风。全诗安静的文风甚至是《诗经》中多数篇章所无法企及的。

首先看诗题，题目本身就颇有意味：归鸟。鸟，在陶诗中是一个很重要的意象：“羁鸟恋旧林，池鱼思故渊”（《归园田居·其一》），“山气日夕佳，飞鸟相与还”（《饮酒·其五》），以及第一篇《停云》的“翩翩飞鸟，息我庭柯”，还有著名的《归去来兮辞》里的“鸟倦飞而知还”等。再看诗本身，明明是“远行之鸟”，却写作“归鸟”。看来很明显，作者有着浓浓的归隐情怀。

第一段：“翼翼归鸟，晨去于林。远之八表，近憩云岑”，后两句“八表”两字，把读者的视角一下子拉得很高很远，给读者一个极为宏大的视野，和这些鸟形成鲜明的对比。以鸟喻人，给读者以静态之美。同时，也暗示着社会的浊流不是他一个人能够左右的。很明显，陶渊明人微言轻，又在乱世之中，所以“和风弗恰，翻翮求心”，表达了作者对于自己和这个时代错位的无奈与惋惜，因而只得“顾俦相鸣，景庇清阴”，众鸟相鸣，影子在清阴的庇护之下。但覆巢之下安有完卵？想必如陶渊明者亦无以自保。可是社会的混浊不妨碍内心的安宁。可能这是对于陶渊明们的无奈的福祉了。

众鸟相鸣而展翅高飞，一边借风力而滑行，一边凭借自己的力量振翅高飞。唯其本不欲出游，所以见到树林就依依不舍。很明显，在这个乱世的出仕是无奈之举。

众鸟相鸣地高飞展翅，顺着树林徘徊飞翔。天路太艰难了，甚至也太凶险了，它只得回到原来的地方。其中“岂思天路”四个字再度隐隐透露了这是一个乱世。陶渊明做不到孔子那般洒脱，只能是“欣反旧栖”。“欣”字表明作者归来是喜悦的。因为“虽无昔侣，众声每谐”，虽然没有了以前的伴侣，但群鸟齐鸣也使得它欢欣。故友不再令人惋惜，但新朋友的相识无疑令人欣慰。最后在第三段的结尾，作者总结了这样欢乐的场景与心情：“日夕气清，悠然其怀”，太阳落山，薄暮斜晖下，空气逐渐清新，这使得它得以在树林间悠闲自在地飞翔。

众鸟相和地高飞展翅，在寒枝上收起翅膀。不愿在空旷的林间游玩，而寄宿于繁密的树枝之上。为什么？因为“矰缴奚施，已卷安劳”，矰缴之箭已经派不上用场了，鸟儿都已疲倦，栖息于树林了。

“羁鸟恋旧林，池鱼思故渊。开荒南野际，守拙归园田。”这首诗与《归园田居》一起，表达了归隐的意愿。我本以为这是一个尧舜之世，或者能在我的治理下成为一个尧舜之世（见《命子》），怎奈我在官场上势单力薄，人微言轻，就只得归隐于田园了。归隐之余我们能看出一丝遗憾，不仅仅是为了自身，更是为了当时的官场。处江湖之远的陶渊明依然有意无意地记挂着庙堂之事。

本诗用了安静甚至悠闲的笔触去隐喻了当时的乱世和明哲保身的思想与行为，看似安静，实则艰辛。这一手法在陶渊明的诗歌中屡屡出现，细细品读之下，能读出陶渊明的不平与困窘。但无论外在事物发生了什么变化，诗人的心情是相对安宁的，而这恰恰是难能可贵的。

卷之二　诗五言

形影神三首并序

【原文】

贵贱贤愚，莫不营营[①]以惜生，斯甚惑焉。故极陈形影之苦言，神辨自然以释之。好事君子[②]，共取其心焉。

形赠影

天地长不没，山川无改时。草木得常理，霜露荣悴[③]之。谓人最灵智，独复不如兹。适见在世中，奄去靡归期。奚觉无一人，亲识岂相思？但馀平生物，举目情凄洏[④]。我无腾化术，必尔[⑤]不复疑。愿君取吾言，得酒莫苟辞。

影答形

存生不可言，卫生[⑥]每苦拙。诚愿游昆华[⑦]，邈然兹道绝。与子相遇来，未尝异悲悦。憩荫若暂乖，止日终不别[⑧]。此同既难常，黯尔俱时灭。身没名亦尽，念之五情热[⑨]。立善有遗爱[⑩]，胡为不自竭？酒云能消忧，方此[⑪]讵不劣！

神释

大钧无私力[⑫]，万理自森著[⑬]。人为三才中，岂不以我故？与君虽异物，生而相依附。结托善恶同，安得不相语。三皇[⑭]大圣人，今复在何处？彭祖寿永年，欲留不得住。老少同一死，贤愚无复数[⑮]。日醉或能忘，将非促龄具？立善常所欣，谁当为汝誉？甚念伤吾生，正宜委运去。纵浪大化中，不喜亦不惧。应尽便须尽，无复独多虑。

【注释】

①营营：出自《诗经·小雅·青蝇》："营营青蝇。"营营，往来的样子。此处引申为千方百计地谋求。

②好事君子：对这一问题感到困惑的人。

③悴：枯萎。

④洏（ér）：通"而"，语助词。

⑤尔：指死亡。

⑥卫生：护卫生命。

⑦崑华：昆仑山与华山。

⑧憩荫若暂乖，止日终不别：在树荫下形影若暂时分开，而在太阳下则长久相伴一起。

⑨五情：人之喜、怒、哀、乐、怨。泛指人的情绪。

⑩立善有遗爱：树立善行，则泽被后世。

⑪此，指立善之举。

⑫大钧无私力：造化不会偏袒于某一物或某一力量。

⑬万理自森著：万物会自然而然地生长，繁盛而富于生机。

⑭三皇：伏羲氏，神农氏，祝融氏。

⑮贤愚无复数（shǔ）：贤达之士和愚昧之人的死亡不计其数。

【译文】

无论贵贱贤愚，无一不千方百计地爱惜自己的生命，这件事细细追究，是很令人困惑的。所以首先充分描述形体、身影的痛苦，再用自然之理将它们从痛苦中解脱出来。希望对这一问题也感到困惑的人能够认可《神释》里的解答。

形赠影

天长地久不会消亡，高山流水也不会改变。草木顺从自然的规律，虽有生命却拥有大自然恒久不变的道理。尽管冬霜使它们枯萎，然而当春天的露水降临时，它们又会重新焕发生机。人是万物之灵，独独这一点不如草木一样得到永恒。刚刚还在世间，可转眼就去了另一个世界，不会复活。世界上少了一个人不会引起他人的注意，亲朋好友会不会思念？他们见了逝者生前

的物品，睹物思人，倍感凄凉。我只是一个形体，没有腾化成仙的法术，必然会死去，这没什么可怀疑的。希望您能够听我的话，趁还活着，快意饮酒不要推辞。

影答形

不敢指望长生不老，而又为养生的事情所困惑。我并非不愿游历昆仑山与华山追寻延年益寿的方法，无奈路途遥远不可通。自从和您相遇以来，彼此共悲伤，同欢悦。阴影中纵然会迎来短暂的分别，在光明下我们始终不离不弃。然而形影不离的状态不会持久，因为形总有一日会灭亡，而影也会跟着一起黯然俱灭。身死后名声也会逐渐消没，每念及此，我的心情都不会平静。树立善行可以泽被后世，为什么不能自勉而尽力？虽然饮酒可以消愁，但在大善面前岂不相形见绌！

神释

造化不会偏袒于某一物或某一力量，万物会自然而然地生长，繁盛而富于生机。人得以跻身天地人三才之中，难道不是因为神的缘故？我和你们虽然不尽相同，但有生以来却相互扶持。我们交深情厚好恶一致，怎么没有共同语言？伏羲、神农与祝融这些大圣人，今天都在哪里？彭祖这些长寿之人也有去世的时候，他们想要长存于世却无能为力。无论是老人还是小孩，是贤人还是小人，都难逃一死，死后没有区别。整天饮酒或许可以忘却忧愁，但饮酒伤身，难道不会使人短寿吗？树立善行固然使人欣慰，但身死之后谁又会赞叹？过分的担忧会使我神伤，不如听凭命运的安排。立身于自然之中，不会过分地欢喜或恐惧。命有定数，该尽时便尽了，没有必要独自黯然神伤，有着诸多思虑。

【赏析】

这组诗的风格很像《古诗十九首》。并在《古诗十九首》里“生年不满百，常怀千岁忧”的基础上做了深化与补充。阐述了自己对于生死的态度。这里，形，指人们祈求长生的愿望；影，指人们立善求名的思想；而神，指的是人的意识。

这首诗作于公元413年东晋安帝时期，是针对净土宗初祖慧远法师的《形尽神不灭论》与《万佛影铭》所作的。当时，陶渊明49岁。死亡问题是悬在古今人士头上的达摩克利斯之剑，无人可以逃避，何况东晋是一个命如草芥的乱世。所以这首诗绝非仅仅是一种辩驳，它更是陶渊明的一种自省与反思。对于很多佛法思想，作者是认同的。作者反对的是轮回说。这一点应该继承三曹和阮籍，或者说是更早的两汉的古诗信念。三曹尤其曹植笃信儒家思想，而阮籍则以反抗伪道学的方式拥抱孔孟学说。而作者笃信“未知生，焉知死”，否认轮回的存在，这一点深化了建安七子与竹林七贤的思想。

以下逐段分析。先从《形赠影》开始。

“天地长不没，山川无改时”，诗人拿出一个恒常不变的存在作为对比，继而说到常见的卑贱的草木，笔者想到欧阳修的《秋声赋》：“奈何以非金石之质，欲与草木而争荣”，在这个意义上，人要比草木高贵，也比草木脆弱。于是作者讲到人的无常，刚刚还在世间，可能忽然去世，不会复活。很明显，这对应佛法四法印的“诸行无常”，继而作者写到人情冷暖，世界上少了一个人不会引起太大的注意，亲朋好友会不会思念那个过世的人？这应该是作者早期的思考。

趁还活着，及时行乐要紧。但是“但馀平生物，举目情凄洏”，作者是悲观的，这种悲观不仅仅源自生死的感喟，也有对于人情的不舍。

魏晋名士多好酒，多少有着逃避世道的成分。对死亡有过认真思考的一定不止作者一人，但思考透彻并付诸文字而且流传下来的，好像魏晋时期除了陶渊明还没有一个人。陶氏认为“人无来世”，而佛教主张“人有来世”，这就产生分歧。

《影答形》可以视为向死而生的更进一步的思考与困惑。《影答形》的前两句是站在“形”追求长生不老的角度说的：长生不老不敢指望，而又为养生的事情所困惑。

下文作者表达出自己并非不愿游历名山大川，追寻延年益寿的方法。但即使延年益寿也不免一死。自从和“形”——即求长寿的愿望——相遇以来，彼此共悲伤，同欢悦，形影不离的状态不会持久，身死后名声也会逐渐消没，每念及此，心情都不会平静。以下的讨论在笔者看来，已然落入俗套，可见作者那时仍未摆脱“立德，立功，立言”这三不朽的窠臼。

《神释》是对于前两首诗的总结与升华，也可以视为作者交出的最终的生命答卷。“大钧无私力，万理自森著。人为三才中，岂不以我故”，俨然有庄子的气魄。“与君虽异物，生而相依附。结托善恶同，安得不相语”，作者写到这里戛然而止，没有说明形影与神的共同语言是什么。在这里，笔者想到了近人王国维写的《浣溪沙·山寺微茫背夕曛》，其中下阙写道：“试上高峰窥皓月，偶开天眼觑红尘。可怜身是眼中人。”我想这或许是一种回答。在王氏的《浣溪沙》中，“身”代表追求长生与所谓“三不朽”的“形”和“影”，“眼”则代表“神”。神注视着形和影以及它们的哀伤，愤懑，喜悦与苦难，不悲不惧，不喜不乐。形影神三者在这个意义上有了沟通，并有了共同语言。

作者进而举出三皇等英明君主与彭祖等长寿之人的例子，说明人必有一死。“老少同一死，贤愚无复数。日醉或能忘，将非促龄具”，否定一味养生与借酒消愁的意义。“立善常所欣，谁当为汝誉”，进一步否定了“立善”的长久意义。“甚念伤吾生，正宜委运去”，过分的担忧会使我神伤，不如听凭命运的安排。

这里笔者觉得颇有“不得三心，活在当下”的意味。进而作者阐发道：“纵浪大化中，不喜亦不惧。”这明显阐释并深化了《中庸》的思想。而“应尽便须尽，无复独多虑”，成住坏空，该进入哪个环节会自自然然地进入那一环节，不要为之哀伤或欢欣。

生死，从古到今是一件大事。这不仅仅因为死亡意味着生前的一切，至少是物质，都归于空无，精神也有所泯灭。笔者注意到，诗中“甚念伤吾生，正宜委运去”不仅仅暗合佛教四法印的“有漏皆苦”（生命能量任何形式的漏泄都会给这个生命以苦痛），也暗示了一种尽人事听天命的达观态度。我是我，生命是生命。我死了，生命如同当下，不生不灭。此时，陶渊明与佛法是一致的，并和命运达成了和解。

九日闲居并序

【原文】

余闲居，爱重九之名①。秋菊盈园，而持醪靡由。空服其华②，寄怀于言。

世短意恒多③，斯人乐久生④。日月依辰至，举俗爱其名。露凄暄风⑤息，气澈天象明。往燕无遗影，来雁有馀声。酒能祛百虑，菊为制颓龄。如何蓬庐士，空视时运倾⑥！尘爵耻虚罍⑦，寒华徒自荣。敛襟独闲谣，缅⑧焉起深情。栖迟⑨固多娱，淹留岂无成？

【注释】

① 爱重九之名：农历九月九日为重九；古人认为九属阳之数，故重九又称重阳。“九”和“久”谐音，有活得长久之意，所以说“爱重九之名。”

② 服：用，这里转为欣赏之意。华：同“花”。这里指菊花。

③ 世短意恒多；人生短促，而忧思很多。

④ 斯人乐久生：人希望长寿。

⑤ 凄，寒凉。暄（xuān）风：暖风。

⑥ 如何蓬庐士，空视时运倾：奈何隐居的人，白白地面对佳节将尽而没有酒可饮。如何，奈何。时运，此处指重阳。

⑦ 尘爵耻虚罍（léi）：爵罍长期不用，以致生尘。

⑧ 缅：沉思的样子。

⑨ 栖迟：本义游玩休息，引申为归隐。

【译文】

我闲居无事，对于“重九”的名称颇为爱好。满园都是秋天的菊花，欲饮酒，却无酒可饮。有菊无酒，因而写下这首诗以抒胸臆。

人生苦短，而忧思很多，几乎人人都盼望长寿。日月随着节气到了重阳节，而人们都喜好这一名称。秋露已然转冷，暖风也已停息，大气澄澈，天高日清。远去的燕子已经不见踪影，归来的大雁声音萦绕着耳畔。饮酒能消除百般忧虑，而只有赏菊才得以延缓衰老。奈何隐居之人，坐视重阳佳节将尽，而无酒可饮！酒杯蒙尘，酒樽也引以为耻，秋天菊花亦自开放，令人感到遗憾。整理好衣襟，一个人肃然独吟，超然遐思，不由得满怀深情。于田园处归隐固然有很多乐趣，难道说隐居乡里就一事无成？

【赏析】

这首诗是在公元419年重阳写下的，陶渊明已五十八岁。虽早已逾知天命之年，但是他明显心有不甘。耳濡目染于儒家思想的陶渊明终其一生都没有放下所谓的报国之志。他的归隐是社会价值观与自身价值观矛盾下的产物。

首先介绍一下重阳节的来历。早在战国时期，屈原在《楚辞·远游》中写下“集重阳入帝宫兮，造旬始而观清都”，这可能是“重阳”一词的首次出现，但这里的重阳并非节日，而是指天。正式把重阳当作一个节日的，可能是魏文帝曹丕，他在《九日与钟繇书》中写道：“岁往月来，忽复九月九日，九为阳数，而日月并应，俗嘉其名，以为宜于长久，故以享宴高会。”重阳节应该就此而定，并且有“九日”的别名。

“世短意恒多”，开篇第一句再度让读者想起《古诗十九首》中的“生年不满百，常怀千岁忧”，而“斯人乐久生”恰与节日的含义相应。“日月依辰至，举俗爱其名”第一次点题。但作者字里行间似乎对重阳节比较冷漠，尤其是下面说道“露凄暄风息，气澈天象明。往燕无遗影，来雁有馀声”：

秋露已然转冷，暖风也已停息，大气澄澈，天高日清。远去的燕子已经不见踪影，归来的大雁声音萦绕着耳畔。明显描写了一派萧条景象。

“酒能祛百虑，菊为制颓龄”，饮酒能消除百般忧虑，而只有赏菊才得以延缓衰老。这一句不禁使读者想到《离骚》中的“朝饮木兰之坠露兮，夕餐秋菊之落英”，屈原写下这句话时，心情是悲愤的，而在这里，陶渊明的语气貌似还要低沉。因为“如何蓬庐士，空视时运倾”，奈何隐居之人，坐视重阳佳节将尽，而无酒可饮。在这里我们可以看到陶渊明的可爱与无奈。宁可食无肉不可居无酒的他，对有菊无酒的境况，应该是感到很惆怅的。

关于“如何蓬庐士，空视时运倾”，在笔者而言，更深一层的意思应该是百姓在战乱中民不聊生，面对百姓一个个流离失所，妻离子散，家破人亡，而自己却无能为力的境况，作者发出近乎悲愤的感喟，综合上文中关于“菊”的意象的暗示与下文的萧瑟场景，这句话的意味更为深远。

“尘爵耻虚罍，寒华徒自荣”，寓情于景。而综合对上面两句的解释，这句话也有两种解读——悲愤的与消沉的。为什么酒樽会因酒杯蒙尘而感到耻辱？这句话可能暗讽当政之人（比如晋安帝司马德宗，比如拥兵自重却肆意妄为的桓玄）的无能为力或胡乱作为，另一方面以物喻人，感叹自己生不逢时。两种解读分别对应悲愤与消沉，令读者为之感喟。

“敛襟独闲谣，缅焉起深情”，整理好衣襟，一个人肃然独吟，超然遐思，不由得满怀深情。思考什么使他满怀深情，当年出仕时的雄心壮志？黯淡无光风雨如晦的前程？抑或是亲故不再的感喟？笔者不得而知。但笔者留意到“敛襟独闲谣”一句，说明陶渊明虽然已是一介布衣，却依然用士大夫的标准要求自己，或者说，有着“士”的威仪。这里，画风已由低沉转向昂扬。为结尾作好了铺垫。

“栖迟固多娱，淹留岂无成？”于田园处归隐固然有很多乐趣，但难道说隐居乡里就一事无成？作者的用意很明显，处江湖之远，则忧其君，而开头处的“世短意恒多，斯人乐久生”，再结合孔子的“发愤忘食，乐以忘忧，不知老之将至”，不难看出，“斯人乐久生”，诗人表达出的情绪是积极的昂扬的。

归园田居五首

【原文】

其一

少无适俗愿，性本爱丘山。误落尘网中，一去三十年。羁鸟恋旧林，池鱼思故渊。开荒南野际，守拙归园田。方宅十馀亩，草屋八九间。榆柳荫后檐，桃李罗[①]堂前。暧暧[②]远人村，依依墟里烟。狗吠深巷中，鸡鸣桑树巅。户庭无尘杂，虚室[③]有馀闲。久在樊笼里，复得返自然。

其二

野外罕人事，穷巷寡轮鞅[④]。白日掩荆扉，虚室绝尘想。时复墟曲[⑤]中，披草共来往。相见无杂言，但道桑麻长。桑麻日已长，我土日已广[⑥]。常恐霜霰至，零落同草莽。

其三

种豆南山下，草盛豆苗稀。晨兴理荒秽，带月荷锄归。道狭草木长，夕露沾我衣。衣沾不足惜，但使愿无违。

其四

久去山泽游，浪莽林野娱。试携子侄辈，披榛步荒墟。徘徊丘陇间，依依昔人居。井灶有遗处，桑竹残朽株。借问采薪者，此人皆焉如？薪者向我言，死没无复馀。一世异朝市，此语真不虚。人生似幻化，终当归空无。

其五

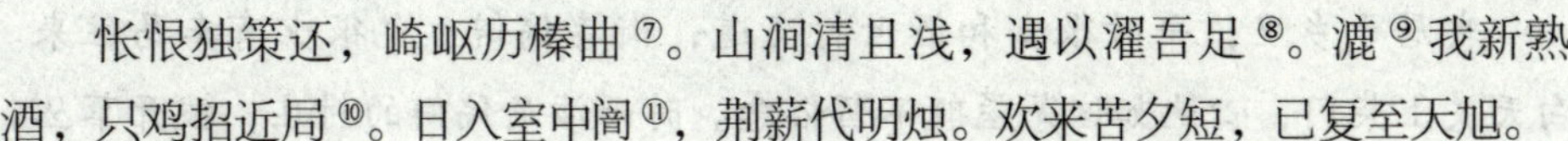

怅恨独策还，崎岖历榛曲⑦。山涧清且浅，遇以濯吾足⑧。漉⑨我新熟酒，只鸡招近局⑩。日入室中闇⑪，荆薪代明烛。欢来苦夕短，已复至天旭。

【注释】

① 罗：列。

② 暧暧：昏昧的样子。

③ 轮鞅：代指车。

④ 虚室：这里指心。心空出来就没杂念。化用自《老子》：“凿户牖以为室，当其无，有室之用。”

⑤ 墟曲：村落。

⑥ 我土日已广：我开垦的土地面积日益增长。

⑦ 榛曲：杂草丛生且隐蔽曲折的道路。

⑧ 遇以濯吾足：遇，此处与“可”通。《楚辞·渔父》：“沧浪之水清兮，可以濯吾缨；沧浪之水浊兮，可以濯吾足”。

⑨ 漉：过滤。

⑩ 近局：近邻。

⑪ 闇（àn）：通“暗”。

【译文】

其一

年少时没有迎合世俗的本性，我的天性原本爱好山野。我误入了人间的罗网中，一去就是三十年。羁旅的鸟儿怀念曾居住的丛林，池中之鱼思恋曾生活过的深潭。开荒南边的原野，固守着愚拙，回归乡里过着田园生活。住宅周围环绕着十几亩地，而茅草屋大概有八九间。榆树和柳树遮挡着后檐，而桃树李树陈列在堂前。依稀可以见到遥远的村落，隐约随风飘升的是村落里的炊烟。狗在深巷中叫，鸡在桑树顶鸣。门庭中没有琐事的干扰，闲静的屋子里只有空闲的时间。长久地困在牢笼之中，现在终于得以回归自然。

其二

我居于乡里，平时很少和俗世打交道，街巷偏僻，也很少有车马往来。白天关上柴门，心地如这茅屋般不留俗念。时而涉足偏僻的村庄，拨开草丛，我们相互来往。见面不谈别的事情，只谈田园中桑麻的长势。田中的桑麻日渐长高，而我开垦的土地也一天天变大。经常担心霜雪骤然降临，庄稼零落，一如草莽。

其三

我种豆在南山之下，地里野草茂盛，豆苗稀疏。清晨起来铲除杂草，而到了晚上，我沐浴着月光扛着锄头归来。山路狭窄，草木丛生，夜露沾湿了我的衣襟。衣襟沾湿并不可惜，但愿我不会违背归隐的初心。

其四

离开山川湖泽已经很久了，而今放荡于山林荒野，我感到很快乐。姑且带上那些小辈们，拨开树丛，漫步于荒墟之间。徘徊在先辈的坟墓前面，他们的故居就这样依依呈现在眼前。水井炉灶处尚有遗迹，而当年的桑树与竹枝仅仅残存下枯干朽木。我上前向砍柴的人打听，这些人都哪里去了？砍柴之人对我说，他们都已去世。“三十年就恍如隔世”，这话当真一点不假。人生仿若幻化一般，最终将归于空无。

其五

怅然一个人拄拐归家，道路坎坷，且满地的荆棘。山涧的流水清而浅，可以洗一下我的脚。滤好我新酿的美酒，烹饪好一只鸡以款待邻居。太阳落山了，室内逐渐变暗，点燃荆柴以代替明亮的烛光。兴致正高，但恨夜晚短促，不知不觉又到了新的一天。

【赏析】

这组诗朴实无华、浅显易懂且琅琅上口，反映了陶渊明在同一时期的各个方面的心态。有闲散的，有释然的，总体上说，这是一组偏道家思想的山水田园诗。

公元405年（义熙元年），陶渊明任职于江西彭泽县。上面派督邮下来视察，于是“潜叹曰：‘吾不能为五斗米折腰，拳拳事乡里小人耶！’义熙二年，解印去县”（《晋书·陶潜传》）。

深受儒家思想影响的陶渊明三次归隐原因不同，第一次是道不同不相为谋，第二次是君子不立危墙之下，而这次的归隐是率性而为。

“少无适俗愿，性本爱丘山”，年少时就没有迎合世俗的本性，我的天性原本向往山水田园的生活。“误落尘网中，一去三十年”是夸张的说法，陶渊明出仕一共仅十二三年。同时，诗人与出仕前的生活相比，此时恍若隔世。三十年，极言时间之久，表达诗人的无奈。

“羁鸟恋旧林，池鱼思故渊”，“羁”“池”的束缚感，“恋”“思”的深情状，明确表达了诗人的感受。“开荒南野际，守拙归园田”，这里的“守拙”暗合《老子》中的“见素抱朴，少私寡欲”，结合下文中的“虚室有馀闲”一句，不难发现，这不仅是在描写田园生活，而且是一种与天地的交流。“方宅十馀亩，草屋八九间。榆柳荫后檐，桃李罗堂前。暧暧远人村，依依墟里烟。狗吠深巷中，鸡鸣桑树巅”，都是描写田园风光。细细品读之下，读者会感到作者的安静与快乐。这样的手法也见诸作者的《桃花源记》：“……土地平旷，屋舍俨然，有良田美池桑竹之属。阡陌交通，鸡犬相闻……”作者不仅仅是在写景，更重要地，在景中融入自己平安而喜悦的心情。这些都为下文描写家中做了铺垫。

回到家里，“户庭无尘杂，虚室有馀闲”，注意“尘杂”的双重含义，表面意为门庭的尘垢，引申为尘俗杂事，与下联“虚室”相应。《庄子》尝言，“瞻彼阕者，虚室生白，吉祥止止”，形容广袤而澄澈的境界与意境。而陶渊明似乎也意在回归精神上的家园。行文至此，已达高峰。最后，“久在樊笼里，复得返自然”，回归了自然即心之家园。

第二首诗更为写实。“野外罕人事，穷巷寡轮鞅”，开头就把读者置身于一个穷乡僻壤的环境里。“白日掩荆扉，虚室绝尘想”，第二次出现“虚室”的意象。断绝一切俗念，心自然清静许多，“时复墟曲中，披草共来往”，涉足偏僻的村庄，拨开草丛，作者和朋友相互来往。“相见无杂言，但道桑麻长”，见面只谈桑麻的长势。而“桑麻日已长，我土日已广”，种植的东西长势很好。但是作者依然担心着："常恐霜霰至，零落同草莽。"作者在官场上担忧，回归田园也担忧，只是担忧得更为现实，没有粮食就吃不上饭，遑论追求自己的理想。所以相比第一首平安的悦纳，第二首要现实得多。

第三首，归隐后作者没有太多僮仆的伺候，几乎事事亲力亲为。但另一方面为了追求自由，自己心甘情愿付出这样的代价。

"种豆南山下，草盛豆苗稀"，这两句反映出种作的艰难，"晨兴理荒秽，带月荷锄归"，看上去很美好很诗意，其实作者一整天都在田中辛勤地耕耘。"道狭草木长，夕露沾我衣"，进一步体现出诗人的疲惫和不易。可见他的隐居生活过得或许不如想象中那样惬意。"衣沾不足惜，但使愿无违"，生活不易，且行且珍惜。只有得到了想得到的"愿"，放弃一些也是"不足惜"的。陶渊明的人生成功不是世俗眼里的成功，而是精神世界里的。他选择了自己喜欢的生活方式，至死不改，不忘初心。这是极难做到的，而陶渊明做了一辈子。这是后人崇拜他的原因之一吧。

笔者认为，不是名篇的第四首再度点出诗人对生死的思考。"久去山泽游，浪莽林野娱"，快乐地放纵于久违的山林荒野，所以带着小辈们漫步于荒墟之间。先辈的坟墓、故居呈现在眼前，而水井炉灶处尚有遗迹，向当地居民打听他们的消息，"薪者向我言：死没无复馀"。作者感慨道："人生似幻化，终当归空无。"笔者再度想到王右军的那句："死生亦大矣，岂不痛哉！"这与本诗开篇时的欢乐形成对比。从"借问采薪者"开始讲述了生的空无，以及隐含了对于死亡的未知与恐惧。

第五首诗相比于前几首更为平和而朴素，"怅恨独策还，崎岖历榛曲"，怅然地一个人拄拐归家，道路坎坷，且满地的荆棘。而"山涧清且浅，可以濯吾足"，化用与屈原对话的渔父的名言，"沧浪之水清兮，可以濯吾缨；沧浪之水浊兮，可以濯吾足"，表面上是洗洗脚，实际上表达了陶渊明顺任自然的态度。踏踏实实地过日子吧，不要大喜大悲，因为"常恐霜霰至，零落同草莽"，世界上没有什么是属于我的，自然也没有初归田园时"羁鸟恋旧林，池鱼思故渊"的喜悦。这点更接近于他的《归去来兮辞》的结尾，"聊乘化以归尽，乐夫天命复奚疑"。

于是滤好新酿的美酒，烹饪好鸡来款待邻居。太阳落山了，室内逐渐变暗，点燃荆柴来代替明亮的烛光。一夜天南海北地畅聊，到了白天该耕田的

还去耕田，该种树的还去种树。这是真正的乐天知命。

游斜川并序

【原文】

辛丑正月五日，天气澄和，风物闲美[①]。与二三邻曲[②]，同游斜川。临长流，望曾城[③]，鲂鲤跃鳞于将夕，水鸥乘和以翻飞。彼南阜[④]者，名实旧矣，不复乃为嗟叹。若夫层城，傍无依接，独秀中皋，遥想灵山，有爱嘉名。欣对不足，共尔赋诗。悲日月之遂往，悼吾年之不留[⑤]。各疏[⑥]年纪乡里，以记其时日。

开岁倏五十，吾生行归休[⑦]。念之动中怀，及辰[⑧]为兹游。气和天惟澄，班坐[⑨]依远流。弱湍[⑩]驰文鲂[⑪]，闲谷矫鸣鸥。迥泽散游目[⑫]，缅然睇[⑬]曾丘。虽微九重秀，顾瞻无匹俦[⑭]。提壶接宾侣，引满更献酬。未知从今去，当复如此不。中觞[⑮]纵遥情，忘彼千载忧。且极今朝乐，明日非所求。

【注释】

①闲美：闲静优美。

②邻曲：邻居。

③曾（céng）城，层城，山名。

④南阜，此处指庐山。

⑤悲日月之遂往，悼吾年之不留：可能化用《离骚》："汩余若将不及兮，恐年岁之不吾与。""日月乎其不淹兮，春与秋其代序。"

⑥疏：分条记下。

⑦归休：行将结束。

⑧及辰：及时。

⑨班坐：依次坐下。

⑩湍：急流。弱湍：欢快流淌的水。

⑪文鲂（fáng）：有花纹的鲂鱼。

⑫迥泽散游目：放眼四顾于远泽。《离骚》："忽反顾以游目兮，将往观乎四荒。"

⑬ 睇（dì）：看。

⑭ 匹俦（chóu）：匹敌。

⑮ 中觞：酒喝到一半。

【译文】

辛丑年的正月初五，天气晴朗和顺，风光与景物闲静、优美。与两三个邻居一同游于斜川。站在河水边上，眺望曾城山，太阳即将落山，而鲂鱼和锦鲤争相跃出水面，水鸥顺着和风飞翔。南边庐山我已经很熟悉，所以不想再为它咨嗟咏叹。想那曾城山，无所依傍，因而独自立于中间的平泽之中，遥想那神明居住昆仑中的增城山，就更加喜爱曾城山的名字。感叹不足，所以和你们一起赋诗，以抒发情怀。我悲伤于岁月的一去不返，而为年华的老去感到悲哀。大家分条记录各自的年龄与家乡，以记下这一天。

过了年就五十岁了，我的生命即将终止。想到这些，我的心情就难以平和，趁着这一美好的时刻，我和朋友一起春游。气候爽朗，而天空清明，沿水边我们依次坐下。悠扬的水面上游动着有花纹的鲂鱼，幽静的深谷里传来鸥鸟的鸣唱。举目四望，望向浩瀚的水面，望着曾城山，我若有所思。虽说它没有增城山那重重叠叠的秀美，但环顾四周也没有别的山能与之相比。提上酒壶，去迎接宾客，一次次斟满酒杯，并相互劝酒。我还不知从今以后，还有没有这样把酒言欢的机会。酒喝到一半时渐渐抛却饮酒之初的俗礼，忘却了三千烦恼。姑且让我们今天尽兴，明日怎样非我所求。

【赏析】

《游斜川》是一首序文长于正文的诗，序文中有很重要的信息传达给读者。

本篇开篇就交代了时间，“辛丑正月五日”。“天气澄和，风物闲美”，适合出游，于是“与二三邻曲，同游斜川。临长流，望曾城”，曾城指的是曾城山。“鲂鲤跃鳞于将夕，水鸥乘和以翻飞”，太阳即将落山，而鲂鱼和锦鲤争相跃出水面，水鸥顺着和风飞翔。描写的笔触极为优美，且以对仗的方式出现，将读者置身于如画的场景之中。继而诗人把目光投向庐山与曾城山：“彼南阜者，名实旧矣，不复乃为嗟叹”，而与之相应，“若夫层城，傍无依接，独秀中皋”，诗人由曾城山联想到昆仑山的增城山。于是“遥想灵山，有爱嘉名”，意犹未尽，“欣对不足，率尔赋诗”。最后，这篇序言以轻描淡写的“各疏年纪乡里，以纪其时日”结尾。

正文开篇“开岁倏五十，吾生行归休”，不由得让读者联想到《归去来兮辞》中的“善万物之得时，感吾生之行休”，诗人的选择是及时享乐：“念之动中怀，及辰为兹游”，想到这些，诗人的心情就难以平和，趁着这一美好的时刻，诗人和朋友一起春游。“气和天惟澄，班坐依远流”，气候爽朗，而天空清明，沿水边我们依次坐下。诗人把目光投向水面：“弱湍驰文鲂，闲谷矫鸣鸥”，悠扬的水面上游动着有花纹的鲂鱼，幽静的深谷里传来鸥鸟的鸣唱。描写了比较安静祥和的场景。作者目光转向山：“迥泽散游目，缅然睇曾丘”，举目四望，望向浩瀚的水面，望着曾城山，我若有所思。想到了位于昆仑之中的增城山，视野因此一下子开阔并深远。“散”与“睇”实为点睛之笔。

“虽微九重秀，顾瞻无匹俦”，虽说它没有增城山那重重叠叠的秀美，但环顾四周也没有别的山能与之相比。想到了《孟子》中那句“孔子登东山而小鲁，登泰山而小天下”，很明显“登泰山而小天下”有夸张的意味，但它寓指视点不断寻求突破，超越自我，用超然的心境去面对周遭的事物。这并非本诗的主旨，但确实是这首诗乃至作者晚年的主要思想。

“提壶接宾侣，饮满更献酬”，提上酒壶，去迎接宾客，一次次斟满酒杯，并相互劝酒。为什么陶渊明没有按照儒家礼法去劝酒？首先，魏晋这些信奉儒家学说的风流之士不在乎所谓的礼法，其次，“未知从今去，当复如此不”。一方面，世道不安稳；另一方面，作者可能知道自己时日无多，故而有此感慨。

明天又有明天的事情，所以干脆不想。“中觞纵遥情，忘彼千载忧”，酒喝到一半时渐渐抛却饮酒之初的俗礼，忘却了一切烦恼。姑且让我们今天尽兴，明日怎样已非我所求。

示周续之祖企谢景夷三郎

【原文】

负痾[①]颓檐下，终日无一欣。药石[②]有时闲，念我意中人[③]。相去不寻常[④]，道路邈何因？周生述孔业，祖谢响然臻[⑤]。道丧向千载[⑥]，今朝复斯闻。马队非讲肆，校书亦已勤[⑦]。老夫有所爱，思与尔为邻。愿言诲诸子，从我颍水滨[⑧]。

【注释】

①负痾（ē）：负疴（kē），意为患病。

②药石：药物和砭石。

③意中人：指周，祖，谢三人。

④相去不寻常：路途遥远。

⑤周生述孔业，祖谢响然臻：周续之讲述孔子的学说，祖企和谢景夷应声而至。

⑥道丧向千载：孔子的学说已有近千年没有传承。

⑦马队非讲肆，校书亦已勤：马厩岂能是讲《礼记》的地方，而你们校勘古籍也很勤奋。

⑧颍水滨：皇甫谧《高士传》云："许由字武仲。尧闻致天下而让焉，乃退而遁于中岳颍水之阳，箕山之下隐……"

【译文】

颓败的房子里，我抱病在身，一天到晚郁郁寡欢。偶尔有病痛稍为好转的时候，就想起你们了。路途迢远，我们难于相见。想起周续之讲述孔子的学说，祖企和谢景夷应声而至的场面，我倍感欣慰。孔子的学说已有近千年没有传承，而今天再度得闻。马厩岂能是讲《礼记》的地方，而你们校勘古籍也很勤奋。我也有所渴望，希望能成为你们的邻居。更希望你们能和我一起，过上隐居的生活。

【赏析】

从檀韶任江州刺史的年限来看，诗中三人讲《礼记》应该在公元416年到 418 年之间，这首诗也应作于那个时间。其时刘宋初建，陶渊明已然归隐。从他在公元 427 年过世来看，所谓浪漫的田园生活其实是艰难的。

“负痾颓檐下，终日无一欣”，开头的“负痾颓檐”验证了诗人的艰难。而“药石有时闲，念我意中人”，此“意中人”非彼“意中人”，只是想起几个与亦师亦友的人（事实上，他们是陶渊明的晚辈），而且还是在病痛之间。然而“相去不寻常，道路邈何因”，见面不多，不过令人开心的是，“周生述孔业，祖谢响然臻”，周续之讲述孔子的学说，祖企和谢景夷应声而至，俨然一派治学的氛围。

接下来的诗句就有劝勉的意味了。“道丧向千载，今朝复斯闻”，孔子的学说已有近千年没有传承，而今天再度得闻。相信陶渊明在写下这一句时倍感欣慰，他们就要正式传承《礼记》这一文化了。所以“马队非讲肆，校书亦已勤”，马厩岂能是讲《礼记》的地方，而你们校勘古籍也很勤奋。他们的工作地点在马厩旁边，这是比较搞笑又无奈又令人感慨的事。

“老夫有所爱，思与尔为邻。愿言诲诸子，从我颍水滨”，诗人自称“老夫”，还“诲诸子”，俨然以长辈自居。然而笔者感兴趣的是，为何不是“从我沂水滨”，后者是孔子讲学的地方，而他们传承的，也是孔子的学说。笔者大胆假设，沂水滨，多少还有着入世的成分，而颍水滨，则是彻彻底底地归隐。而孔子也说过，“道不行，乘桴浮于海”，这怕是陶渊明的真实诉求与想法。

全诗首先委婉地介绍了自己的窘境，其次对周续之、祖企和谢景夷的工作表示肯定。最后再度升华地表达了自己归隐的意愿，并携同几位小友一并走入不可能的“颍水之滨”。

乞食

【原文】

饥来驱我去，不知竟何之。行行至斯里，扣门拙言辞。主人谐余意，遗赠岂虚来①。谈谐终日夕，觞至辄倾杯。情欣新知劝，言咏遂赋诗。感子漂母惠，愧我非韩才②。衔戢知何谢③？冥报④以相贻。

【注释】

①遗（wèi）赠岂虚来：主人有所馈赠，因而不虚此行。

②感子漂母惠，愧我非韩才：因无力报答而惭愧。《史记·淮阴侯列传》："……有一母见信饥，饭信，竟漂数十日。……（韩信）召所从食漂母，赐千金。"

③衔戢知何谢：谢意深藏心中。

④冥报：死后幽冥中的报答。

【译文】

我因为饥饿而被迫出门，不知道到底能去哪里。茫然四顾，我来到这里，敲门却拙于言辞。主人明白了我的心意，慷慨赠送了一些食物，我深感此行不虚。和主人畅谈到太阳落山，斟酒即饮，饮尽为止。又新交了一个一见如故的朋友，即席赋诗，以表达我的情意。深感你如漂母般的恩惠，但很惭愧，我没有韩信的才干。怎么感谢你的一饭之恩？唯有死后在幽冥中报答你。

【赏析】

这首诗作于公元426年，而作者于公元427年去世。关于这首诗的评价后人众说纷纭，主要有苏轼和王维两种迥然不同的观点。苏轼赞赏，而王维反对。以下简单地分析这首诗，再对这两种观点做一说明。

"饥来驱我去"，开头言明自己因为饥饿被迫出门的窘境，"不知竟何之"，不知到哪里去乞食。诗人四仕三隐，出身虽不高，毕竟是官宦之家，不敢说锦衣玉食，至少一直衣食无忧。哪知老境如此窘迫？终于，"行行至斯里"，却"扣门拙言辞"。好在"主人谐余意，遗赠岂虚来"，主人慷慨赠送了一些食物，作者深感安慰。

但是陶渊明不同于一般的乞食者，可以和主人谈天说地，“谈谐终日夕，觞至辄倾杯。情欣新知欢，言咏遂赋诗”，和主人畅谈到太阳落山，斟酒即饮，饮尽为止。又新交了一个一见如故的朋友，即席赋诗，以表达诗人的谢意。

“感子漂母惠，愧我非韩才”，深感你如漂母般的恩惠，但很惭愧，我没有韩信的才干。令人心酸的是结尾的“衔戢知何谢？冥报以相贻”，怎么感谢你的一饭之恩？唯有死后在幽冥中报答你。

旷达如苏轼，对这种和贫穷有关的诗倒是很宽容，甚至有赞赏：“……陶渊明欲仕则仕，不以求之为嫌；欲隐则隐，不以去之为高。饥则扣门而乞食，饱则鸡黍以延客。古今贤之，贵其真也。”（《书〈李简夫诗集〉后》）甚至作诗一首以和之，《和陶乞食》：

庄周昔贷粟，犹欲舂脱之。
鲁公亦乞米，炊煮尚不辞。
渊明端乞食，亦不避嗟来。
呜呼天下士，死生寄一杯。
斗水何所直？远汲愁姜诗。
幸有余薪米，养此老不才。
至味久不坏，可为子孙贻。

不过苏轼将陶渊明引为异代知己，不免在诗中夹杂了很多个人色彩。这首诗与其是讲陶渊明，不如说是苏轼的自况。更何况，从诗中明显能读出苏轼写陶渊明，写着写着就写到了自身。所以，笔者倾向于第二种观点。

第二种观点认为，这恐怕是陶渊明最让人心酸的诗作了。如前所述，这首诗作于作者晚年，作者无暇安贫乐道乐天知命，因为有家人要去养活。当一个人没有收入，又是个“镜破不改光，兰死不改香”的高蹈之士，生活的心酸与压力可想而知。抛却魏晋名士的风采与自命式的清高，剩下的只有无奈和悲凉。王维在《与魏居士书》中对陶渊明有一个很著名的评价：“近有陶潜，不肯把板屈腰见督邮，解印绶弃官去。后贫，《乞食》诗云‘扣门拙言辞’，是屡乞而多惭也。尝一见督邮，安食公田数顷。一惭之不忍，而终身惭乎？”“一惭之不忍，而终身惭乎？”这已经成为当代一部分知识分子对陶渊明

的看法。

王维是站在后来人的角度来看待这首诗，陶渊明开始隐居时，生活质量固然有所下降，但断然不至于出门要饭，他在骨子里依然以东晋遗民自居（见《命子》："在我中晋，业融长沙。"说明他为自己的晋朝人身份而骄傲），并反对桓玄与刘裕的篡位。因而，当王弘、檀道济先后来访，并代表刘宋王朝伸出橄榄枝，暗示新朝欢迎他出仕时，陶渊明拒绝了。他不愿再度涉足官场，一方面固然和他倦于在官场中继续混下去有关，另一方面，他不愿意为刘宋王朝效力，一如先贤嵇康始终以魏臣自居，不愿为司马家族卖命一样。我们愿意相信，他失了小节，却没有丢失他心中的大礼。毕竟，写下"衔戢知何谢，冥报以相贻"这样令人不忍卒读的句子，他也没有流露出没有出仕的悔意。

诸人共游周家墓柏下

【原文】

今日天气佳，清吹①与鸣弹。感彼柏下人②，安得不为欢。轻歌散新声，绿酒开芳颜。未知明日事，余襟③良以殚④。

【注释】

① 清吹：管状乐器。

② 柏下人：墓中人。

③ 襟：襟怀。

④ 殚：尽。

【译文】

今天的天气很好，伴随管乐和弹奏之声。我感慨于长眠地下的人，人生怎可不及时行乐？一首清歌抒发新的音乐，而新焙的绿酒可使人展开笑颜。不知道明天会发生什么事情，今天就已经尽兴了。

【赏析】

公元405年，诗人最后一次开始归隐，这首诗就作于次年，尽管"常恐霜霰至，零落同草莽"，每天都要"晨兴理荒秽，带月荷锄归"（《归园田居》)，但还能够自给自足，在乱世中过着小康生活。

首先诗人交代了环境，“今日天气佳，清吹与鸣弹”，这种方法即使在诗歌中也是很常见的。接着点出写作的因由：“感彼柏下人，安得不为欢。”感慨于长眠地下的人，为什么不及时行乐呢？这不由得让人想起曹操的诗句：“对酒当歌，人生几何？譬如朝露，去日苦多。”诗人认为怎样做才能不枉费时光呢？“轻歌散新声，绿酒开芳颜”，这是一个对仗，动词“散”“开”即“发散”“展开”，给人舒展轻盈的感觉。作者的心情是明快的，全然没有《乞食》中“衔戢知何谢，冥报以相贻”的悲凉。而结尾“未知明日事，余襟良以殚”，不知道明天会发生什么事情，今天就已经尽兴了。则给读者展现一种今朝有酒今朝醉的画风。

面对逝者，陶渊明在这首诗中，似乎没有真正体悟生死，一如清明节时，人们轻快地去踏青，而纪念死者的意义不是那么唯一。所以，虽是写去墓地，《诸人共游周家墓柏下》还是清新明快的。

怨诗楚调示庞主簿邓治中

【原文】

天道幽且远，鬼神茫昧然。结发念善事，僶俛[①]六九[②]年。弱冠逢世阻，始室[③]丧其偏[④]。炎火[⑤]屡焚如，螟蜮[⑥]恣中田。风雨纵横至，收敛不盈廛[⑦]。夏日长抱饥，寒夜无被眠。造[⑧]夕思鸡鸣，及晨愿乌[⑨]迁。在己何怨天，离忧凄目前。吁嗟身后名，于我若浮烟。慷慨独悲歌，钟期[⑩]信为贤。

【注释】

① 僶（mǐn）俛（miǎn）：努力。

② 六九年，即五十四年。

③ 始室：三十岁。

④ 丧其偏：丧偶。

⑤ 炎火：大旱。《诗经·小雅·大田》："田祖有神，秉畀炎火。"

⑥ 螟（míng）蜮（yù）：两种害虫。

⑦ 廛（chán），土地面积单位。一户一廛。

⑧ 造：到。

⑨ 乌：金乌，意指太阳。

⑩ 钟期：代指诗题中庞、邓二人。

【译文】

天道幽深邈远，而鬼神之事难于测算。想我在年轻时一心向善，孜孜不倦地努力，而今天已经到了五十四岁。二十岁时，遭受到国家的变故，而到了三十岁时，我的夫人也撒手人寰。如今屡屡遭受大旱，而害虫在田间肆意妄为。祸不单行，屡有风灾水祸，所收获的粮食不足以填饱一家人的肚子。夏天经常忍饥挨饿，而到了寒冷的夜晚，又没有被子可盖。于是到了晚上我一心盼着白天的到来，到了白天又希望时间能过得快一些。生活如此艰难，眼下的处境使我倍感凄凉，全都是因为自己，怨不得上天。感慨自己身后之名如同云烟。所幸生前有庞、邓二君能如钟子期理解俞伯牙一般，理解我的慷慨悲歌。

【赏析】

怨诗楚调，题目就为这首诗定了调子——怨，不满意，责备。而楚地又是哀怨或分离的意象。本诗创作的时候，作者已逐渐晚年，生活日益艰难，可能预知自己时日无多，而残酷的现实又在一步步瓦解诗人心中的“诗和远方”，所以诗歌格调比较低沉。

“天道幽且远，鬼神茫昧然”，开篇就是“天道”“鬼神”，展开了一个低沉而宏大的视角，为以下十二句（结发念善事……及晨愿乌迁）做好铺垫。继而回顾自己的一生：“结发念善事，僶俛六九年。”年轻时就一心向往着宏图大业，而如今已年过半百。

诗人心酸地回顾道：“弱冠逢世阻，始室丧其偏。”据史料记载，陶渊明二十岁时，权臣桓温——也就是桓玄的父亲——废当时的皇帝司马奕为东海王，杀死了他的妻儿，请旨诛杀武陵王司马晞。立司马昱为帝，庙号晋简文帝。皇帝司马昱赐给他一道手诏：“若晋祚灵长，公便宜奉行前诏，如其大运去矣，请避贤路。”十二月桓温将东海王司马奕进一步降作海西献公，自此时局混乱。这在尊崇儒家思想的陶渊明而言，是一件是可忍孰不可忍的事。加上而立之年妻子死去，诗人的人生不再那么可以任性轻松了。

但命运似乎还要进一步摧毁他的意志。丧偶后的二十多年，诗人有这样的描述：“炎火屡焚如，螟蜮恣中田。风雨纵横至，收敛不盈廛。夏日常抱饥，寒夜无被眠。造夕思鸡鸣，及晨愿乌迁”，如今屡屡遭灾，害虫在田间肆意，所收获的粮食不足以填饱一家人的肚子。夏天也经常忍饥挨饿，而到了寒冷的夜晚，又没有被子可盖。所以晚上盼天亮，白天盼天黑。

“造夕思鸡鸣，及晨愿乌迁”，诗人卑微地苦熬着日子，茫然等待不知吉凶的未来的来临。我想，现实可能已经击垮了陶渊明生活中的诗意。“在己何怨天，离忧凄目前”，倍感凄凉的生活如此艰难，全都是因为自己，怨不得上天。这种文学史上的“离忧”并不是第一次出现，司马迁《史记》中就这样评价《离骚》：“《离骚》者，犹离忧也。”有的学者认为，《离骚》中的“离”通“罹”，意为遭受巨大的损失或灾难。结合“楚调”的意象与全诗哀怨的文风，笔者想二者至少有所关联。

“吁嗟身后名，于我若浮烟”，陶渊明感慨自己身后之名如同云烟。对于

陶渊明来讲，做到这一点洵非易事，他曾在《命子》中大肆夸耀祖先的丰功伟绩，也曾在《赠长沙公》中对族人陶延寿能够一展抱负流露出羡艳之意。一个人可以不注重物质，但不在意名声的人少之又少。这首诗可能也是表明他对身后名有深刻的怀疑。

最后作者总结道："慷慨独悲歌，钟期信为贤。"所幸生前有庞、邓二君能如钟子期理解俞伯牙一般，理解我的慷慨悲歌。其实理解与否又有什么关系？高贵的生命从来都是孤独的。

回到开篇，"天道幽且远，鬼神茫昧然"，也许陶渊明觉得命运对自己是不公的，但天地不仁，以万物为刍狗。《老子》中这句话应该是对于本诗开头两句的最好回答。

答庞参军并序

【原文】

三复来贶①，欲罢不能。自尔邻曲②，冬春再交。款然良对，忽成旧游。俗谚云：数面成亲旧。况情过此者乎③？人事好乖④，便当语离。杨公⑤所叹，岂惟常悲？吾抱疾多年，不复为文。本既不丰⑥，复老病继之。辄依周礼往复之义，且为别后相思之资⑦。

相知何必旧，倾盖⑧定前言。有客赏我趣⑨，每每顾林园。谈谐无俗调，所说圣人篇。或有数斗⑩酒，闲饮自欢然。我实幽居士，无复东西缘。物新人唯旧，弱毫多所宣⑪。情通万里外，行迹滞江山⑫。君其爱体素⑬，来会在何年？

【注释】

① 三复来贶（kuàng）：屡屡读所赠之诗。三：屡次，贶：赐。

② 邻曲：邻居。

③ 况情过此者乎：何况我们的感情超过"数面成亲旧"呢。

④ 人事好（hào）乖：事物发展往往不称心如意。

⑤ 杨公：杨朱。渊明自况之人。

⑥ 本既不丰：我的体质原来就不强壮。

⑦资：凭借。

⑧倾盖："倾盖如故，白首如新。"详见《史记·邹阳列传》。代指一见如故。

⑨有客赏我趣：《诗经·周颂·有客》："有客有客，亦白其马。"指周王对于商旧臣微子的敬重。在这里表示对庞参军的敬重，并说明二人志趣相投。

⑩㪷：斗的古字。

⑪宣：写下。

⑫江山：山水（阻隔）。

⑬体素：身体之根本。

【译文】

我反复拜读你的大作，爱不释手。自从和你成为了邻居，已经经历了两个冬春交替了。我们经常诚挚恳切地交谈，不知不觉成了老朋友。俗话说"几次见面就已是至亲的朋友"，更何况像我们这种交情呢？但人生不如意事常八九，现在又要分别。我的感慨一如杨朱，不仅仅是分别的伤悲，岂止是一般的哀愁？我已抱病多年，不再作诗了。我的身体原本就不好，加之年老多病。就遵循《周礼》所言的礼尚往来的道理，写下这首诗，也是作为分别以后彼此思念的宽慰。

不一定只有老朋友才相互知心，"倾盖如故"的典故足以印证这句话。你能和我志趣相投，并经常光顾我的林园。和你谈话很投机，你的论点毫不俗气，我们共同交流对于先贤遗篇的心得。有时几斗美酒，悠闲地饮下，心情会自然而然地很舒畅。我本是隐居之人，不再有东奔西走的机会。时局剧变，老朋友愈发地难得，经常书信往来，以排解思念之苦。我们的友情可以通达到万里之外，尽管行迹远隔重重山水。希望你能保重身体，不知再度见面会在何年？

【赏析】

这首五言诗作于公元423年，可与四言诗《答庞参军》对照着看。按照顺序，这首五言诗写在那首四言诗之前，时间跨度不大，所记述的内容较为轻松，没有家国之思，正文部分明显更明快。

"三复来贶，欲罢不能"，这里的"来贶"是什么？似已遗佚。"自尔邻曲，冬春再交。款然良对，忽成旧游。俗谚云：数面成亲旧。况情过此者

乎？”说明了两人亲密的友情。然而“人事好乖，便当语离”，人生往往被“爱别离”之苦所困扰，马上就要分离了。“杨公所叹，岂惟常悲？吾抱疾多年，不复为文。本既不丰，复老病继之”。诗人的感伤与杨朱类似，不仅是分别的伤悲，更是感喟于晋宋易代乱世纷扰的世事。诗人的身体原本就不好，加之年老多病，语气自然很低沉，于是“辄依周礼往复之义，且为别后相思之资”，写下这首诗，也是作为分别以后彼此思念的安慰。

“相知何必旧？倾盖定前言”，诗人引用了“倾盖如故，白首如新”的典故。“有客赏我趣，每每顾林园”，如注释所言，“有客”二字足以说明陶渊明把庞参军当作了贵宾。不难想见，前者经常兴致勃勃向庞参军介绍自己林园之内的植物，两人在赏花饮酒的同时，还“谈谐无俗调，所说圣人篇”，彼此见地都很高远，谈论着先哲的遗篇。

终于说到饮酒了，“或有数斗酒，闲饮自欢然”，酒可以排遣忧愁，可以发泄情绪，也可以怡情作乐。作者此处想表达的，无疑是最后一种。“我实幽居士，无复东西缘”，作者倦于东奔西走地谋求官职，否则当年，他也不可能离开王凝之和刘裕等大佬。

“物新人唯旧，弱毫多所宣。情通万里外，行迹滞江山”，时局剧变，老朋友愈发地难得，经常书信往来，以排解思念之苦。我们的友情可以通达到万里之外，尽管行迹远隔重重山水。在这里，空间骤然拉大了，但两人的友情并未稀释。而代指书信的往往是“尺牍”“尺素”或“鱼书”等等，而以“弱毫”代指书信的诗词文章不多。弱毫，一方面是毫弱，另一方面也是更重要的，是人弱。这说明作者已然意识到自己的年迈，但在心底里可能又不服老，“君其爱体素，来会在何年”，足以说明这一点。如前面的赏析，作者是乐观的，尽管历史表明，两个人不久还会见面，作者显然不知道这一点，否则也不会写下“来会在何年”这样的句子，但他依然写下了“君其爱体素”，这句话相当于“努力加餐饭”，显然作者是乐观的。

实际上，作者的这首诗对后世产生了较大的影响，单从序言来说，“人事好乖，便当语离”就有后世北宋黄庭坚的“人生好乖当语离”的化用，表达了对于画中王维在阳关送别的悲歌式的豪放心绪。

五月旦作和戴主簿

【原文】

虚舟[①]纵逸棹，回复遂无穷。发岁[②]始俛仰[③]，星纪[④]奄将中。南窗罕悴[⑤]物，北林荣且丰。神渊[⑥]写时雨[⑦]，晨色奏[⑧]景风[⑨]。既来孰不去[⑩]，人理固有终。居常[⑪]待其尽，曲肱[⑫]岂伤冲[⑬]。迁化或夷险[⑭]，肆志无窊隆[⑮]。即事如已高[⑯]，何必升华嵩[⑰]？

【注释】

①虚舟：季节。全句意为光阴迅速流转。

②发岁：一年的开始。《楚辞·九章·思美人》："开春发岁兮，白日出之悠悠。"

③俛（fǔ）仰：俯仰。俛，这里通"俯"。

④星纪：岁月。

⑤悴：憔悴。

⑥神渊：深渊。

⑦时雨：及时之雨。

⑧奏（còu）：通"凑"，聚合。

⑨景风：南风。

⑩既来孰不去：有生必有死。来去，代指生死。

⑪居常：处常，意为安贫乐道。《列子·天瑞》："贫者士之常也，死者人之终也，处常待终，当何忧哉？"

⑫曲肱：弯臂。《论语·述而》："饭疏食饮水，曲肱而枕之，乐亦在其中矣。"代指一种安贫乐道的生活态度。

⑬冲：虚静。《老子》："道冲，而用之或不盈。"

⑭迁化或夷险：在变化中，生命时平静时险峻。

⑮窊（wā）隆：窊：低；隆：高。

⑯即事如已高：这种人生态度已升华得如此之高。

⑰华嵩：华山与嵩山，据传为成仙之地。

【译文】

光阴流转，稍纵即逝，循环往复没有终点。开年以来尚在俯仰之间，忽然一年过去将近一半。南面窗户很少能见到憔悴的植物，北边树林又繁荣茂盛。深渊中泻下及时之雨，清晨之色又与南风相约而至。人有生必有死，这是生命法则，人生必然走向终点。过着安贫乐道的生活，等候生命的终点，在这一过程中静静体悟生命的冲虚之道。在变化中，生命时平静时险峻，唯有自由之心，才对世事穷通无所挂碍。但愿这种人生态度已升华得如此之高，又何必登上华山与嵩山以位列仙班？

【赏析】

题目中的五月旦指的是五月初一，“戴主簿”已不可考。此诗作于公元413年，即东晋义熙九年，尽管江东有桓温、刘裕等人的政治博弈，但显然没有波及作者居住的浔阳（今江西九江一带），而作者彻底归隐已有七八年了。从字里行间我们不难看出，陶渊明过得还算平静，暴风骤雨式的连天烽火或改朝换代的大事没有在他的诗里出现。尽管现实生活披荆斩棘艰难不易，作者还是开始了对于真正玄学的探索。这首诗，可以视为作者在玄学之旅上求索的札记。

开头两句气势恢宏：“虚舟纵逸棹，回复遂无穷。”感慨岁月流逝的迅速，也为全诗定下了昂扬的格调。“发岁始俛仰，星纪奄将中”。从下文看来，这首诗应该是投入地耕种，并因此而有所体悟。

接下来的四句对偶，在意境上融情于景，并与下文有着更为深远的呼应：“南窗罕悴物，北林荣且丰”，树木长得葱茏茂盛，更为绝妙的是下面两句：“神渊写时雨，晨色奏景风”，其中以“景风”代“南风”，表明作者尤为珍重这一晨景，甚至不忍打扰，同时，“写”“奏”这两个动词写活了清晨的景色，仿佛有一种无形的力量在挥洒时雨奏起乐章鼓动南风。全句读起来历历如画，景色呼之欲出。

作者的目的显然不在景物上，所以笔锋一转，写到生死：“既来孰不去，人理固有终”，人有生必有死，这是生命法则，怎么办呢？“居常待其尽，曲肱岂伤冲”，诗人愿意过着安贫乐道的生活，并静下心来安心体味“晨兴理

荒秽，带月荷锄归”的劳动中的疲惫与快乐，和“白日掩荆扉，虚室绝尘想”的静坐时的安宁和至乐，在这一过程静静体悟生命的冲虚之道，等待着生命终点的到来。诗句中兼引了儒道两家的经典，表达了作者安贫乐道乐天知命的胸襟与情怀。

一个人在生命的各个阶段因着外境的不同而有着不同的体悟。在这里，诗人从容典雅地表现超脱旷达的一面，呼应了写景那四句的暗示。一个人心是庄严的，那么他看到的甚至是感受到的，也必然是美好的。

“迁化或夷险，肆志无窊隆”，在变化中，生命时平静时险峻，唯有自由之心，才对世事的穷通变迁无所挂碍。从中可以看出诗人正试图努力到达“举世誉之而不加劝，举世非之而不加沮”的境界。“即事如已高，何必升华嵩？”但愿这种可以如此超脱地俯瞰自己的人生，又何必位列仙班？依旧呼应了写景的那四句：“南窗罕悴物，北林荣且丰。神渊写时雨，晨色奏景风。”作者希望能始终保持如此祥和安宁的状态。这应该是作者毕生的所求。

全诗从感慨时间流逝，过渡到对清澈明亮的景色的描写，然后感慨死生，最后升华到对于生死的豁达。并且，情感上有着深刻而自然的呼应。全诗浑然天成，格调高远而无俗笔，贯注着虚静之气，令人读来感到身心安宁。

连雨独饮

【原文】

运生①会归尽，终古②谓之然。世间有松乔③，于今定何间？故老赠余酒，乃言饮得仙。试酌百情④远，重觞⑤忽忘天。天岂去此哉，任真⑥无所先。云鹤⑦有奇翼，八表须臾还。自我抱兹⑧独，僶俛四十年。形骸久已化⑨，心在复何言！

【注释】

①运生：生命的运行。

②终古：自古以来。《楚辞·礼魂》：“春兰兮秋菊，长无绝兮终古。”

③松乔：赤松子，王子乔。见刘向《列仙传》，此处代指神仙。

④百情：各种情绪。

⑤重觞：两杯酒，此处指数杯酒。

⑥任真：顺任自然。

⑦云鹤：一则本义，再则代指仙人。

⑧抱兹：抱元守一。

⑨形骸久已化：身体与骸骨早已幻化空无。

【译文】

生命最终会到达尽头，自古以来都是如此。世间上传说松乔二仙，如今他们又在哪里？老朋友赠送了好酒，他说饮罢此酒会有神仙的快乐。开始饮酒断绝了一切念想，而几杯下肚渐渐遗忘苍天。但是苍天又何尝离开这里，顺任自然而不偏私任何存在。云鹤有神奇的翅膀，四海八荒须臾就回来了。自从见素抱朴，而不为外物所动，我汲汲以求这一境界已有四十年。身体与骸骨早已幻化空无，只要这一初心尚在，便已足够了！

【赏析】

按照作品内容（“自我抱兹独，僶俛四十年”）推算，这首诗应作于公元404年，但陶渊明又有诗《戊申岁六月中遇火》：“总发抱孤介，奄出四十年”，而戊申年，则是公元408年，即陶氏作此诗时已经44岁。结合诗文的风格来说，此诗应该作于归隐前后，“四十年”只是虚指。这首有老庄意味的诗，鲜明地展现了陶渊明的心中始终存在的一方未被玷污的净土。而归隐田园的行为，或这首形而上的诗作，不过是将其显化罢了。

陶渊明下半辈子经常思考生死问题。所以开篇就振聋发聩，“运生会归尽，终古谓之然”，人生最终会到达尽头，自古至今，都是如此。自己当然也不会例外。所以，死亡是每个人的归宿。下文以反问的语气加重了对于这一命题的肯定：“世间有松乔，于今定何闻？”就连赤松子、王子乔这些仙人都难于长寿，何况我们这些凡夫俗子呢？“松乔”一语双关，松树的含义是长寿，乔木的含义是高大（见《诗经·周南·汉广》：“南有乔木，不可休思。”“不可休思”，是因为过于的高大），那些长寿的、高大的树木尚且做不到长生不老，更何况人呢？更进一步突出了生命的短暂、渺小与脆弱，为下文的转折做了铺陈。

“故老赠余酒，乃言饮得仙”，酒能消愁，也能带来快乐。“试酌百情远，重觞忽忘天”，开始饮酒断绝一切念想，几杯下肚渐渐遗忘苍天。笔者想到

《庄子·达生》里说“忘足，履之适也；忘要，带之适也；忘是非，心之适也；不内变，不外从，事会之适也。始乎适而未尝不适者，忘适之适也”，忘了脚，意味鞋子很舒服；忘记了腰，说明裤带很舒服；忘记了是非，说明心很舒服；保持自己的心如如不动，不追寻外物，意味着可以从容地在世间行走而不感到不舒适，而始于安适却无所不适，那是忘记安适的安适。这正是“试酌百情远，重觞忽忘天”和下文中陶渊明所追求的境界。

“天岂去此哉，任真无所先”，苍天何尝离开这里，顺任自然而不偏私任何存在。《老子》中记载“天地不仁，以万物为刍狗”和“人法地，地法天，天法道，道法自然”，两句话的意思分别为：天地无情，由万物自行生灭；人效仿地土，地土效仿苍天，苍天效仿大道，而大道效仿自身。在这里，陶渊明将自身，土地，苍天与大道视为相通甚至是相同的，而自己仿若天地一般，无情意义下的深情中，他俯瞰万物而不动情。

“云鹤有奇翼，八表须臾还”，“云鹤”是双关语。古人常以“云鹤”代指仙人，结合上文，不难看出“天岂去此哉，任真无所先”的另外一重意味，他希望不受任何形式——包括环境与心灵——的束缚，去寻求一份大自在与大解脱，如《庄子》所言：独与天地精神往来，而不傲睨万物，来与世俗相处。

后面可以视为回归与升华：“自我抱兹独，僶俛四十年”，陶渊明汲汲以求这一境界已有四十年。需要强调的是，是追求这一境界而非达到，因为它需要“举世誉之而不加劝，举世非之而不加沮”的勇气。

最后的两句堪称点睛之笔：“形骸久已化，心在复何言！”身体与骸骨早已幻化空无，只要初心尚在，便已足够了。这已经有了接近开悟的意味。倘若陶渊明能把这种初心泯灭，化入他所提到的“天岂去此哉，任真无所先”里，化入他的“云鹤有奇翼，八表须臾还”中，从而在其中得到心，或进一步说，无心的自由，就能得到真正的大解脱与大自在，就能做到更深层意义下的“此中有真意，欲辩已忘言”。

移居二首

【原文】

其一

昔欲居南村，非为卜其宅①。闻多素心人②，乐与数③晨夕。怀此颇有年，今日从兹役④。敝庐何必广，取足蔽床席。邻曲时时来，抗言⑤谈在昔⑥。奇文共欣赏，疑义相与析。

其二

春秋多佳日，登高赋新诗。过门更相呼，有酒斟酌之。农务各自归，闲暇辄相思。相思则披衣，言笑无厌时。此理将不胜⑦，无为忽去兹⑧。衣食当须纪⑨，力耕不吾欺。

【注释】

①卜其宅：化用《左传》："非宅是卜，惟邻是卜。"

②素心人：心地纯良之人。

③数（shuò）：屡次，引申作每一个。

④从兹役：移居，即搬家。

⑤抗言：高言。

⑥在昔：出自《诗经·商颂·那》："自古在昔，先民有作。"

⑦将不胜：很有用。"理胜"是魏晋常用语，相当于"道理很有用"。

⑧无为忽去兹：切勿轻易忽略这一道理。

⑨纪：打理。

【译文】

其一

我从前想住到南村来，并非为了好的宅子。听说这里有很多心地纯良的人，我乐意和他们度过每个早晨与夜晚。几年以前我就有这个想法，今天才付诸行动。简陋的茅棚何须宽广？只要足够摆放床铺就行了。邻居经常来到我这里，他们高谈阔论从古到今。有奇妙的文章大家一起欣赏，碰到不懂的地方大家共同钻研。

其二

春秋多是爽朗的天气，我经常到高处，和友人一起创作新的诗篇。经过彼此门前打声招呼，如果有酒大家斟酌共饮。做完农事我们各自归去，闲暇时相互思念。思念时我们披上衣服出门，谈笑风生我们不会厌烦。以下的道理很有用，切勿轻易将其忽略：穿衣吃饭需要自己经营，努力耕种一定会收获许多粮食。

【赏析】

本诗作于哪一年，为什么写的，有诸多版本，笔者基本认同两点：第一，本诗作于公元 411 年前后，作者已归隐田园；第二，陶渊明搬家，不是因为“闻多素心人，乐与数晨夕”，而是由于浔阳旧宅失火被毁。

“昔欲居南村，非为卜其宅”，卜宅，实际上是有典故的。《左传》转引俗话：“非宅是卜，惟邻是卜。”和今天所谓的“千金择房，万金择邻”意思大致相同。陶渊明搬家实属无奈之举，幸好，这里有很多心地纯良之人，诗人乐意和他们朝夕相伴。有资料表明，这些人中有颜延之、庞通和殷景仁等晋宋之际的文学大家，明白了这一点，为理解下文“奇文共欣赏，疑义相与析”做了准备。

“怀此颇有年，今日从兹役”，有良朋为邻，当然向往。旧宅焚毁，让搬家成为必须。“敝庐何必广，取足蔽床席”，简陋的茅棚何须宽广？只要足够摆放床铺就行了。因为“邻曲时时来，抗言谈在昔”，有颜延之、庞通和殷景仁这些名士邻居经常造访，谈古论今。“在昔”二字引用自《诗经·商颂·那》，根据《诗经原始》，这一篇是《商颂》之首，很庄严，是歌颂商朝的开国君主成汤的。所以不难想象，他们所讨论的，确实应该“奇文共欣赏，疑义相与析”，有奇妙的文章大家一起欣赏，碰到不懂的地方大家共同钻研。这种浓浓的学术氛围是多么难能可贵啊，何况是在兵连祸结的晋朝！这两句充满正能量，成为所有文人向往的生活。

第二首诗有很多生活乐趣，较第一首明快。开首令人耳目一新，“春秋多佳日，登高赋新诗”，这里“春秋”指的是两个季节，给读者一种高远而不失清新的感觉。“过门更相呼，有酒斟酌之”，经过彼此的门前打声招呼，如果有酒大家斟酌共饮。

“农务各自归，闲暇辄相思”，忙归忙，但是已经相濡以沫式地记挂彼此。“相思则披衣，言笑无厌时”，思念之际我们披上衣服互相拜访，无论说什么我们都不会厌烦。

“此理将不胜，无为忽去兹。衣食当须纪，力耕不吾欺”，以下这种道理很有用，切勿轻易将其忽略：穿衣吃饭需要自己经营，努力耕种一定会收获许多粮食。联想我们对陶渊明的了解，哪怕是“晨兴理荒秽，带月荷锄戴”，他依然是“风雨纵横至，收敛不盈廛”。之前他出仕，固然是想一展抱负，但也有资料表明，也与陶渊明不善于种庄稼有关——当年他的叔父陶夔（kuí）也以他不善稼穑为由，劝他出仕。但是，即使出仕对于他来说可以生存得更好，不过可能一个人的禀赋是天生的，后天种种试图改变，几乎都是徒劳的。如先贤屈原的“亦余心之所善兮，虽九死其犹未悔”，如后世苏轼的“捡尽寒枝不肯栖，寂寞沙洲冷”。当现实与初心产生严重冲突时，所有真正的文人都不约而同地选择了后者。

和刘柴桑

【原文】

山泽久见招，胡事乃踌躇？直为亲旧故，未忍言索居[1]。良辰入奇怀，挈[2]杖还西庐。荒涂[3]无归人，时时见废墟。茅茨[4]已就治，新畴[5]复应畬[6]。谷风[7]转凄薄，春醪解饥劬[8]。弱女[9]虽非男，慰情良胜无。栖栖[10]世中事，岁月共相疏。耕织称[11]其用，过此奚所须？去去百年外，身名同翳如[12]。

【注释】

① 索居：离群索居，此处意为不与亲旧相通。

② 挈（qiè）：提起。

③ 荒涂：荒凉的道路。

④ 茅茨（cí）：茅屋。

⑤ 新畴：新田。

⑥ 畬（yú）：开垦过三年之旧田。

⑦ 谷风：来自山谷之强风。《尔雅》："东风谓之谷风。"

⑧ 劬（qú）：劳。《诗经·小雅·蓼莪》："哀哀父母，生我劬劳。"

⑨ 弱女：代薄酒。嵇含《南方草木状》云："南人有女数岁，即大酿酒。"下文中"男"代指醇酒，两者相对。

⑩ 栖栖：忙碌不安的样子。《诗经·小雅·六月》："六月栖栖，戎车既饬。"

⑪ 称（chèn）：满足。

⑫ 翳（yì）如：消失。

【译文】

很久之前你就约我在庐山隐居，我为什么踌躇不前呢？只是因为亲友放不下，一直不肯离开他们而独自生活。把良辰美景纳入胸怀，提起拐杖我返回西边的茅庐。沿途荒凉没有回来之人，时时能看见废墟所在。茅屋已经修葺好了，还有新的田垄需要开垦。谷中的东风变得寒冷微弱，而春天的酒能消除饥劳。薄酒虽比不上醇酒，总算可以使我的心情得到慰藉。世间的事使人栖栖不安，我已和它们随时间的流逝而疏远。我现在很满足于男耕女织的生活，超过这些的物质生活不是我所需要的。人生百年又能得到什么？身体和名声终将遁入空无。

【赏析】

根据诗的内容，作者住在“西庐”，即公元410年前后。作者写本诗的目的是婉拒进一步的归隐，即遁入空门。不过在陶渊明而言，可能这是另一种出仕。《莲社高贤传》云：“（慧）远法师与诸贤结莲社，以书招渊明。渊明曰：‘若许饮，则往。’许之，遂造焉。忽攒眉而去”。在本诗中，陶渊明给出了“攒眉而去”理由。

“山泽久见招，胡事乃踌躇？”很久之前你就约我在庐山隐居，我为什么踌躇不前呢？开门见山直接提出问题，紧接着交代了原因，“直为亲旧故，未忍言索居”，作者在那个乱世里，有着文人乃至“士”的担当，这一切情怀都有悖于佛法的清静。“良辰入奇怀，挈杖还西庐”，诗人的生活是悠闲缓慢自在自由的。这与下文的“荒涂无归人，时时见废墟”形成呼应。

“荒涂无归人，时时见废墟”，以小写大，在那个时代应该是常见的场景。

“茅茨已就治，新畴复应畬”，缠身的俗务，在诗人心中比皈依佛门更为重要。同时“谷风转凄薄，春醪解饥劬”，表面是写景，但结合上文的

"直为亲旧故，未忍言索居"，可能陶渊明当时有重要私事在身，不便言明；结合"春醪解饥劬"，可能有别的朋友伸出援手。事实如何，殊不可考。也可能这四句仅仅是诗意地写事写景。

"弱女虽非男，慰情良胜无"，《陶渊明集笺注》关于这首诗中"弱女"的注释："喻酒之醨薄，饥则濡枯肠，寒则若挟纩（kuàng），曲尽贫士嗜酒之常态。"笔者认为这一解释是完全合理的，这是全诗隐晦而双关的意境的一个佐证。否则完全可以写"薄酒非纯酿，慰情良胜无"。"栖栖世中事，岁月共相疏"，世间的事使人栖栖不安，我已和它们随时间的流逝而疏远。作者用"栖栖"代指不安的状态，与"栖栖"音近的"戚戚"或"凄凄"表达了相同的意思。然而，不管过去多么地艰难，都已经"岁月共相疏"。作者和那些琐事，那段苦涩的记忆渐行渐远。在笔者看来，"岁月共相疏"应该是本诗中最有诗意最有深度甚至是最洒脱的一句，暗合了作者道家或禅宗一面的思想，同时也委婉地否定了念佛成就的净土宗。

"耕织称其用，过此奚所须？"作者可能认为男耕女织是最为朴素和自然的，所以"过此奚所须"。结尾处他感叹道，"去去百年外，身名同翳如"，人生百年又能得到什么？身体和名声终将遁入空无。

酬刘柴桑

【原文】

穷居①寡人用，时忘四运周②。门庭多落叶，慨然知已秋。新葵郁③北牖，嘉穟④养南畴。今我不为乐，知有来岁不⑤？命室⑥携童弱，良日登远游。

【注释】

① 穷居：居于偏远之地。

② 四运周：四季之变化。《庄子·知北游》："阴阳四时运行，各得其序。"

③ 郁（yù）：茂盛的样子。

④ 穟（suì）：禾穗饱满。《说文》："采禾之貌。"

⑤ 今我不为乐，知有来岁不：化用《诗经·唐风·蟋蟀》："今我不乐，日

月其除。”意为若不及时行乐，光阴不复返。

⑥室：妻室。

【译文】

我住的地方很偏僻，平日里少有人来，也忘了一年四季的更相替换。门前落叶很多，我才感慨，竟然到了秋季。窗外有着郁郁葱葱的新的冬葵，田地里禾穗饱满。我若不及时行乐，谁知道还能不能活到明年？我和妻子领着孩子们，乘着风和日丽的气候远游。

【赏析】

本诗作于406年，是诗人隐居不久后的作品。

“穷居寡人用，时忘四运周”，在这里，作者笔调间多了几分淡漠。毕竟刚在官场混过，心也累了。而心的止息才算的上是真正的止息，或隐居。

作者进一步描写自己对时间的无概念化：“门庭多落叶，慨然知已秋。”写疏懒乃至萧索的心境。结合前两句，一三句写局部的萧瑟之景，二四句写广袤的超然之情。环境与心情对比之下，更显作者的气度。

继而作者写到更大范围的乡野风光，“新葵郁北牖，嘉穟养南畴”，不仅是对仗，同时也是互文。言下之意是自己舍不得乡村美景。诗人在另一首诗《止酒》中谈及“好味止园葵”，看着郁郁葱葱的新葵，想着葵菜的美味，尤其舍不得离开吧。

“今我不为乐，知有来岁不?”貌似作者有些悲观。从背景来看，尽管现实遍布荆棘之苦，但作者的心是自由的，没有名闻利养的束缚，同时，作者借“知有来岁不?”表达对于生命短暂的感慨。

在诗的结尾处，作者写道：“命室携童弱，良日登远游。”表达了自己对于世俗快乐的满足。

全诗以超然的道家意味的诗句开头，继而写到田中欣欣向荣的景色，然后感慨生命的短暂与脆弱，最后以及时行乐的态度结尾。

和郭主簿二首

【原文】

其一

蔼蔼[①]堂前林，中夏[②]贮清阴。凯风[③]因时来，回飙[④]开我襟。息[⑤]交游闲业[⑥]，卧起弄书琴。园蔬有馀滋，旧谷[⑦]犹储今。营已[⑧]良有极，过足非所钦。舂秫[⑨]作美酒，酒熟吾自斟。弱子戏我侧，学语未成音。此事真复乐，聊用忘华簪[⑩]。遥遥望白云[⑪]，怀古一何深！

其二

和泽周[⑫]三春[⑬]，清凉素秋节。露凝[⑭]无游氛，天高风景澈。陵岑[⑮]耸逸峰，遥瞻皆奇绝。芳菊开林耀[⑯]，青松冠岩列。怀此贞秀姿，卓为霜下杰。衔觞念幽人，千载抚尔诀。检素[⑰]不获展，厌厌[⑱]竟良月。

【注释】

① 蔼蔼：茂盛的样子。

② 中夏：仲夏。

③ 凯风：南风。《诗经·邶风·凯风》："凯风自南，吹彼棘心。"

④ 回飙（biāo）：回风。

⑤ 息交：停止郊游。

⑥ 闲业：正典以外的闲书。

⑦ 旧谷：见《论语·阳货》："旧谷既没，新谷既生。"

⑧ 营已：经营自己的生活。

⑨ 秫（shú）：一种高粱，多用于酿酒。

⑩ 华簪：华贵的发簪。这里比喻华冠，指做官。

⑪ 白云：双关语，一则本义，再则代指古时仙人。《庄子·天地》："千

岁厌世，去而上仙。乘彼白云，至于帝乡。”

⑫ 周：遍历。

⑬ 三春：农历正月为孟春，二月为仲春，三月为季春，合称“三春”。

⑭ 露凝：露水凝结为霜。曹丕《燕歌行》：“秋风萧瑟天气凉，草木摇落露为霜。”“露凝”的含义及意境与之相似。

⑮ 陵岑（cén）：山峰。

⑯ 开林耀：给树林增加光彩。

⑰ 检素：检点素志，回归初心。

⑱ 厌厌：安静。

【译文】

其一

堂前树木很茂盛，而仲夏时节藏着一片荫凉。南风随季节而来，回风吹开了我的胸襟。停止交流，看正典以外的闲书，随时以书琴为乐，并不刻意钻研。园中蔬菜格外新鲜，以前的粮食一直放到今天。经营好自己的生活已然绰绰有余，过分地追求物质生活于我而言并不可取。舂好软糯的高粱以酿美酒，等美酒酿成后我自会慢慢品尝。幼子戏弄在侧，呀呀学语还没有成音。生活是多么地纯真快乐，哪里想着做官的事情呢？遥望着天空的白云，思念着帝乡，深深地感受到先贤在我的身边。

其二

三春和泽，雨水条顺，而秋来一片清凉。露水凝结成霜，似乎少了几分游赏的氛围，天空高远而清气爽朗，景色澄明但却萧条。山峰秀美，高高耸立在云间，远远地看确然很是奇绝。芬芳的菊花为林中增光添彩，岩上的青松排成一列。它们有着这种秀美的芳姿，在风霜中傲然独立。一边喝酒，一边想着，自古洎今的隐士都效仿松菊之法，遗世独立，卓尔不群。想想我平时的情志得不到舒展，只能安然静居，辜负了这美好的季节。

【赏析】

题目中的“郭主簿”已不可考。主簿，州县主管簿书一类的官。郭主簿应当是诗人的朋友。

两首诗作的日期也不好确定。不过通过那句“弱子戏我侧，学语未成音”来判断，假设作者小儿子陶佟此时两岁，那么第一首诗应作于公元396年。两首诗描写的季节不同，风格类似，且第二首诗以“检素不获展，厌厌竟良月”结尾，说明作者的怀大才而不遇的心境与第一首类似。如果第二首诗作于再度出仕之后，对此他应该有所感慨——哪怕晋室尚未覆灭，刘裕也应该权倾朝野。但是我们在第二首诗中没有发现这方面的愤慨诗句，因而可以判断，这两首诗应同作于第一次归隐之后。因为作者没言明哪一年，但从第二首诗的开头“和泽周三春，清凉素秋节”，可以看出是从暮春到深秋的过程，所以两首诗应作于同一年。

首先我们看第一首。“蔼蔼堂前林，中夏贮清阴”，顿时给读者以盛夏中的习习凉意。这里一个“贮”字用得绝妙，好像中夏时堂前的林荫贮存了很多的阴凉，使人联想到林子的繁茂和林下的清凉。

“凯风因时来，回飙开我襟”，这里的“凯风”意指南风，对应着夏季。这意味着此时刚过春天，正是大地一片葱绿，万物孕育果实的时候。“息交游闲业，卧起弄书琴”，一切都如此的安静和美好。

岁月静好是需要物质基础的。“园蔬有馀滋，旧谷犹储今”，说明当时陶渊明还是一个富足的农民，无论是物质还是精神上的。不过陶渊明显然并不满足于吃饭问题，他认为“营己良有极，过足非所钦”，经营好自己的生活已然绰绰有余，过分地追求物质生活于我而言并不可取。在这里我们能感受到诗人几乎没有物质基础干扰的岁月静好。

“舂秫作美酒，酒熟吾自斟”，一种恬适的生活场景跃然纸上。

“弱子戏我侧，学语未成音”，天伦之乐融入了自然之乐，为诗作注入一分悦纳和安详。“此事真复乐，聊用忘华簪”，华簪，代指出仕做官，也可以代指尘世特别是官场上的浮华与喧闹，代指一切打扰诗人描述的这一安宁氛围的事物。

最后两句堪称点睛之笔，“遥遥望白云，怀古一何深”。如注释所言，白云也代指古时的仙人，最后一句也暗示了本诗的指向是逍遥忘我的道家，而“一何”二字，则又显出作者对于追求忘我境界是汲汲于斯的。

第一首诗描写春夏之交的场景。首先描写安静清新的景物，再描写自己

充足的食物，继而将天伦之乐融入自然的大快乐大自在之中。最后以一句深沉的“遥遥望白云，怀古一何深”结尾，给读者以宏大而不突兀、深沉而不失悠然的感觉。

第二首则描写了深秋时节萧条肃杀的景象。

“和泽周三春，清凉素秋节”，可以推断出这两首诗是前后呼应的。首先，这一句就很自然地从第一首过渡到了第二首。下面开始正式描述诗人眼中的秋天：“露凝无游氛，天高风景澈。陵岑耸逸峰，遥瞻皆奇绝。芳菊开林耀，青松冠岩列”，这儿的美指高远，宁静，从容，恬淡。

作者总结道，菊花和松树“怀此贞秀姿，卓为霜下杰”。联想到自身，就有了“衔觞念幽人，千载抚尔诀”，一边喝酒，一边想着，从古至今，隐士都效仿松菊之法，遗世独立，卓尔不群。但是“检素不获展，厌厌竟良月”，想想我平时的情志得不到舒展，只能安然静居，辜负了这美好的季节。

欧阳修的《秋声赋》结尾处总结道：“嗟夫！草木无情，有时飘零；人为动物，惟物之灵：百忧感其心，万事劳其形，有动于中，必摇其精；而况思其力之所不及，忧其智之所不能；宜其渥然丹者为槁木，黟然黑者为星星。奈何非金石之质，欲与草木而争荣？”这段话可能某种意义下补充了陶渊明的感受。处江湖之远则忧其君，与居庙堂之高则忧其民，可能分别代表了陶渊明与欧阳修的心境。

于王抚军座送客

【原文】

秋日凄且厉，百卉具已腓①。爰以履霜②节，登高饯将归。寒气冒③山泽，游云倏无依。州渚思绵邈④，风水互乖违⑤。瞻夕欣良宴，离言聿云⑥悲。晨鸟暮来还，悬车⑦敛馀晖，逝止⑧判殊路，旋驾怅迟迟。目送回舟远，情随万化⑨遗⑩。

【注释】

①秋日凄且厉，百卉具已腓：见《诗经·小雅·四月》：“秋日凄凄，百卉具腓（féi）。”凄凄，凉风。腓，病；枯萎。

②履霜：踏寒霜。见《诗经·魏风·葛屦》："赳赳葛屦（jù），可以履霜。"

③冒：覆盖。

④思绵邈：离情邈远。

⑤此句是指山水相隔，与友人很难再见面。

⑥聿云：《诗经·小雅·小明》："岁聿云暮。"聿、云，都是语气助词。

⑦悬车：指黄昏之前。《淮南子·天文训》："至于悲泉，爰止其女，爰息其马，是谓悬车。至于虞渊，是谓黄昏。"

⑧逝止：分别指代行人与送行之人。

⑨万化：见《庄子·大宗师》："若人之形者，万化而未始有极也。""万化"为双关语，兼万物之变化与稀释化解之意。

⑩遗：遗落。

【译文】

秋风凄冷而迅速，几乎所有的花草都已然随风凋零。又到了可以履霜的深秋时节，登到高处饯行将要回去的人。凄冷的寒气覆盖了青山流水，云彩缥缈，忽聚忽散。我的离情悠远，遍及洲渚，山水相隔，我们何时能再见面呢？欣赏着夕阳西下的美景，我们把酒言欢，而离别的话使我们伤悲。清晨飞出的鸟儿，到了晚上飞了回来，黄昏之前暮色将余晖收敛起来。从此我们就要分别了，回驾迟迟我惆怅良久。已然目送你们回去的小舟渐行渐远，怅然若失的心情也随万物的变化而变化，在其间稀释化解开去。

【赏析】

此诗的形式与《古诗十九首》相若，全诗格调低沉中不失高远。

本诗作于公元420年前后，诗题中王抚军即王弘，他设宴招待作者、庾登之、谢瞻，为后两人送行时，作者写下这首诗。

陶诗中，秋天往往是一个豁达的意象，而此诗中秋天显得孤高凄冷。席间作者强撑病体，婉言谢绝了王弘所赠的名贵药材，有些近于伯夷叔齐不食周粟的风骨，隐含了一分微妙的家国之恨与黍离之悲。

作者开头处就写道："秋日凄且厉，百卉具已腓。"为全诗定下了低沉的格调。卉，指花卉，腓，指生病的状态。作者写的不仅仅是当时的环境，还隐晦地表达了自己的心情。"爰以履霜节，登高饯将归"，作者没写"爰以深秋节"而代以"爰以履霜节"，而比之于"秋"，"霜"在这里是一个更为沉重的意象，所以“履霜”二字将凝重的氛围进一步深化。“寒气冒山泽，游云倏无依”，凄冷的寒气，云彩缥缈，这何尝不是作者本人的心境？一方面，如题所言，这是一首饯行诗，另一方面，送行的对象庾登之与谢瞻都是朝廷命官，都是去为刘宋新朝办事的。毕竟隔了改朝换代这件事情，所以他们之间的友情也可以用“游云倏无依”来刻画。下文作者深化了这种感情：“州渚思绵邈，风水互乖违”，离情悠远，遍及洲渚，其实就算再见面，彼此的友情也不一定那么亲密了。“风水互乖违”在笔者而言，有一点《世说新语·伤逝》中王戎感叹的意味：“今日视此虽近，邈若山河。”

“瞻夕欣良秋，离言聿云悲”，形成鲜明的对比，有后世李商隐“夕阳无限好，只是近黄昏”的意味。结合彼此的政治立场，这份友情愈发地不定和茫然。

“晨鸟暮来还，悬车敛余晖”，这句兼有《诗经·鲁颂·泮水》“翩彼飞鸮，集于泮林。食我桑黮，怀我好音”的悠扬之意，与《楚辞·离骚》“朝发轫于苍梧兮，夕余至乎县圃。欲少留此灵琐兮，日忽忽其将暮”的黯然之情。尤其是“悬车”二字，《礼记·王志》中有言：“七十致政则悬车”，结合《楚辞·离骚》紧接着的“吾令羲和弭节兮，望崦嵫而勿迫。路漫漫其修远兮，吾将上下而求索”，不难看出作者在这一句话中的一丝幽愤怅然郁郁不得志的心情。

下面一句可以视作情绪的过渡：“逝止判殊路，旋驾怅迟迟”，这一句同时写出空间的离别与心灵的割舍。只是情绪没有上一句深沉。

作为结尾，作者写道："目送回舟远，情随万化遗。"作者毕竟是达观的，对于离别，尤其是乱世中的离别，怀有一份超然的态度。

与殷晋安别并序

【原文】

殷①先作晋安南府长史掾，因居浔阳。后作太尉参军，移家东下，作此以赠。

游好非久长②，一遇尽殷勤。信宿③酬④清话，益复知为亲。去岁家南里，薄作少时⑤邻。负杖肆游从，淹留⑥忘宵晨。语默⑦自殊势，亦知当乖分。未谓事已及，兴言在兹春。飘飘西来风，悠悠东去云。山川千里外，言笑难为因⑧。良才不隐世，江湖多贱贫。脱有经过便，念来存⑨故人。

【注释】

①殷：指殷景仁，作者好友。

②游好非久长：交游甚笃，但不长久。

③信宿：一宿叫宿，再宿叫信。

④酬：交流。

⑤少时：短期。

⑥淹留：久留。

⑦语默：见《周易·系辞》："君子之道，或出或处，或语或默。"语，显达，默，不显达。

⑧山川千里外，言笑难为因：远隔千山万水，难以尽情地谈笑。

⑨存：看望。

【译文】

殷景仁起初在晋安郡南府任长史掾，因而一度在浔阳定居。后来做太尉参军，举家东迁，我作这首诗赠送给他。

我们相交时间不长，一见如故。相信成宿的清谈，更加拉近了我们的距离。去年我搬家到了南村，我们曾做了短时间的邻居。拄着拐杖到处相伴游玩，长久相随，竟忘了时辰。然而出仕与隐居毕竟不同，我也知道我们早晚会分开。不料别离已经到来，据说就在今年的春天。飘飘摇摇西来的清风，悠悠远远东去的白云。远隔千山万水，我们难以尽情谈笑。良才并不埋没世间，而江湖隐居者多贫贱。倘使有事行经此地，不要忘了来看看老朋友。

【赏析】

诗中有“去岁家南里”的句子，作者搬到南村时间约为公元 411 年，因而推断这首诗可能作于 411 年或之后。刘裕在做太尉乃至宋王时期，南北征战，为东晋及后来的南朝收复大片疆土，殷景仁东去为刘裕做太尉参军。作者也曾就职于刘裕麾下，所以这首诗有浓厚的期许之意。后世有学者凭“语默自殊势，亦知当乖分”而断言这首诗有讥讽之意，其实未必。结合上下文的恳切之情，更能说明这一点。

“游好非久长，一遇尽殷勤”，开篇写到两人的友谊，并用“殷勤”两个字表达。《宋书·殷景仁传》如是评价他：“景仁少有大成之量，……（景仁）学不为文，敏有思致；口不谈义，深达理体。”颇有讷于言而敏于行之风。“信宿酬清话，益复知为亲”，相信成宿的清谈，更加拉近了我们的距离。一个不善言辞的人整宿整宿地和人交流，可见二人精神见地极为相洽。

作者继而回忆起两人结识的缘由：“去岁家南里，薄作少时邻。”两个人一个是隐居的名士，一个是能文能武的名臣，彼此相见恨晚，惺惺相惜。不仅如此，两人还曾经“负杖肆游从，淹留忘宵晨”，到处相伴游玩，长久相随，忘了时辰。

笔者想，“情深不寿”这个词语不仅仅适用于爱情，也适用于友情。处事谨小慎微的殷景仁毕竟不是一个洒脱的生命，作者不无遗憾地感慨：“语默自殊势，亦知当乖分。”出仕与隐居毕竟不同，作者也知道他们早晚会分开，只是没有想到别离会来得那么快。“未谓事已及，兴言在兹春”，不料别离已然到来，据说就在今年的春天。作者在下文的豁达难掩此刻的难过与伤悲，再回顾上两句“语默自殊势，亦知当乖分”，这里作者所写的不仅仅是物理上的分离，也表述着心灵上的渐行渐远。作者的遗憾可能出于友人的别离，也可能出于政治立场的不同导致的复杂心情，毕竟，刘裕曾是诗人的上司，作者可能想让殷景仁替自己完成未竟的“在我中晋，业融长沙”的事业。从另一方面讲，作者对于当时可能已经显露的刘裕篡晋的大势表示失望。

下面是一句昂扬的转折："飘飘西来风，悠悠东去云。"西来的清风，东去的白云，骤然拉开了读者的眼界与视角，让整个画风为之舒缓乃至振作。这两句诗不仅对仗，还从很宏大的角度叙述和友人的依依惜别之意。这让笔者想到唐人王勃的"海内存知己，天涯若比邻"与李白的"浮云游子意，落日故人情"。作者以"西来风""东去云"为意象，表达了希望殷景仁能够一帆风顺的心情。不过，令作者感到惋惜的是，"山川千里外，言笑难为因"，远隔千山万水，从此一别，再也不能倾心交流了。作者指的应该仅仅是空间上的距离。毕竟一个在京城建康，即今天的南京，而另一个在浔阳，大致在今天的九江。在古时候这几乎是难以逾越的距离。不过作者毕竟是乐观的，"良才不隐世，江湖多贱贫"，作者衷心地希望殷景仁得以一展宏图，实现自己的抱负。"脱有经过便，念来存故人"，如果方便的话，行经此地，不要忘了来看看老朋友。

全诗书写作者与殷景仁一见如故的友情，再到两人的分别，最后乐观地想象两人的重聚之日。全诗上下衔接完美，质朴天然，娓娓道来。尤其是那四句"飘飘西来风，悠悠东去云。山川千里外，言笑难为因"，气韵生动而开阔，其格局近乎《庄子》。

遗憾的是，《宋书·殷景仁传》没有提到陶渊明，而无论在《晋书·陶潜传》，还是《宋书·隐逸传》里关于陶渊明的部分，都没有提及殷景仁，这可能很大程度上与两人相交的时间有关，他们相交才不到一年。然而无论如何，还是有一首诗记叙两人曾经深厚的友谊，或许在达观如陶渊明者而言，这就足够了。

赠羊长史并序

【原文】

左军羊长史，衔使[①]秦川，作此与之。

愚生三季[②]后，慨然念黄虞[③]。得知千载外，政赖古人书。贤圣留馀迹，事事在中都[④]。岂忘游心目[⑤]，关河[⑥]不可逾[⑦]。九域[⑧]甫[⑨]已一，逝将理舟舆。闻君当先迈[⑩]，负痾不获俱。路若经商山[⑪]，为我少踌躇[⑫]。多谢[⑬]绮与

用[14]，精爽[15]今何如？紫芝谁复采？深谷久应芜。驷马[16]无贳[17]患，贫贱有交娱。清谣[18]结心曲，人乖运见疏。拥怀[19]累代下，言尽意不舒。

【注释】

①衔使：奉命出使。

②三季：夏、商、周三代的末年。季，时间上最末。

③黄虞：黄帝与虞舜。

④中都：都城。

⑤游心目：游心纵目。

⑥关河：见《史记·苏秦列传》："秦，四塞之国，被山带渭。东有关河……""关河"在这里是双关语，一指长安一带，再指关隘河流，行路的遥远。

⑦逾：越过。

⑧九域：九州。

⑨甫：始。

⑩迈：往。

⑪商山："商山四皓"东园公、夏黄公、绮里季、甪（lù）里先生所居之处。后代指隐居之所。

⑫踌躇：驻足。《楚辞·七谏·怨世》："骥踌躇于弊輂兮，遇孙阳而得代。"

⑬谢：问候。

⑭绮与甪：代指"商山四皓"。

⑮精爽：魂魄。

⑯驷马：富贵人家的马车，这里代指仕途。

⑰贳（shì）：释放。

⑱清谣："四皓"之音。

⑲拥怀：积于胸中。

【译文】

左将军麾下的长史羊松龄奉命出使秦川，我作了这首诗赠送给他。

我生于夏商周三朝衰微之后，感慨并追慕黄帝和虞舜的时代。知晓千年之后的事情，全部依赖古人的书籍文献。古时圣人贤哲留下的遗迹，件件出现在都城。岂能忘记前去游心骋目，奈何水远山长，我的行迹难以到达。九州刚刚得以一统，我理当备好车马，踏上去关中的路。听说你奉命前去，我抱病在身，难于同去。如果途经商山，请为我稍稍驻足。代我凭吊一下“商山四皓”，而他们的魂魄今天又在哪里？紫芝还有谁在采？历时弥久，深深的山谷也该荒芜了。仕途不保证没有凶险，而贫贱之人有着自己的快乐。“商山四皓”的歌谣与我的内心有相通之处，人走背运运气自然不佳。数代之下有所感慨，言语道尽，遗憾之意难于倾诉。

【赏析】

这首诗作于约417年，作者时年五十三岁。当时刘裕已攻破长安，不久，羊松龄奉左将军檀韶之命出使长安，对刘裕表示祝贺。刘裕已军权在握，同时王、谢等大家族人才凋零，无法对他进行制约。公元416年，刘裕出师北伐，收复长安。三四年后，他就篡晋自立，国号宋，史称南朝宋。

作者仅仅在序言中交代了一下时事，此后就只讴歌隐居的快乐与高洁。

“愚生三季后，慨然念黄虞”，作者生于夏商周三朝衰微之后，感慨并追慕黄帝和虞舜的时代。在作者而言，夏商周三个朝代不仅是政治清明的时代，也是百姓最自在的时代。“得知千载外，政赖古人书”，他鼓吹远古的风尚，无非是希望羊松龄能和自己一起享受古人书中的隐逸之乐。

之后的一句很有意味，“贤圣留馀迹，事事在中都”，都城长安，是羊松龄将要出使的地方，而这个地方在西周时的盛况，寄寓了作者无限的遐想。“岂忘游心目，关河不可逾”，表面上说山高路远，但其实，真正阻隔作者的不是空间，而是似箭的光阴。

“九域甫已一，逝将理舟舆”，九州刚刚得以一统，陶渊明理当备好车马，踏上去关中的路。但是，现在的长安已经不复西周的盛况了。这可以视为作者的推脱之辞。更何况“九州”这一概念很容易让人联想到大禹分天下为九州，否则作者只需写“长安甫已定”就行了，而大禹是虞舜之后的统治者和夏商周的开创者，这与开头呼应。“闻君当先迈，负痾不获俱”，听说羊松龄奉命前去，作者抱病在身难于同去。在笔者看来，是陶渊明不但视前秦为异族，而且不久之前的淝水之战是一场关乎东晋与前秦的生死之战，奉东晋为正统的陶渊明对前秦的厌恶可想而知，而前秦曾定都长安，所以，在陶渊明看来，长安已经没有前去的必要了。

以下四句谈及隐逸的快乐与自由，似乎夹杂着一丝拯救晋朝的茫然心绪。“路若经商山，为我少踌躇。多谢绮与角，精爽今何如？”商山，位于今天的陕西省商洛市境内，也是“商山四皓”东园公、夏黄公、绮里季、角里先生的居所。在张良的指点下，吕后恭敬地延请“商山四皓”出山，成功打消了刘邦另立太子的念头，改写了汉朝的历史。陶渊明也想阻止篡晋行为，但似乎没有这样的人去阻止刘裕，所以作者喟叹：“精爽今何如？”

“紫芝谁复采？深谷久应芜。”在陶渊明看来，有隐居之志同时心怀天下的人，自古就寥寥无几。这里“紫芝”一语双关，一方面指的是紫色的灵芝，指珍贵的东西；另一方面指的是《紫芝歌》，相传为“商山四皓”辞却高祖的延聘时所作：“莫莫高山，深谷逶迤。晔晔紫芝，可以疗饥。唐虞世远，吾将何归？驷马高盖，其忧甚大。富贵而畏人兮，贫贱之肆志。”指可以审时度势，力挽狂澜的英雄。这应该是作者所要表达的另一层含义。

“驷马无贳患，贫贱有交娱”，仕途不保证没有凶险，而贫贱之人有着自己的快乐。艰险的仕途不如贫穷的自由。贫穷的自由，亦即隐逸的自由。

接下来的四句有些微妙与奇怪：“清谣结心曲，人乖运见疏。拥怀累代下，言尽意不舒。”“商山四皓”的歌谣与我的内心有相通之处，人走背运运气自然不佳。数代之下有所感慨，言语道尽，遗憾之意难于倾诉。遗憾什么？是不能像“商山四皓”那样功遂身退，还是无法彻彻底底放下功名从而做一位真正的隐者（见《命子》等诗），抑或仅仅是对于风雨如晦的时事的感喟，不得而知。

全诗首先感慨自己没有生活在尧舜之类的太平年代，然后喟叹当时没有“商山四皓”之类力挽狂澜的人物，最后感慨了生逢乱世的悲哀。全诗过渡自然，并在字里行间邀请羊松龄过上隐居的生活。

岁暮和张常侍

【原文】

市朝[①]凄[②]旧人，骤骥[③]感悲泉[④]。明旦非今日，岁暮余何言！素颜[⑤]敛[⑥]光润，白发一已繁。阔[⑦]哉秦穆谈，旅力岂未愆[⑧]。向夕长风起，寒云没西山。厉厉[⑨]气遂严，纷纷飞鸟还。民生[⑩]鲜常在，矧伊[⑪]愁苦缠。屡阙[⑫]清酤至，无以乐当年。穷通靡攸虑，憔悴由化迁。抚己[⑬]有深怀，履运[⑭]增慨然。

【注释】

①市朝：市，集市。朝，古代官府的厅堂。

②凄：悲。

③骤骥：飞马，指代光阴易逝。

④悲泉：本义日暮，犹喻岁暮，引申为年老。《淮南子·天文训》：“日至悲泉，爰息其马，是谓悬车。”

⑤素颜：苍白的容颜

⑥敛：引申为“不复”。

⑦阔：迂阔。

⑧旅力岂未愆：《尚书·秦誓》：“番（pó）番（犹“皤皤”，白发貌）良士，旅力既愆，我尚有之。”旅力，膂力。全句的意思是，自己体力不支，年迈无用。

⑨厉厉：凛冽。

⑩民生：人生。

⑪矧（shěn）伊：何况这样。

⑫厥：缺。

⑬抚己：检点自身。

⑭履运：屡逢时难。

【译文】

无论当官还是布衣，世事变迁，不禁为故去的人感到伤悲。光阴流转，不知不觉已到一年之末，而我也已近暮年。明天又是新的一年，一年将尽，百感交集，你让我说什么好呢！容颜苍白，不复光彩，而我已经满头白发。秦穆公的观点颇为迂阔，我的精力哪里还有当年那般旺盛？傍晚的时候长风起来，寒云也没入西山。天气转而寒风凛冽，于是纷纷飞鸟也因而回到自己的巢穴。人生本来就很少长寿，又更何况有愁苦纠缠。因为贫穷而屡屡喝不上清酒，难于像当年一样行乐了。不要挂虑穷窘抑或通达，身体与心灵的憔悴随命运安排。生逢乱世，检点自身亦良有感触，屡逢时难，我徒增喟叹。

【赏析】

本诗作于公元418年，其时作者五十四岁，处江湖之远的作者依然挂念着庙堂之事，身体日渐衰老。不久前，刘裕弑杀了晋安帝，并立晋恭帝司马德文为帝。世事纷扰，诗人借“岁暮”抒发自己低沉的哀思。

开篇格调就很低沉，暗合题中的“岁暮”，有《楚辞》意味。“市朝凄旧人，骤骥感悲泉”，无论当官还是布衣，世事变迁，不禁为故去的人感到伤悲。光阴流转，不知不觉已到一年之末，而作者也已近暮年。其中“骤骥”“悲泉”虽引自《淮南子》，其意象更近《楚辞》。“悲泉”意为“日暮”。《楚辞》——或更确切地——《离骚》，暗喻着亡国之殇，结合时局，不难想见本诗的沉痛寓意。眼看着刘裕就要篡晋，江山即将易姓，由此可见，“市朝凄旧人，骤骥感悲泉”是多么的悲凉乃至悲愤。

“明旦非今日，岁暮余何言！”新年到来，本该高兴才是，但诗人想借“明旦非今日”暗喻晋朝大厦将倾，新的王朝即将建立，而“岁暮余何言”表达自己对于大厦将倾的无能为力。既然大厦将倾，那么以前为东晋王朝所做出的贡献全都成了某种意义下的讽刺，所以“素颜敛光润，白发一已繁”，与其说作者体力不支，不如说他已心力交瘁。于是作者感慨道：“阔哉秦穆谈，旅力岂未愆。”引用了《尚书》的文字。一个人的身心通常是合一的，心情好的时候，身体自然不会差。由此可见，陶渊明的身体差，心情更差。陶渊明曾想当然地认为，从桓玄手中夺回晋安帝的刘裕，也会像王导辅佐晋明帝、谢安辅佐晋孝武帝一般辅佐晋安帝，而弑君之事无疑是晴天霹雳，让他看清了当时的局势与刘裕的野心。

“向夕长风起，寒云没西山”，一方面是写景，另一方面是说日落西山的东晋王朝。“厉厉气遂严，纷纷飞鸟还”，这里不仅是对于时局的感慨，同时也是对于百姓即将流离失所的同情。作者进而写道：“民生鲜常在，矧伊愁苦缠”，这一方面是总结，另一方面是为了过渡到下文。

下面就写到自身：“屡厥清酤至，无以乐当年。”难于像当年一般行乐，固然有贫穷的原因，对时局心灰意冷也是主要原因。

“穷通靡攸虑，憔悴由化迁”，作者把对于江山社稷的忧虑过渡到个人感慨上。“抚己有深怀，履运增慨然”，笔者联想到辛弃疾“却道天凉好个秋”，两者的心境是相似的沉重。

和胡西曹示顾贼曹

【原文】

蕤宾①五月中，清朝起南飔②。不驶③亦不迟，飘飘吹我衣。重云蔽白日④，闲雨⑤纷微微。流目⑥视西园，晔晔⑦荣紫葵。于今甚可爱，奈何当复衰。感物愿及时，每恨靡所挥⑧。悠悠⑨待秋稼⑩，寥落将赊迟⑪。逸想⑫不可淹⑬，猖狂⑭独长悲。

【注释】

①蕤（ruí）宾：原指古乐十二调（黄钟、大吕、太簇、夹钟、姑洗、仲吕、蕤宾、林钟、夷则、南吕、无射、应钟）之一，古乐十二调对应阴历十二月份，这里指五月。

②飔（sī）：凉风。《乐府诗集·鼓吹曲辞一·有所思》：“秋风肃肃晨风飔，东方须臾高知之。”

③驶：疾。

④本句化用《古诗十九首》：“浮云蔽白日”。

⑤闲雨：微雨。

⑥流目：游目。

⑦晔（yè）晔：化用“商山四皓”《紫芝歌》：“晔晔紫芝，可以疗饥。”

晔，华美茂盛的样子。

⑧ 每恨靡所挥：遗憾没有酒可以喝。

⑨ 悠悠：时间的遥远。

⑩ 秋稼：秋收。

⑪ 赊迟：缓缓的样子，此处意为漫长。

⑫ 逸想：纷飞的思绪。

⑬ 淹：留。

⑭ 猖狂：恣情放纵，此处指情绪激动。

【译文】

五月仲夏，清晨起来南风微凉。微风不徐不疾，飘飘地吹动我的衣裳。乌云层层，遮蔽了白日，微雨阵阵，为景物蒙上了凄迷的色泽。在西园之内随心观赏，紫葵花是多么的华美茂盛。现在还很可爱，无奈的是它最终还会凋零。我们应当及时行乐，只是没有酒可以喝，殊实憾也。秋收尚早，无酒的日子还很漫长。妄想纷断也，心境激荡，我独自伤悲。

【赏析】

两曹、贼曹均为官名。所以“胡西曹”和“顾贼曹”指两个人。本诗作于公元403年的农历五月，作者其时三十九岁，是第二次归隐。

“隐者”是什么？笔者认为可以用陶氏的一句诗来概括：“心远地自偏。”“心远”是一个必要的条件。心远，心志高远之意，指的是超脱世间的烦扰，达到内心的清明高雅。我们知道在“心远”的意义下，陶渊明还是有一颗强烈的世俗之心的。本诗可分为四段，分别对应从归隐之志到入世之心的起、承、转、合。以下我们逐段分析，并管中窥豹地大致阐明陶渊明是如何兼有出世之身与入世之心的。

“蕤宾五月中，清朝起南飔。不驶亦不迟，飘飘吹我衣”，历历如画。“蕤宾”除代指五月之外，本就是音律，更进一步渲染了用文字所呈现的画面的立体感以及言外之意，使本诗“起”得很有超脱的意境。

“重云蔽白日，闲雨纷微微。流目视西园，晔晔荣紫葵”，诗人描述了自己多么地热爱甚至痴迷于田园的生活。这里用了“晔晔”的意象，而后者源于“商山四皓”的《紫芝歌》，再度渲染了隐逸的氛围，“承”得很妙。

以下“转”得颇有意味。“于今甚可爱，奈何当复衰。感物愿及时，每恨靡所挥”，诗人从宏大的自然风景很自然地“转”到饮酒这一具体事情上来，此时的陶渊明过着半仕半隐的生活，自己酿酒，因而“每恨靡所挥”。“靡所挥”的不仅是饮酒之心，更有一份解救苍生之苦而不得、净化日下的世风而不能的郁闷在里面。

于是作者在“合”的一段写道：“悠悠待秋稼，寥落将赊迟。逸想不可淹，猖狂独长悲。”秋收尚早，无酒的日子还很漫长。妄想纷飞不可断也，心境激荡，我独自伤悲。“逸想不可淹，猖狂独长悲”，无酒使作者感慨，更有家国情怀在心中徘徊。

全诗从惬意的感受写起，以优美而高远的乡间景色作为承接，转到人生当及时行乐，最后以无酒的苦恼结尾，里面隐隐有对于时局的担忧。

悲从弟仲德

【原文】

衔哀过旧宅，悲泪应心零。借问为谁悲？怀人在九冥①。礼服②名群从③，恩爱若同生。门前执手时，何意尔先倾④。在数⑤竟不免，为山⑥不及成。慈母沉哀疢，二胤⑦才数龄。双位⑧委空馆，朝夕无哭声。流尘集虚坐，宿草⑨旅⑩前庭。阶除⑪旷游迹，园林独馀情⑫。翳然乘化⑬去，终天不复形。迟迟将回步，恻恻悲襟盈。

【注释】

①九冥：九泉。

②礼服：见《赠长沙公》注释，这里代指宗族关系。

③群从：群，众多的样子。从，此处指平辈的表亲或堂亲。

④倾：指过世。

⑤数：天数。

⑥为山：此处指建功立业。《尚书·旅獒》："为山九仞，功亏一篑。"

⑦二胤：二子。

⑧双位：仲德与其妻之灵位。

⑨宿草：隔年之草。《礼记·檀弓上》："朋友之墓，有宿草而不哭焉。"

⑩旅：野生。不因播种而生曰旅。

⑪阶除：指庭院的台阶。

⑫馀情：余下睹物思人之感情。

⑬乘化：顺应自然规律，此处指去世。

【译文】

怀着哀恸的心情，我来到你的故居，悲伤的眼泪随着沉痛的心情而重重落下。问我为谁而如此伤悲？九泉之下我怀念的那个人。虽说我们堂亲众多，但你我的感情尤其深厚，宛若同胞兄弟。当年门前送别的时候言谈甚欢，谁想到你先走一步。冥冥之中自有天数，我们都难免一死，只可惜你还没有建功立业便已去世。你的母亲沉浸在哀伤中难于自拔，你的两个孩子才几岁就失去父母。你和你妻子的灵位放在空馆之中，朝夕寂寞，没有人为你们恸哭。散落的灰尘遍布在空空的座位上，隔年的旧草无根无依，遍落庭院。庭院台阶上已经不再有你的踪迹，走在我们曾一起观赏的园林中，睹物思人之情油然而生。黯然神伤地随自然消逝而去，永远看不见你的身形。步履沉重，我缓缓归去，心中惨恻，悲恸满怀。

【赏析】

同龄人往往比年龄相差较大的人更有共同语言，哪怕亲如父子，一般也远没有兄弟之间更能彼此感同身受。从陶渊明《祭程氏妹文》中亦可见一斑。

此诗或作于公元 417 年，推算下来，作者时年五十三岁。诗的内容与寄托的哀思古今同情同理。

“衔哀过旧宅，悲泪应心零”，怀着哀恸的心情，诗人来到死者的故居。我们注意到“衔哀”二字，“衔”字用得绝妙，他“衔”的应该是漫天之哀，越是如此，就越凸显出作者心情的沉痛。而“借问为谁悲？怀人在九冥”延续了哀悼的文风，也为作者下面的情绪和行文做好了铺陈。

“礼服名群从，恩爱若同生”，记叙了死者与作者生前的关系。陶渊明推崇儒家慎终追远的思想，故而用“礼服”二字指代宗族关系。“礼服”的原意也是指丧服，作者说的明显是两人生前的关系，应该说是双关语。

“门前执手时，何意尔先倾”，当年门前送别的时候言谈甚欢，谁想到你先走一步。这句似轻实重的话让笔者想到韩愈的《祭十二郎文》：“呜呼！孰谓汝遽去吾而殁乎！”韩愈无疑是把这份哀思显化了。而陶渊明的感情因其内敛含蓄而比韩愈的更显深沉。

“在数竟未免，为山不及成”，冥冥之中自有天数，我们都难免一死，只可惜你还没有建功立业便已去世。

下面谈及亲人的感受：“慈母沉哀疚，二胤才数龄。”你的母亲沉浸在哀伤中难于自拔，你的两个孩子才几岁就失去父母。常言道，人之不幸莫大于少年丧父，中年丧偶，老年丧子。陶仲德的离世使得自己的母亲失去了孩子，自己的孩子变成孤儿。而自己和妻子撒手人寰，留给生者以哀恸和追思。某种意义下，死者是轻松的，生者反而是艰难的。生者不仅要面对死者已逝的事实，更重要的还是要考虑生活的柴米油盐，衣食住行。所以在这种状态下活着，本身就是一件堪称悲壮的事情。

“双位委空馆，朝夕无哭声”，你和你妻子的灵位放在空馆之中，朝夕寂寞，没有人为你们恸哭。“流尘集虚坐，宿草旅前庭。阶除旷游迹，园林独馀情”，散落的灰尘遍布在空空的座位上，隔年的旧草无根无依，遍落庭院。庭院台阶上已经不再有你的踪迹，走在我们曾一起观赏的园林中，睹物思人之情油然而生。

“翳然乘化去，终天不复形”，黯然神伤地随自然消逝而去，终古看不见陶仲德的身形。作者再度写下漫天哀恸，似乎此时才接受堂弟陶仲德去世的事实。于是作者“迟迟将回步，恻恻悲襟盈”，步履沉重地缓缓归去，心中惨恻，悲恸满怀。

绝大多数人都有不止一个亲人，但在亲人（比如堂亲或表亲等）之间往往有着亲疏之分，这取决于各种因素，比如先天关系是否密切（如堂兄弟往往不如亲兄弟的关系密切），来往是否频繁，是否门第相当等。有一个很重要甚至是关键的因素，就是两个人是否有共同语言。诗人和堂弟两个人的深厚感情，在本诗中表现得淋漓尽致。

卷之三　诗五言

始作镇军参军经曲阿

【原文】

弱龄[①]寄事外，委怀[②]在琴书。被褐[③]欣自得，屡空[④]常晏如[⑤]。时来苟冥会[⑥]，宛辔憩通衢。投策[⑦]命晨装，暂与园田疏。眇眇[⑧]孤舟逝，绵绵归思纡[⑨]。我行岂不遥，登降[⑩]千里馀。目倦川涂异，心念山泽居。望云惭高鸟，临水愧游鱼[⑪]。真想初在襟，谁谓形迹拘。聊且凭化迁，终返班生庐[⑫]。

【注释】

① 弱龄：年少之时。

② 委怀：委身。

③ 被（pī）褐：穿着粗布衣服。《老子》："是以圣人被褐而怀玉。"

④ 屡空：多次空空的，形容贫穷。《论语·先进》："回也其庶乎！屡空。"

⑤ 晏如：泰然自若的样子。

⑥ 冥会：默然领会。

⑦ 投策：扔掉拐杖，此指放弃田园生活。《七命》："阳乌为之顿羽，夸父为之投策。"

⑧ 渺渺：远。《楚辞·九章·悲回风》："登石峦以远望兮，路眇眇之默默。"

⑨ 纡（yū）：萦绕。《楚辞·九章·悲回风》："邈蔓蔓之不可量兮，缥绵绵之不可纡。"

⑩ 登陟上下，言路途之艰难。

⑪ 望云惭高鸟，临水愧游鱼：可与"羁鸟恋旧林，池鱼思故渊"两相比较。

⑫ 班生庐：东汉班固《幽通赋》："终保己而贻则兮，里上仁之所庐。"意即择贤能之人而与之比邻。

【译文】

少年时代，我就寄情山水，陶醉于琴书之中。我身上穿着粗布做的衣服，怡然自乐，经常贫困但安贫乐道。机会到来了，我争取把握一下，回驾栖身于仕途之上。抛弃拐杖，我命人备好清晨的行装，与田园暂别，默默疏远。邈远的孤舟渐行渐远，时有时无的归思不绝萦绕在心间。行程岂不遥远？登高望远千里有余。已看倦大好的河山，念念一心再度过上山水田园的生活。高飞之鸟是多么自由，水中的鱼儿是多么地欢快，此情此景令我心生惭愧。幸好，纯真朴素的信念在我的胸中，不被形骸所约束姑且随顺自然而变化。我守着初心，终将返回班固在《幽通赋》中所说的择贤而居的茅庐。

【赏析】

本诗的创作时间与《荣木》大致相同，《荣木》作于公元404年，代表了儒家“道千乘之国，敬事而信，节用而爱人，使民以时”的入世一面，而本诗作于同一年，反映了儒家“道不行，乘桴浮于海”的出世一面。本文所叙述的内容构成了陶渊明的思想与信念的另一面，也就是我们所熟悉的隐逸一面。

作者首先言明本诗主旨：“弱龄寄事外，委怀在琴书。”少年时代，作者就寄情山水，陶醉于琴书之中。这让笔者想到作者的另一句诗：“少无适俗韵，性本爱丘山。”

“被褐欣自得，屡空常晏如”，经常贫困但安然快乐。“晏如”二字化自《诗经·卫风·氓》：“总角之宴，言笑晏晏。”“晏晏”本意和柔安宁。“如”，形容词后缀，表示状态。“晏如”让人感受到诗人虽生活贫困潦倒，但面上含笑，心里从容不迫，毫不在意。这份潇洒超然自在风流，着实令人心生敬意。

“时来苟冥会，宛辔憩通衢”，机会到来了，争取把握一下，回驾栖身于仕途之上。其实笔者没有把这句话的用典和意境翻译出来，这句诗接了《楚辞》的意，单就《楚辞·离骚》而言，“回朕车以复路兮，及行迷之未远”“饮余马于咸池兮，总余辔乎扶桑。折若木以拂日兮，聊逍遥以相羊”等等，分别表达了两位作者在“仕”与“隐”上的纠结状态。

但是“岂妄宴安，王事靡宁”（《答庞参军》），诗人的报国之心和家贫的窘境使得他不得不“投策命晨装，暂与园田疏”，抛弃拐杖，命人备好清晨的行装，与田园暂别，默默疏远。

“眇眇孤舟逝，绵绵归思纡”，邈远的孤舟，时有时无的归思。作者归隐的心境也如这般吧。这里用了《楚辞·九章·悲回风》的典故，而在《悲回风》中，屈原也表达了“悲回风之摇蕙兮，心冤结而内伤”的幽怨愤懑。这虽然和这一句意境不同，但表达的思想是相近的。生逢战乱，百姓纷纷流离失所家破人亡，谁又能保证下一个遭受兵灾的不会是作者？进一步讲，“绵绵归思纡”中的“归思”有双重含义，一个是空间上的距离使作者产生了归思，另一重含义是作者渴望回到回不去的尧舜之治。纡，用今天的话讲，就是纠结，而如前所述，是在“仕”和“隐”之间的纠结。

“我行岂不遥，登降千里余。”登降，有版本作“登陟”，极易使读者联想到《诗经·周南·卷耳》：“采采卷耳，不盈顷筐。嗟我怀人，寘彼周行：陟彼崔嵬，我马虺隤。我姑酌彼金罍，维以不永怀！陟彼高冈，我马玄黄。我姑酌彼兕觥，维以不永伤！陟彼砠矣，我马瘏矣，我仆痡矣，云何吁矣！”《诗经原始》对这篇的解读为“念行役而知妇情之笃也”，回到这一句，不难想象，作者的心情近乎《卷耳》一般沉重。而与此同时，作者也开始呈现给我们一个宏大的视角。

作者将这一宏大的视角继续深化，“目倦川涂异，心念山泽居”，作者不仅很清楚地言明自己退隐山林的志向，也将读者的视野进一步拉开，在行文中展现自己于字里行间中的归隐的信念与力度。

作者进而将这一视野具体化，或者说，举例说明自己所向往的生活。“望云惭高鸟，临水愧游鱼”，高飞之鸟是多么自由，水中的鱼儿是多么地欢快，此情此景令作者心生惭愧。这一句使我们再度想到《归园田居》中的“羁鸟恋旧林，池鱼思故渊”。回到本诗，其实应该惭愧，或遗憾的，是当时动乱的时局。它不允许我们的诗人有太多的选择。

作者进一步往超然于世事的方向写道：“真想初在襟，谁谓形迹拘。”幸好，纯真朴素的信念在作者胸中，不被形骸所束缚，这里有《诗经·小雅·鹤鸣》中的超脱，而其中的诗句可能也是作者的愿望之一：“鹤鸣于九皋，声闻于野。鱼潜在渊，或在于渚。乐彼之园，爰有树檀，其下维萚。它山之石，可以为错。”作者希望通过这种方式回归自己的精神家园。但其实结合下文不难看出，作者也有《离骚》结尾处“陟升皇之赫戏兮，忽临睨夫旧乡。仆夫悲余马怀兮，蜷局顾而不行”的意味。

最后作者总结道：“聊且凭化迁，终返班生庐。”作者没写“终返衡门处”，而《诗经·陈风·衡门》，又是一个著名得多的隐逸的意象。而关于《幽通赋》，一如题目的本义，很大程度上是抒发郁郁不得志的情怀，而《幽通赋》的结尾是：“天造草昧，立性命兮。复心弘道，惟圣贤兮。浑元运物，流不处兮。保身遗名，民之表兮。舍生取谊，以道用兮。忧伤夭物，忝莫痛兮。皓尔太素，曷渝色兮。尚越其几，沦神域兮。”其中抒发了不得志的郁结的心情。加上对于《悲回风》《卷耳》等表达幽忧心绪篇章的用典和借引，可以看出，作者的心情是复杂的。细读这首诗，远没有第一眼看上去那般简单，而作者的心情，也深深纠缠在“仕”与“隐”之间。

庚子岁五月中从都还阻风于规林二首

【原文】

其一

行行[①]循归路，计日望旧居。一欣侍温颜[②]，再喜见友于[③]。鼓棹[④]路崎曲，指景[⑤]限西隅。江山岂不险，归子念前涂。凯风负我心，戢枻[⑥]守穷湖。

高莽[7]眇无界，夏木独森疏。谁言客舟远，近瞻百里馀。延目[8]识南岭[9]，空叹将焉如！

其二

自古叹行役[10]，我今始知之。山川一何旷，巽坎[11]难与期。崩浪聒天响，长风无息时。久游恋所生[12]，如何淹在兹！静念园林好，人间良可辞。当年讵[13]有几？纵心复何疑。

【注释】：

①行行：言路途遥远。《古诗十九首》："行行重行行。"

②温颜：犹言父母之颜。渊明少年丧父，故特指母亲之容颜。

③友于：代指兄弟。《尚书·周书·君陈》："王若曰：'君陈，惟尔令德孝恭。惟孝，友于兄弟，克施有政。命汝尹兹东郊，敬哉！……'"

④棹（zhào）：桨。鼓棹：振动船桨以行舟。

⑤景：太阳。曹植《杂诗》："愿为南流景，驰光见我君。"

⑥戢（jí）：收敛。枻（yì）：短桨。戢枻：收敛起短桨。

⑦莽：草。

⑧延目：远眺。

⑨南岭：庐山。

⑩行役：指因服兵役、劳役或公务而出外跋涉。《诗经·魏风·陟岵》："嗟！予子行役，夙夜无已。"

⑪巽（xùn）坎：巽，风。坎，水。巽坎难与期，犹言风波不定。

⑫所生：生身父母，这里特指母亲。《诗经·小雅·小宛》："夙兴夜寐，毋忝尔所生。"

⑬讵，表反问语气。

【译文】

其一

归途漫漫，怀着悲伤的心情羁行不止，计算时日盼望回归故土。首先为犹能侍奉慈母而感到欣慰，再则很高兴能见上兄弟一面。路途艰难，我行舟水上，眼看着日落西山。难道说江山不险峻？而游子为前程正在奔忙。南风和我的心愿不一样，收起船桨，我被困于湖边。一望无际的草丛高大而广袤，夏天的树木挺拔而枝繁叶茂。谁说羁旅之舟离家遥不可及？近看不过百余里地。但是，放眼远眺见到庐山，却空叹难于到达它。

其二

关于羁旅在外的感受，自古的文人都有所喟叹，而如今我亲身经历，方才知晓它的艰难。山河川流是多么地广阔，却同时暗含了不测风云与旦夕祸福。滔天的巨浪震天响，而长风悠悠，没有止息。游宦日久，思念故土，为什么淹留在这里！默想着家中园林，世俗的官场亦当辞别。生命中的壮年能有多久？放纵心境与情怀，我毫不犹豫。

【赏析】

这组诗作于公元400年，其时作者三十六岁，在桓玄手下办事。桓温的屠戮与政变，都是作者所深恶痛绝的。作者曾在刘裕成功地平定桓玄之乱后写下《荣木》，歌颂刘裕。因此这两首诗不仅可以视作对田园生活的向往，同样也反映了作者在桓玄手下办事，并不愉快。

首先就是一句："行行循归路，计日望旧居。"这让笔者想到温庭筠的《商山早行》："晨起动征铎，客行悲故乡。"另外，"行行"二字兼有的欣慨两方面的因素，有些弘一法师"悲欣交集"的意味。欣，自然是欣慰自己得以回归故土，悲，则有"近乡情更怯"的意味在里面。但是，"计日望旧居"而非"近乡情更怯"，这一句无疑强化了"欣"的意味。

"一欣侍温颜，再喜见友于"，首先为犹能侍奉慈母而感到欣慰，再则很高兴能见上兄弟一面。作者在这首有着哀怨意味的诗中，写下了仅有的令人读之神清气爽的句子。其中"友于"这一个有仪式感的语汇引自庄重典雅的《尚书》，可以见得兄弟亲人在他心中的分量。事实上，这里的"友于"不仅指作者的亲人，也指他的朋友，如前文提到的殷景仁、颜延之等。事实上，似乎陶渊明的晚年的经济来源，很大程度上就是老朋友颜延之馈赠的两万钱。

"鼓棹路崎曲，指景限西隅"，笔者忽而想到当代诗人周梦蝶的诗——"人在船上，船在水上，水在无尽上。无尽在，无尽在我刹那生灭的悲喜上"（《摆渡船上》）。水在很大程度上，与人的心情是相应的。那时的水在陶渊明的眼里，无疑是沉重的。所以“指景限西隅”。

继而作者笔锋一转，写道：“江山岂不险，归子念前涂。”当时的东晋王朝已日益衰微，有报国之志的陶渊明空有一腔热血，个人的前途和国家的前途依然晦暗不明。

“凯风负我心，戢枻守穷湖”，这里的“凯风”或许指的是桓玄及其门阀势力，因为桓玄的势力主要在江左，江左隶属南方。面对复杂的政治局面，诗人只得“戢枻守穷湖”了。所以，“高莽眇无界，夏木独森疏”，奈何“谁言客舟远？近瞻百里余。延目识南岭，空叹将焉如”。谁说羁旅之舟离家遥不可及？近看不过百余里地。但是，放眼远眺见到庐山，却空叹难于到达它。难于到达的不仅是庐山，还有心愿，抱负。笔者读到此处，心情很沉重。那时的诗人，一定很绝望吧？如后来的陈子昂，不是没有才能，也不是没有抱负，可就是没有机会建功立业，只能看着时光耗尽一切，白白地经历世间风霜，却一事无成！

在笔者看来，除了抱负与生计之外，阻碍陶渊明的山水之路的还有孟子舍生取义式的信念。这和抱负不尽相同。抱负是个人的，而舍生取义乃至救万民于倒悬是属于天下的大事业。陶渊明无意成为那样的人物，却有心辅佐

那样的人物，比如曾做过关系到东晋安危的淝水之战的总指挥的谢安，可惜他在作者二十多岁时去世了。这是为什么陶渊明在《时运》中感喟“黄唐莫逮，慨独在余”的原因。

如果说第一首诗是对所处环境的不满、对亲情友情的留恋的话，第二首诗则不存在这些情绪。

第二首诗开篇“自古叹行役，我今始知之”，感叹羁旅的不易。

“山川一何旷，巽坎难与期”，山川河流暗含了不测风云与旦夕祸福。在易经中，巽指风，坎指水。作者进一步深化了羁旅之思，在下文中指出了行役的隐患：“崩浪聒天响，长风无息时。”滔天的巨浪震天响，而长风悠悠，没有止息。

实际上以上四句一语双关。从下文来看，作者的确倦于羁旅，而心怀故土。同时这何尝不是作者在桓玄幕府供职时战战兢兢又委屈绝望的感受呢？作者后来就在《归鸟》中表达了更为消极的的感喟：“矰缴奚施，已卷安劳。”矰缴之箭已经派不上用场了，鸟儿都已疲倦，栖息于树林了。

“静念园林好，人间良可辞”，这里的“人间”指的是官场，或江湖，乃至红尘。今人古龙曾说，有人的地方就有江湖，这一道理古今概同，特别适用于陶渊明。他厌恶官场式的江湖，却事事羁于江湖。且不说他很不赞同的桓玄，就是他一度奉为救世主的刘裕，后来也使他心生反感。因为这些人的作为日益与陶渊明的期望背道而驰，他怎么不失望乃至绝望呢？

在结尾处陶渊明写道：“当年讵有几？纵心复何疑。”笔者认为陶渊明终于决心远离江湖，远离官场。或者说，在心里远离世俗的种种羁绊。如前所述，这体现了陶渊明很彻底的隐士情怀，以及隐含的为此所付出的代价。

这一组诗从羁旅之思写到亲情，再一语双关并浓墨重彩地刻画了山水风光，最后表达了隐逸的志向。

辛丑岁七月赴假还江陵夜行涂中

【原文】

闲居三十载[1]，遂与尘事冥[2]。诗书敦[3]宿好[4]，林园无俗情。如何[5]舍此去，遥遥至西荆[6]。叩枻[7]新秋月，临流[8]别友生[9]。凉风起将夕，夜景湛[10]虚明。昭昭[11]天宇阔，皛皛[12]川上平。怀役不遑寐[13]，中宵[14]尚孤征。商歌[15]非吾事，依依在耦耕[16]。投冠[17]旋[18]旧墟，不为好爵萦[19]。养真衡茅[20]下，庶[21]以善自名。

【注释】

①三十载：陶渊明二十九岁正式出仕，为江州祭酒，此诗作于公元 401 年，当时陶渊明三十七岁。出仕不到十年。三十载闲居而过，应指陶渊明对近十年的仕途全面否定，认为他至此一事无成，荒废光阴。

②冥：隔绝。

③敦：推崇。

④宿好：以前的爱好。

⑤如何：奈何。《诗经·秦风·晨风》："如何如何，忘我实多。"

⑥西荆：指当时都城建康以西的荆州。

⑦枻（yì）：短桨。《楚辞·渔父》："渔父莞尔而笑，鼓枻而去。"

⑧临流：化用《楚辞·九章·抽思》："望北山而流涕兮，临流水而太息。"

⑨友生：朋友。生，语助词。《诗经·小雅·棠棣》："虽有兄弟，不如友生。"此句暗示在船上遇到一个朋友，话别而去。

⑩湛：反映出（澄澈的景象）。

⑪昭昭：（天色）明亮。《楚辞·九歌·云中君》："灵连蜷兮既留，烂昭昭兮未央。"

⑫皛（xiǎo）皛：明亮。

⑬不遑寐：没时间睡觉。此句有《诗经·小雅·采薇》"王事靡盬，不遑启处"之意。

⑭中宵：夜半。

⑮商歌：自荐求官。《楚辞·离骚》："宁戚之讴歌兮，齐桓闻以该辅。"

⑯耦（ǒu）耕：两人并耕。《论语·微子》："长沮、桀溺耦而耕。"

⑰投冠：弃官。

⑱旋：返回。

⑲萦：牵绊。

⑳衡茅：隐居的茅庐。《诗经·陈风·衡门》："衡门之下，可以栖迟。"

㉑庶，引申为希望。

【译文】

近三十年来闲居在家，于是我和世事几乎两相隔绝。平时翻翻《诗经》《尚书》之类的书，更加喜爱这些从前就爱的书籍，树林田园中没有俗世的应酬。奈何形势所迫，我不得不舍此而去，赶赴遥远的荆州。摇动船桨，在这初秋的月下，正好遇到一个老朋友，在江渚之上与他话别。在这凉风将起的傍晚，夜色呈现出澄澈而空明的景象。天宇明净，寥廓而无垠，清亮的水面波光粼粼。因为劳役之苦而难于入睡，夜半时分尚且独自征行。效仿宁戚悲歌而求官并非我的志向，我还是怀念长沮、桀溺并肩而耕的日子。希望有一天弃官不做，我返回旧居，不为高官厚禄而动心。隐居的茅舍可以修养真气，希望因此建立自己的好声名。

【赏析】

这首诗作于上一组诗的次年，即公元 401 年，作者三十七岁，依然供职于桓玄幕府。桓玄在篡位的步伐上又前进了一步。而这是作者深深厌恶的。这也不难解释为什么在此诗中表现得如此出世的他，在刘裕击垮桓玄后，兴致昂扬地写下《荣木》那么入世的诗。

回到这首诗的背景，本诗第一段对此已有所交代，即渴望以归隐的方式抽身于桓玄的篡位。而从意象的角度，一向惯于引用《诗经》意象的作者，在诗中引用了《楚辞》的一些哀怨的意象，而引用的《诗经》意象又多是描述征人之苦的。因而结合上述分析，我们可以断言，作者写这首诗时的心情一定是极度不佳的。

"闲居三十载，遂与尘事冥"，近三十年来闲居在家，和世事几乎两相隔绝。笔者相信在这样一个乱世中，作者若生于王谢阀门，怕是不会"闲居"

的，这表明作者还有入世的强烈愿。但是，比起王谢之类的豪门望族，作者仅仅是相对的寒门庶出子弟，在门阀制度最为严苛的晋朝，诗人不得志是必然的，所以才有此叹。《说文解字》有言："三十年为一世。"所以开篇有恍若隔世的意味，因而"遂与尘事冥"。"冥"字在这里不仅仅指的是与世隔绝，还有互相彻底而决绝遗忘的意味。作者希望回归的乡土是客观世界的故乡，更希望回归到他的精神家园。

"诗书敦宿好，林园无世情"，岂止没有俗世的应酬，不久后当陶渊明写下《归园田居》时，就已经"虚室绝尘想"了，而这与作者的回归精神之乡，又有着更深一层的联系。

但是"如何舍此去，遥遥至西荆"，只是作者不得不赶到荆州去。尽管诗文中未加以言明，但不难揣测作者是生计所迫，不得已而出仕的，而出仕的地点又离家乡很遥远。从江西柴桑到湖北荆州，在那个时代奔波之苦可想而知。同时，或许作者想借与故乡的客观距离来表达对于精神家园回归的渴求。

"叩枻新秋月，临流别友生"，正好遇到一个老朋友，在江上与之话别。这个好友是谁，甚至这个"友生"会不会是作者的故园亲友，殊不可考。但在此句中，寓情于景，不难看出作者心事重重。

"凉风起将夕，夜景湛虚明"，在这凉风将起的傍晚，夜色呈现出澄澈而空明的景象。这一对仗里“起”“湛”用得绝妙：“起”字很俗，仔细感受，又格外贴切；“湛”有深沉之韵味，仿佛闪着深蓝色的光，给人宁静安详的感觉。“虚明”又给人以空灵的意味，无形中把文风转变过来了。

“昭昭天宇阔，皛皛川上平”，天宇明净，寥廓而无垠，清亮的水面波光粼粼。结合语境，“昭昭”二字又隐约使读者联想到《孟子》中的“贤人以其昭昭使人昭昭”，与《九歌》中“灵连蜷兮既留，烂昭昭兮未央”这样华美的句子。陶渊明将它们巧妙地融为一体。以“川”代指江面，说明此刻平和的，不仅仅有波澜不惊的江水，更有自己饱受行役之苦的心灵。

这样写反映出陶渊明开始正式构建自己的精神家园，尽管那一家园的风格要朴素许多，但它们的超脱是类似的。在笔者看来，从“凉风起将夕”到“皛皛川上平”是这首诗中最为灵动与美好的四句。

“怀役不遑寐，中宵尚孤征”，因为劳役之苦而难于入睡，夜半时分尚且独自征行。这再度让笔者想到温庭筠的“晨起动征铎，客行悲故乡”。这里作者引《诗经》之典故与其征人之意境，更显难言的悲凉。

然而作者并未停留在征戍的伤悲，而是笔锋一转：“商歌非吾事，依依在耦耕。”效仿宁戚悲歌而求官并非我的志向，我还是怀念长沮、桀溺并肩而耕的日子。“依依”不仅有依恋的意味，而且用到它，颇有徘徊怅惘的意味。

“投冠旋旧墟，不为好爵萦”，希望有一天弃官不做，返回旧居，不再为高官厚禄而动心。具体说来，“养真衡茅下，庶以善自名”，隐居的茅舍可以修养真气，希望因此建立自己的好声名。

作者从未出仕时的美好生活写起，写到迫于生计而在桓玄府中的仕宦，最后又写到故园的风景，表达自己隐居的志向。

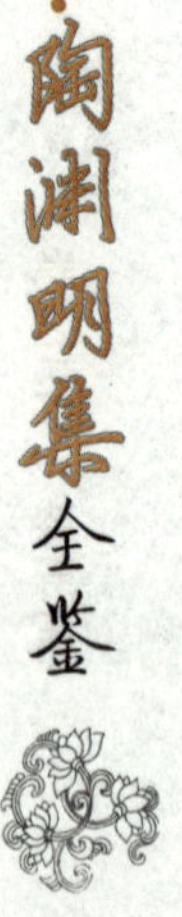

癸卯岁始春怀古田舍二首

【原文】

其一

在昔闻南亩，当年竟未践。屡空①既有人，春兴②岂自免？夙③晨装吾驾，启涂④情已缅⑤。鸟哢⑥欢新节⑦，泠风⑧送馀善。寒竹被荒蹊，地为罕人远。是以植杖翁⑨，悠然不复返。即理愧通识，所保⑩讵乃浅。

其二

先师⑪有遗训，忧道不忧贫。瞻望邈难逮⑫，转欲志长勤⑬。秉耒⑭欢时务⑮，解颜劝农人。平畴⑯交远风，良苗亦怀新。虽未量岁功⑰，既事⑱多所欣。耕种有时息，行者无问津⑲。日入相与归，壶浆劳⑳近邻。长吟掩柴门，聊为陇亩民。

【注释】

①屡空：多次空空，形容贫穷。见《始作镇军参军经曲阿》注④。

②春兴：指春天开始务农。

③夙：早。《诗经·卫风·氓》："夙兴夜寐，靡有朝矣。"

④启涂：启程。

⑤缅：远。

⑥哢（lòng）：鸣叫。

⑦新节：新春。

⑧泠（líng）风：小风。《南华经·齐物论》："泠风则小和，飘风则大和。"

⑨植杖翁：见识高远的隐士。《论语·微子》："子路从而后，遇丈人，以杖荷蓧。子路问曰：'子见夫子乎？'，丈人曰：'四体不勤，五谷不分，孰

为夫子？’植其杖而芸……”

⑩ 所保：保全自己的真实本性。

⑪ 先师：孔子。

⑫ 此句的含义是难以追念完成孔子的教诲。《诗经·邶风·燕燕》：“瞻望弗及，泣涕如雨。”

⑬ 长勤：长期忙于农事。

⑭ 秉耒（lěi）：持犁。

⑮ 时务：此指农事。

⑯ 平畴：平旷的土地。

⑰ 岁功：此指一年之收成。

⑱ 既事：此指务农。

⑲ “耕种……”句：含有享受安静，不受打搅的意思。《论语·微子》：“长沮、桀溺耦而耕，孔子过之，使子路问津焉。长沮曰：‘夫执舆者为谁？’子路曰：‘为孔丘。’……夫子怃然曰：‘鸟兽不可与同群，吾非斯人之徒与而谁与？天下有道，丘不与易也。’”这里作者以长沮、桀溺这类隐士自居。

⑳ 劳：慰劳。

【译文】

其一

以前听闻南亩良田，可惜没有亲自来看看。如今我既然已如颜回般贫困，那么春耕的时节不免要过来。清晨已经准备妥当，登上大路，我的心已飞向田园。鸟语花香，迎接新的春天，微风阵阵，送来余香。寒竹覆盖住荒废的小路，那片土地因罕有人迹而显得疏远。见识高远的隐士，悠然而去不再回来。我所知晓的道理怕是要愧对通识之士，保全自己的真实本性实非易事。

其二

先师孔子遗留下这样的教诲，担心我们没有获得真理而胜于担心我们贫穷。瞻望先师的足迹，我怕是难于达到，只希望一生在田间劳作。持着锄头，我兴致勃勃地干着农活，满面春风地劝慰着农民。远处的风徐徐吹向平旷的土地，茁壮成长的新苗似乎也在迎接新春的到来。虽然没有获取一年的收成，务农本身也已带来很多快乐。劳作的农民有时候会休息一会，过路的游者无人问津。日落而息，我们相伴回家，提着酒壶问候相近的邻居。长吟着先贤的诗句，我慢慢关上柴门，姑且做一个躬耕陇亩的农民。

【赏析】

本诗作于公元 403 年，作者三十九岁。两年前，作者的母亲去世，作者一直服丧在家。就在本诗写成的那一年，作者目睹了桓玄一步步逼朝廷封自己为楚王，并篡晋为楚。那一年诗人有点国破家亡的慨叹。乐观如陶渊明者此时也不免心灰意冷，委身田园只是他无奈而主动的选择。

“在昔闻南亩，当年竟未践”，以前听闻南亩良田，可惜那时没有亲自来看看。当年未曾遂意，如今了却了仕途之心，才有心情来享受这田园之趣。

作者再度自况颜回：“屡空既有人，春兴岂自免？”如今我既然已如颜回般贫困，那么春耕的时节不免要过来。“夙晨装吾驾，启涂情已缅”，清晨已经准备妥当，登上大路，作者的心已飞向田园。

“鸟哢欢新节，泠风送馀善”，融情于景。既然仕途中找不到自己的定位与成就感，那么归隐就是一番大乐趣。

“寒竹被荒蹊，地为罕人远”，写这些景物的目的不仅仅在景物本身上，更重要的是为下面的文字铺陈。

"是以植杖翁，悠然不复返。"这无疑是作者自况。在作者而言，那些四体不勤五谷不分的人是不配当隐士的。这样看待平民，在晋朝是很难得的。

最后，"即理愧通识，所保讵乃浅"，作者所知晓的道理怕是要愧对通识之士，保全自己的真实本性洵非易事。这也是陶诗中为数不多的把对于自己劳作时的描写过渡到面对先贤的卑微。一边劳作，一边在劳作中体悟生命的真谛。

如果说第一首诗有鲜明的个人色彩，那么第二首诗则将个人的感情融入了天地与自然。

"先师有遗训，忧道不忧贫"，先师，指孔子。我们可以想见约二十年后，陶渊明虽窘迫尴尬但不失洒脱的情形。

"瞻望邈难逮，转欲志长勤"，瞻望先师的足迹，怕是难于达到，希望一生在田间劳作。作者承认自己无法完全如颜回那般安贫乐道，当然更程度上也有自己无法左右的时局的原因，于是希望效仿先贤，做伯夷、叔齐这样的人。

就踏踏实实地做一个农民吧，"秉耒欢时务，解颜劝农人"，持着锄头，兴致勃勃地干着农活，满面春风地劝慰着农民。

"平畴交远风，良苗亦怀新"，"怀新"二字融情于景。"虽未量岁功，既事多所欣"，笔者猜想，不仅"即事多所欣"，怕是种高粱等酿酒食材也带给作者不少满足感吧。

"耕种有时息，行者无问津"，在智慧的隐者之上，似乎又蒙上了《桃花源记》中的景象，依依入画。

"日入相与归，壶浆劳近邻。"陶渊明的邻居和他本人一样率性真诚，豪爽慷慨，反观《桃花源记》和这首诗，不难看出理想与现实更为深刻的区别，即无情与有情的区别。笔者认为，只有做到内在的无情，才能真正实现他渴望的尧舜之治。

"长吟掩柴门，聊为陇亩民。"长吟，在魏晋时期，是人与天地交流的一种方式。同时，"聊"字反映出作者似乎心有不甘，作者的隐居是无奈的，因为他在仕途中寻找不到光明。

癸卯岁十二月中作与从弟敬远

【原文】

寝迹[1]衡门下，邈与世相绝。顾眄[2]莫谁知，荆扉昼常閇[3]。凄凄[4]岁暮风，翳翳[5]经日雪[6]。倾耳无希声[7]，在目皓已洁[8]。劲气[9]侵襟袖，箪瓢谢[10]屡设。萧索空宇[11]中，了无一可悦。历览千载书，时时见遗烈。高操非所攀，谬[12]得固穷节[13]。平津[14]苟不由[15]，栖迟讵为拙？寄意一言外[16]，兹契[17]谁能别？

【注释】

①寝迹：止息踪迹。全句指隐居。

②顾眄：顾盼。

③閇（bì）：通“闭”。

④凄凄：寒凉。《诗经·郑风·风雨》：“风雨凄凄，鸡鸣喈喈。”

⑤翳翳：晦暗不清的样子。

⑥经日雪：终日下雪。

⑦无希声：化用《老子》：“大音希声。”

⑧皓已洁：“已皓洁”，已经皓白明亮。

⑨劲气：劲峭的寒气。

⑩谢：谢却，此处引申为“不能”。

⑪宇：屋宇。《楚辞·招魂》：“高堂邃宇，槛层轩些。”

⑫谬：谦词。

⑬固穷节：固穷的节操。《论语·卫灵公》：“君子固穷，小人穷斯滥矣。”

⑭平津：原意为平坦的水路，在此指仕途。

⑮由：践行。

⑯全句意为在“栖迟讵为拙”之外另有深意。

⑰契：契合。

【译文】

我衡门之下停留，远远地和世事相隔绝。左顾右盼没有我的知音，于是柴门在白天也时常关闭。凄寒的风在年尾刮起，晦暗蔽日的大雪下了整整一天。凝神静听没有半点声音，一片皎洁映入眼帘。劲峭的寒气侵入襟袖，一箪一瓢也不能常设。空空荡荡的屋宇中一派凄凉景象，没有一样事物能激发喜悦的心境。我遍览了千载以来的书籍，时时可以看见古人的热血。如此高尚的节操不是我所能企及的，我只想恪守君子固穷的义节。我不想踏入平坦的仕途，隐居的生活不也是很好的选择吗？这句话另有深意，这种默契除了你，谁能够体会？

【赏析】

本诗所作之年与前面两首相同，均为公元403年。作者之所以未及不惑就似乎放下了一切事物，是因为无力遏制桓玄的篡位，因此心灰意冷。

前面那首《悲从弟仲德》，一个亲人的过世让作者悲恸欲绝，可见陶渊明很重视亲情。本诗写的他的另一个堂弟陶敬远，和他（至少在血缘关系上）更为亲密。不仅他们的父亲是亲兄弟，他们的母亲也是亲姐妹，两人年龄相差十六岁。几年后陶渊明写了《祭从弟敬远文》，其时作者四十七岁，而陶敬远的生命，则被永远定格在三十一岁。

开头很超然的“寝迹衡门下，邈与世相绝”，对应于《诗经》的“衡门之下，可以栖迟”，恰与本诗中的“栖迟讵为拙”遥相呼应。而作者不久前写的“闲居三十载，遂与尘事冥”(《辛丑岁七月赴假还江陵夜行涂中》，都用了可以理解为心死的字：那首诗是“冥”，而本诗是“邈”。看似是说给别人听，实际上真正在意的听众，是他自己。

“顾眄莫谁知，荆扉昼常閇”，“荆扉”暗指作者的心门。

“凄凄岁暮风，翳翳经日雪”，这句话有三种含义：萧条晦暗的场景；风雨如晦的心情；东晋王朝大厦将倾的结局。由于作者已心死，加上有下文的铺陈，所以更多地只是描写场景。

“倾耳无希声，在目皓已洁”，这里写出了一份乡居生活的静谧之美。不同于后世王籍的“蝉噪林逾静，鸟鸣山更幽”，这里只是朴素而单纯地呈现出一片白茫茫的寂静的场景，和下文共同衬托出作者隐逸的心情与心灰意冷的绝望。

“劲气侵襟袖，箪瓢谢屡设”，此处作者自况于颜回，结合时代背景与上下文，“箪瓢谢屡设”的原因主要是心情不好。在这个对于东晋江山无望的冬天，作者的心意是萧索乃至绝望的，一边是曾追随的桓玄，一边是一心尽忠的晋室河山，由景过渡到情了。

“萧索空宇中，了无一可悦。”不同于晏殊的“一番萧索禁烟中”，也不同于柳永的“狎兴生疏，酒徒萧索，不似去年时”，陶渊明在这里要表达的是一腔悲愤，亦即对东晋王朝的所剩无几的感情——哀其不幸，怒其不争。字里行间，充斥着陶渊明满腔的悲愤和绝望。

为了使文风过渡得自然一些，也是为了情绪的缓和，诗人写道：“历览千载书，时时见遗烈。”我遍览了千载以来的书籍，时时可以看见古人的热血。可能他又想到了曾祖父陶侃，后者曾与王敦等人一起，鼎定了东晋虽偏安一隅但依然绵延万里的河山。

“高操非所攀，谬得固穷节”，达则兼济天下，穷则独善其身。作者此时也许了解到自己只能是后者。

“平津苟不由，栖迟讵为拙？”作者不想踏入平坦的仕途，于是隐居的生活也成为很好的选择。作者很清醒，知道自己没有陶侃兼济天下力挽晋室于狂澜的本领，所以只得选择隐居独善其身。隐居只是一种形式，它不是目的，真正的隐居是心意识的隐居，亦即不动心。

“寄意一言外，兹契谁能别？”上面这句话（栖迟讵为拙）另有深意，而这种默契除了你，还有谁能够体会？颇为耐人寻味。可能上面一段的分析已然给出了答案。

全诗融情于景，从隐居的生活写起，写到寒冷的冬天和自己心力的疲倦，引出古人的伟岸与自己的无力作为对比，言明自己的隐居是无奈的。

乙巳岁三月为建威参军使都经钱溪

【原文】

我不践斯境，岁月好已积①。晨夕看山川，事事悉如昔。微雨洗高林，清飚②矫③云翮④。眷彼品物⑤存，义风⑥都未隔。伊余何为者，勉励从兹役。一形似有制⑦，素襟⑧不可易。园田日梦想，安得久离析！终怀在归舟，谅哉宜⑨霜柏。

【注释】

① 岁月好（hào）已积：岁月已经重重堆积。

② 清飚（biāo）：清风。

③ 矫：高举。

④ 翮（hé）：鸟翼，代指鸟。

⑤ 品物：万事万物。

⑥ 义风：良善之风。

⑦ 一形似有制：（我既已为官，则）形体似有束缚。

⑧ 素襟：平素之襟怀，或淡素之襟怀。

⑨ 宜：适宜，或言成为。

【译文】

我不曾涉足这片地土，而因岁月而产生的风霜已然重重堆积。早晨和晚上眺望着山河大地，每一件事物都一如往昔。微雨洗涤着高大的树林，而清风高举着云中的鸷鸟。我眷恋这里的万事万物，这里民风淳朴，不曾消失。我不知为何从事如此繁重的劳役。我既已走上仕途，平生淳朴的襟怀却不能改变。我日思夜想着田园生活，怎么能够长久地与之别离！我将终老在回家

的归舟之上，我的操守配得上乃至成为风霜中的松柏。

【赏析】

本诗作于陶渊明最后一次出仕，也是最后一次辞官的那一年。作者四十一岁，供职于刘敬宣帐下，又因刘敬宣的调动而徙任彭泽令。期间，妹妹过世了，官场昏聩，非彼所愿，作者愈发地心灰意冷，并感到亲情的重要性，就有了“不为五斗米折腰”的著名典故。然而从诗本身可以看出，在之前，作者已有归隐于现实而投身于古人之志的想法。

“我不践斯境，岁月好已积”。孔子说四十不惑，而陶渊明此时一定明白了自己真正想要的生活是什么。开篇便以消沉的语气道出了对命运的感慨。

“晨夕看山川，事事悉如昔。”继而作者将眼光放向山河大地，一草一木都历历在目。在这里作者骤然拉开视野，把思绪放入山川，并让它们稀释化解开去。青山不改绿水长流，和这些自然的景观——或暗示——相比，自己的这点心绪又算得上什么呢？

“微雨洗高林，清飚矫云翮”，寓情于景。《离骚》中也有关于飞鸟的意象：“鸷鸟之不群兮，自前世而固然。何方圜之能周兮，夫孰异道而相安？”虽然后者的意象情绪更为强烈，但与这首诗是相通的，一如和《归鸟》与《归去来兮辞》一样。

“眷彼品物存，义风都未隔”，作者眷恋这里的万事万物，因为这里民风淳朴。这句话反映了作者此刻纯良的内心。

“伊余何为者，勉励从兹役？”为什么从事着如此繁重的劳役？其实在《归去来兮辞》中有着相似的更为著名的反问：“既自以心为形役，奚惆怅而独悲？”笔者想到了庄子的话：“自三代以下者，天下莫不以物易其性矣。小人则以身殉利，士则以身殉名，大夫则以身殉家，圣人则以身殉天下。故此数子者，事业不同，名声异号，其于伤性以身为殉，一也”。在这段话中，庄子否认了一切价值，包括作者认同的儒家的济世思想。深究一下，在本诗中，陶渊明的思想就是老庄的思想，即反对“以物易性”的观点，而“以物易性”恰恰是仕途所需要的品质。

“一形似有制，素襟不可易”，我既已走上仕途，平生淳朴的襟怀却不能改变。在这两难的困境中，作者无法同时拥有面包和远方，后来作者的选择表明作者放弃了前者。

"终怀在归舟，谅哉宜霜柏"，我将终老在回家的归舟之上，我的操守配得上乃至成为风霜中的松柏。

诗中作者写"终怀在归舟"，不仅有着字面上的意味，结合作者的生平与性情，"归舟"驶向的不仅是地理上的家园，更驶向作者的精神家园。

还旧居

【原文】

畴昔家上京①，六载②去还归。今日始复来，恻怆多所悲。阡陌不移旧，邑屋或时非。履历③周④故居，邻老罕复遗。步步寻往迹，有处⑤特依依。流幻⑥百年中，寒暑日相推。常恐大化⑦尽，气力不及衰⑧。拨置⑨且莫念，一觞聊可挥。

【注释】

①上京：《南康志》："近城五里，地名上京，亦有渊明故居。"

②六载：或谓十载。

③履历：经过。

④周：围绕。

⑤有处：某处。

⑥流幻：流动的幻影。

⑦大化：生命。

⑧气力不及衰：气力尚不及于衰而死去。《礼记·王制》："五十始衰。"

⑨拨置：弃置。

【译文】

当年居住在上京，离去了六年又回来了。今天来到了曾经的老房子，惨恻悲怆而感慨万千。纵横街道依然如旧，有些房舍已然破烂不堪。围绕经过曾经的旧居，邻居几乎都已搬走或不在了。一步一步地探寻从前的遗迹，一些地方值得我留恋良久。百年之中漂浮着流动的幻影，寒来暑往，日月相推。时常担心生命的终止，唯恐活不到知天命之年。姑且将这些念头弃置一边，一樽酒可以忘却一切。

【赏析】

此诗作于公元412年，作者四十八岁时。

首先交代时间，“畴昔家上京，六载去还归”，当年居住在上京，住了六年又回来了。有的版本将“六载”作“十载”。其实无论是六年还是十年，都不算很短的时间。所以虽然没有沧海桑田的喟叹，但有物是人非的感慨。这一句不仅交代了写作背景，也为下文做好了铺垫。

“今日始复来，恻怆多所悲”，回到了旧居，悲怆伤心感慨万千。人们常对故乡的老屋怀有深情，是因为它承载了个人的回忆，甚至还有家族的历史悲欢。如《项脊轩志》中那句举重若轻的“庭有枇杷树，吾妻死之年所手植也，今已亭亭如盖矣”，是一样的物是人非的感触。

“阡陌不移旧，邑屋或时非。履历周故居，邻老罕复遗。”街道如旧，有些房舍已破烂不堪，甚至不复存在。围绕经过曾经的旧居，邻居几乎已搬走或不在了。这四句细化了物如何是，而人如何非的喟叹。在那些“邻老”中，可能就有着作者的亲人吧？

“步步寻往迹，有处特依依”，一步步地探寻从前的遗迹，一些地方让作者驻足良久。哪怕是心里翻涌着海浪般的哀思，作者也不曾把它显露出来，仅仅是近乎哀而不伤的白描式的书写。唯其如此，这份哀伤才格外的沉重，读来令人心痛。

“流幻百年中，寒暑日相推。”百年之中漂浮着流动的幻影，寒来暑往，日月相推。

“常恐大化尽，气力不及衰。”在写下这首诗的时候，陶渊明的心境是绝望的。

最后，“拨置且莫念，一觞聊可挥”，姑且将这些念头弃置一边，一樽酒可以忘却一切。有些“今朝有酒今朝醉”“不如高卧且加餐”的意味，也有些虎头蛇尾。但考虑到至哀无言，而且渊明本身好酒，更重要地，他感到了命运的强大与诡谲，无常的阴影笼罩着每一个人，他本人亦不例外。于是他的哀愁，他的苦恼，应该都已付诸一觞了。

全诗以物是人非的悲怆格调开头，写到故地重游时物是人非的感受，进而过渡到深沉的追忆与缅怀。良久，从这种情绪中脱离出来，却发现周遭的氛围已然不可捉摸。所以本质上是出于茫然才写下诸如“一觞聊可挥”的句子，如结尾所言，作者的哀思全都付诸酒中了。

尽管本诗并非悼亡之作，字里行间却处处流露着悼亡之意。本诗某种意义上是对于一个属于陶渊明的时代的悼亡。

戊申岁六月中遇火

【原文】

草庐寄①穷巷，甘以辞华轩②。正夏长风急，林室顿烧燔③。一宅无遗宇，舫舟荫门前。迢迢④新秋⑤夕，亭亭月将圆。果菜始复生，惊鸟尚未还。中宵伫⑥遥念，一盼周九天⑦。总发⑧抱孤念⑨，奄⑩出四十年。形迹凭化往，灵府⑪长独闲。贞刚自有质，玉石乃非坚。仰想东户⑫时，馀粮宿中田。鼓腹无所思，朝起暮归眠。既已不遇兹，且遂灌我园。

【注释】

①寄：寄居。

②华轩：华美的车子，此处代指高官厚禄。

③燔（fán）：炙，烧。

④迢迢：高远的样子。这里形容秋夕景象的空阔辽远。《古诗十九首》："迢迢牵牛星，皎皎河汉女。"

⑤新秋：初秋。

⑥伫：久立。

⑦九天：这里指整个天地。《楚辞·离骚》："指九天以为正兮，夫惟灵修之故也。"

⑧总发：即"总角"，指童年时代。古时儿童束发于头顶。《诗经·卫风·氓》："总角之宴，言笑晏晏。"

⑨孤念：操守谨严，不肯同流合污。

⑩奄：忽然。

⑪灵府：心。

⑫东户：东户季子，传说中上古太平时代的君主。

【译文】

寄居于偏僻巷子的草庐之中，我心甘情愿地辞去了高官厚禄。时值盛夏，长风猛烈，林中居室顿时被火包围。一处居所被烧得片瓦不存，于是移居舟中，停泊门前。高远漫长的初秋之夜，明月也因之高远，将圆未圆。水果蔬菜开始重新生长，受到惊吓的飞鸟还没有回来。夜半不能入睡，站起身来遐想远方，思绪遍历九天之遥。幼年时孤僻耿直，保持这样的性情不知不觉已有四十余年。容颜任凭造化处置，而心灵长久独自地享受着这份闲暇。贞洁刚强是我的本质，相形之下玉石也算不得坚忍。想当年东户季子的时代，余粮就放在田地的边上。吃饱后漫无目的地游览，早起晚归地劳作，睡得很香。既然已经不能遇到这种平安的世道，还是浇灌我的菜园吧。

【赏析】

由题目可知，本诗作于戊申年，即公元408年，时年陶渊明四十四岁，已彻底归隐两年。也就是说，作者过上了自由自在但没有物质保障的生活。由于住宅失火，本不富裕的陶渊明家雪上加霜。一家人的穷窘可想而知。

但是，作者似乎以超然的姿态面对着命运的这次捉弄。

作者首先交代了自己的心志是高洁的。"草庐寄穷巷，甘以辞华轩"，实际上客观来讲，辞官隐居倒不是因为官小，主要是在陶渊明看来，时局世风俱下，“道不行，乘桴浮于海”。如果社会风气面貌一新，则“虽执鞭之士，吾亦为之”，就是当个驾车的他也乐意。而此时是乱世，陶渊明恪守孔子的遗训，只能独善其身了。

时值盛夏，房子陷于火灾。诗中没有交代起火的原因，只说“正夏长风急”，着火的原因大概是自然灾害。不管怎么说，原来的居所被烧得片瓦不存，只能移居舟中，停泊门前。舟船成了临时的住所。

作者由情入景，写道：“迢迢新秋夕，亭亭月将圆。”高远漫长的初秋之夜，明月也因之高远，将圆未圆。“迢迢”二字，形容高远，说明此刻作者正仰望天空，并因而浮想联翩。

“果菜始复生，惊鸟尚未还”，火灾之后，园圃里的果菜又活了过来，而受惊的鸟儿还没有回来。

“中宵伫遥念，一盼周九天”，陶渊明曾写过“怀役不遑寐，中宵尚孤征”的句子，放在这里代替这两句也完全能讲得通。这里“中宵”和重重心事放在一起，有种“思绪万千忆往事，一夜梦中游天涯”的意味。

作者转而追忆过去，“总发抱孤介，奄出四十年”。幼年时孤僻耿直，保持这样的性情不知不觉已有四十余年。此刻的作者，在自己的心中是庄严的，因为他对得起自己这四十多年的付出。

“形迹凭化往，灵府长独闲”，这句话不免有些夸张，但这确实是作者追寻的目标。心动是容易的，但心静很困难，所以苏轼几度被贬谪后的“漏断人初静”“有约不来过夜半，闲敲棋子落灯花”的境界才尤为难得。而此处，作者的“灵府长独闲”，让笔者再度感到“秉德无私，参天地兮”（《楚辞·九章》）的境界。

“贞刚自有质，玉石乃非坚”，贞洁刚强是我的本质，相形之下玉石也算不得坚忍。魏晋时期，门阀为评判一个人的第一要素，而作者出身寒门，难得他并不自轻自贱，妄自菲薄，而是有强烈的自我判定和自尊自重。

“仰想东户时，馀粮宿中田。鼓腹无所思，朝起暮归眠。既已不遇兹，且遂灌我园。”想当年东户季子的时代，余粮就放在田地的边上。吃饱后漫无目的地游览，早起晚归地劳作，睡得很香。既然已经不能遇到这种平安的世道，姑且还是浇灌我的菜园吧。某种意义下，这意味着作者回归到现实中。

全诗先写了自己归隐的大背景，继而是失火这堪称劫难的重大事故，再写到一家人相濡以沫寄居船上，开始了深沉的追思，最后作者回到了现实当中，准备重新找好房子后，一心一意地务农。

己酉岁九月九日

【原文】

靡靡①秋已夕②，凄凄③风露交。蔓草④不复荣，园木空自凋。清气澄馀滓⑤，杳然⑥天界高。哀蝉无留响，丛⑦雁鸣云霄。万化相寻绎⑧，人生岂不劳？从古皆有没，念之中心焦。何以称⑨我情？浊酒且自陶⑩。千载非所知，聊以永⑪今朝。

【注释】

①靡靡：缓慢。《诗经·王风·黍离》：“行迈靡靡，中心摇摇。”

②夕：犹言暮也。

③凄凄：寒冷。《诗经·郑风·风雨》：“风雨凄凄，鸡鸣喈喈。”

④蔓草：蔓生的草。《诗经·郑风·野有蔓草》：“野有蔓草，零露漙兮。”

⑤馀滓（zǐ）：余下的尘埃。

⑥杳（yǎo）然：高远。

⑦丛：聚集貌。

⑧绎（yì）：推演。

⑨称（chèn）：合适。

⑩陶：乐。

⑪永：久。

【译文】

时间缓慢地运行，又到了深秋，寒冷的秋风伴随露水重重落下。蔓生的野草已然枯萎，园中树木也徒然凋零。清风将余下的尘埃荡涤一空，高远的天空愈发迢遥。秋蝉的哀鸣渐渐没有声音，成群的大雁声声鸣叫，响彻云霄。万物都在相互推演转化，人生也没有办法不劳苦。自古洎今，生命都不免消亡，每每思及此事，心中自然不安。用什么安抚我的不安之情？饮下一壶浊酒，其乐陶陶。我不知道千年之后会发生什么事情，且自畅饮，希望时间永远停止在今天。

【赏析】

此诗作于公元409年，作者四十五岁，归隐已有三四年了。农历九月九日是重阳佳节（据史料考证，重阳节始于远古，成型于春秋战国，普及于西汉），但作者并没有流露出"绿杯红袖称重阳"或"每逢佳节倍思亲"的感情，甚至没有言明是重阳佳节。可能作者有的只是"九日悲秋不到心"的感喟。"九日寥落伤酒后，一番萧索禁烟中"。作者应该是怀着伤悲在重阳节写下了这首诗。

"靡靡秋已夕，凄凄风露交。"写的是暮秋时节，寒风和冷露交相而来。这两句点明秋天将尽，风霜俱来，定下了凄凉的基调。

作者进一步渲染，"蔓草不复荣，园木空自凋"，蔓生的野草已然枯萎，园中树木也徒然凋零。这里又引用了《诗经》中的一个意象，蔓草。而《诗经·郑风·野有蔓草》描写的恰恰是"朋友相期会也"（《诗经原始》）。蔓草却已不复荣，也就是说，朋友一个个散落在天涯，这与当日的重阳恰成对比。而后一句"园木空自凋"更加凸显出作者于重阳节那一天内心的孤独。

诗人毕竟是达观的，既然友人杳不可寻，那就转向自然，转向天地。"清气澄馀滓，杳然天界高"，清风将余下的尘埃荡涤一空，高远的天空愈发迢遥。骤然拉开了自己同时也是读者的视角。从这里可以看出，尽管作者的情绪是伤悲的，但他更有一份开阔豁达的胸襟。

作者进一步写道："哀蝉无留响，丛雁鸣云霄。"秋蝉的哀鸣逐渐远去，代之以大雁的鸣叫，进一步将自己的心绪在自然中稀释化解开去。

接下来的诗句表明作者转入对于生死的进一步思考，这或许和其时的兵荒马乱民不聊生有关。"万化相寻绎，人生岂不劳？"万物变化，而人生实苦。根据庄子的观点，人无时不刻地受着"天刑"，而根据佛教的观点，人一动心就意味着受苦（有漏皆苦）。更何况在这兵荒马乱的年代呢？

"从古皆有没，念之中心焦"，生命都不免消亡，每每思及此事，心中自然不安。

此刻的陶渊明依然"何以称我情？浊酒且自陶"，想以醉浇愁。"千载非所知，聊以永今朝"，不知道千年之后会发生什么事情，且自畅饮，希望时间永远停止在今天。

本诗开头处先写了萧瑟之景，继而融凄清之情于萧索之中。最后将情与景均付诸酒中。从至性无言的角度考虑，或许他没说出来的更为精彩的意境，也都付诸一壶浊酒了。

庚戌岁九月中于西田获早稻

【原文】

人生归[①]有道[②]，衣食固其端[③]。孰是[④]都不营，而以求自安！开春理常业[⑤]，岁功[⑥]聊可观。晨出肆[⑦]微勤，日入负耒[⑧]还。山中饶[⑨]霜露，风气[⑩]亦先寒。田家岂不苦？弗获辞此难[⑪]。四体[⑫]诚乃疲，庶[⑬]无异患干[⑭]。盥濯[⑮]息檐下，斗酒散襟颜。遥遥[⑯]沮溺心，千载乃相关。但愿长如此，躬耕非所叹。

【注释】

① 归：趋，就。

② 道：常理。

③ 端：起始。

④ 是：代指衣食。

⑤ 常业：农事。

⑥ 岁功：一年的收成。

⑦ 肆：操作。

⑧ 耒（lěi）：指古代一种农具，形状似木叉。

⑨ 饶：多。

⑩ 风气：气候。

⑪ 难：艰难。

⑫ 四体：四肢。

⑬ 庶：差不多。

⑭ 干：干预。

⑮ 盥（guàn）：洗手。濯：洗脚。

⑯ 遥遥：远古。

【译文】

人生本应依止常理，首先准备好衣食之事。连衣食大事都不去妥善经营，何以求得自己的安全感！开春开始料理稼穑之事，一年的收成颇为可观。早

上起来稍微干一干农活，太阳落山才负耒而还。山中多霜与露，而天气也愈发寒冷。种田之人怎么不辛苦？却也无法脱离这份艰难。四肢确实已经疲倦了，但几乎没有别的苦恼。洗手洗脚后在屋檐之下休息，一壶酒足以使我喜笑颜开。远古时长沮、桀溺他们的襟怀，千载之下与我密切相关。希望能长久如此，躬耕陇亩也心甘情愿。

【赏析】

这首诗作于公元410年，作者四十六岁，归隐已经四五年。初归田园的兴奋早已过去，余下的，只有“晨兴理荒秽，带月荷锄归”的艰难。但作者也能苦中作乐，作者的浪漫情怀，恰恰在艰难的时间里真正得以彰显。这一点在这首诗，和《五月旦作和戴主簿》《与殷晋安别》等其他诗文都有体现。

作者首先开宗明义，“人生归有道，衣食固其端”，人生本应准备好衣食之事。

进而作者写道：孰是都不营，而以求自安！连衣食大事都不去经营，何以求得自己的安全感？

“开春理常业，岁功聊可观”，这两句反映了作者乐观的性格。而期许好收成是不易的，“晨出肆微勤，日入负耒还。山中饶霜露，风气亦先寒”，将这四句诗结合“晨兴理荒秽，戴月荷锄归”看，躬耕陇亩的艰难细化了。这也让读者体会到隐居生活的不易。

随后的两句可视为以上六句的小结：“田家岂不苦？弗获辞此难。”种田之人无法摆脱辛苦与艰难，也点出了平民之隐与贵族之隐的不同。相比于贵族式的隐居（如王维），平民的隐居意味着要像陶渊明一样，彻彻底底地做一个底层民众，和以往的圈子拉开距离，而当一个底层百姓意味着更多的时候要和柴米油盐打交道，因而更为艰难与不易。

“四体诚乃疲，庶无异患干。”孟子云，劳心者治人，劳力者治于人。陶渊明曾经想劳心，“为天地立心，为生民立命，为往圣继绝学，为万世开太平”，但晋室门阀不允许，天下的大势似乎也不允许。逆天而行鲜有成功的，所以安安心心地过着农民的日子吧。

“盥濯息檐下，斗酒散襟颜”，休息时一杯酒足以使作者喜笑颜开。

作者信奉的是儒家学说，自然怀终追远。他追思古人，希望从他们身上寻求到自己的影子，也就是所谓的同理心。“遥遥沮溺心，千载乃相关”，这两句不仅仅是升华，更重要的是歆慕长沮、桀溺“耦耕”的人，也从事着在晋朝不入流的农事，这无疑给作者以莫大的勇气。

“但愿长如此，躬耕非所叹。”“长如此”，指的是保持上一段的状态和勇气。不难想象，如果作者生活在一个太平盛世，哪怕没有故交旧友的接济，作者也会过上真正惬意的隐居生活。

本诗由衣食写到稼穑之艰难，转而向往着田园生活。全诗如行云流水，过渡自然，将田间的劳作与古人的楷模完美地结合在一起。

丙辰岁八月中于下潠田舍获

【原文】

贫居依稼穑，戮力①东林隈。不言春作苦，常恐负所怀②。司田眷③有秋④，寄声与我谐⑤。饥者欢初饱，束带候鸣鸡。扬楫⑥越平湖，泛随清壑回。郁郁⑦荒山里，猿声闲⑧且哀。悲风爱静夜，林鸟喜晨开。曰余作此来，三四⑨星火⑩颓。姿年逝⑪已老，其事⑫未云乖⑬。遥谢⑭荷蓧翁，聊得从⑮君栖。

【注释】

①戮力：全力。

②所怀：归隐的初心。

③眷：眷顾。

④秋：谷物成熟。《尚书·盘庚》：“若农服力穑，乃亦有秋。”

⑤谐：合。

⑥楫（jí）：桨。

⑦郁郁：不舒散。

⑧闲，大。

⑨三四：十二。

⑩星火：字面意为夏至昏之中星，引申为年。《尚书·尧典》：“日永、星火，以正仲夏。”

⑪逝：语助词。

⑫ 其事：初心。

⑬ 乖：背离。

⑭ 谢：告知。

⑮ 从：效仿。

【译文】

生活困窘，只能种地为生，在东林边全力地劳作。从来不说春耕的辛劳，唯恐有负归隐的初心。管理田地的官员也盼望秋天有一个好收成，这一点我们不谋而合。饥馑之人因刚刚吃饱而欢欣鼓舞，穿好衣服等待鸡的叫声。举起船桨划过平静的湖水，泛舟而行，随清溪而回。山里一片荒凉与岑寂，猿猴的声音大而悲哀。凄凉的风声伴随寂静的夜晚，树林中的鸟因为清晨的来临而欢欣。自从从事这样的劳作，躬耕陇亩也已有十二年了。年华老去，容颜不再，我归隐的初心犹未更改。告知古时的荷蓧翁，姑且效仿你的嘉行与精神。

【赏析】

本诗作于公元416年，作者五十二岁。从诗中可以看出，作者自405年归隐以来，已躬耕陇亩十二年。作者在当官时也有公田，时不时地也会下地干活，但是专心致志地在农事中体悟孔孟之道，怕也就是归隐后的这十二年。想真正成就任何一件事情，必须投入大量精力，甚至为之付出生命。唯其如此，才可能藉之而生。在作者而言，种地是生活必需，也是悟道的手段，是作者追求真理的方式。

诗歌首先交代了家里的窘境，“贫居依稼穑，戮力东林隈”。戮力，意味着作者对于出仕死心了，死心不代表作者不追求孔子的遗训，恰恰相反，唯其如此，才能更为真实地切身地体会“先师遗训”。

“不言春作苦，常恐负所怀”，这里的“所怀”无疑是对孔孟之道的追寻与实践。此时距写《归园田居》组诗已有十一二年，作者一直不满于自我精神的现状，总在期许更高的更接近圣贤的标准，时时担心自身会因环境而懈怠。这正说明作者的不舍进取。

“司田眷有秋，寄声与我谐”，关于对丰收的盼望，司田和“我”是一样的。这里用司田委婉地表示出，“我”虽然归隐，但并未脱离社会。

“饥者欢初饱，束带候鸣鸡”，古代，尤其是在乱世，生产力极度不发达，对于战乱时代的普通百姓来说，吃一顿饱饭是很不容易的。可以想见，作者的物质生活是很匮乏的，吃饱之后就享受一个隐者所拥有的清欢，而这一点尤为难得。

以下从叙事过渡到写景，“扬楫越平湖，泛随清壑回。郁郁荒山里，猿声闲且哀”。景物很静很美，但也反映了作者平静安宁的忧愁，这不完全是因为个人的缘故，也有一丝“处江湖之远则忧其君”的意味。

“悲风爱静夜，林鸟喜晨开”，这一对比似乎有些牵强，但前一句是哀而不伤，后一句是乐而不淫。并且“悲风”容易令读者想到《楚辞·九章·悲回风》中的“悲回风之摇蕙兮，心冤结而内伤”，可能陶渊明依然对仕途心存一丝留恋吧。但作为一个观赏者，作者能做到的是静静地体会这样安静的美景。

下文作者进入了总结部分：“曰余作此来，三四星火颓。姿年逝已老，其事未云乖。遥谢荷蓧翁，聊得从君栖。”作者躬耕陇亩也已有十二年了。年华老去，容颜不再，而我归隐的初心犹未更改。告知古时的荷蓧翁，姑且效仿你的嘉行与精神。关于荷蓧翁，见作者《癸卯岁始春怀古田舍二首》所说的“植杖翁”（“是以植杖翁，悠然不复返”），作者向往那种生活，恬淡而不失生机。

本诗以穷困潦倒的家境开头，过渡到温饱后的湖光山色，最后表达了自己归隐的志向。同时也表现出“先师有遗训，忧道不忧贫”的儒生的担当。打动笔者的，是诗人那份面对未知依然笑谈风月的从容，颇有“肩着现实的重负写理想，怀着沧桑的心情谈风月”（周国平语）的气度。

饮酒二十首并序

【原文】

余闲居寡欢，兼秋夜已长。偶有名酒，无夕不饮。顾影独尽，忽焉复醉。既醉之后，辄题数句自娱。纸墨遂多。辞无诠次。聊命故人书之，以为欢笑尔。

【译文】

我闲住时郁郁寡欢，加之秋天来临，长夜漫漫。偶然得到名酒，于是我每一个晚上都饮酒。看着影子独自把酒喝完，不一会就醉了。醉酒之后，就写上几句诗，自娱自乐。于是写好的书稿日益增加。这些文辞语无伦次。姑且让老朋友记下，仅用来欢笑罢了。

【赏析】

这组诗创作于公元416年，时年作者五十二岁。不仅东晋王朝进入了倒计时（东晋亡于420年），陶渊明身边的好友——如颜延之、刘柳等人——也一个个离他而去。此刻陶渊明的经济状态又不好，所以整体看来，这组诗有几分消沉的色泽。

需要说明的是，因为组诗太长，只得一首一首解析。先从序言看起。它传达出了两个信息：第一，作者很郁闷；第二，作者的诗句“辞无诠次”，据今人叶嘉莹的说法，前五首诗是有次序的，后面的诗——除了结尾那首——就不那么有次序了。

此外，这个序言多少有些欲将沉醉换悲凉的意味，因为“已而延之别离，刘柳下世”。其所记悲欢离合之事，如梦幻泡影，但只能掩卷怃然，感叹光阴不再，境缘无实的意味。

其一

【原文】

衰荣无定在，彼此更共之。邵生[①]瓜田中，宁似东陵时。寒暑有代谢，人道每如兹。达人解其会，逝将不复疑。忽[2]与一觞酒，日夕欢相持。

【注释】

① 邵生：指邵平。《史记·萧相国世家》："召平者，故秦东陵侯。秦破，为布衣，贫，种瓜于长安城东。瓜美，故世俗谓之'东陵瓜'，从召平以为名也。"此"召平"即"邵平"。

② 忽：速也。

【译文】

事物的衰败与繁荣是无常的，两者会交替存在。邵平在瓜田中忙忙碌碌，哪里还有他在当东陵侯时的样子？寒来暑往更相往复，而人世也与之相似。通达之人意会到其中的道理，对此也毫不怀疑。快速饮下一杯美酒，日夜畅饮，实在快乐。

【赏析】

"衰荣无定在，彼此更共之"，事物的衰败与繁荣是不定的，两者会交替存在。下来是诗人的佐证，"邵生瓜田中，宁似东陵时"，邵平在瓜田中忙忙碌碌，哪里还有他在当东陵侯时的样子？其实，陶渊明在半醉之中写下的这两句，也隐含了家族在陶渊明一脉没落的场景。从《命子》中我们了解到，不说他的曾祖父陶侃，他的祖父陶茂就做过武昌太守，父亲陶逸做过安成太守，甚至他本人第一次出仕也是江州祭酒。他可能骨子里怀念先人和自己的荣光，于是借着酒意把对后人恢复这种荣光的期许

表达了出来。

“寒暑有代谢，人道每如兹”，加深了对于“无常”的体悟。或许在作者而言，在诸行无常的世间中，必须要有所谓恒常不变的事物，来维系自己对于形而上世界的感知。

或许正是有了这种认知，作者才会活得如此达观，才会写出“达人解其会，逝将不复疑”这样的句子。《老子》中说：“上士闻道，勤而行之。”可能陶渊明还无法达到老子意义上“上士”的境界，但在看透无常的问题上，至少在理论上，此时他是一个“上士”。

“忽与一觞酒，日夕欢相持”，又回到了“何以解忧，唯有杜康”的状态。

本诗是《饮酒》组诗之首，开篇明确地道出了无常的话题，作者对无常无可奈何，或者说，对自己没落的家世无可奈何，只能以酒消愁。

其二

【原文】

积善云有报，夷叔在西山①。善恶苟不应，何事空立言？九十行带索②，饥寒况当年③。不赖固穷节④，百世当谁传！

【注释】

①夷叔：伯夷和叔齐。西山：指首阳山。

②带索：把绳索当作衣带。

③当年：壮年。

④固穷节：固穷的操守。《论语·卫灵公》：“君子固穷，小人穷斯滥矣。”

【译文】

都说善行有善报，怎么解释伯夷、叔齐饿死在首阳山？如果善恶都没有报应的话，凭什么去相信这些大道理？有的人九十岁依然用草绳做腰带，饥寒更胜于壮年时。如果说不秉持君子固穷的操守，百世的声名如何流传！

【赏析】

“积善云有报，夷叔在西山”，诗的开头，诗人就一针见血地指出矛盾点：人们总是说善有善报，恶有恶报，为什么伯夷、叔齐这样的至善之人会饿死在首阳山上呢？(伯夷、叔齐是商朝孤竹君的两个儿子，商灭后，他们隐居首阳山，采薇而食，终被饿死。)好人没有好报，或者好人受苦的例子比比皆是，不独伯夷、叔齐，比如颜回，比如作者，比如那些古往今来过江之鲫般的沉默于历史的受难者。

“善恶苟不应，何事空立言？”诗人对天发问，既然不是善恶有报，为什么古代先贤要讲那样的空话呢？

受难本身就是积善之人淬炼自己生命境界的过程，直至无我的状态。于是作者写道：“九十行带索，饥寒况当年。”这里引用了《列子·天瑞》的典故：孔子见到年已九十但精神矍铄的隐者荣启期，见他穿着鹿皮，用草绳做腰带，鼓琴而歌，于是问他如何得以安贫乐道。他的回答很有意味：“……贫者士之常也，死者人之终也。处常得终，当何忧哉？”，荣启期以达观的心态面对贫困与死亡。其实，陶渊明想到了更深一层，他说，“饥寒况当年”，意为饥寒胜于他壮年的时候。实际上，按道家的观点，身体是可以与心灵分开的，也就是说，心不应受到形的羁绊，即使贫病交加，也能有一颗通达的心。而这，似乎是陶渊明终其一生汲汲以求的。伯夷、叔齐也好，荣启期也好，之所以能名声传世，凭的就是安贫乐道的节操。陶渊明同样是这样一位固守节操的贫士。

其三

【原文】

道丧向[①]千载，人人惜其情[②]。有酒不肯饮，但顾世间名。所以贵我身，岂不在一生？一生复能几，倏如流电惊。鼎鼎[③]百年内，持此欲何成！

【注释】

①向：靠近，将近。

②情：私欲。

③鼎鼎，舒缓的样子。

【译文】

大道沦丧将近千载，每个人都珍视自己的私欲。有酒而没心情喝，只顾得上自己在这个世间的虚名。人们之所以爱惜自己的生命，还不是因为只有这一生？而一生的时间能有多久？倏忽如闪电，令人心惊。生前放松懈怠，依靠这些哪能有成！

【赏析】

这一首诗表达了孟子“生于忧患，死于安乐”的观点。作者在这首诗中自我反思，警醒自己，切勿和普通的酒鬼或汲汲于世间功名的人同流合污。

“道丧向千载，人人惜其情”，这里的“情”指的是私欲。唯无情者是大丈夫。无欲则刚，其中包含了孟子所说的“富贵不能淫，贫贱不能移，威武不能屈”。这是陶渊明所向往的精神生活。

但是，残酷的现实又让他不得不去面对生活中的蝇营狗苟，这严重污染了他的精神洁癖。因而他经常借酒消愁，甚至埋怨道：“有酒不肯饮，但顾世间名。”他真心不理解这些人，也就是说，此刻他不能理解世间名望带给人的满足感。

他在酒醉时反而很清醒：“所以贵我身，岂不在一生？”“贵”是珍视的意思。结合之前写的《悲从弟仲德》，作者发出这样的感慨不足为奇。在作者看来，“人生似幻化，终当归空无”（《归田园居·其四》），又何必执着于此世？

“一生复能几，倏如流电惊。”一生当然只有一回，陶氏借此而反问。而笔者想到了一种近乎朝生暮死的生命——蜉蝣。蜉蝣生如夏花，死如秋叶，而人的一生也“如幻、如电、如昨梦前尘”（《小山词自序》）。面对生死，尽管酒醉，或者正是因为酒醉，作者反而是严肃的。

可能作者此刻有了一种“知我者谓我心忧，不知我者谓我何求”的心态，带有一丝哀己不幸怒己不争的心情写下这首诗的结尾：“鼎鼎百年内，持此欲何成！”

本诗从担忧私欲滋起使大道沦丧写起，过渡到饮酒的主题。然后从死亡的视角审视人的一生，并以“鼎鼎百年内，持此欲何成”的诗句结尾。可见，陶渊明因郁郁不得志而饮酒，与此同时，却也汲汲于形而上的追求中。

其四

【原文】

栖栖①失群鸟，日暮犹独飞。裴回②无定止，夜夜声转悲。厉响思清远，去来何依依③！因值④孤生松，敛翮遥来归。劲风无荣木，此荫独不衰。托身已得所，千载不相违。

【注释】

①栖栖：不安。《诗经·小雅·六月》：“六月栖栖，戎车既饬。”

②裴回：徘徊。

③依依：依恋。

④值，遇。

【译文】

离群的不安的鸟儿，到了傍晚依然独自飞翔。顾盼徘徊找不到栖身之所，一夜夜鸣声愈发凄凉。凄厉的音声仿佛在思念着遥远的故土，但飞去飞来多么地依恋这里的处所！遇到一棵挺立的松树，收起翅膀远远向它飞来。寒风猛烈地吹拂着，万木纷纷凋零，而只有这棵树岿然屹立。在这里托身寻找到了栖息之地，千年以降永不离弃。

【赏析】

这首诗让笔者想到了作者于十年前所作的《归鸟》，“翼翼归鸟，戢羽寒条。游不旷林，宿则森标”，那时他“重衾幽梦他年断，别树羁雌昨夜惊”（李商隐语）；此刻，他“羁鸟恋旧林，池鱼思故渊”，不过他对“归鸟”的详细刻画格外地深沉与明晰。此刻的他，有种“羁旅十载身是客，魂归一朝心亦乡”的欣慰与感慨。

开头的意象很低沉，“栖栖失群鸟，日暮犹独飞”。栖栖，不安的意思。历史上较早的将鸟人格化的诗人是屈原，如“鸷鸟之不群兮，自前世而固然”“吾令鸩为媒兮，鸩告余以不好”（《离骚》）等，后世的诗人引用的“鸟”的意象很多也与此相关，在这首诗中，对应于“鸷鸟之不群兮，自前世而固然”。

“裴回无定止，夜夜声转悲”。裴回，徘徊。因为不安，所以伤悲。虽然有着一丝“知我者谓我心忧”的黍离之悲但主要是羁旅之思。“我心伤悲，莫知我哀”，与《采薇》遥相呼应。

而接下的两句在表现手法上张力更为明显，表现的场景也更为极端。“厉响思清远，去来何依依”，第一句意为凄厉的音声仿佛在思念着遥远的故土。但这么一解释，多少削弱了诗句的表现力。笔者认为，第一句中，表现力或者说感染力最强的不是“厉”字，而是“远”字。某种意义上，鸟的鸣声再凄厉，也会在作者构建的宏大视野中被稀释乃至消失。视野的辽远与鸟的孤苦形成了强烈的对比，唯其如此，才有真正的“去来何依依”，因为世界上最虔诚的祈求往往是神灵听不见的祈祷。而“依依”二字也呼应了上文的“夜夜声转悲”，或者说，二者共同呼应了《采薇》的很著名的结尾：

昔我往矣，杨柳依依。今我来思，雨雪霏霏。

行道迟迟，载渴载饥。我心伤悲，莫知我哀。

与刚刚辞官回归田园时写《归鸟》不同的是，此时作者已经找到了精神的依托（尽管物质上的匮乏也多少羁绊了他在精神方面的追求）。于是作者写道，“因值孤生松，敛翮遥来归”，孤鸟遇孤松，彼此取暖，彼此安慰，也彼此欣赏，暗示着陶渊明不后悔做了归隐决定，认为归隐是自己的归宿。

“劲风无荣木，此荫独不衰”，令笔者想到作者的另外一首诗——《荣木》。陶渊明一直在追寻孔子意义下的大道，也就是所谓的“荣木”，无论是入世还是出世。孔子说过，“道不行，乘桴浮于海”，但他也说过，“富而可求也，虽执鞭之士，吾亦为之。如不可求，从吾所好”。两者并不矛盾。

结尾处作者写道，“托身已得所，千载不相违”。有种九死未悔至死不渝的意味。隐居的轻松使得陶渊明文字不那么浮华，相反地以朴实甚至时而轻灵的状态而存在。

但我们也不必讴歌这种朴实背后的贫贱之隐，即我们不讴歌贫穷。我们可以赞叹一首诗的朴素无华，但不能不了解它创作背后的艰辛。

其五

【原文】

结庐在人境，而无车马喧。问君何能尔？心远地自偏。采菊东篱下，悠然见南山①。山气②日夕嘉，飞鸟相与还。此中有真意，欲辩已忘言③。

【注释】

① 南山：《诗经》中多次提及，如“秩秩斯干，幽幽南山”（《小雅·斯干》），“节彼南山，维石岩岩”（《小雅·节南山》），意象不完全一样。但无论在哪首诗里，“南山”大体上是一种幽静的意象。此处亦指庐山，为双关语。

② 山气：山间的云气。《楚辞·招隐士》：“山气巃嵷兮石嵯峨，溪谷崭岩兮水曾波。”

③ 忘言：《庄子·外物》：“筌者所以在鱼，得鱼而忘筌；蹄者所以在兔，得兔而忘蹄；言者所以在意，得意而忘言。吾安得夫忘言之人而与之言哉！”

【译文】

盖一座草庐居住人间，但听不到车水马龙熙熙攘攘的声音。借问怎样才能做到这一点？自己的心远离尘俗，即使身居闹市，也如同在偏远的地方一样，不受干扰。于东篱之下采摘菊花，南山自然而然地进入我的视野。傍晚时分山岚间的氤氲之气多么美妙，飞鸟成群结伴地归还。其中包含着大自然的真谛，想要辨析表达却难于找到相应的语言。

【赏析】

“结庐在人境，而无车马喧”，在人间盖一座草庐，但听不到车水马龙的声音。“结庐在人境”一句，平白如话，却意味无穷。如同后世的“白日依山尽，黄河入海流”一样，本身就蕴含着近乎“日月之行，若出其中。星汉灿烂，若出其里”（曹操《观沧海》）的大气、自然、潇洒。“而无车马喧”，确切说来，不是听不见，而是下意识地将其忽略。

“问君何能尔？心远地自偏。”“君”实际上指的是诗人自己。而“远”字有两重含义，一是偏远，二是辽远或高远。因为心境高远，自然就会觉得所处地方僻静了。

以下是千古名句："采菊东篱下，悠然见南山。"南山，指的不仅是庐山，也是一种隐逸的意象。苏轼说："因采菊而见山，境与意会，此句最有妙处。"苏轼的意思是说在不经意中看见南山，从南山优美的景色，诗人悠然自得的心情，与其适意的隐居生活中，陶渊明感受到物我两忘又物我合一的真意妙趣。除此之外，也可视为隐居已久（其时他已彻底隐居近十年）的诗人，忽然意识到自己和古人的心意是息息相通的。毕竟南山在《诗经》中多有隐逸的意象。而这或许是对这一句话的更深一层的解读。

"山气日夕嘉，飞鸟相与还"，除了描写夕阳西下的乡村美景之外，飞鸟是作者对于另一个自己的描述。飞鸟，是作者渴望但不可即的事物，作者借飞鸟这一意象帮自己完成想去做而不敢去做的事情。比如借飞鸟去表达自己遨游于天地之间的心情："翼翼归鸟，晨去于林。远之八表，近憩云岑"（《归鸟》）；"云鹤有奇翼，八表须臾还"（《连雨独饮》）等。

"此中有真意，欲辩已忘言"，其实不仅如注释所言（"筌者所以在鱼，得鱼而忘筌；蹄者所以在兔，得兔而忘蹄；言者所以在意，得意而忘言"），笔者也想到了老子的"大音希声"，这一切都美好得不真实，与《饮酒》这一主题暗合，同时升华了全诗。

陶渊明借着酒力为后人勾勒出一个（尽管很脆弱乃至虚幻的）隐逸的意象，这或许是一个永远无法外在地实现的梦，但人类需要梦，用来追求美好的事物。

全诗充斥着隐逸的意象，以宏大的气势开篇，以隐逸的意象结尾。生活中，陶渊明虽然距这首名篇的意境相去甚远，但他在酒中所寻求到的达观境界是我们所向往的，即，我们渴望在清醒时也能达到这一境界。

其六

【原文】

行止①千万端，谁知非与是。是非苟②相形，雷同共毁誉。三季③多此事，达士似不尔。咄咄俗中愚，且当从黄绮。

【注释】

①行：可为。止：不可为。

②苟：姑且。

③三季：夏商周三代之末。

【译文】

关于何所为何所不为的说法千头万绪，谁能辨别其中的是是非非？是与非姑且表面不一，而世俗却对它们妄加区分褒贬。夏商周三代之末这样的事情很多，通达之士似乎不这么看待问题。喟叹于世俗中有那么多愚蠢之人，姑且跟随“商山四皓”去隐居吧。

【赏析】

这首诗虽在《饮酒》组诗之列，但充斥着说理的色彩。

“行止千万端，谁知非与是。”确然，一个人乃至一个时代的三观都会有所差别。“是非苟相形，雷同共毁誉”，大千世界，各色人等，种种言行，谁能判定是与非？有些人只简单地从事情表面粗略地了解一下，就人云亦云，妄自评判。“三季多此事，达士似不尔”，三季，夏商周三代。《史记》告诉我们，历史远远没有我们想象中那般美好。

“咄咄俗中愚，且当从黄绮。”在陶渊明的心中，“商山四皓”不仅代表了出世的意象，也隐含了入世便能改变时局的意味。陶渊明似乎想要与世俗背驰，效仿“商山四皓”，有一颗超然之心，而不仅是形式上的归隐。而全诗以

世俗的分别开头，讲到世俗之人和圣人面对事物时的差别，最后以向往超然的心态结尾。

其七

【原文】

秋菊有佳色，裛①露掇②其英③。泛④此忘忧物⑤，远我遗世情。一觞虽独进，杯尽壶自倾。日入群动息，归鸟趣林鸣。啸傲东轩下，聊复得此生。

【注释】

①裛（yì），通“浥”，意为沾湿。

②掇（duō）：采摘。

③英：花。

④泛：浮。在这里为使动用法，即“使菊花浮在酒上”。

⑤忘忧物：酒。

【译文】

秋天的菊花呈现出各种佳美的颜色，采摘下露水沾湿的几瓣菊花。把菊花散在酒上，饮下此杯则遗世之情愈发高远。一大杯酒下肚，杯已尽，壶已倾。太阳落山，各种活动都已止息，鸟儿也回到树林里鸣叫。在东边窗户下我傲然长啸，回味着此生的真谛。

【赏析】

这首诗写作者饮酒赏菊，远离世俗。既远世情，自然可以安然自得。或许此刻作者才真正进入“饮酒”的状态——将酒意散落在美景之中。全诗渗透着一种慵懒的气息。

“秋菊有佳色，裛露掇其英”，秋天是菊花开放得最多最美的时候。采撷来带着露水的菊花，泡在酒中，菊香酒香相互融合成为一体，一起饮下，绝佳。“裛”字也许是用了《诗经·召南·行露》的典：“厌浥行露，岂不夙夜？谓行多露！”而其中“裛”通“浥”（《康熙字典》）。而“掇”字同样出自《诗经》：“采采芣苢，薄言掇之。”《芣苢》是《诗经》中最为安静而美好的诗篇之一。所以，“裛露掇其英”不仅是简单地采下被露水沾湿的花瓣，更重要的是里面蕴含宁谧而久远的氛围。古雅的用典和措辞，使得这首貌似通俗易懂的诗有了深度。

“泛此忘忧物，远我遗世情”，同样用了《诗经·邶风·柏舟》的典故。这句或许是全诗中最为洒脱的一句，读来大有“朝饮木兰之坠露兮，夕餐秋菊之落英”(《离骚》)，或“浩浩乎如冯虚御风，而不知其所止；飘飘乎如遗世独立，羽化而登仙”(苏轼《前赤壁赋》)之感。这句诗不仅是简单地饮酒，更重要是卓尔不群遗世独立的情怀。

“一觞虽独进，杯尽壶自倾”。菊花历来被当作傲霜之物，吃菊花被当作是修身养性的自洁行为。喝着这菊花酒，人也会更加超越世俗。当然，作者似乎醉翁之意不在酒。山水之间，或田园之间有什么？“日入群动息，归鸟趣林鸣”，此时作者已然过了知天命之年，所以一方面写景，另一方面也有可能以“日入”代指生命的式微。作者归隐田园，是心的归隐。魂归一朝心亦乡，这或许是陶渊明终身汲汲以求的境界。

因而作者“啸傲东轩下，聊复得此生”。啸，是古人借以和天地沟通的方式之一。常年隐居苏门山的隐士孙登曾经用这种方式和阮籍交流过。陶渊明在长啸时更多地还是“独与天地精神往来”吧。而“聊复得此生”，一方面固然可以按照字面去解释：姑且回味着此生的真谛。然而另一方面，也可以解读为在山水田园之中，作者重获了新生。

全诗以隐逸的状态流露出一种高贵的气息。以菊花的意象开头，以近乎优雅的姿态与心境去摘采菊花。寓情于景，以高远的心态将心中可能存在的块垒稀释化解在自然之中。最后回顾一生。

其八

【原文】

青松在东园，众草没其姿。凝霜[①]殄[②]异类，卓然见高枝。连林人不觉，独树众乃奇。提壶挂寒柯[③]，远望时复为[④]。吾生梦幻间，何事绁[⑤]尘羁。

【注释】

①凝霜：化用《楚辞·九章·悲回风》："吸湛露之浮凉兮，漱凝霜之雰雰。"

②殄（tiǎn）：灭绝。

③寒柯：此处特指松树。

④远望时复为：倒装句，言"时复为远望"。

⑤绁（xiè）：捆绑。

【译文】

青松在东边的园林里屹然而立，却被众多的杂草埋没了它的英姿。寒冷的霜露使其他的植物凋谢，此时才见到它卓然高耸的树枝。当初成片的林木谁也没有发现，现在只剩这一棵树，大家都感到很惊奇。我提着酒壶，抚摸着岁寒的松树，时不时地远眺。我的一生犹如梦幻一般，为什么要羁绊于尘世呢？

【赏析】

如果说上一首诗还是乐观的话，那么这首诗就在乐观的氛围里掺杂了些许悲凉。

这貌似又是一首"名不符实"的饮酒诗，通篇几乎没有谈到饮酒。可见，饮酒，只是为作者打开了另外一重视角，使得作者用这种方式表达自己高洁的情怀。陶渊明是人，有着七情六欲，来自生活的压力与外界的诱惑无时无刻不在引诱着他。此时的作者，在"试向高峰窥皓月，偶开天眼觑红尘"，却"可怜身是眼中人"。

"青松在东园，众草没其姿"，这句话有两重含义，一是写景，二是喻己。对青松，我们可以视为诗人在跟另一个自己交流，借此向天地，或自己表明心意。

“凝霜殄异类，卓然见高枝”，等到严霜降，众树凋零，唯见青松卓然挺立。这里再度用了《楚辞》的典故，苏轼的“捡尽寒枝不肯栖，寂寞沙洲冷”也部分接意于斯。《楚辞·离骚》中：“鸷鸟之不群兮，自前世而固然。何方圜之能周兮，夫孰异道而相安？”一样地高傲而卓绝。

陶渊明曾经有过志同道合的兄弟，即“友生”——“虽有兄弟，不如友生”（《诗经·小雅·棠棣》）。如今“友生”们散落在天涯，陶渊明的心理落差可想有多大，所以这首诗意境萧索。

结合序言中颜延之和刘柳的相继离开，给作者以沉重的打击。在《归鸟》中，陶渊明表达的是对于官场的厌恶与反感，而面对生死，作者是无力的。在这首诗中，诗人不禁问道，“吾生梦幻间，何事绁尘羁”，既然已经看破这是一场梦，那么缘何还要驻足尘世呢？

全诗以“青松”的意象开头，讲述了青松的高洁品性与卓尔不群，抒发了对于人世，或无常的喟叹。

其九

【原文】

清晨闻叩门，倒裳①往自开。问子为谁与？田父②有好怀。壶浆远见候，疑我与时乖。褴缕茅檐下，未足为高栖。一世皆尚同③，愿君汩其泥。深感父老言，禀气寡所谐④。纡辔⑤诚可学，违己讵非迷！且共欢此饮，吾驾不可回。

【注释】

①倒裳：颠倒衣裳，意为匆忙。《诗经·齐风·东方未明》：“东方未明，颠倒衣裳。”

②田父：老农。

③尚同：以同为好。《论语·子路》：“君子和而不同，小人同而不和。”

④禀气寡所谐：秉性不和。

⑤纡（yū）辔（pèi）：挽起缰绳。

【译文】

大清早听到敲门的声音，没来得及穿好衣裳就匆忙打开门。借问来者是哪一位？老农怀着好意远远提着壶浆前来问候，他困惑于我为何与时代相背离。"衣衫褴褛地站在茅檐之下，算不上高蹈的隐居之士。举世几乎都随波逐流，你也可以浑浑噩噩，自蹚浑水"。对于他的话我深表感激，但我的天性注定了不会苟合于众人。挽起缰绳回驾从政不是办不到，但违背自己的心愿又将陷入歧途。姑且痛饮这一杯酒，而我的人生马车将一去不回。

【赏析】

这首诗中这个"田父"可能是不存在的，他可能是另一个陶渊明的外化。一如《楚辞·渔父》中，屈原虚构了那么一个人物，来表达对于另一种选择的诉求（也就是说，渔父是另一个屈原）。这首诗和《渔父》类似，诗人借此表示他终身归隐的坚定信念，来统一答复那些唠叨着不断让他入世的人。

"清晨闻叩门，倒裳往自开"，大清早听到敲门声，诗人倒穿着衣裳就跑着去开门，表达出作者仓促的样子。表面上的行为仓促，折射出内心还留有一份入世的情结。"问子为谁与？田父有好怀。"问先生是哪个？原来是老农带着酒怀着诚意来看我。

"壶浆远见候，疑我与时乖"，这两句开始进入了虚构。老农提着酒带着吃食，从远方来看我，怀疑我不得志，过得不好。

"倒裳往自开"与"壶浆远见候"是矛盾的，比喻作者和"壶浆"，亦即功名利禄的距离，是遥远的。

下面引用"田父"的话了，"褴缕茅檐下，未足为高栖"。不要以贫穷为高贵，哪怕是在乱世之中。而"田父"接下来的话"一世皆尚同，愿君汩其泥"，让笔者再度想到《渔父》，"举世皆浊我独清，众人皆醉我独醒，是以见放"。

“深感父老言，禀气寡所谐。”禀气，禀性，志气，在这里大体是一致的。一个人首先要对得起自己，很显然，陶渊明在出仕与隐居这件大事上，是对得起自己的。

“纡辔诚可学，违己讵非迷”，这句话让人想到《离骚》：“饮余马于咸池兮，总余辔乎扶桑。折若木以拂日兮，聊逍遥以相羊。”而后面的“且共欢此饮，吾驾不可回”，则让笔者想到《离骚》中从“乘骐骥以驰骋兮，来吾道夫先路”的希冀，到“回朕车以复路兮，及行迷之未远”的彷徨，再到“为余驾飞龙兮，杂瑶象以为车”的洒脱。

全诗以隐逸于田园的意象为背景，以类似于《渔父》的方式自问自答了一番。最后以表明自己隐逸的决心与态度结尾。

其十

【原文】

在昔曾远游，直至东海隅。道路迥①且长，风波阻中涂。此行谁使然？似为饥所驱。倾身营一饱，少许便有馀。恐此非名计②，息驾③归闲居。

【注释】

①迥：远。

②名计：良策。

③息驾：停止车驾，这里指放弃仕途。

【译文】

年少时曾经远游，一直到东海边上。道路艰难而漫长，走到一半时有风波阻挠。是什么驱使我如此这般？似乎是饥馑使然。竭尽全力使自己吃饱，能剩下一点便积攒些许存粮。恐怕这不是一个好主意，还是停止追逐名利的步伐，回到休闲的居所。

【赏析】

这首诗是陶渊明的一段回忆。他曾一度离家求仕，但并不顺利，其中的坎坷磨难，诗人不堪回首。如果不是为了一家人的生计，他绝对不会踏上这样一条风波迭起的漫漫长路，同时，在这首诗中也表达了归隐的决心。

诗人有过三次正式的仕宦。《宋书·陶潜传》指出，“潜弱年薄宦”，也就是说，他在二十岁时曾为政府工作，拿着很低的薪水。结合史料与作者的诗句，应该指的就是本诗这一段经历。

“在昔曾远游，直至东海隅”，指作者早年曾仕宦于东海沿海一带。

“道路迥且长，风波阻中涂”，进一步诉说着自己的艰难，而且语带双关。道路艰难漫长，既指“远游”的漫漫长途，也指艰难曲折的出仕之路；“风波”既指“远游”路途上的寒风和波浪，也指仕途上的各种困难和争斗。接着言明原因：“此行谁使然？似为饥所驱。”作者在二十岁时家庭经济遭遇了危机，作者曾写过“弱冠逢世阻”（《怨诗楚调示庞主簿邓治中》）“弱年逢家乏”（《有会而作》）之类的句子。饥馑，使得作者不得不努力工作赚钱养家。

“倾身营一饱，少许便有馀”，足见作者的窘迫。在公元 384 年，时年二十岁的作者家中应该是有一些大的事故，比如亲人生病，比如次年发生大规模的饥荒等。作者盈余一点粮食就已经心满意足了。

“恐此非名计，息驾归闲居”，这么做殊非长久之计，干脆回去隐居。“息驾归闲居”，表明陶渊明渴望从内心止息对于名利的追逐，因而从“归闲居”升华到无欲无求的出世境界了。

其十一

【原文】

颜生[①]称为仁，荣公[②]言有道。屡空不获年[③]，长饥至于老。虽留身后名，一生亦枯槁。死去何所知？称心固为好。客养千金躯，临化消其宝。裸葬[④]何必恶，人当解其表。

【注释】

① 颜生：颜回。

② 荣公：荣启期。

③ 不获年：短命。《史记》记载，颜回死时仅二十九岁，《孔子家语》记载他死时仅三十一岁。

④ 裸葬：不穿衣服埋葬。《汉书·杨王孙传》：“及病且终，先令其子，曰：‘吾欲裸葬，以及吾真，必亡易吾意。死则为布囊盛尸，入土七尺，既下，从足引脱其囊，以身亲土。’”裸葬，为杨王孙所提倡，而风行于魏晋时期。

【译文】

颜回可称为仁义之辈，而荣启期也堪称道德之楷模。但颜回贫穷且短命，荣启期也忍饥挨饿直到老去。虽然他们留下了身后的美名，但他们的一生过得很悲惨。他们死了以后会去哪里？在生前称心如意才是美好的状态。修养自己的千金之躯，直到死亡降临才不得不放下。何必厌恶裸葬？人们应当理解裸葬的含义，那是回归自然的表达。

【赏析】

一直以来，颜回被誉为仁者，荣公也是很有名的隐士，但是颜回常常挨饿，早早地就死了，荣公九十岁时还过着饥寒交迫的生活。他们虽留下身后美名，但生前穷困潦倒，生活无着，受尽苦难。

有些人格外爱惜自己，把自己的身体看顾得特别仔细，但死后也只能肉体灰飞烟灭。因此，有人在弥留之际，嘱咐儿子将他裸葬，要以身亲土。

这首诗的前八句说名声不值得特别重视珍惜，后四句说身体不值得珍惜看重。

与第二首诗（“积善云有报”）类似，这首诗也表达了作者对于命运不公的疑惑，有近乎老庄回归自然的思想。本诗与第二首诗的主要差别在于，那首诗偏儒，而这首诗偏道。

“颜生称为仁，荣公言有道。”颜生和荣公，分别指颜回和荣启期，他们都是陶渊明久久追慕而不得的。

“屡空不获年，长饥至于老。”历史上关于颜回和荣启期的死因众说纷纭。

颜回大约是坚持不肯做官，贫病交加而逝；而荣启期天生地养，逍遥自在而终。他们临死前都很坦然，颜回觉得自己要回归大道了，荣启期觉得自己要回归天地之中了。

“虽留身后名，一生亦枯槁”，表达了作者对于名的观点：不足赖。

“死去何所知，称心固为好”，死后会去哪里？在生前称心才是美好状态。表达了作者对于死后的名声的看淡，活着应及时行乐。

“各养千金躯，临化消其宝”，进一步站在死亡视角看问题，有一些道家的意味。

“裸葬何必恶，人当解其表”。裸葬，亦即人一丝不挂地被埋葬，意味着回归，因为人出生之时也是一丝不挂的，或许这也是裸葬的一个含义。

作者从颜回和荣启期的贫困谈起，认为人应该及时行乐，然后又谈到了自己对于裸葬的达观态度。过渡自然，有一点向死而生的意味。

其十二

【原文】

长公[①]曾一仕，壮节忽失时。杜门[②]不复出，终身与世辞。仲理[③]归大泽，高风始在兹。一往[④]便当已，何为复狐疑？去去当奚道，世俗久相欺。摆落[⑤]悠悠谈，请从余所之。

【注释】

① 长公：汉代张释之的儿子张挚，字长公，曾任大夫，后来因为不和世人同流合污而被罢免。

② 杜：关闭。

③ 仲理：汉代人杨伦，字仲理，陈留东昏人。曾以文章著称，后来广收门徒，培养了很多人。

④ 往：去，这里指出仕。

⑤ 摆落：摆脱。

【译文】

张挚曾出仕过一次，因为秉持高尚的节操，所以被免职。关闭大门不再出来，一辈子过着与世隔绝的生活。杨伦在大泽之地授课，风骨从这里显得高尚。一次出仕就应该停止从而永别官场，为什么又犹豫迟疑？罢了，还有什么可说的？世俗的言论一向都善于欺骗。摆脱世间的种种谬论，请随我归去隐居。

【赏析】

陶渊明在这首诗中言明了自己矢志不渝所恪守的事物。

“长公曾一仕，壮节忽失时”，“失时”在这里指“不逢时”。

“杜门不复出，终身与世辞”，不仅是人与世辞，而且是世与人辞。说明张长公归隐得彻底。

“长公”之后，作者又举了第二个例子，“仲理归大泽，高风始在兹”，在作者看来，自己和仕于汉顺帝时期的杨伦相仿。顺帝主政的近二十年里，朝政一直由宦官把持，连他本人也是宦官扶上位的。这与后世的晋朝军阀控制政权相仿。于是作者自然就归隐了。

“一往便当已，何为复狐疑？”一次出仕就应该归隐，这又有什么可犹豫的地方吗？表达了作者对于官场的厌恶。

“去去当奚道，世俗久相欺”，表达了作者对于世俗的无奈。

“摆落悠悠谈，请从余所之”，顺任自然、听天由命吧。我既然想到了要摆脱世俗的种种谬论，那就归隐吧。我改变不了世界，但可以逃出去，比如归隐。

其十三

【原文】

有客[①]常同止，取舍邈异境[②]。一士长独醉，一夫终年醒。醒醉还相笑，发言各不领。规规[③]一何愚，兀傲差若颖。寄言酣中客，日没烛当秉。

【注释】

①《诗经·有客》：“有客有客，亦白其马”。

②此句相对作者而言。

③规规：拘泥的样子。

【译文】

有几位客人经常来访，但是他们的志趣迥异。一个人经常独自喝醉，另一个人则时时保持清醒。醒的与醉的人相互嘲笑，他们的发言往往不得要领。拘泥的人是多么的愚蠢，而傲然的人与之相比，较为聪明。为我带话给沉醉中的客人，太阳落山应该点起蜡烛。

【赏析】

这首诗很奇怪，作者本人是酒醉之人（见序言），似乎在这首诗中保持着清醒。如我们在梦中往往察觉不到自己在做梦一样，醉酒之人也很少能察觉到自己的真实状态。很明显，作者借酒酣之景写心中之情。

从行文看来，这首诗更为白话也更接地气。有三个自己：醒着的；醉了的；还有一个客观观察者。即祈求长生（道家意义下的自己）、立善求名（儒家意义下的自己）与作者本人的意识。

“有客常同止，取舍邈异境”，这句话半真半假。真处在于有几个客人前来造访，“假”处在于“取舍”二字。作者以醉酒之人代指自己的“形”，即追逐长生不老的自己。以醒着的人代指“影”，即求得身后之名的自己。

“一士常独醉，一夫终年醒”，这句话已在上面有所解释。“醒醉还相笑，发言各不领”，说明在作者的心中，追求长寿与立善求名没多大的关系，甚至在时间成本的意义上，两者是矛盾的。一个人花一天的精力著书立说，这一天也就不大可能刻意调养身心或炼制所谓的丹药，以追逐长生不老。

“规规一何愚，兀傲差若颖”，比之于清谈误国追求长生的道家而言，儒家的立德立功立言更为务实。况且作者说“兀傲差若颖”，就是说儒家的自己仅仅是比道家的自己较为明智罢了。

“寄言酣中客，日没烛当秉”，日没代表生命的终止，而秉烛则意味着生命残存的信息。这句话是作者作为一个清醒的生命所说的，亦即出自“神”之口，《神释》中说：“纵浪大化中，不喜亦不惧。应尽便须尽，无复独多虑。”这里，“形”与“神”统一了，而在“死而不亡者寿”的意义下，“形”与“影”也完成了统一。一如百川归海，这三个自己都统一到作者的意识之中。结合作者的《形影神》，全诗以隐喻的手法具体描述了形影神是如何统一到“神”之中的。

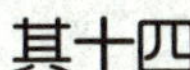

其十四

【原文】

故人赏我趣①，挈壶②相与至。班荆③坐松下，数斟已复醉。父老杂乱言，觞酌失行次④。不觉知有我，安知物为贵。悠悠⑤迷所留，酒中有深味。

【注释】

① 趣：嗜好。

② 挈（qiè）壶：提着酒壶。

③ 班荆：铺荆于地。《左传》：“班荆相与食。”

④ 行次：先后次序。

⑤ 悠悠：《列子·杨朱篇》：“悠悠者趋名不已。”

【译文】

老友赞赏我的嗜好，提着酒壶过来与我饮酒。铺好枝叶坐在松树下，喝了几杯后就醉了。乡亲父老七嘴八舌地谈话，斟酒也不按照上下的次序。不知不觉中已达到忘我的境界，哪里还在意外部的事物？追逐名利之人迷恋他所汲汲于斯的名闻利养，体会不到酒中的深深乐趣。

【赏析】

从诗的内容上来看，这首诗像是“江城白酒三杯酽，野老苍颜一笑温”的诗作。

老友赞赏诗人饮酒的嗜好，大老远的提着酒壶跑了过来。大家铺好树枝树叶坐在松树下面，貌似大家伙都不胜酒力，喝得醉醺醺的，也就顾不得太多礼数与规矩。在朦胧的醉意中，什么都消失了，诗人忘却了自己，也忘却了世情，忘记了事物。这几句使人仿佛看到一个醉态可掬的诗人形象。

“觞酌失行次”，有那么多的名士，一个个喝得醉醺醺的。在酒中，作者或许一点点地意识到酒醉本身，直到这份意识也瓦解了。这一点与佛教描述的死亡过程是相似的，酒醉对应死亡，而那份意识对应着死者的“中阴身”。

“悠悠迷所留，酒中有深味”，有些人迷恋功名利禄，但是诗人追求的是酒中的深味。魏晋以来，有很多的名士，他们大多崇尚自然，放浪形骸，以嗜酒为风雅，追求与自然合为一体的纯粹境界，他们认为只有通过饮酒，才能达到这种境界。“深味”就是指的这个意思，大抵是作者酒醒回味醉酒的感觉。尽管这种感觉很不真实很虚幻，不过，或许这一体验也只有在酒醉时才能把握得到。

其十五

【原文】

贫居乏人工，灌木荒余宅。班班①有翔鸟，寂寂无行迹。宇宙②一何悠，人生少至百③。岁月相催逼，鬓边早已白。若不委④穷达，素抱⑤深可惜。

【注释】

① 班班：鲜明的样子。

② 宇宙：《淮南子·齐俗训》：“往古来今谓之宙，四方上下谓之宇。”

③ 人生少至百：《吕氏春秋·安死》：“人之寿，久之不过百。”

④ 委：抛弃。

⑤ 素抱：平素之志。

【译文】

因为贫穷，房屋不能得以修葺，灌木荒草遍长我的宅院。美丽的飞翔的鸟儿，寂静的小路上没有行迹。往古今来上下四方是多么的悠远，人的一生却罕有能活过百年的。在岁月的逼迫下，我的双鬓早已斑白。如果不抛弃对困顿还是通达的忧虑，那么违背平素之志很可惜。

【赏析】

按照训诂学者的说法，这首诗押的是入声韵。平声者哀而妄，上声者厉而举，去声者清而远，入声者直而促。所以，仅从音韵的角度讲，没有隐喻，没有抒情，这是一首酒后直抒胸臆的诗作。

“贫居乏人工，灌木荒余宅”，首先从居住环境写起。衡门之下，可以栖迟，穷日子也有穷日子的快乐。

“班班有翔鸟，寂寂无行迹。”班班，鲜明的样子。这一句直抒胸臆，作者借飞鸟表达出一种遗世独立卓尔不群的状态。

“宇宙一何悠，人生少至百”，诗人和天地对话，有问却没有答。慨叹在宇宙之中，人是多么渺小。

“岁月相催逼，鬓边早已白”，时间，能淡化一切，也能带走一切。如果自身作为旁观者，就能冷眼看着这一切。但可惜，陶渊明似乎并非这样的旁观者。他对这个世间，如同我们中几乎所有人一样，依然充满感情。

“若不委穷达，素抱深可惜”，素抱，指的是诗人的平素之志。诗人用这句话，表达了自己对于平素之志的坚持。

全诗从荒凉的居所开头，写了自己寂寞而寥廓的心境，最后写了对平素之志的坚定之心。

其十六

【原文】

少年罕人事，游好在六经①。行行②向不惑，淹留③自无成。竟④抱固穷节，饥寒饱所更。弊庐交悲风，荒草没前庭。披褐⑤守长夜，晨鸡不肯鸣。孟公⑥不在兹，终以翳⑦吾情。

【注释】

①六经：指《诗》《书》《礼》《易》《春秋》《乐》。

②行行：不断行走。

③淹留：迟滞。《楚辞·离骚》：“时缤纷其变易兮，又何可以淹留？”

④竟：始终。

⑤褐：粗布衣。《老子》：“知我者希，则我者贵也，是以圣人被褐怀玉。”

⑥孟公：刘龚，字孟公。

⑦翳：隐蔽的样子。

【译文】

年少时很少与人交往，爱好流连的是阅读儒家的六经。行而又行，苦苦求索，不觉已入不惑之年，迟滞不前驻足原地，我一无所成。始终恪守住君子固穷的操守，我备受饥馑与寒冷的折磨。茅屋破败，饱经寒风的侵袭，荒草埋没了门前的庭院。披着粗布衣服守着漫漫长夜，报晓的公鸡迟迟不肯啼鸣。赏识我的刘龚之流已然过世，我只好隐蔽自己的真实感情。

【赏析】

这首诗隐隐有《国风》的风格，表达了和《离骚》相似的感情。

“少年罕人事，游好在六经”，少年时很少与外界人事交往，所好者是儒家六经。“人事”可以理解为应酬式的交往。关于儒家的六经，一般读书人往往只会朝里读，而陶渊明则倾向于往外读。前者重分析，后者重综合。笔者想到《列子》的一个寓言：九方皋相马。九方皋看到的是马的天赋和内在素质，深得它的精妙，而忘记了它的表面（比如颜色，雌雄）。九方皋只看见所需要看见的，看不见他所不需要看见的。而陶渊明读书的方式应该与之相似。

“行行向不惑，淹留自无成”，现在已经年岁高了，但学业停滞事业无成。

“竟抱固穷节，饥寒饱所更。敝庐交悲风，荒草没前庭。披褐守长夜，晨鸡不肯鸣”。从“饥寒”“敝庐”“荒草”等字样，可见诗人的生活已经困窘到了不堪忍受的地步。虽然始终抱着“君子固穷”的节操来隐居田园，但当悲凉的冷风袭来的时候，饥寒交迫的人实在不能入睡，只好披衣下床，坐待天

明。诗人自认是君子，有遗风有傲骨，但也不得不向生活低头，向饥饿和寒冷低头。唯其出自一个隐士之口，这些语言才尤为令人悲哀。

“敝庐交悲风，荒草没前庭”，这两句无疑是在渲染悲凉与漫长。这不仅写的是作者的处境，也是书写作者的内心。“披褐守长夜，晨鸡不肯鸣”，饥馑和寒冷使人清醒，盼着天亮，雄鸡却迟迟不打鸣。很婉转地表达了作者对于生活的担心。

“孟公不在兹，终以翳吾情”，能赏识我的刘孟公式的人物不在这里，我只好隐蔽自己的真情实感，言外之意有着《离骚》中“民生各有所乐兮，余独好修以为常”的喟叹。

全诗从回忆自己的少年时代开始，写到了四十岁的彷徨无依，再结合眼下堪称狼狈和萧索的生活，最后谈到了自己怀才不遇的感受。

其十七

【原文】

幽兰[①]生前庭，含薰[②]待清风。清风脱然[③]至，见别萧艾[④]中。行行失故路，任道或能通。觉悟当念还，鸟尽废良弓[⑤]。

【注释】

① 幽兰：香草，比喻才德。《楚辞·离骚》：“时暧暧其将罢兮，结幽兰而延伫。”

② 薰：香气。

③ 脱然：轻快。

④ 萧艾：臭草。《楚辞·离骚》：“户服艾以盈要兮，谓幽兰其不可佩”。

⑤ 鸟尽废良弓：化用《史记·越王勾践世家》：“蜚鸟尽，良弓藏；狡兔死，走狗烹。”

【译文】

幽兰生长在前面的庭院里，含着芬芳等待着清风。如果清风轻快地到来，就能彰显它与臭草的不同。走着走着，迷失了原来的道路，顺应自然之道或许能够走通。察觉到了应该归隐，飞鸟射尽哪里还需要良弓？

【赏析】

本诗罕见地借用了《楚辞》，尤其是《离骚》的意象。作者用幽兰等待清

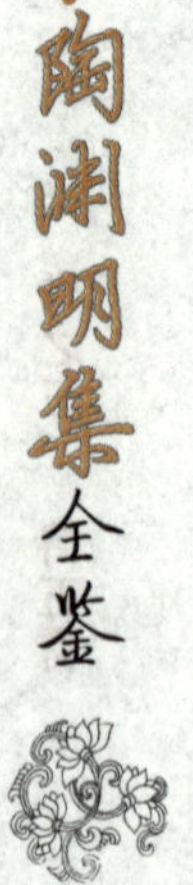

风来显示它的清香脱俗，不与凡俗同流合污，以此比喻自己怀才不遇，正在等待时机。然而仕途险恶，所以只好隐居起来，自守清高。

“幽兰”这一意象容易让读者想到《楚辞》。

“清风脱然至，见别萧艾中”，出自《离骚》，这表明陶渊明和屈原一样，也有着一份深沉的幽忧之思。

“行行失故路，任道或能通”，这让笔者想到《离骚》里主人公面对歧途的反应：“回朕车以复路兮，及行迷之未远。”而与屈原不同的是，陶渊明的肩上没有江山社稷的责任，因此于他而言，“任道或能通”。

“觉悟当念还，鸟尽废良弓”。作者不像屈原一样，后者身为楚国贵族，有着应该有的担当。作者可以选择隐居，并以这种方式延续着他山水田园般的生活。

其十八

【原文】

子云①性嗜酒，家贫无由得。时赖好事人，载醪祛所惑②。觞来为之尽，是谘③无不塞。有时不肯言，岂不在伐国④。仁者用其心，何尝失显默。

【注释】

①子云：指扬雄，字子云，蜀郡成都（今四川成都郫都区）人。西汉后期著名学者。

②载醪祛所惑：《汉书·扬雄传》：“家素贫，嗜酒，人希至其门。时有好事者，载酒肴，从游学”。

③谘（zī）：问，询问。

④伐国：攻打别的国家。

【译文】

扬雄平素好酒，奈何家中贫寒买不起。有时遇上几个追求古事的人，带着酒向他请教问题，让他答疑解惑。举起酒杯一饮而尽，有问题都给予切实的讲解。有时不肯说话，应该是询问到攻打别的国家的问题。仁者用他的心，当言则言，不当言则不言。

【赏析】

这首诗押的也是入声韵，与第十五首一样，言志乃至说理的意味很浓。

作者是借辞赋大家扬雄来抒发自己的心情。

“子云性嗜酒，家贫无由得”，按照史书的记载，陶渊明的境遇颇似扬雄。和唐朝诗人喜欢以汉喻唐一样，陶渊明这样写也是自况，而这样的境况对应于《五柳先生传》中的“性嗜酒，家贫不能常得”。于是“时赖好事人，载醪祛所惑”，对应于《五柳先生传》中的“亲旧知其如此，或置酒而招之”。诗接着写扬雄“觞来为之尽，是谘无不塞”，只要有酒，几乎是有问必答。

“有时不肯言，岂不在伐国”，这句表达了诗人对于现实问题的缄默，但很明显，缄默不代表没有态度，不评论不代表没有态度，更不代表没有行动。

“仁者用其心，何尝失显默”，因为仁者考虑问题郑重认真，当言则言，不当言则不言。

全诗以移情的手法开头，记述了扬雄安贫乐道的状态，并以仁者的姿态对于前来请教问题的人们进行作答，最后表达出“仁者用其心，何尝失显默”的内心世界。

其十九

【原文】

畴昔苦长饥，投耒去学仕。将养①不得节，冻馁固缠己。是时向立年，志意多所耻。遂尽介然②分，终死归田里。冉冉③星气流，亭亭④复一纪⑤。世路廓悠悠，杨朱所以止。虽无挥金事，浊酒聊可恃⑥。

【注释】

①将养：养活。

②介然：耿直。

③冉冉：慢慢地。《楚辞·离骚》：“老冉冉其将至兮，恐修名之不立。”这里是说时光荏苒。

④亭亭：遥远的样子。司马相如《长门赋》：“澹偃蹇而待曙兮，荒亭亭而复明。”

⑤纪：十二年为一纪。

⑥虽无挥金事，浊酒聊可恃：《汉书·疏广传》：“……广既归乡里，日令家共具设酒食，请族人故旧宾客，与相娱乐。数问其家金馀尚有几所，趣卖以共具。”

【译文】

昔年曾忍受漫长的饥饿，于是丢下农具去学着做官。养活一家人不是件容易的事情，饥馑与严寒总是和我纠缠。彼时已接近而立之年，意志得以分辨廉耻。以耿直的秉性去从事我的工作，最终还是拂衣而去，隐居田园。岁月如梭，时光荏苒，悠悠然地又过了大约十二年。人间一向寥廓混沌，因而杨朱停止在歧路之前。虽不能像归隐的前人一般挥金取乐，但有浊酒也使我很快乐。

【赏析】

作者以清醒的姿态简略回顾了自己做官的动机与经历，接着说明归隐的自在。

“畴昔苦长饥，投耒去学仕。将养不得节，冻馁固缠己”，交代了学习做官的动机不是为了“澄清天下”，也不是为了光宗耀祖，只是很现实地也很重要地不想继续忍饥，毕竟孔子说过，“耕也，馁在其中矣；学也，禄在其中矣”。这里的“学”原指求道，这里指求取功名。

“是时向立年，志意多所耻。遂尽介然分，终死归田里”，这四句概括了作者从二十九岁到四十二岁这十三四年的仕途经历及他彻底归隐的状态。

归隐后，“冉冉星气流，亭亭复一纪”。“一纪（十二年）”应改为“十载”——作者于四十二岁归隐，作这首诗时五十二岁。不过古人也有虚指，所以无论是“一纪”还是“十载”，都表示了恍若隔世，时间邈远。在这十年里，作者据说染上疟疾，九死一生，加之亲朋好友纷纷离世，作者不免有此喟叹。加之作者站在死亡的角度去审视自己的人生，因而这一句的格调复杂，对于很多事情作者都能够放下了。

“世路廓悠悠，杨朱所以止”，经历苦难不代表拥有未卜先知的能力，活着远比死去要艰难。其实不止是杨朱，几乎我们每一个人对于前途都是未知的。正是这种未知给我们带来了恐惧的感觉，或者说，无常。而“虽无挥金事，浊酒聊可恃”，既然不能像归隐的疏广那般出手阔绰，至少酒还是有的。

其二十

【原文】

羲农去我久，举世少复真。汲汲[①]鲁中叟，弥缝使其淳。凤鸟虽不至，礼乐暂得新。洙泗[②]辍微响，漂流逮狂秦。诗书复何罪，一朝成灰尘。区区诸老翁，为事诚殷勤。如何绝世[③]下，六籍[④]无一亲！终日驰车走，不见所问津。若复不快饮，空负头上巾[⑤]。但恨多谬误，君当恕醉人。

【注释】

① 汲汲：心情急切的样子。《汉书·扬雄传》："不汲汲于富贵，不戚戚于贫贱。"

② 洙泗：洙水和泗水，曾是孔子讲学的地方。

③ 绝世：断绝食物和祭祀，这里指汉朝灭亡。

④ 六籍：六经。

⑤ 头上巾：陶渊明有用头巾滤酒的习惯。

【译文】

伏羲、神农这些圣人离我们已然久远，现在满世界不再淳朴纯真。那位投入于传道的鲁国老人，竭尽全力将社会弥补，使之重返真纯。虽然没有感应到凤鸟的来临，礼崩乐坏的时代也因而有所恢复。而洙泗之滨依然回荡着微言大义，战乱却把时代推向暴秦。诗书典籍有什么过错？被秦始皇烧成灰烬。汉初几位老人勤勤恳恳，为往圣的经典绝学呕心沥血。缘何汉朝倾覆之后，就没有人肯阅读六经！人们驾车终日奔波，却鲜有知道自己的方向的。若不再痛快地饮酒，怕是要辜负滤酒的头巾。只遗憾我酒后胡言乱语，你们也应该原谅我这个醉人。

【赏析】

这是组诗的最后一首。

在陶渊明看来，从《山海经》记载的先民，到夏商周三代，再到秦汉，世风日下。

“羲农去我久，举世少复真”，像伏羲、神农那样的时代已然遥矣远矣，作者指的是三皇时代，是他所怀念的。

下面到了春秋时代。“汲汲鲁中叟，弥缝使其淳”，这个鲁国的老人显然就是孔子。孔子为传道汲汲奔走，补救阙失。

在作者看来，因为孔子的缘故，“凤鸟虽不至，礼乐暂得新”。《论语·子罕》中记载了孔子的一句话：“凤鸟不至，河不出图，吾已矣夫。”各种祥瑞没有彰显，意味着圣王不会降临，孔子也要离世了。身处春秋的孔子和身处晋宋之交的陶渊明都有着“凤鸟不至”的感慨。

“洙泗辍微响，漂流逮狂秦”，在作者以及大多数人眼中，秦朝是一个暴虐的朝代。例如奴役百姓修造很多大型的建筑（如长城、阿房宫等），例如焚书坑儒。尤其是后者，诗书典籍的被烧毁令作者痛心疾首。

“诗书复何罪？一朝成灰尘。区区诸老翁，为事诚殷勤”，好在西汉初还有伏生等几个老儒生，为恢复往圣的经典勤勤恳恳。

作者依次而下，述说了两汉倾颓之后的场景，“如何绝世下，六籍无一亲”，为什么到了这一个时代，就没有人喜欢亲近六经了呢？

人们“终日驰车走，不见所问津”，忙忙碌碌却不知为何而忙碌，可能在陶渊明看来，六经的精华也随着怀终追远的精神一并消失了。

于是“若复不快饮，空负头上巾”，现在除了痛快地喝酒，还能做什么呢？

最后，“但恨多谬误，君当恕醉人”，给自己打了一个圆场，所指向的不仅仅是这首诗，同样指向了这组诗中的其余十九首。

全诗从远古写到了夏商周，再写到了秦汉时期的儒家，继而感喟现实与六经的脱节，最后写到了自己，有咏史的意味。

止酒

【原文】

居止次城邑，逍遥[①]自闲止。坐止高荫下，步止荜门[②]里。好味止园葵，大欢止稚子。平生不止酒，止酒情无喜。暮止不安寝，晨止不能起。日日欲止之，营卫[③]止不理。徒知止不乐，未知止利已。始觉止为善，今朝真止矣。从此一止去，将止扶桑[④]涘[⑤]。清颜止宿容[⑥]，奚止千万祀[⑦]。

【注释】

① 逍遥：倘佯自适。《楚辞·离骚》："折若木以拂日兮，聊逍遥以相羊"。

② 荜（bì）门：柴门。《孔丛子·抗志》："亟临荜门，其荣多矣。"

③ 营卫：气血脉络。《黄帝内经·灵枢》："黄帝曰：愿闻营卫之所行，皆何道从来？岐伯答曰：营出中焦，卫出下焦……"

④ 扶桑：神木名，传说中的日出之处。《楚辞·离骚》："饮余马于咸池兮，总余辔乎扶桑。"

⑤ 涘（sì）：水边。

⑥ 宿容，平时的容颜。

⑦ 祀：年。《诗经·小雅·大田》："以享以祀，以介景福。"

【译文】

居所在城市附近，我逍遥自得悠闲自在。闲坐在高荫的庇护之下，我散步也仅限于柴门之内。我只喜欢吃园中的葵菜，也只有在稚子承欢膝下时才兴高采烈。平素不会戒酒，因为戒酒就会丧失很多的人生乐趣。晚上停饮就会睡不好觉，早上停饮就吃不下饭。每天都想着要戒酒，但一旦停止，气血经脉就无法正常工作。只晓得停止饮酒就不会快乐，不知道停止饮酒实际上利于自己。开始只是听说戒酒是好的，时至今日才真正地停止饮酒。从今天开始一直不喝酒，直至见到日出之地的扶桑树的水边。平素的容颜保持清朗，而我将持续下去，直至千秋万载。

【赏析】

这首诗作于公元 402 年，作者时年三十八岁，母亲于前一年过世。那时候父母去世后，子女一般要为父母守孝三年。守孝期间，子女忌讳饮酒作乐。诗人戒酒了。

“居止次城邑，逍遥自闲止”，此时作者家境还算殷实，所以不必为生计而发愁，这是他“逍遥自闲止”的原因。

“坐止高荫下，步止荜门里。好味止园葵，大欢止稚子”，从诗人的饮食起居，可以看出他对生活的中庸的态度。用今天的话说，那段时间里陶渊明是一个佛系的宅男，这为“止酒”的主题做好了情绪上的铺陈。

“平生不止酒，止酒情无喜”，丧母之痛和守孝礼节使得作者不得不放下酒杯。

“暮止不安寝，晨止不能起”，戒酒的种种不适使得作者更加痛苦，尤其是母亲离开不久。

“日日欲止之，营卫止不理”，营卫指人的气血脉络等宏观而抽象的事物，这句话不难解读，这不仅是生理上的不适应，也是心理上的不接受。

“徒知止不乐，未知止利己”。我们知道，酒精对肝脏有着直接的损害，

想必那个时代也有过类似的观点。“始觉止为善，今朝真止矣”。开始只是听说戒酒是好的，没试过，这一次是真戒了。

“从此一止去，将止扶桑涘。清颜止宿容，奚止千万祀”。陶渊明很天真地以为自己可以战胜酒瘾，他想象着自己能在扶桑树下，“年既老而不衰”，这更像酒话。

全诗看似幽默诙谐，但戒酒的背后，是陶渊明对母亲的怀念。

述酒

【原文】

重离①照南陆，鸣鸟声相闻②。秋草虽未黄，融风③久已分。素砾④皛⑤修渚⑥，南岳⑦无馀云。豫章⑧抗高门，重华固灵坟⑨。流泪抱中叹，倾耳听司晨。神州献嘉粟，西灵⑩为我驯。诸梁⑪董⑫师旅，芊胜⑬丧其身。山阳⑭归下国，成名犹不勤。卜生⑮善斯牧，安乐⑯不为君。平王⑰去旧京，峡中纳遗薰⑱。双阳⑲甫云育，三趾⑳显奇文。王子㉑爱清吹，日中翔河汾。朱公㉒练九齿㉓，闲居离世纷。峨峨西岭㉔内，偃息常所亲。天容㉕自永固，彭殇非等伦㉖。

【注释】

① 重离：离（六十四卦之一），意指太阳。

② 鸣鸟声相闻：意指东晋初期王导、庾亮、陶侃等名臣。《诗经·大雅卷阿》：“凤凰鸣矣，于彼高冈。”

③《左传·昭公十八年》：“是谓融风，火之始也。七日，其火作乎！”融风：立春后的东北风。同时，融，在这里暗指司马氏（东晋王朝）。

④ 素砾：白色的小石子。砾，碎石。《楚辞·惜誓》：“放山渊之龟玉兮，相与贵夫砾石。”

⑤ 皛（xiǎo）：皎洁，明亮。

⑥ 修渚：修长的小州。《诗经·召南·江有汜》：“江有渚，之子归不我与。”

⑦ 南岳：衡山。晋元帝即位诏云：“遂登坛南岳。”

⑧ 豫章：郡名。义熙二年（406年），刘裕拜豫章郡公。

⑨灵坟：舜帝葬于九嶷（yí）山，在湖南零陵。此句暗指刘裕废恭帝为零陵王。

⑩西灵：或为四灵，即龙凤麟龟。刘裕受禅书曰："四灵效瑞。"

⑪诸梁：指沈诸梁，战国时楚人，封叶公。《史记·楚世家》："会叶公来救，楚惠王之徒与共攻白公。"

⑫董：统帅。

⑬芊胜：芈（mǐ）胜，其人为楚国王族，为楚惠王所杀。影射桓玄篡晋为楚，终为刘裕所杀。

⑭山阳：指山阳公刘协。曹丕登大统，废汉献帝刘协为山阳公。

⑮卜生：指卜式。《汉书·卜式传》："上过其羊所，善之。式曰：'非独羊也，治民亦犹是矣。以时起居，恶者辄去，毋令败群。'"全句暗讽刘裕诛杀异己。

⑯安乐：此指安乐公刘禅。

⑰平王：双关语。远指东周第一位王周平王，近指桓玄废安帝为平固王。

⑱峡中纳遗薰：《庄子·让王》："越人三世弑其君，王子搜患之，逃乎丹穴。而越国无君，求王之搜不得，从之丹穴。王子搜不肯出，越人薰之以艾。乘以王舆。王子搜援绥登车，仰天而呼曰：'君乎！君乎！独不可以舍我乎！'"据说刘裕听闻谶言，曰孝武之后尚有二君，时为安帝，故刘裕废之，以立恭帝，以合二君之谶。

⑲双阳：《晋书·孝武帝本纪》："初，简文帝见谶云：'晋祚尽昌明。'"双阳，双日，意指孝武帝司马曜（字昌明）。然此种解读有些勉强，且不合逻辑。姑且以"重日"释"双阳"。

⑳三趾：三足乌。

㉑王子：王子晋，为周灵王太子。作者刻意隐去"晋"字。

㉒朱公：陶朱公范蠡，此处为作者隐隐以"陶"自指。

㉓九齿：九，多。齿，寿。九齿，长寿。

㉔西岭：西山，代指伯夷、叔齐。

㉕天容：天赐的容颜，身体发肤。

㉖彭殇非等伦：长寿的彭祖与夭折的儿童不可相提并论。王羲之《兰亭集序》："一死生为虚诞，齐彭殇为妄作。"

【译文】

当太阳照耀在南方的土地上，凤鸟纷纷鸣和。秋草虽然没有枯萎，春风早已不再。白色的小石子在长长的堤坝上闪耀着色泽，晋元帝登基的南岳之上，也已经不见了紫色的祥云。豫章郡公与高门大姓对抗，舜帝也葬于零陵。流着眼泪，感慨满怀，侧耳聆听着雄鸡报晓。神州大地献出祥瑞的嘉禾，龙凤麟龟等祥瑞之物也纷纷现世。沈诸梁率军出征，楚国的公子芈胜战败自刎。山阳公刘协被废，曹丕已然成就帝业，对此漠不关心。篡位者一如卜式善牧，安乐公刘禅便也不再是君主。周平王离开了丰镐旧都，王子搜藏在洞穴中被艾草薰出。云上重日，三足之鸟等异相带来改朝换代的消息。王子晋喜欢跨鹤吹箫，正午时分翱翔在汾水之滨。陶朱公修养长生之术，他离群索居，远离世俗的纷争。巍峨的西山之上，有伯夷、叔齐两位先贤在休憩。上苍赋予的容颜自应该永久地保持，彭祖与殇子不可相提并论。

【赏析】

这首诗作于南朝宋永初二年，即公元421年，作者五十七岁。同年九月，已逊位的晋恭帝司马德文被刘裕逼死。陶渊明悲愤之下作了《述酒》，表面上是写酒，实际上暗讽时政。也是因为政治原因，这首诗不得不写得如此隐晦。

在诗的开头作者追忆道：“重离照南陆，鸣鸟声相闻。”这一句颇为开阔，也有着很重的指向。重离，即周易中的离卦，象征火，暗喻永嘉南渡，而南方对应火，事实上，在王导、谢安这些“鸣鸟”的努力下，东晋也持续了百年以上。“鸣鸟声相闻”也隐喻着《离骚》中“恐鹈鴂之先鸣兮，使夫百草为之不芳”，在这里，“鸣鸟”指的是桓玄、刘裕他们。

然而“秋草虽未黄，融风久已分”，这句写得很隐晦。“融风”即春风，也可以解释为祝融氏的后人，即晋朝的司马氏。因而这句诗可以解读为晋朝没有更多良臣的辅佐。

“素砾皛修渚，南岳无馀云”，永嘉南渡后，东晋的开国皇帝司马睿在即位诏书上有“登坛南岳”的字样，而前面一句“素砾皛修渚”暗喻东晋自建国之初就不稳定，从王敦、苏峻到桓氏父子再到刘裕，终于，千里之堤，溃于蚁穴。

“豫章抗高门，重华固灵坟。”豫章，指的是豫章郡公刘裕。高门，指的是王谢桓庾这些大家族。《左传·昭公十三年》记载，“楚师还自徐，吴人败诸豫章，获其五帅”，对应当时，就是吴人（晋朝皇族）打败了楚人（刘裕），可能诗人还对司马氏的复辟抱有一丝希望。而“重华固灵坟”则从理想回到现实中来。毕竟，晋朝末代皇帝已经不在了，晋朝已覆灭了。

作者只得“流泪抱中叹，倾耳听司晨”。雄鸡仍然报晓，只是江山异代，朱颜已改。“神州献嘉粟，西灵为我驯”，“西灵”实为“四灵”，指龙凤麟龟，此刻，陶渊明是有亡国之恸的。

“诸梁董师旅，芊胜丧其身”，叶公（诸梁）打败了白公胜（芈胜，或这首诗中的芊胜），迎回楚惠王，影射了刘裕打败桓玄，迎回晋安帝，可能也进一步地希望有人打败刘裕，重新立晋朝皇族的远支为帝。

作者再度用典，“山阳归下国，成名犹不勤”，意指前汉献帝、后来的山阳公刘协和魏文帝曹丕的关系。其中“成名犹不勤”暗讽曹丕和刘裕的区别。而“卜生善斯牧，安乐不为君”，以卜式善牧的道理和刘禅安分守己的事实进一步讽刺刘裕对于前朝皇族的赶尽杀绝。

“平王去旧京”，一语双关，兼指周平王姬宜臼与晋安帝司马德宗，无论是哪一位帝王，面临的都是臣强主弱的局面。所以不难理解缘何“峡中纳遗薰”，在陶渊明而言，这两位帝王不仅身处于弱势的环境，而且对于帝位或王位，他们也很淡泊甚至排斥。

“双阳甫云育”，在笔者看来，可以将“双阳”解释为孝武帝司马曜（字昌明），也可以解释为司马曜的两个儿子：安帝司马德宗与恭帝司马德文。而“三趾显奇文”，一方面如注释所言，代表三足乌降临的祥瑞，另一方面，可能更深地意寓晋朝最后的三位帝王（孝武帝，安帝，恭帝）的疏失，使得刘裕坐大了。须知，在孝武皇帝时，是谢安为丞相，他的侄子谢玄创建了北府兵，而刘裕，恰恰出身于北府兵。“三趾显奇文”在这种解读下，变成了一种讽刺，不仅是对于晋室皇族的，某种程度上来说，也是针对作者自己的。

以下的八句，则开始了“何离心之可同兮，吾将远逝以自疏”（《离骚》）式的想象。

“王子爱清吹，日中翔河汾”，王子晋（一说作者故意隐去“晋”字）在逍遥自在地游玩，而“朱公练九齿，闲居离世纷。峨峨西岭内，偃息常所亲”，则加深了读者对于这种寥廓心情的感受。作者渴望伯夷、叔齐式的隐居，即“不食周粟”，以与世间相隔绝乃至相忘于江湖，但是显然没有做到。

在陶渊明看来，易姓改号谓之亡国，需要负责的仅仅是皇族和贵族，伦理纲常颠倒则为亡天下，而天下兴亡匹夫有责。陶渊明践行着这一规律。他是一个文人，不能上阵杀敌，至少可以口诛笔伐，尽管写得很隐晦。

“天容自永固，彭殇非等伦”，关于人的问题，作者给出了未知的态度。除此之外，国亦如此。

南宋汤汉注解陶诗《述酒》：“晋元熙二年六月，刘裕废恭帝为零陵王，明年以毒酒一罂授张祎，使鸩王，祎自饮而卒。继又令兵人逾垣进药，王不肯饮，遂掩杀之。此诗所为作，而以《述酒》名篇也”。为本诗增添了些许历史的残忍与悲壮。

作者分为以下层次来写：东晋成立，式微，篡逆不断，从建国初的王敦到晋朝的终结者刘裕，然后写到了自孝武帝以后的尴尬，最后表达了归隐的志向。

同样是亡国，作者没有文天祥的“惶恐滩头说惶恐，零丁洋里叹零丁”的彷徨，也没有夏完淳的“毅魄归来日，灵旗空际看”的悲愤。有的仅仅是亡国后极其隐晦的哀恸。对于陶渊明而言，与其说是亡国，不如说是一个后世君主和前朝亡国之君并存的时代结束了。

责子

【原文】

白发被两鬓，肌肤不复实。虽有五男儿，总不好纸笔。阿舒已二八，懒惰故无匹。阿宣行[①]志学[②]，而不爱文术。雍端年十三，不识六与七。通子垂[③]九龄，但觅梨与栗。天运苟如此，且进杯中物。

【注释】

①行：接近。

②志学：化用《论语·为政》："吾十有五而志于学。"

③垂：接近。

【译文】

白发苍苍，覆盖了双鬓，肌肤也不再像以前一样充盈。虽说有五个儿子，却都对读书不感兴趣。舒俨已经十六岁了，却懒惰极了。宣俟接近志学之年，但不喜欢读书。雍份、端佚都已经年满十三，却不懂得十以内的记数。通佟这个孩子将近九岁，只知道找吃的。造化尚且如此，我还是痛饮杯中之物吧。

【赏析】

这首诗作于公元408年，作者四十四岁。写《责子》的两年前，陶渊明作了《命子》，两篇侧重点不同。《命子》侧重于叙述家谱以表达对后代的激励，而《责子》则通过一味批评自己的儿子来表达这一情绪。在语言风格上，《责子》明显要比《命子》口语化得多。

"白发被两鬓，肌肤不复实"，白发和松弛的肌肤告诉我们，诗人已不再年轻，以下的文字，就是他对五个不成器的儿子的分别数落。

"阿舒已二八，懒惰故无匹"，长子阿舒，或陶舒俨，年已十六却懒惰极了。"阿宣行志学，而不爱文术"，二儿子陶宣俟也年近十五了，却不爱读书。"雍端年十三，不识六与七"，陶雍份与陶端佚不识得十以内的数字。"通子垂九龄，但觅梨与栗"，小儿子陶通佟年近九岁了，却只顾着找吃的。这么说自然有些夸张，但表明了陶渊明并非真心训斥儿子，而是一种抱怨，同时夹杂着舐犊情深的笑意批评。

面对几个在他看来没出息的孩子，陶渊明也很无奈。“天运苟如此，且进杯中物。”

黄庭坚说过，“观渊明此诗想见其人岂弟慈祥戏谑可观也。俗人便谓渊明诸子皆不肖而渊明愁叹见于诗耳，可谓痴人前不得说梦也”。岂弟，通恺悌，也就是和乐安闲的意思。

黄庭坚的体会，可谓精妙。

有会而作并序

【原文】

旧谷既没，新谷未登。颇[①]为老农，而值年灾。日月尚悠，为患未已。登岁之功[②]，既不可希。朝夕所资，烟火裁[③]通。旬日[④]已来，日念饥乏。岁云夕矣，慨然永怀，今我不述，后生何闻哉！

弱年逢家乏，老至更长饥。菽[⑤]麦实所羡，孰敢慕甘肥！惄[⑥]如亚九饭[⑦]，当暑厌寒衣。岁月将欲暮，如何辛苦悲。常善粥者心，深恨蒙袂非[⑧]。嗟来何足吝[⑨]，徒没空自遗。斯滥岂彼志？固穷夙所归。馁也已矣夫，在昔余多师[⑩]。

【注释】

① 颇：甚，引申为久。

② 功：指收成。

③ 裁：通“才”。

④ 旬日：十日。

⑤ 菽（shū）：豆类的总称。

⑥ 惄（nì）：饥饿。《诗经·周南·汝坟》：“未见君子，惄如调饥。”

⑦ 九饭：一月吃九顿饭。《说苑·立节》：“子思居卫，缊袍无表，三旬而九食”。后以“九饭”喻贫寒。

⑧ 蒙袂（mèi）：用衣袖蒙住脸。《礼记·檀弓下》：“齐大饥，黔敖为食于路，以待饿者而食之。有饿者蒙袂辑履，贸贸然来。黔敖左奉食右执饮，

曰："嗟，来食！"扬其目而视之，曰："予唯不食嗟来之食，以至于斯也。"从而谢焉，终不食而死。"

⑨吝，耻。

⑩"馁也已矣夫……"句：决意效法蒙袂者等古代的贫士，任饥馑来临亦恪守穷节。

【译文】

（陈年谷物已经吃完，今年的谷物还迟迟没有到来。我久为老农，遇到了灾荒之年。而来日方长，灾荒远没有度过。一年的收成怕是没有指望了。眼下早晚之餐勉强可以支持。十多天以来，真正感受到了饥馑与乏力。一年即将过去，我不禁感慨交集。现在不记下来，后来的人们哪里会知道！）

幼年时正碰上家中贫困，老来又忍受长期的饥馑。我希望豆麦之类的食物而不得，谁敢企羡米甘肉肥！仅仅胜过一月九餐，因穷得无夏衣可换，夏天还穿着讨厌的寒衣。一年将尽，多么心酸劳苦。时常感念施粥之人的好心肠，却为蒙袂而感到遗憾。何必耻于那是嗟来之食？白白饿死又是为了哪般？"穷斯滥矣"不是他的志向，"君子固穷"才是他的依止之处。饿肚子也就算了，古来的贤士有很多值得我去效仿学习的。

【赏析】

这首诗作于公元 426 年，作者六十二岁，也就是他去世的前一年。诗中描写的境况再度让人想到作者作于同一年的《乞食》。

赏析本诗，先从序言开始。

“旧谷既没，新谷未登。颇为老农，而值年灾。日月尚悠，为患未已。登岁之功，既不可希。朝夕所资，烟火裁通。旬日已来，始念饥乏。岁云夕矣，慨然永怀，今我不述，后生何闻哉！”

序言交代了背景，遇到了灾害，旧谷子吃完了，而新谷子还没有成熟，正所谓青黄不接，怎么过日子？这的确使人焦虑。但，是丧志而食“嗟来之食”，还是学古贤“吾子固穷”？

“弱年逢家乏，老至更长饥”，作者在二十一岁时家中曾遭饥荒，而相似的场景又在四十年后重现。即“老至更长饥”。今天的我们生活在太平盛世，对于饥饿鲜有体会。但饥馑是古代几乎所有庶民容易面临的窘境，尤其是战乱时期。

“惄如亚九饭，当暑厌寒衣”，作者用了子思的典故，一个月没吃几顿饭，注意“九饭”中“九”是虚指。同时陶渊明又无奈地道，眼下夏日不得不穿着冬天单薄的衣衫。因为贫困穷窘让作者没有夏衣可换。

“岁月将欲暮，如何辛苦悲”，“欲暮”是双关语，既指冬天就要来临，又指大限将至。

“常善粥者心，深恨蒙袂非”，用了“贫者不受嗟来之食”的典故。

“嗟来何足吝，徒没空自遗”，何必耻于那是“嗟来之食”？白白饿死又是为了哪般？

下面是一个转折，“斯滥岂攸志？固穷夙所归”，陶渊明明显引用了孔子在周游列国时面临饥馑的困境时说的话。尽管宋武帝刘裕已经去世，但新朝应该有陶渊明的朋友。他要低声下气地去乞求，想来不至于落得这般窘境。但他倦于乞食，毕竟，他有素志要坚持。

“馁也已矣夫，在昔余多师”，在饿肚子与古来贤士之间，作者选择了学习后者。

蜡日

【原文】

风雪送馀运[①]，无妨时已和。梅柳夹门植，一条有佳花[②]。我唱[③]尔言得[④]，酒中适何多！未能明多少，章山[⑤]有奇歌。

【注释】

① 馀运：岁暮。

② 佳花：指梅花。

③ 唱：咏诗。

④ 言得：称赞推赏。

⑤ 章山：疑有虚实两指。江西南城县东北五里有章山，此处是实指；《山海经·中山经》："又东三十里，曰章山，其阳多金，其阴多美石。"这是虚指。

【译文】

风雪送走了一年剩余的日子，但这不妨碍天气开始融和。门前两边种着梅花与柳树，一剪寒梅在寒风中盛开。我歌唱寒梅似乎在赞赏，浊酒中惬意何其多！谈不上饮酒作乐有多么愉悦，那章山曾聆听过清奇的雅歌。

【赏析】

"蜡（zhà）日"，古代年终大祭万物。此诗作于公元 421 年，与《述酒》作于同年，陶渊明五十七岁。能看得出，诗人心情很好。

"风雪送馀运，无妨时已和。"馀运，岁暮，也包括了家国之思。于家，他是一个贫士；

于国，诗人只能眼看着宋武帝刘裕逼死晋恭帝司马德文。这些家难国殇，作者希望风雪把它们送走。“无妨时已和”，这些消极的事物并不妨碍气温开始上升，不妨碍作者的心逐渐温暖起来。

“梅柳夹门植，一条有佳花。”佳花，梅花。梅花灿然开放，和柳色一起迎来春天。“我唱尔言得，酒中适何多！”作者高兴地唱歌，想象得到梅花的赞许。结合《述酒》，作者对于自己东晋遗民的行为持肯定的态度。这种情绪应该是悲大于欣的，可能作者心中，一座圣殿沉沦了，此时，多少有一份“欲将沉醉换悲凉”的意味。

最后，“未能明多少，章山有奇歌”。章山，离作者故乡不远的一座不出名的山，不过也有可能写庐山。所以应该借用了《山海经》的典故。不知是有心还是巧合（如果有心，作者的用笔应该很深），“又东三十里，曰章山，其阳多金，其阴多美石”，而在五行之中，晋朝恰属金德。

卷之四

诗五言

拟古九首

【原文】

其一

荣荣[①]窗下兰，密密堂前柳。初与君别时，不谓行当久。出门万里客，中道逢嘉友。未言心相醉，不在接杯酒。兰枯柳亦衰，遂令此言负。多谢[②]诸少年，相知不中厚[③]。意气倾[④]人命，离隔复何有？

【注释】

① 荣荣：茂盛。

② 谢：奉劝。

③ 中厚：忠厚。

④ 倾：付出全部。

【译文】

茂盛幽兰盛开在窗下，堂前有浓密的垂柳。当初与你别离的时候，不曾想到此行如此之久。出门万里，客居他乡，半道上竟结交所谓的嘉友。不曾说话，心便已迷醉，醉意并不是来自饮酒。幽兰枯萎，垂柳也已衰落，别时的誓言被抛却。诚恳地奉劝诸位少年，相知之时的忠厚未必代表那人会永远如此。一朝的意气可能断送生命，一旦分离，他将你毫不留情地抛弃。

【赏析】

出于和《饮酒二十首》同样的道理，这组诗仍一首首赏析。本诗中，送别之人对应晋朝；所谓“嘉友”，即诱惑游子的人，对应南朝宋；而游子，则对应刘裕。

“荣荣窗下兰，密密堂前柳”，这绝非简单的起兴。“初与君别时，不谓行当久”，意指刘裕未能像王导、谢安那样，忠心辅佐新主，特别是晋安帝司马德宗。

“出门万里客，中道逢嘉友”，作者想表达的是“昔为荡子妇，今为娼家女”，前者毕竟是良家妇女，对应晋，而后者所谓的风尘女子则对应南朝宋。

“未言心相醉，不在接杯酒。兰枯柳亦衰，遂令此言负”，之前兰花与柳树还很茂密，在这里形成了对比。单就这四句而言，大有卓文君对司马相如“闻君有两意，故来相决绝”（《白头吟》）的气魄。只见新人笑不见旧人哭，在皇权的诱惑之下，刘裕没有像王导、谢安那样功成身退。

“多谢诸少年，相知不忠厚”，这两句让笔者想到《诗经》中那句“靡不有初，鲜克有终”。“意气倾人命，离隔复何有？”作者明面上是告诫少年不要轻易地付出真心，实际上是暗讽刘裕没有像王导、谢安那样辅佐晋朝国君。

全诗以弃妇的口吻述说了一个男子受到了诱惑，然后背叛的故事。借痴男怨女之口隐晦表达亡国之恸的诗最早见诸《诗经》，比如《王风·葛藟》等。

其二

【原文】

辞家夙严①驾，当往至无终②。问君今何行？非商复非戎③。闻有田子春④，节义为士雄。斯人久已死，乡里习其风。生有高世名，既没传无穷。不学狂驰子⑤，直⑥在百年中。

【注释】

①严：整饬。

②无终：有三指。其一，据《汉书·地理志》记载，无终国在今天津蓟县一带。其二，《庄子·则阳》：“与物无终无始，无几无时。”其三，魏晋时期田畴志行高远，隐居无终山，后人遂作隐逸之典。

③商：经商。戎：从军。

④田子春：即田子泰，亦即田畴。田畴，字子泰，无终人，东汉末年隐士。

⑤狂驰子：轻狂小子。

⑥直：仅，只。

【译文】

清晨我准备车马，离开家园，将要去向往已久的无终山。敢问你为什么此刻才前行？既非经商亦非从戎。听说无终国有一位义人田畴田子泰，他的节义可以称为士人的楷模。这个人去世已久，但他的风气感染了乡邻之间。他活着的时候就已然有了高士之名，这名声在他身后更是流传无穷。不去效仿那些轻狂无知的小子，他们的价值也只在一生之中。

【赏析】

从本诗来看，有人把声名看得比性命要重要。不难理解陶渊明所谓的安贫乐道，是他信仰的事物的一部分。无论是官场“小人”还是改朝换代的无奈和悲愤，促使作者郁郁之下写了这首诗。

“辞家夙严驾，当往至无终。”“无终”是曾经存在的一个具体的地方。但笔者更认同庄子的观点，无终，意寓着不存在时间。这两句实指无终山或无终国，虚指一种对于“无寿者相”状态的向往。

“问君今何行？非商复非戎”，商是从商（商人在古代地位低下），戎是打仗。

“闻有田子春，节义为士雄。”田畴，字子泰，右北平无终人，东汉末年隐士。好读书。开始为幽州牧刘虞从事，后投曹操。因为平定乌丸有功，封亭侯，不受。后从征荆州，有功，遂拜为议郎。他的一生与陶渊明大致相反，斯人哪怕在庙堂之上亦是风骨犹存，亦颇有子房之风：功遂身退，天之道。“斯人久已死，乡里习其风”，正所谓“不失其所者久，死而不亡者寿”（《老子》）。也许正是因为田子泰没有失去身上那种侠骨，他的风气才能感染周围的乡里百姓。作者激赏那种慷慨侠义之风。

有了上述解读的铺陈，也就可以更为深刻地理解“生有高世名，既没传无穷”了，至少在作者而言的确如此。也深化了读者对于本诗中“死而不亡者寿”的观念的理解。

“不学狂驰子，直在百年中。”百年，是虚指。陶渊明在亡国之后心才开始归隐，此后，除了那首《述酒》，及《答庞参军》中的“昔我云别，仓庚载鸣。今也遇之，霰雪飘零。大藩有命，作使上京。岂忘宴安？王事靡宁”，几乎没有什么关于政治或军事的篇章，更多地是关注内心的思想，与田园间的生活。也就是说，他的心开始一点点真正地归隐了。

全诗从离家归隐写起，自然过渡到作者所倾慕的一位高士——田畴田子泰，最后表明了自己效仿先贤的渴望。后世的明末三先生（黄宗羲、顾炎武、王夫之）与陶渊明有着类似的境遇和思考。

其三

【原文】

仲春[①]遘[②]时雨，始雷发东隅。众蛰各潜骇[③]，草木从横[④]舒。翩翩新来燕，双双入我庐。先巢故尚在，相将[⑤]还旧居。自从分别来，门庭日荒芜。我心固匪石，君情定何如？

【注释】

① 仲春：农历二月。

② 遘（gòu）：遇，引申为恰逢之意。

③ 潜骇：地下的事物受惊觉察。

④ 从（zòng）横：纵横，意为任意。

⑤ 相将：相与。

【译文】

二月时节正逢时雨落下，东方一隅震响了雷声。各种蛰虫都从地下惊醒，草随意地生长，而树木也自在地伸展枝条。新来的燕子翩翩飞舞，双双

对对地飞进我的茅庐。曾经的巢穴依然在那里，它们相随着飞回从前的居所。自从它们离开以后，门庭就日益荒芜了。我的心不是磐石，你的情意又将何如？

【赏析】

单纯地抽离出来看，这首诗无疑是写清新明快的景色的。但在晋宋易代的这特殊的一年中，又是在拟古组诗中，不免让后人心生疑窦。但人是有多重性的。在此，笔者认为，作者主要是写春天的景色。

“仲春遘时雨，始雷发东隅”，哪怕有惊雷阵阵，二月春风依然似剪刀，给风雨如晦中的作者带来一丝明快的心境。

“众蛰各潜骇，草木从横舒”。惊蛰，二十四节气中排在雨水与春分之间。

“翩翩新来燕，双双入我庐”，让笔者不禁想起《停云》：“翩翩飞鸟，息我庭柯。敛翮闲止，好声相和。”隐隐中有着一种高贵的气度。

“先巢故尚在，相将还旧居”，颇有一种物是人非之感，为下文做好了铺陈。

“自从分别来，门庭日荒芜”，鸟倦飞而知还，但巢穴已然破败。作者开始融入自己的平生经历，暗喻了自己如浮华梦一场的仕途生涯。

“我心固匪石，君情定何如？”“君”，指的是刘宋王朝的友人。在笔者看来，“君”有两种解读：隐居一面的自己和拟人化的旧居。作者以这一句结尾，勉励自己对于这种与世隔绝而独与天地精神往来的信念，一定要坚持。

全诗以清新明快的意象开头，隐隐地写到了惊蛰的物候，继而写到燕子，并表达了“鸟倦飞而知还”的感慨与喟叹。

其四

【原文】

迢迢百尺楼，分明望四荒。暮作归云宅，朝为飞鸟堂。山河满目中，平原独茫茫。古时功名士，慷慨争此场。一旦百岁后，相与还北邙①。松柏为人伐，高坟互低昂②。颓基无遗主，游魂在何方？荣华诚足贵，亦复可怜伤！

【注释】

①北邙：山名，今河南境内，魏晋贵族多葬于此。张载《七哀诗》：“北芒何垒垒，高陵有四五。借问谁家坟，皆云汉世主。”

②互低昂：相互错落有低有高。

【译文】

高远的百尺楼上，可以清晰地举目四眺。晚上成为归云的栖息之处，白天这里是飞鸟的殿堂。举目可见悠悠的山河，平原在这里苍茫一片。古代追求功名之士，在这里慨然地倥偬一生。一旦生命终止，不约而同地来到北邙山的坟场。这里的松柏不免为后人所砍伐，高高的坟头似乎在起伏张望。倾颓的坟茔可能早已失去它们的主人，陵墓之中，孤魂又在何方？生前的荣华可能弥足珍贵，恰是这个原因，让你们可怜而哀伤！

【赏析】

本诗开篇极为宏大，无论是意象抑或意境，均明显借鉴《古诗十九首》的《西北有高楼》（西北有高楼，上与浮云齐。交疏结绮窗，阿阁三重阶。上有弦歌声，音响一何悲！谁能为此曲，无乃杞梁妻。清商随风发，中曲正徘徊。一弹再三叹，慷慨有余哀。不惜歌者苦，但伤知音稀。愿为双鸣鹤，奋翅起高飞），因而格外地厚重与雄浑。

“迢迢百尺楼，分明望四荒”，第一句兼引十九首中的“迢迢牵牛星”与“西北有高楼”，而后一句，则引用了《离骚》中的“忽反顾以游目兮，将往观乎四荒”。虽然情绪不同，但要表达的苍凉意象是一致的。

后面两句视野进一步扩大，“暮作归云宅，朝为飞鸟堂”。“云”“鸟”都是陶渊明诗文中经常出现的意象。这两句表面写景，实际上是作者所希望的出现在自身的场景，也寄寓了作者对于光复晋室河山的一分希望。

“山河满目中，平原独茫茫”，看到的辽远，想到的很多。“茫茫”，既指地域的寥阔，也指思绪的浩茫。这两句极具苍凉的情致。作者可能想到了三国时逐鹿中原的场景，更有可能想到自永嘉南渡后，从王敦到刘裕这几位枭雄的轮番登场。

“古时功名士，慷慨争此场”，对应“一弹再三叹，慷慨有余哀”（《西北有高楼》），意象迥异，但意境相仿。“一旦百岁后，相与还北邙”，北邙山是魏晋贵族的葬身之处，而“松柏为人伐，高坟互低昂”，颇有“旧时王谢堂前燕，飞入寻常百姓家”的意味。

“颓基无遗主，游魂在何方？”有两种解读：死和生。哪怕是在魏晋时期，哪怕是陶渊明，站在生的角度，都有一份慎终追远的心情。而站在死亡的角度，笔者想到了屈原的《招魂》等辞赋，其中很多都是巫师对魂灵的话。结合生的角度的慎终追远，更加为自己一掬兔死狐悲之泪。不过恰恰因为站在死亡视角，一切都会达观许多，也就不存在伤悲的情绪了。

“荣华诚足贵，亦复可怜伤”，这也算是一种悼人亦悼己的总结。不过如前所述，站在死亡的角度，几乎一切都会淡化了。

其五

【原文】

东方有一士，被服常不完。三旬九遇食[①]，十年著一冠[②]。辛勤无此比，常有好容颜。我欲观其人，晨去越河关[③]。青松夹路生，白云宿檐端。知我故[④]来意，取琴为我弹。上弦惊别鹤[⑤]，下弦操孤鸾[⑥]。愿留就君住，从今至岁寒。

【注释】

① 三旬九遇食：用子思的典故，子思在卫国穷得一月吃九餐。见《有会而作》注释⑧。

② 此句化用《庄子·让王》：“曾子居卫，……十年不制衣……”

③ 河关：河流与关隘。

④ 故：特地。

⑤ 别鹤：《别鹤操》，古琴曲名，原意夫妻分别，引申为退隐世间。

⑥ 孤鸾：指古琴曲《双凤离鸾》。

【译文】

东方有一位圣人，穿着破旧的衣服，时常狼狈不堪。一个月也吃不上几顿饭，好几年都戴着同一顶帽子。他的辛劳精进无人能比，却时时面带微笑。我想去看看这个人，于是早晨起来就翻山越岭。路边栽满了青郁的松树，悠悠白云也栖息在屋檐一角。他知道了我特地前来的用意，取下古琴为我弹奏。先弹了一曲《别鹤操》，继而又弹了一曲《双凤离鸾》。我多么希望能和这位圣人一起居住，从今以后，直至花木凋零，月冷岁寒。

【赏析】

这首诗描写了作者见贤思齐的渴望，同时抒发了类似于“吾将远逝以自疏”的感喟。

全文重点描写了宗圣曾子（曾参）和述圣子思（孔伋）。笔者以为儒家包容而广博安静的精神止于子思，到了孟子，就开始着重于善恶之分仁义之辨了。而《中庸》全篇，讲述的恰恰就是回归自性安宁的一部典籍，与老子“致虚极，守静笃”的思想有着异曲同工之妙。子思和孔子不仅有血缘上的关系，更有着学术上的传承。

“东方有一士，被服常不完。三旬九遇食，十年著一冠。辛勤无此比，常有好容颜”，诗句通俗易懂，以上六句是对于述圣子思、宗圣曾子的描写。这让笔者想到孔子对颜回的赞赏：“贤哉回也！一箪食，一瓢饮，在陋巷，人不堪其忧，回也不改其乐。”确实，颜回，或子思，都是真正的安贫乐道的生命，他们安安心心本本分分地过好每一个快乐或不快乐的当下，并以儒者的威仪完成对于当下的尊重，所以拥有至乐。据《孟子》记载，子思曾被鲁缪公等国君尊为贤者，以师礼相待，但终未被起用。笔者读《孟子》，感到一股浩然正气，而读《中庸》，读出的却是谦和的文风。这或许也是陶渊明所向往的性格吧。

“我欲观其人，晨去越河关”，陶渊明自然不可能去见一个抽象的人，但还是煞有介事地想象他与圣贤相见的场景。“晨去越河关”，河

关，不仅是指空间或时间的障碍，更是指心理上的挂怀。

“青松夹路生，白云宿檐端”，再度让笔者想到《归去来兮辞》的“云无心以出岫，鸟倦飞而知还”，作者把视角转向自然，并在这个意义下，与圣贤神交。

“知我故来意，取琴为我弹。上弦惊别鹤，下弦操孤鸾”，就形式而言，笔者想到《古诗十九首》中的“上言长相思，下言久别离”，而就内容而言，实际上是作者自己和自己的对话，如注释所言，别鹤和孤鸾，分别对应《别鹤操》与《双凤离鸾》，曲意分别代表夫妻离别与凤之陨落，引申为自己的归隐与晋朝的覆灭。

“愿留就君住，从今至岁寒”，作者实际想表达的是恪守清贫，不再出仕，尤其是仕于新朝，作者的内心似乎也一直恪守着儒家安贫乐道的思想。

其六

【原文】

苍苍谷中树，冬夏常如兹。年年见霜雪，谁谓不知时？厌闻世上语，结友到临淄。稷下[①]多谈士，指彼决吾疑。装束既有日，已与家人辞。行行停出门，还坐更自思。不怨道里长，但畏人我欺。万一不合意，永为世笑之。伊怀[②]难具道，为君作此诗。

【注释】

① 稷下：刘向《别录》载，齐都临淄有稷门，稷门附近称稷下，谈士都希望聚集在这里。《史记·田敬仲完世家》：“齐宣王时，稷下学士复盛。”

② 伊怀：此怀。

【译文】

生长在山谷中苍茫的大树，冬夏常青。年年历经霜雪的洗礼，谁说它不知道四季变化？厌倦了世俗的言语，和朋友一起来到临淄城。稷门之下多是满腹经纶的谈士，为了解决我的疑问所以前去拜访他们。整装待发定下了动身之日，也已同家人相别离。犹豫不觉地走出门口，转还坐下来陷入深思。不抱怨道路有多么漫长，只是担心别人相欺。万一不合他们的意愿，我将长久地受到世人的嗤笑。如是心情难于一一写下，为答复自己我作了这首诗。

【赏析】

作者在这首诗中，似乎表达了进一步的避世，“为君作此诗”中的“君”仅仅是虚构，或想象出另一个出仕的自己。也就是说，这是一种自我对话。

“苍苍谷中树，冬夏常如兹”，让人想到《古诗十九首》中的“馨香盈怀袖，路远莫致之。此物何足贵，但感别经时”。如前一首诗中所言，“愿留就君住，从今至岁寒”。

“年年见霜雪，谁谓不知时？”与那句“松柏之志犹存”有着异曲同工之妙，反映出了陶渊明忠贞于初心的性格。

“稷下多谈士，指彼决吾疑”，这一句结合背景与语境，笔者认为多是指白莲社的居士。实际上，这一问本身就包含答案了。佛教讲求的是一种无心的境界（“八风吹不动，端坐紫金莲”）。在天下人的三观遭到巨大的冲击乃至颠覆时，陶渊明没有足够的自信，所以想向白莲社的好友寻求勇气与信心。所以不难理解作者缘何“装束既有日，已与家人辞。行行停出门，还坐更自思”，作者的彷徨不前来自于内心的纠结与神伤。

“不怨道里长，但畏人我欺。万一不合意，永为世笑嗤”。他怕别人用所谓的佛法欺骗他，某种程度，从“永为世笑嗤”中我们能看出，他爱惜自己的羽毛，不愿意让世人对他有所诟病，世人皆如此，渊明亦未能免俗。但事实上，根据陶渊明的性情，政局有政局的动荡，而渊明有渊明的安排。而这一安排应该在“行前”（如果存在）就已打算好了。

“伊怀难具道，为君作此诗”，颇有现在朋友间书信结尾处“字短情长，再祈珍重”的意味：如是心境，难于付诸笔墨，凭着我们对于彼此的理解，你还是自己体会吧。如开头所言，这个“君”更大程度上指的是有入世之心的自己，至少是另外一个自己。而非某一个具体的好友。全诗剖析了自己的心路历程，从彷徨无依到自我遣怀。

其七

【原文】

日暮天无云，春风扇①微和。佳人美清夜，达曙②酣且歌。歌竟长叹息，持③此感人多：皎皎云间月④，灼灼⑤叶中华⑥。岂无一时好，不久当如何？

【注释】

①扇：吹拂。

②达曙：到达天明。

③持：同“恃”，转引为“念”。

④此句化用卓文君《白头吟》：“皑如山上雪，皎若云间月。”

⑤灼灼：鲜明美丽的样子。《诗经·周南·桃夭》：“桃之夭夭，灼灼其华”。

⑥华（huā）：同“花”。

【译文】

夜幕降临，天空万里无云，春风缓缓而温和地吹拂着。佳人喜欢这良辰清夜，到了天亮还边饮酒边唱歌。清歌已毕，转而长长地叹息，这美景不免让人感触良多：皎洁如彩云间的月光，绚烂如枝叶间的花朵。怎能说它没有一时之美好，但不久以后又当如何？

【赏析】

字面是由喜到悲，并不难理解诗人“欲将沉醉换悲凉”的心态。结合晋朝的覆灭与这首诗较多的用典，可以说这首诗写得很隐晦，从家国之叹写到自身的感受。

“日暮天无云，春风扇微和”，“扇”字运用拟人的修辞手法，把春风人格化，生动形象地写出了春风和煦温和又情意绵绵的情态，抒发了诗人对春风的喜爱，构画出一幅春意融融、沁人心脾的“浴风图”。

“佳人美清夜，达曙酣且歌”，“佳人”很显然指的是美好的人物。《楚辞·九章·悲回风》：“惟佳人之永都兮，更统世而自贶。”而如前面的赏析所言，《悲回风》是一篇低沉的文字，陶渊明或有所指。

“歌竟长叹息，持此感人多”，前面一句隐然有“长太息以掩涕兮，哀民生之多艰”的感受。面对夕阳无限好的景色，作者饮酒时也不免“欣慨交心”。结合背景，我们明白陶渊明为什么而哀伤。

“皎皎云间月，灼灼叶中华”，卓文君得知丈夫司马相如另觅新欢时，悲愤之下作了《白头吟》：“皑如山上雪，皎若云间月。闻君有两意，故来相决绝……”这无疑是反讽，或许作者表达的是一种深深的失望，但他显然没有和刘裕讨价还价的资格与能力。

“岂无一时好，不久当如何？”这一句也上接《离骚》之悲：“恐鹈鴂之先鸣兮，使夫百草为之不芳。”战争的毁灭是可怕的，但更可怕的是人不得不面对毁灭后的断壁残垣，以及需要修补的心灵与家园。

这首诗的重点是描写夕阳西下的景色。结合特殊的时代背景，使得本诗含义更加厚重。

其八

【原文】

少时壮且厉[①]，抚剑独行游。谁言行游近，张掖至幽州[②]。饥食首阳薇[③]，渴饮易水流[④]。不见相知人，惟见古时丘。路边两高坟，伯牙与庄周。此士难再得，吾行欲何求？

【注释】

① 厉：性情刚烈。

② 张掖（yè）至幽州：张掖和幽州均为地名，大致分别在今天的甘肃与河北。

③ 首阳薇：暗指伯夷、叔齐因不食周粟而死。

④ 易水流：暗指荆轲事。

【译文】

年少时我的心志刚猛，持剑独自出游。谁说这次出行不远？我从张掖远游到了幽州。饥饿的时候吃首阳山上的野菜，干渴时喝易水的清流。没有见到那些令人向往的人物，只是看见古代的丘陵。路边有两座高高的坟茔，里面分别安葬着伯牙和庄周。这样的隐士再难得到，到处行游，又有什么追求？

【赏析】

这首诗的意象不多，全诗透出的气息却是一派高古之风。有学者认为陶渊明少年时代去过甘肃和河北。但笔者认为这种可能性很小：第一，东晋的版图不含张掖和幽州，且二地离渊明的家乡太远；第二，认为此行真实存在的学者，指出陶渊明大约二十岁完成的这次出游，但他那时正因饥荒而四处谋生，反而减少了这次出行的可能性。笔者认为，他于弱冠之年曾外出谋生，晚年回忆起那段经历时，想象出这次不曾存在的出行，用“托言”的方式写下了这首诗。

“少时壮且厉，抚剑独行游”，古人都有仗剑行走天涯的梦想，“思绪万千忆往事，一夜梦中游天涯”，作者开始了他的想象。

“谁言行游近，张掖至幽州”。陶渊明可能的确因少时的贫寒去过很远的地方谋生，后一句可能有些夸张，从甘肃到河北，不说兵荒马乱（其时为东晋十六国，确切地讲，可能是前秦），就是从逻辑上来说也不现实，作者老家江西，所以不大可能从甘肃出发（作者没写“浔阳至幽州”）。进一步验证了笔者的观点：这次出行并不存在，只是托言。

“饥食首阳薇，渴饮易水流”，一方面暗示幽州的所指（首阳山和易水均属当时的幽州），一方面结合诗文，上下两句分别对应伯夷、叔齐和荆轲，前者饿死首阳，后者渡易水刺秦，都是反抗某种在他们而言的暴权的行为，这也暗示了作者其时的政治态度。

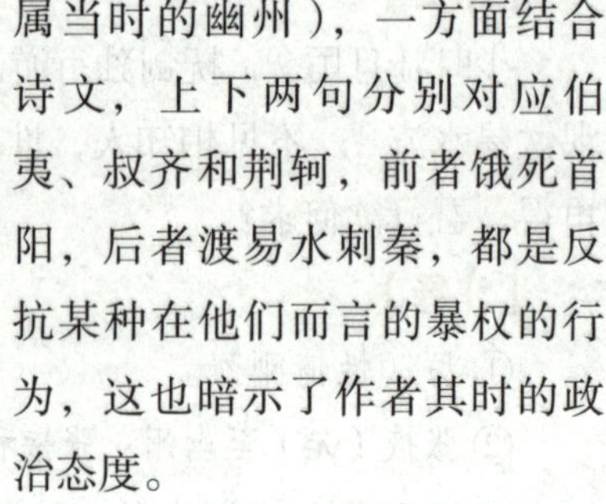

“不见相知人，惟见古时丘”，今生不见一个知己，唯有天地和荒凉的丘陵与作者相伴。此时，这些开阔苍茫而高远的景象充盈在作者的心中，所以配与作者相伴的，只有这西风残照汉家陵阙式的意象了。

“路边两高坟，伯牙与庄周”，俞伯牙擅长弹琴，而钟子期善于倾听琴声，他们是知音。俞伯牙是古代的一个隐者，庄子也是，陶渊明心向先贤。“悲时俗之迫阨兮，愿轻举而远游。”（《楚辞·远游》）作者要效仿庄子那样，做一个纯粹的逍遥的隐者，这是作者将伯牙和庄子并列的原因。“此士难再得，吾行欲何求”，像这样心怀天地的隐士已经不在了，哀莫大于心死，作者也不再对这个世间有所奢求。

全诗从少年时代的游侠经历说起，谈到了一些著名的且具有隐喻意味的古人。最后感叹自己茕独于世间，精神上了无所依的感受。

其九

【原文】

种桑长江边，三年[①]望当采。枝条始欲茂，忽值山河改。柯[②]叶自摧折，根株[③]浮沧海。春蚕既无食，寒衣欲谁待。本不植高原，今日复何悔！

【注释】

①三年：刘裕戊午年十二月弑安帝，于庚申（元熙二年）逼恭帝禅让，恰为三年。不过结合诗文，也有虚指之意。

②柯：枝。

③根株：入土为根，出土为株。

【译文】

长江边种桑树，原本几年可以采摘。眼看着就要枝繁叶茂，忽逢山河变色了。枝叶摧折自不必说，树也被连根拔起，飘向大海。春天的蚕没有吃食，厚厚的寒衣又从哪里而来？本来就没有种在高原之上，今天又有什么可以后悔的！

【赏析】

组诗最后一首，很明显这是一首政治隐喻性极强的诗。刘裕把晋安帝从桓玄手中抢来，阻止了桓玄篡位，这曾一度增加作者对他的敬仰的心情。陶渊明认为臣子应该尽到臣子本分，死后享有他应有的哀荣。

但他忘记了，他一心效忠的晋朝，是怎么来的了。须知，“司马昭之心，路人皆知”啊。不到两百年，相似的悲剧发生了，而这一次的弑君者，是出身并效忠于晋朝的北府兵刘裕。

“种桑长江边，三年望当采。”桑，是晋朝国运的象征。长江，无疑是指东晋。“三年望当采”，指经过桓楚的动乱平定后（405年），加之刘裕东征西伐，十几年后东晋应该欣欣向荣才是，但山河色变：“枝条始欲茂，忽值山河改。”象征晋朝国运的桑树正要枝繁叶茂甚至欣欣向荣，但扎根于斯的土壤沦

陷了，很明显，这隐喻了江山易帜。

“柯叶自摧折，根株浮沧海”，不仅黎民苍生再度经历流离失所，也暗指晋朝皇族的命运风雨飘摇。安帝已经被弑杀了，恭帝失去了权力的保护与庇佑，命悬一线（次年的恭帝被弑验证了陶渊明的预见）。

“春蚕既无食，寒衣欲谁待”，国家失去对于军队的掌控，才使几乎每一位皇帝都过得战战兢兢，如同在冬天失去棉衣。不过，如果仅从国家的角度解释这句诗，未免失之偏颇，作为补充，笔者认为：第一，这也明示了黎民的悲苦；第二，为过渡到结尾做好铺陈。

“本不植高原，今日复何悔！”从永嘉南渡，晋元帝登基开始，皇室几乎就没有实质性地掌握过军权。从大将军王敦手握兵权，后苏峻之乱，到桓温、桓玄，再到刘裕。百年东晋里，几乎没有皇帝中央集权的概念与制度。没有一个强有力的君主把东晋这棵桑树护佑上高原，才导致今天改朝易代的局面。

杂诗十二首

其一

【原文】

人生无根蒂，飘如陌上①尘。分散逐风转，此已非常身。落地为兄弟，何必骨肉亲！得欢当作乐，斗②酒聚比邻。盛年③不重来，一日难再晨。及时当勉励，岁月不待人。

【注释】

①陌上：犹言田间。

②斗：酒器。

③盛年：二十一岁到二十九岁之间称为盛年。

【译文】

人生无根无蒂，漂泊一如田间的尘土。我们分散零落、随风飘转，早已不是原先的自己。降落在人间就是彼此的兄弟，缘何一定要同胞兄弟姊妹才可以相爱相亲！人生得意须尽欢，准备好一斗薄酒招待近邻。壮年不会再次重来，一天之内不会有两个早晨。抓紧时间去勉励自己，岁月匆匆，不会等待错过它的人们。

【赏析】

本诗中，作者开头就交代了人生的悲观底色，下文又出现了貌似冲突的观点，以下逐句进行分析。

“人生无根蒂，飘如陌上尘”，开篇便直言人生的虚无底色。笔者想到了孟浩然的“当路谁相假，知音世所稀”，两首诗都在写人，写的是一种“虽有兄弟，不如友生”的后天亲情。只是陶氏侧重于直面表达对于生命虚无的近乎绝望与一种向死而生。正因为如此，我们才需要珍惜彼此间的缘分。

“分散逐风转，此已非常身”，笔者再度想到《世说新语》中“黄垆之叹”（“今日视此虽近，邈若山河”）的典故，不过同时笔者也想到《世说新语》中的另一件事：“桓公（桓温）北征，经金城，见前为琅邪时种柳，皆也十围，慨然曰：‘木犹如此，人何以堪！’攀枝执条，泫然流泪”。木犹如此，人何以堪？笔者对此的解读是心情而非年龄的变化。在这个意义上，无论桓温还是陶渊明，都多少违背了当年的初心和本意，多少会有些失落乃至失望吧。

然而，下面两句诗能让千年之后的笔者同理共情。“落地为兄弟，何必骨肉亲！”既然同为人道众生，本身就是一种巨大的缘分。陶渊明在失去亲人之后没有沉浸于悲痛而无法自拔，相反地，亲人的存在宛如一座城池，当这座城池轰然倒塌时，他反而获得了自由。他可能隐约地意识到，自己并非完全是母生父养（尤其是幼年丧父的他，更有可能幻想着并不真实的父爱），而更大程度上是天生地养。在这个意义上，尤其是在诡谲的命运面前，所有人都是彼此的亲人。

所以，具体地回到现实中，就要“得欢当作乐，斗酒聚比邻”。“对酒当歌，人生几何？譬如朝露，去日苦多。慨当以慷，忧思难忘。何以解忧？唯有杜康。”曹操在《短歌行》里讲得很清楚，解忧唯有饮酒。但通观陶氏全诗，酒可以有，但不过是起兴之物。作者真正想要表述的，还是《论语》中那句：“发愤忘食，乐以忘忧，不知老之将至云尔。”

“盛年不重来，一日难再晨”，二十多岁的时光一去不复返了，“不抚壮而弃秽兮，何不改乎此度？乘骐骥以驰骋兮，来吾道夫先路！”屈原在《离骚》中给出了答案，也暗合本诗的结尾。

“及时当勉励，岁月不待人”，颇有《古诗十九首》中“弃捐勿复道，努力加餐饭”的意味。尽管叙述的事物不同，但昂扬的精神是一致的，这也解释了“得欢当作乐，斗酒聚比邻”与本句的关系。它们貌似矛盾，但实则是一致的，写下“对酒当歌，人生几何”的曹操也正是精神昂扬的一代雄主。

全诗以低沉的格调开头，以没守住初心而遗憾，结合自身的经历，写下“落地为兄弟，何必骨肉亲”的悲旷之语。诗的下半部分，叙述了追求真理的重要性，颇有《诗经》中“如切如磋，如琢如磨”的勉励意味。这样的精神在那个风雨如晦的乱世尤为可贵。

其二

【原文】

白日沦[①]西河，素月[②]出东岭。遥遥万里辉，荡荡[③]空中景。风来入房户，夜中枕席冷。气变悟时易，不眠知夕永。欲言无予和[④]，挥杯劝孤影。日月掷人去，有志不获骋[⑤]。念此怀悲凄，终晓[⑥]不能静。

【注释】

①沦：落。

②素月：皓月。

③荡荡：广大。

④和：应和。

⑤骋：本意驰骋，引申为施展。

⑥终晓：夜终到天明。

【译文】

太阳落入西方的长河，皓月也从东方的山岭里冉冉升起。遥遥万里洒落着月亮的银辉，荡荡流水倒映着空中的景象。寒风吹入房屋的门，夜里更觉枕席寒冷。节气变化，方知时节转冷，冻得睡不着觉，才觉长夜漫漫。想要说些什么，却无人应和，举起酒杯，为了自己茕茕孑立的身影。时光抛开人匆匆而去，空有凌云壮志却没有施展的机会。有感于此我空怀悲凄之情，夜终到天明也难于平静。

【赏析】

这首诗描写的是深秋到初冬的景色，融入秋与冬的感情。全诗哀悼着贫民平凡的苦难，即衣不蔽体。这种折磨在夜深人静时尤为强烈。

“白日沦西河，素月出东岭”，沦：落。这两句是说，日落西河之后，一轮皎洁的月亮从东边山岭上升起。这景色描写得很大气素雅，也很自然普通。常见的不着色彩却给人流光溢彩之感，不夺目却可以动人心魄。

“遥遥万里辉，荡荡空中景。”辉：指月光。荡荡：形容广大。景：光。月光辉映着万里河山，把无边的夜空照耀得分外明亮。

西河东岭，万里空中，极言四方上下。浩荡月空，光明澄澈，如此坦荡光明的境界，实为陶渊明襟怀的体现。陶渊明以如椽巨笔轻轻掠过，就描画出万里江河月夜图，为下文埋下伏笔。

“风来入房户，夜中枕席冷。”陡然的转折把读者拉回现实中来。官宦人家或许还可以烧火取暖，但对贫民而言，这是一种奢求。

“气变悟时易，不眠知夕永”，显然这说明陶渊明对于气候变化的迟滞与仓促，而在这漫漫长夜，作者只得再度饮酒，一则祛寒，再则忘却烦恼。“欲言无予和，挥杯劝孤影”，想了想自己半百之年，似乎一事无成。

“日月掷人去，有志不获骋。”“志”，隐隐呼应了上文的“白日沦西河，素月出东岭。遥遥万里辉，荡荡空中景”，更呼应着《离骚》的“乘骐骥以驰骋兮，来吾道夫先路”。日月抛弃了人，诗人已经过了有抱负的年岁。即使饮酒饮上兴头依然难掩伤悲，为结尾做好了铺陈。

“念此怀悲凄，终晓不能静”，一方面饮酒让作者的神志得到清醒，另一方面，饮酒化解寒风冻结的躯干，也化解了他的思绪。这里表达

的不仅是作者为自己没能继续铁马冰河的岁月而遗憾，也有一种面对生死问题的焦灼与恐惧。

本诗的文风安静，有哀而不伤的意味。从写景开始，过渡到现实的窘迫。再由壮志难酬的热血，过渡到对于生死的惶惑。全诗从景写到人，过渡自然，文笔大开大合却不失一以贯之的低沉。

其三

【原文】

荣华难久居，盛衰不可量。昔为三春蕖①，今作秋莲房。严霜结②野草，枯悴未遽央③。日月有环周，我去④不再阳⑤。眷眷⑥往昔时，忆此断人肠。

【注释】

①蕖（qú）：荷。

②结：聚。《孔雀东南飞》："严霜结庭兰。"

③央：止，尽。《离骚》："及年岁之未晏兮，时亦犹其未央。"

④去：去世。

⑤阳：还阳。

⑥眷眷：留恋的样子。

【译文】

富贵荣华难于持久，兴盛与衰败往往难以测量。这一泓清水曾一度承载了春天的荷花，如今却成为秋天莲子的家园。野草聚集这寒霜之下，尚未凋尽，又逢更为枯槁之时。日月周而复始，野草又会生长，但是我一旦去世便难于生还。留恋着先前历历在目的岁月，想到这些让人肝肠寸断。

【赏析】

怕死不是一件难堪的事情，从这首诗的字里行间能读出陶渊明正在预备着死亡。年过半百，又生逢乱世，且贫病交加，所以很难说明天和死亡哪一个先到来。统观全诗，是感慨家族的没落，也是写的自己。

"荣华难久居，盛衰不可量"，这里多半是比喻陶氏家族，与十年前《赠长沙公》的心情迥异，陶渊明再度感受到晦暗事物如影随形般的存在。他于次年的染疾可能在那一年就出现端倪，作者不由得有此感喟。

"昔为三春蕖，今作秋莲房"。如果不出意外，"昔为三春蕖"后应该有

"今作秋莲房"，这和日升月落的道理是相通的。

"严霜结野草，枯悴未遽央"，又到秋冬之际，这种萧条衰败应该更加让诗人同理共情。作者结合自己的孱弱之躯，发出关于家国命运的悲观感受甚至喟叹。

"日月有环周，我去不再阳"，庄子尝言："井蛙不可以语于海者，拘于虚也；夏虫不可以语于冰者，笃于时也。"这回答了作者开篇的喟叹。作者把无情如日月者与有情如人身者相比较，也算得上是对千年之前先贤的再度呼应吧。

其四

【原文】

丈夫志四海，我愿不知老①。亲戚共一处，子孙还相保②。觞弦肆朝日，樽中酒不燥。缓带尽欢娱，起晚眠常早。孰若当世士，冰炭③满怀抱。百年归丘垄④，用此空名道？

【注释】

① 不知老：化用《论语·述而》："发愤忘食，乐以忘忧，不知老之将至云尔。"

② 相保：相互保护不受侵害。

③ 冰炭：喻利害冲突。

④ 丘垄：坟墓。

【译文】

大丈夫志在四海，我宁愿不知老之将至。亲人们团聚在一起，子子孙孙们也能抱团取暖。早上铺陈着樽酒琴弦，樽中也从不缺少这些浊酒。衣带放松，尽情欢乐，晚起早睡也自在逍遥。怎么会像当世的碌碌之辈，脑子里都是一些利害关系，患得患失？人生百年终究归于坟茔，何必为空名自寻烦恼？

【赏析】

这首诗延续了汉魏乐府意境上的旷达与苍凉，只是描写对象将这种风格具体化。陶渊明无疑写下了自己、家族，乃至晋朝的悲怆。

"丈夫志四海，我愿不知老"，从笔意到文风，某种程度上都反映出一种

无视光阴易逝的态度。

“亲戚共一处，子孙还相保”，很平凡甚至很庸俗，但貌似平凡的“子孙相保”，在那个时代无疑成了一种近乎奢求的祈愿。

以下的四句有点效仿“竹林七贤”的意味，更让我们看到了一个心境与衣装都不修边幅的陶渊明，“觞弦肆朝日，樽中酒不燥。缓带尽欢娱，起晚眠常早”，我们看到物质与精神近乎自足的陶渊明，也看到了一个隐士陶渊明。

“孰若当世士，冰炭满怀抱。”“冰炭满怀抱”，如果换种说法，就是患得患失的小人。少时意欲“登车揽辔，有澄清天下之志”（《世说新语》）的陶渊明，如今只能为了尊严而被迫隐居，平静地享受生活，享受着天伦之乐。

“百年归丘垄，用此空名道？”在这里似乎并不完全客观地看待生前的事物，而是一种排解和与命运的抗争。

全诗以“不知老之将至”开头，描述了亲人间其乐融融相濡以沫的场景，继而笔锋一转，描述了可能包括曾经的自己的俗人，在官场上患得患失的状态，最后站在死亡的角度，阐明了死亡面前人人平等的有民粹意味的观点。

其五

【原文】

忆我少壮时，无乐自欣豫。猛志逸四海，骞翮[①]思远翥[②]。荏苒岁月颓，此心稍已去。值欢无复娱，每每多忧虑。气力渐衰损，转觉日不如[③]。壑舟[④]无须臾，引我不得住。前涂当几许？未知止泊处。古人惜寸阴，念此使人惧。

【注释】

① 骞（qiān）：飞。

② 翥（zhù）：向上飞。

③ 不如：枯竭。

④ 此处化用《庄子·大宗师》“藏舟于壑”：时间的飞驰。

【译文】

追忆当年我年富力强的时候，纵无乐事亦感到欣喜。勇猛的志气溢于四海之外，振起翅膀可以一去千里。随着岁月的流逝，我的志向也一点点颓败，少年的初心也一负再负。遇到快乐的事情也不再高兴，经常更多的是忧虑。力气逐渐减少衰损，反觉一天比一天衰竭。时光不曾止息片刻，牵引着我，也没有停止。前途茫茫，不知最后会停泊何处？古人珍惜每一寸光阴，每思及此总会令人恐惧。

【赏析】

这是一首感慨时光飞逝的诗，但本质是关于精力衰颓的篇章。几乎所有哀叹时光易老韶华不再的诗篇都有此特点。

“忆我少壮时，无乐自欣豫。”无乐，是没有情绪上的消耗。“猛志逸四海，骞翮思远翥”，无疑意接庄子的“鹏之徙于南冥也，水击三千里，抟扶摇而上者九万里，去以六月息者也”。其中“翮”字出现在古诗中较多，如《古诗十九首》中的“昔我同门友，高举振六翮”；曹子建《送应氏二首》的“愿为比翼鸟，施翮起高翔”。“翥”字出现较少，其实它源于屈原的《远游》：“雌蜺便娟以增挠兮，鸾鸟轩翥而翔飞。”

以上的四句，或通达或晦涩，总体呈现出一个昂扬向上胸怀天下的少年士子的形象。

“荏苒岁月颓，此心稍已去”，用今天的话说，岁月是一把刀，斩断了我的初心。“值欢无复娱，每每多忧虑”，所以“气力渐衰损，转觉日不如”，随着所面对的事情的日益繁复与庞杂，思前想后，畏首畏尾。

以上四句，是感喟气力衰损，少年时代的不再，从而引发了最后的六句。一方面，他在感喟人生苦短，另一方面，他也对人生迷惘。

“壑舟无须臾，引我不得住”，五十岁，在当时已经算是老年了。前一句表达的是另一种“不知老之将至”，而后一句表达的是一种茫然。

我们都注重经验的积累，但是，面对生命，面对死亡，面对自然，我们往往是手足无措的，作者继而加深了自己的惶惑：“前涂当几许，未知止泊处”，漫长而黯淡的时光里我们终于还是“惑”的。

在这里很明显有着时光飞逝和时光漫长的矛盾。所以作者写下“古人惜寸阴，念此使人惧”，也许时光对于很多人都很难熬，而在陶渊明而言，“寸阴”使人恐惧，而“惜寸阴”的行为本身就足以令人感到惊悚。不甘于形而下桎梏的陶渊明也是黑暗中踽踽独行的生命。

回到陶渊明，同样的道理，他看到先贤如在雾中，而我们看见他同样在更为深重的雾中。这也是陶渊明“念此使人惧”的原因。

其六

【原文】

昔闻长者言①，掩耳每不喜。奈何五十年，忽已亲此事。求我盛年欢，一毫无复意。去去②转欲远，此生岂再值？倾家时作乐，竟③此岁月驶。有子不留金，何用身后置。

【注释】

①长者言：（长者说的）盛衰成败无常之言。

②去去：光阴匆匆。

③竟：终止。

【译文】

从前听老人们谈及盛衰无常的话，每每捂上耳朵不愿意听。奈何到了知天命之年，猛然发现自己也遇到同样的事情。追求我在当年的快乐，却唤不起当年一丝一毫的愉悦之心。光阴易逝韶华不再，此生再也没有当年的愉悦了。倾家荡产地去买醉放荡，以终老我的余年。效仿疏广那样不留钱财给自己的儿子，也不管自己的身后之事。

【赏析】

本诗的开头，让笔者想到了元微之的“昔日戏言身后意，今朝都到眼前来”。可以认为，作者感慨的不仅仅是自己，也是陶氏家族到他这一脉的式微在他本人身上的体现。

“昔闻长者言，掩耳每不喜。奈何五十年，忽已亲此事”，在政治上的一番折腾之后，作者于八年之前彻底地离开了官场，体力不再了，思维也没有那么快了，而迭起的战乱又让他对政通人和欣欣向荣的景象心灰意冷。于是，“求我盛年欢，一毫无复意。去去转欲远，此生岂再值”，作者追慕年轻时的自己，向往已经不再的韶华。从“求我盛年欢，一毫无复意”，可以看出作者的心意萧索。这四句也反映了陶氏家族在陶渊明一支的式微。

“倾家持作乐，竟此岁月驶”，颇有千金买醉的豪放与骨子里实际上的悲凉。

“有子不留金，何用身后置”，这是作者心灰意冷之下所说的话。不同于疏广的典故，也不同于南开校长张伯苓“留德不留财”的遗嘱，这很大程度上是为自己，也是为家族所奏的一阙悲歌。

其七

【原文】

日月不肯迟，四时相催迫。寒风拂枯条，落叶掩长陌[①]。弱质与运颓，玄鬓早已白。素标[②]插人头，前途渐就窄。家为逆旅舍，我如当去客。去去欲何之，南山有旧宅[③]。

【注释】

①长陌：东西走向的道路，泛指道路。

②素标：白色的标记，此处指白发。

③旧宅：陶族坟茔。

【译文】

时间不会放慢它的步伐，一年四季不停地催促我前进。寒风吹拂着枯萎的枝条，而纷纷落叶掩埋了道路。孱弱的体质已经随命运而颓败，而黑色双鬓也早已斑白。顶着满头花白的头发，前途也随之变窄。家庭一如我匆匆住下然后离开的旅馆，我就是那个客人。去吧，我将归向何处？南山有我们陶家的坟茔。

【赏析】

这是一首颇为低沉的诗，作者因从弟与妹妹的早逝而感到伤悲。

“日月不肯迟，四时相催迫”，让人想到《离骚》的“日月乎其不淹兮，春与秋其代序”，本诗可能接意于斯，毕竟下面一句是“惟草木之零落兮，恐美人之迟暮”。

“寒风拂枯条，落叶掩长陌”，则是对这种情绪的进一步渲染与外化。寒风宛如作者坎坷的一生，而枯条则暗示作者已然心死。萧条的落叶伴着萧条的长街，折射出作者萧条的心境。

“弱质与运颓，玄鬓早已白。”“弱”“颓”“白”，刻画了作者的心境。作者的一生几乎一直在走着下坡路，当然这很大程度上体现在经济与政治环境上。陶渊明是一个乐观主义者，但在诸如《还旧居》《悲从弟仲德》等诗作中，我们会读出一种撕心裂肺的沉默。这是某种悲怆到达了极点时的反应，或许也夹杂着某种恐惧。

“素标插人头，前途渐就窄”，头发已经斑白，而前路越走越窄。这该是怎样的穷途末路，怎样的痛苦绝望啊！清高孤傲如陶渊明，写下这样的文字时，内心是如何的悲凉？

“家为逆旅舍，我如当去客”，后世李白的“生者为过客，死者为归人。天地一逆旅，同悲万古尘”，苏轼的“人生如逆旅，我亦是行人”，都有这类意思。在这里，已然心死的陶渊明似乎又找到另一个向度的自由。

“去去欲何之，南山有旧宅”，笔者不认为这里仅仅是作者哀叹本人不免一死的命运，而是有着某种向死而生的超脱与旷达。

其八

【原文】

代耕本非望①，所业在田桑。躬亲未曾替②，寒馁常糟糠。岂期过满腹，但愿饱粳③粮。御冬足大布，麤④絺⑤以应阳⑥。政⑦尔不能得，哀哉亦可伤！人皆尽获宜，拙生失其方。理⑧也可奈何，且为陶一觞。

【注释】

①这句的含义是官俸替代躬耕。

②替：废。

③粳（jīng）：不粘的稻子。

④麤（cū）：同“粗”。

⑤絺（chī）：细葛布。《诗经·邶风·绿衣》：“絺兮绤兮，凄其以风。”

⑥阳：夏。

⑦政：通“正”，即使。

⑧理：天理。

【译文】

以官俸代替躬耕本来就并非我的意图，我所从事的事情原本就在田间桑里。我躬耕陇亩，不曾荒废，忍饥受寒经常以糟糠为食。哪里期许自己能吃饱？只盼着有可以果腹的米粮。防范严冬有着粗布做成的衣服，用粗葛衣以应付夏天的骄阳。仅仅这些也不能得到，呜呼哀哉，这该让人过得多么艰难啊！别人都有借以谋生的手段，而我却没有。天理昭昭我也无可奈何，只能陶陶然痛饮一场。

【赏析】

这首诗反映了诗人作为世俗之人的一面，即有着衣食需求的常人。本诗从外在的穿衣吃饭等引发了生活的无奈。

作者很温和地开头："代耕本非望，所业在田桑。"陶渊明不善稼穑，但他依然躬耕田园。可能于他而言清贫的生活要比华衣甘味更值得过，只是他把在官场时的率性带入他的躬耕生涯中了，因而引发了下文中语气较为激烈的诗句。

"岂期过满腹，但愿饱粳粮"，今天衣食无忧的我们或许很难体会到这种饥饿，雪上加霜的是，"御冬足大布，麤絺以应阳"，只能用最为基本的衣物来抗争严寒和酷暑的折磨。陶渊明面临的境况是严峻的，因为其时不仅有天灾，也有战乱迭起百姓流离失所的人祸。

"政尔不能得，哀哉亦可伤！人皆尽获宜，拙生失其方"。国乱，人亡，天灾，生命就显得格外的卑微，如一粒漂浮的尘埃。不再有着《停云》《时运》等诗的悠闲，虽然作者在写下那些诗时依然战乱迭起，但一个很重要的理由是那时作者的衣食能得到最基本的保障。而现在，作者只得"且为陶一觞"了。

其九

【原文】

遥遥从羁役[①]，一心处两端。掩泪泛[②]东逝，顺流追时迁。日没星与昴[③]，势翳[④]西山巅。萧条隔天涯，惆怅念常飡[⑤]。慷慨思南归，路遐[⑥]无由缘。关梁[⑦]难亏替[⑧]，绝音[⑨]寄斯篇。

【注释】

① 羁役：特指任外地官职。

② 泛：乘船。

③ 星与昴（mǎo）：指二十八宿中于农历三月（“季春之月”）与十一月（“日短星昴，以正仲冬”）见于夜间中天之星宿。此处泛指出门在外对于时间的深刻体会。

④ 翳：隐入。

⑤ 飡（cān）：通“餐”。

⑥ 遐：远。

⑦ 关梁：关隘桥梁。

⑧ 亏替：除去。

⑨ 绝音：音讯断绝。

【译文】

征途迢遥，我无奈之下上路，羁旅之途与家园分散着我的心情。乘舟东下，我含着眼泪，顺着波浪追赶流逝的时间。太阳落山，星辰出现，但倏忽隐入西山之巅。萧条寂寞一如天涯之远，心绪惆怅地盼望着有固定的饭吃。心绪低沉地盼望着南归，但路途遥远只能抱憾关长路远。阻碍难于平除，音信断绝，姑且记在这一诗篇。

【赏析】

从这首诗开始，作诗的时间也就不确定了。从上一首开始，诗风就从对于衰老的喟叹转向对于贫穷的书写，这反映了作者生活与内心的不同面向。本诗是喟叹或回忆自己的羁旅之思，因此，可以视作作者回忆那段羁旅在外的不堪回首的时光。其时作者并未归隐。

“遥遥从羁役，一心处两端。”一开始，作者便引入沉重的话题：思乡。考虑到当时“烽火连三月”的情形，所以，诗中表达的不完全是对于故土的思恋，也存在对于境遇的恐惧。

“掩泪泛东逝，顺流追时迁”，其情直追《离骚》中的“日月忽其不淹兮，春与秋其代序。惟草木之零落兮，恐美人之迟暮”。屈原千载以下的陶渊明可能有另外的也让我们更为同情共感的伤悲心绪，因为他的时代更近一些，身份仅是一个低级官吏，这也意味着他的悲怆更能打动今天的我们。

五六句气势骤然变得开阔，“日没星与昴，势翳西山巅”。有着因被迫羁旅在外的伤悲与萧索。“萧条隔天涯，惆怅念常飡”，无疑再度深化与外化了这种情绪。

“慷慨思南归，路遐无由缘。”遐，意为遥远，这种遥远不仅仅是空间上的辽远，也指因远离故土而前途不可捉摸，所以有“行行循归路，计日望旧居”（《庚子岁五月中从都还阻风于规林》）的伤悲。

“关梁难亏替，绝音寄斯篇”，路途遥远，音信皆无，思念也罢，恐惧也罢，无人分解，只有压在心里，寄托在字里。百无一用是书生啊！

作者回忆了曾经的羁旅之思，从不同角度（如时间，空间）述说对于家园、对于故土的思念乃至绝望的情感。虽心意萧索但全诗意境空灵，对于千年之后的我们来说，过滤了那份“烽火连三月，家书抵万金”的沉痛，增添了一份美感。

其十

【原文】

闲居执荡志[①]，时驶不可稽[②]。驱役无停息，轩裳逝东崖[③]。沉阴拟薰麝[④]，悲风激[⑤]我怀。岁月有常御[⑥]，我来淹[⑦]已弥[⑧]。慷慨[⑨]忆绸缪[⑩]，此情久已离。荏苒经十载，暂为人所羁。庭宇翳馀木，倏忽日月亏[⑪]。

【注释】

① 荡志：激荡之志。

② 稽：留。

③ 崖：这里特指长江边。

④ 薰麝：薰以麝香。

⑤ 激：激荡。

⑥ 御：运行。

⑦ 淹：留。

⑧ 弥：久。

⑨ 慷慨：有“慷慨悲歌”之意。

⑩ 绸缪：本意缠绕结缚，可转为“考虑”的意思。《诗经·唐风·绸缪》：“绸缪束薪，三星在天。”

⑪ 亏：损耗。

【译文】

闲居时心情依然激荡不已，时光飞逝不肯延缓。因为被差遣所以一刻不敢停息，乘车往东方的水边。天气阴沉，一如弥漫着薰香的烟雾，阵阵寒气激荡在我的胸怀。岁月应当有常规的运行，我归来乡居也有很长的时间。慷慨悲歌曾为国事忧虑，但我如今也很难有这种心情了。不知不觉已过了十年，暂时又被他人牵绊。庭院中那遮阴的树影，弹指间岁月已然了无痕迹。

【赏析】

从内容上看，本诗作于归隐之后，亦即公元414年。

“闲居执荡志，时驶不可稽”，开篇就强调了闲居时的激荡情怀与岁月匆匆的矛盾。为下文做好了铺垫。于是追忆道：“驱役无停息，轩裳逝东崖”，“逝”字说明作者一度真心地投入。

这里没有关于回忆的直接描写，只是从“闲居”与“驱役”的矛盾状态做出的判断。从下文可以看出：与其说这是一次具体的行役，不如说体现了作者的近乎报国无门的心情。

下文进一步抒发了这种心情，“沉阴拟薰麝，悲风激我怀”，沉阴，薰麝的指向都是某种阴郁的心情，而“悲风”则再度让读者想到《楚辞·九章·悲回风》(“悲回风之摇蕙兮，心冤结而内伤……”)，这也是作者想表达的。

情至极致往往会有所收敛，何况陶渊明不是屈原，所以作为回归现实的过渡，作者写道：“岁月有常御，我来淹已弥。”作者的冷静之下，不难读出一份关于晋室江山的悲怆。

“慷慨忆绸缪，此情久已离。”“离”表明作者已经离开了那个静静地审视着那个曾经在宦海沉浮，并饱受爱国之情乃至爱国之苦煎熬的自己，并且作者在审视的时候不带多少感情。

“荏苒经十载，暂为人所羁”，这一句让笔者想到一句饮水词：“背灯和月就花阴，已是十年踪迹十年心。”类比于爱情，没有苏轼“十年生死两茫茫”的伤悲，甚至也没有陆游“梦断香消四十年”的感慨，或许有的仅仅是归有光的“庭有枇杷树，吾妻死之年所手植也，今已亭亭如盖矣”的深沉喟叹。

“庭宇翳馀木，倏忽日月亏”，恰与上文的心情相呼应，甚至意象也相同。这种文学上的留白有种“曲终人不见，江上数峰青”的悠长意韵，让读者回味良久。

全诗以激荡的心情开头，继而想象着自己为国家效力，然后平静审视曾经的自己，最后描写曾经的宦海沉浮。作者以激动的情绪开头，平静而深沉的心境结尾，宛如大江东去，最终归入大海。

其十一

【原文】

我行未云远，回顾惨风[①]凉。春燕[②]应节起，高飞拂尘梁。边雁[③]悲无所，代谢[④]归北乡。离鹍[⑤]鸣清池，涉暑经秋霜。愁人难为辞，遥遥春夜长。

【注释】

①惨风：凄寒之风。

②燕：疑指攀附刘裕等权贵的人物。

③边雁：或谓晋室旧臣。

④代谢：顺应时节变化。

⑤鹍（kūn）：鹍鸡，疑喻不依附刘裕政权而赋闲在家的士人，渊明以此自指。《楚辞·九辩》："雁廱廱而南游兮，鹍鸡啁哳而悲鸣。"

【译文】

我出发走得没有太远，回首处寒风凄惨无比。春天燕子随节令而至，高飞时拂过积满尘土的房梁。天边的大雁悲伤而无处停留，纷纷归向北边。离群的鹍鸡在清池中声声哀鸣，就这样度过了酷夏与寒秋。愁人的心绪难于言表，春天的夜晚竟然如此漫长。

【赏析】

这是另一篇《述酒》，但作者寓情于景，借时节的变化写下心中伤悲的心绪。就其幽忧的意境而言，本诗接近于《楚辞》。

"我行未云远，回顾惨风凉"，陶渊明生活的圈子因为长期的归隐和随性的仕途而并不广阔，回顾过往，一个"凉"字涵盖了无言的悲哀。

"春燕应节起，高飞拂尘梁。"春天，本是一个美好的季节，燕子是春的使者，它的到来总给人以生机勃勃之感。单看这两句，依然充满了明快的气息，然而放到这首诗里无疑有着一分颓废的意味，"拂尘梁"，真正拂去的又是什么？应该是东晋的荣光与记忆吧。

"边雁悲无所，代谢归北乡"，而与之呼应，"离鹍鸣清池，涉暑经秋霜"，那个不常见的字"鹍"，引自宋玉的《九辩》，而后者开头就是"悲哉秋之为气也！萧瑟兮草木摇落而变衰"。结合时政，在陶渊明看来，是小人得志而忠

贞之士被迫疏远。陶诗这四句，反映的恰恰是这种表面伤悲实则愤懑的情绪。

“愁人难为辞，遥遥春夜长”，春天并不总是美好的，特别是对于陶渊明这种以拯救苍生为己任的人而言。“愁”，只能让料峭的春夜格外漫长。

全诗以伤悲的意象开头，继而描述了刘裕的追随者与政治边缘人的心情，最后便以“无可奈何花落去”的伤悲心态面对着自己无力挽救的政局。全诗没有流露出过于伤悲的情绪，只有《诗经》般哀而不伤的意境。

其十二

【原文】

袅袅松摽崖①，婉娈②柔童子。年始三五③间，乔柯何可倚。养色含津气④，粲然有心理⑤。

【注释】

① 袅袅：长而弱的样子。摽（biāo）：高举的样子。

② 婉娈（luán）：少年美好的样子。《诗经·齐风·甫田》：“婉兮娈兮，总角丱兮。”

③ 三五：十五岁。

④ 津气：津液精气。《黄帝内经·素问·调经篇》：“人有精气、津液……”

⑤ 粲然：明亮貌。心理：心中有数。

【译文】

松树摇摇摆摆地生长在山崖，就像一位美好的少年。年纪刚刚十五岁，高耸的枝条不可攀依。保养颜色，蕴含着精气，鲜明美好而心中通达。

【赏析】

本诗托物言志。

“袅袅松摽崖，婉娈柔童子”，《史记·司马相如列传》有言：“柔桡嫚嫚，妩媚姌袅。”而这样柔弱的生命还在危崖边愉快地生长，一个临风而立活泼顽皮的翩翩少年的形象跃然纸上。

“年始三五间，乔柯何可倚”，这里的“乔柯何可倚”让笔者想到了“秉德无私，参天地兮”“嗟尔幼志，有以异兮”（《楚辞·九章·橘颂》），而“养色含津气，粲然有心理”，无疑勾勒出青松般的少年卓尔不群的形象。

全诗用短短三十个字勾勒出生机盎然的幼年松树形象，笔触灵动，构思巧妙。

咏贫士七首

其一

【原文】

万族①各有托②，孤云独无依。暧暧③空中灭，何时见馀晖？朝霞开宿雾④，众鸟相与飞⑤。迟迟出林翮⑥，未夕复来归⑦。量力守故辙，岂不寒与饥？知音苟不存，已矣⑧何所悲！

【注释】

① 万族：万物。

② 托：依靠。

③ 暧（ài）暧：昏昧的样子。《楚辞·离骚》："时暧暧其将罢兮，结幽兰而延伫。"

④ 此句喻刘裕改朝换代。

⑤ 此句喻众臣逢迎刘裕的朝廷。

⑥ 翮：鸟翅，代指鸟。

⑦ 此句隐喻自己从彭泽令归隐。

⑧ 已矣：罢了。《楚辞·离骚》："已矣哉，国无人莫我知兮。"

【译文】

万物有着它们的依止，唯有天上的孤云杳无所依。云影黯淡在虚空中幻灭，什么时候重现往日的光辉？朝霞挥散了夜里的雾，一群鸟儿结伴飞翔。这只鸟儿很晚才出树林，不到黄昏又飞了回来。量力而行地遵照原路返回，哪能不挨饿受冻？如今连一个知音都没有，唉，又何必伤悲！

【赏析】

这首诗描述了作者身为贫士的境遇。尽管政局因刘裕的去世而再度动荡，但刘宋已然建立。作者选择自动边缘化远离政治旋涡，但似乎又心有不甘，于是，选择了他一向自况的飞鸟，来表达自己的心志。

本诗分为三部分：

“万族各有托，孤云独无依。暧暧空中灭，何时见馀晖？”诗人借景抒怀，没有一字写“我”，却处处是“我”。“独”道尽了作者孤苦无依的状态，不仅仅是面对政局的茕茕孑立，也有面对生命的茫然无措。所以有“何时见馀晖”的哀叹。虽有“何时”二字，但诗人并不是发问，而是感慨。这样更见其绝望。

“朝霞开宿雾，众鸟相与飞。迟迟出林翮，未夕复来归。”一方面表达了自己与政治上的“群鸟”的对比，另一方面也叙述了自己年岁已老，孤苦无着，而很多生命是新生的，与之形成对比。

“量力守故辙，岂不寒与饥？知音苟不存，已矣何所悲！”表达了自己在政治上的失落。此时的陶渊明“寒与饥”是生活的常态了，但他悲叹的是“知音苟不存”。

人活着是需要物质的，这一点毋庸置疑。但如果只为解决寒与饥而活着，那人就只能是走兽一类的生物，永不能抬起高贵的头颅。后人敬慕陶渊明，很重要的原因是他无论如何，贫贱时还是为官时，他都坚定地选择了精神而非物质。虽然在世俗的眼里他混得挺惨，但在内心世界里，无数的人敬仰他，羡慕他这样一位贫士。

全诗融情于景，有着深沉的言外之意。

其二

【原文】

凄厉岁云暮，拥褐[①]曝[②]前轩。南圃[③]无遗秀，枯条盈北园。倾壶绝馀沥[④]，窥灶不见烟。诗书塞座外，日昃[⑤]不遑研。闲居非陈厄[⑥]，窃有愠见言。何以慰吾怀？赖古多此贤。

【注释】

① 褐：粗布衣。《老子》：“是以圣人被褐而怀玉。”

② 曝：晒。

③ 圃：菜园子。

④ 沥：滴。

⑤ 昃（zè）：傍晚。

⑥ 陈厄：陈蔡之厄。

【译文】

寒风凄厉一年将尽，穿着粗布衣在前廊晒暖。南边的菜园已经没有绿叶，而枯萎的枝条又遍布北园。将壶倒过来也没有一滴剩下的酒，看看灶炉也不见一点炊烟。座内座外塞满了书籍，傍晚时分也无心去研读。我闲居乡里，比起困于陈蔡之间的孔子要好许多，也不免听到抱怨的语言。什么能宽慰我的襟怀？还需要先贤的慰藉。

【赏析】

这首诗也是情景交融。“凄厉岁云暮，拥褐曝前轩。南圃无遗秀，枯条盈北园。”交代了背景环境——已到岁暮，可想天气寒冷，这对贫病交加的老人来说，往往是致命的，所以只能穿着粗布衣服晒太阳。诗人全然没有“士”的外在了，他彻底成为了一个最普通的农民，一个看似可怜其实可敬的老人。

我国古代社会大多时候处于农耕文明，农业成为经济主导体，而统治者也认为农民最利于统治，他们靠天，靠勤劳吃饭，没有太多的权利欲望，所以农民的社会地位并不特别低。晋朝是中国门阀制度最黑暗的时期，贫富差距巨大，社会矛盾激烈，权力和财富过于集中在少数贵族手里，普通人没有改变命运的机会，加上连年战争，百姓食不果腹，无法

安居乐业。像陶渊明身为“先贤之后、士人子孙”，哪怕是庶出，毕竟是特权阶层，能够主动选择放弃特权身份，在时人眼里“自甘堕落”，并且活到“乞食”的田地，而能一直守着本心，不去蝇营狗苟追名逐利，这就是后人推崇他的原因。

“南圃无遗秀，枯条盈北园。”交代了冬天对草木的影响，同时也是自己对于生命的冬天的感受。“倾壶绝馀沥，窥灶不见烟。诗书塞座外，日昃不遑研。”正式过渡到自身穷窘交加的状态，并无心读书。结尾处“闲居非陈厄，窃有愠见言。何以慰吾怀？赖古多此贤”，诗人联想到了孔子的陈蔡之厄，表达了来自儒家先贤对自身的勉励，其中不见悲喜，不见抱怨和庆幸，我们看到的是诗人的坦然平和的平静。

这个世界，有能力有信心的人才有底气祝福或以平常心淡然看待别人；有胸怀的善良的人，才可能原谅别人，正视自己。不敢说此时的陶渊明大彻大悟，但至少他是通透的。

其三

【原文】

荣叟老带索[1]，欣然方弹琴[2]。原生纳决履[3]，清歌畅商音[4]。重华[5]去我久，贫士世相寻[6]。弊襟不掩肘，藜[7]羹常乏斟[8]。岂忘袭[9]轻裘[10]？苟得非所钦[11]。赐[12]也徒能辩，乃不见吾心。

【注释】

①荣生：指荣启期。

②欣然方弹琴：《列子·天瑞》记载，孔子游泰山时，在路上遇见荣启期，荣载歌载舞，一副怡然自得的样子。

③原生：原宪，一说宋人，一说鲁人，孔子弟子。因贫困而只穿破旧的鞋子。

④商音：《诗经》中的《商颂》。传说原宪与子贡交谈后，歌商音而归。此处亦指贫贱不能移的生活态度。

⑤重华：舜帝。

⑥寻：相继不断。

⑦藜（lí）：植物，叶与茎可食。

⑧ 斟：《吕氏春秋》："糁作斟。"斟可视为糁（shēn）的通假字。糁：米羹。

⑨ 袭：披。

⑩ 裘：泛指皮毛制成的衣服。

⑪ 钦：仰慕。

⑫ 赐：子贡。

【译文】

荣公年纪很大却依然用绳子做腰带，并且快快乐乐地弹着琴。原宪穿着破旧的鞋子，仍然清亮地唱着《商颂》中的歌曲。舜帝的时代已经很遥远了，但历朝历代都有着安于清贫的生命。衣襟已破，盖不住胳膊肘，野菜汤找不到几粒米糁。不是不知道轻裘的温暖，只是苟且获得会被众人所鄙视。子贡徒然能言善辩，却也不了解我的内心。

【赏析】

如题解所言，组诗中贫贱不移的精神贯穿始终。

"荣叟老带索，欣然方弹琴。原生纳决履，清歌畅商音。重华去我久，贫士世相寻。"荣启期、原宪和舜帝这些圣贤之人都是儒家的骄傲。他们在荣辱面前坦然自若，甚至载歌载舞的传说，让人联想起孔子赞美的颜回："贤哉回也！一箪食，一瓢饮，在陋巷，人不堪其忧，回也不改其乐。贤哉回也！"（《论语·雍也》）想到《五柳先生传》："短褐穿结，箪瓢屡空，晏如也。"他们都能坚守本心，不改初衷，"居天下之广居，立天下之正位，行天下之大道。得志，与民由之；不得志，独行其道。富贵不能淫，贫贱不能移，威武不能屈"（《孟子·滕文公下》），这种思想是中国文人的精神命脉，是深受儒家思想影响的陶渊明一生践行的思想准则。

"弊襟不掩肘，藜羹常乏斟。岂忘袭轻裘？苟得非所钦。"描写了自己贫贱不移的具体状态。破衣粗食有时是高贵的东西，轻裘肥马有时是无耻的证据。君子不是爱贫贱而不会享受，是历尽繁华却愿意为了坚守一点心火，而操起最平凡的营生，过最艰难的日子，绝不贱卖自己的灵魂。

"赐也徒能辩，乃不见吾心。"表达了对于当时社会的"子贡"之流的不屑与自己对清贫的恪守。在意否？随它去也。

全诗由人及己，表达了陶渊明"如不可求，从吾所好"的信念。

其四

【原文】

安贫守贱者，自古有黔娄[①]。好爵吾不荣[②]，厚馈吾不酬。一旦寿命尽，弊服[③]仍不周。岂不知其极[④]？非道故无忧[⑤]。从来将千载，未复见斯俦[⑥]。朝与仁义生，夕死复何求[⑦]？

【注释】

① 黔娄：春秋时人，一说齐人，一说鲁人。

② 好（hǎo）爵吾不荣：我不以当了高官为荣（我以当了高官为耻）。

③ 弊服：破衣服。

④ 极：极度贫困的状态。

⑤ 此句意为“贫穷不是道德所考虑的”，化用《论语·卫灵公》：“君子忧道不忧贫。”

⑥ 斯俦：指像黔娄那样安贫乐道的人。

⑦ 化用《论语·里仁》：“朝闻道，夕死可矣。”

【译文】

能安贫乐道恪守贫贱的人，自古以来就有一位黔娄。高官厚禄他并不引以为荣，而丰厚的馈赠他也不曾接受。一旦他的生命已然结束，破衣服仍然不周全。难道他不知道自己已经穷到极点？只是他懂得贫穷不足以妨碍他追求大道。自黔娄的时代千年以降，我没有见到这样的生命。早上能真正体会到仁义的境界，哪怕是晚上死去都无他求！

【赏析】

本诗专门歌颂了黔娄及黔娄式安贫守道的人物。黔娄，战国时的隐士。齐、鲁的国君请他出来做官，他不肯。家中甚贫，死时衾不蔽体。（刘向《列女传》、皇甫谧《高士传》）。“安贫守贱者，自古有黔娄。好爵吾不荣，厚馈吾不酬”，这两句描写了黔娄生前的境况，不追求高官厚禄，而只是对于大道或真理的孜孜以求。《高士传》说：黔娄“修身清洁，不求进于诸侯，鲁恭公闻其贤，遣使致礼，赐粟三千钟，欲以为相，辞不受。齐王又礼之，以黄金百斤聘为卿，又不就”。

“一旦寿命尽，弊服仍不周。岂不知其极？非道故无忧。”揭示了他缘何恪守贫贱，因为比之于名爵显禄，大道更为重要，“朝闻道，夕死可矣”。为

了真理就连生命也可以舍弃。《列女传·黔娄妻传》：黔娄死，“曾子与门人往吊之。其妻出户，曾子吊之。上堂，见先生之尸在牖下，枕墼席稿，组袍不表。覆以布被，手足不尽敛，覆头则足见，覆足则头见”。唐朝元稹也有“自嫁黔娄百事乖”（《遣悲怀三首·其一》），“黔娄别久案常贫”（顾况《赠朱放》）的诗句。

“从来将千载，未复见斯俦。朝与仁义生，夕死复何求？”他这样的生命世间少有：可以追求富贵，却追寻更重要的大道。这两句用《论语·里仁》“朝闻道，夕死可矣”之意，表示安贫守道的决心至死不渝。

本诗铿锵有力，借黔娄的事迹言明自己的志向，在字里行间体现出一个儒者的风范。

其五

【原文】

袁安[①]困积雪，邈然[②]不可干。阮公[③]见钱入，即日弃其官。刍藁[④]有常温，采莒[⑤]足朝餐。岂不实辛苦？所惧非饥寒。贫富常交战，道胜无戚颜[⑥]。至德[⑦]冠邦闾[⑧]，清节[⑨]映西关[⑩]。

【注释】

①袁安：东汉明帝时名臣，少有清正之名。《后汉书》卷四十五《袁安传》注引《汝南先贤传》：时大雪积地丈馀，洛阳令身出案行，见人家皆除雪出，有乞食者。至袁安门，无有行路。谓安已死，令人除雪入户，见安僵卧。问何以不出。安曰：“大雪人皆饿，不宜干人。”令以为贤，举为孝廉。

②邈然：远貌，引申为品行高远。

③阮公：生平事迹不详。

④刍藁（gǎo）：禾草。本句意为睡于禾草之上。

⑤莒（jǔ）：野菜。

⑥戚颜：忧愁貌。

⑦至德：《论语·泰伯》：“泰伯，其可谓至德也已矣。”这里赞颂袁安。

⑧闾：邻里。

⑨清节：清高的节气。

⑩西关：或为阮公居所。

【译文】

袁安曾困于积雪之中，却品行高洁不愿给人添麻烦。阮公看见有人向他行贿，当天就辞官不干。铺上干草也能维持温暖，采点野菜也足以充当早餐。难道说这种生活并不辛苦？我所害怕的并非饥馑与寒冷。贫穷与富有在心中交战，大道胜利便没有忧虑。袁安的德行冠绝邻里，而阮公清高的节气照耀着西关。

【赏析】

本诗起始四句，两位“贫而不怨”的高洁之士袁安与阮公，都拥有清尚廉洁、安贫守道的高贵节操，他们是陶渊明的楷模。袁、阮二典分启寒饥二端，从不同角度切合诗人。陶潜晚年饥卧数日，江州刺史檀道济使人以酒肉馈之，诗人麾而去之，此事虽与作诗之时间先后难以确定，但可以看出陶潜晚年虽病而不轻易求人，特别是假名利场中人援手的品格。

自曹植等建安诗人起，就十分重视诗的起句，有“工于发端”之称。此诗体现了这一特点，以袁安典居前，积雪映高士，又继以“邈然不可干”，一种穷且益坚，睥睨世俗的傲兀意态，即轩昂纸上，使起笔即有高扬之势。

“刍藁有常温，采莒足朝餐。岂不实辛苦？所惧非饥寒。贫富常交战，道胜无戚颜”，描述了作者当时的生活与心态，其中前两句描写的是作者饥寒交迫的生活，中间两句则是不畏贫病而追求大道的心态。后两句则再度体现了“先师有遗训，忧道不忧贫”（《癸卯岁始春怀古田舍二首》）的精神。

“至德冠邦闾，清节映西关”，是对于上文袁安与阮公的呼应。

全诗过渡自然，首尾相应。我们要注意，作者并非出于对贫穷的赞美写下的这首诗，如诗中所言，“贫富常交战，道胜无戚颜”，无论贫穷抑或富有，只要合乎大道就可以。孔子就在《论语》中多次提及财富，诸如“富而可求也，虽执鞭之士，吾亦为之”，“有是哉，颜氏之子！使尔多财，吾为尔宰”等，但孔子也说过：“不义而富且贵，于我如浮云。”这些话都表明了孔子与陶渊明对于财富的态度，于他们而言，大道（而非财富）才是第一位的。

其六

【原文】

仲蔚①爱穷居，绕宅生蒿蓬②。翳然绝交游，赋诗颇能工。举世无知者，止有一刘龚[③]。此士[④]胡独然？寔[⑤]由罕所同。介[⑥]焉安其业[⑦]，所乐非穷通。人事固以拙[⑧]，聊[⑨]得长相从。

【注释】

①仲蔚（wèi）：张仲蔚，东汉人。《高士传》："张仲蔚者，平陵人也，与同郡魏景卿俱修《道德》，隐身不仕。明天官博物，善属文，好诗赋。常居穷素，所处蓬蒿没人。闭门养性，不治荣名。时人莫识，唯刘龚知之。"

②蒿（hāo）蓬：野草。

③刘龚：字孟公。

④此士：指张仲蔚。

⑤寔：通"实"。

⑥介：耿直。

⑦业：指稼穑之事。

⑧人事：官场中的应酬。拙：笨拙。

⑨聊：姑且。

【译文】

张仲蔚喜欢穷居陋巷，野草环绕在他的茅庐周围。道路被遮蔽断绝了和世间的往来，他作诗颇为工整大气。世间中无人知道他的这个特点，只有刘龚知晓他。张仲蔚为什么一个人独来独往？是因为他特立独行而不苟合世间。耿介不群而安于自己的本业，他的追求无关自己贫困抑或通达。我本来就拙于官场的应对，姑且长久地追寻他的踪迹。

【赏析】

这首诗重点歌颂了陶渊明心目中的高士张仲蔚。这两个生命的生命轨迹几乎一致，所以陶渊明愿以其为榜样，一如后世范文正公赞叹严光严子陵的话说："云山苍苍，江水泱泱，先生之风，山高水长。"对于张仲蔚这样的生命，陶渊明也"聊得长相从"。

前六句交代了张仲蔚怀高远之志，而无人能识，只有刘龚识其才华，笔者想到了伯牙子期、管仲叔牙相知的故事，结合作者本人，他晚年的知音应该是颜延之，后者曾与他多次相互馈赠——颜延之多次给予陶渊明物质上的帮助，而陶渊明则以身表法地展现出一个贫士"贫而不怨"的气节与格局，并以此感染颜延之。

下面六句主要借张仲蔚表达自己的志向。具体地讲，七八两句（“此士胡独然？寔由罕所同”）貌似同语反复，实际上起到了强调的作用。（参见《木兰辞》：“问女何所思，问女何所忆？女亦无所思，女亦无所忆。”）借张仲蔚以描写自己高远的品格。既然无法融入世间，干脆就效仿先贤做一个隐士。

结尾的两句让笔者想到范仲淹《岳阳楼记》的结尾：“噫，微斯人，吾谁与归？”两者虽然异代，但曲高和寡的心境是一致的。而考虑到陶渊明于次年病逝，这种感情在陶渊明心中应该已经升华成为一种信仰。

其七

【原文】

昔有黄子廉①，弹冠②佐名州。一朝辞吏归，清贫略难俦③。年饥感仁妻，泣涕向我流。丈夫虽有志，固为儿女忧。惠孙一晤④叹，腆⑤赠竟莫酬。谁云固穷难，邈⑥哉此前修⑦。

【注释】

①黄子廉：《三国志·黄盖传》：“黄盖乃故南阳太守黄子廉之后也。”或为黄盖先祖。

②弹冠：上任。

③俦（chóu）：并列，是句犹言其贫寒无人可与之匹配。

④晤：得知详情。

⑤腆：丰厚的。

⑥邈：时间上的遥远。

⑦前修：《楚辞·离骚》：“謇吾法夫前修兮，非世俗之所服。”是句意为以先贤为榜样。

【译文】

从前有一位黄子廉，出仕就在大州担任要职。一旦辞官不做，贫寒得难以想象。遇到饥荒之年，仁厚的妻子向他哭诉：大丈夫虽然志在四海，却不能不为子女做打算。惠孙知道了这一事情，喟然长叹，拒绝了丰厚的馈赠。谁说君子固穷是一件艰难的事？以遥远的先贤为榜样就足够了。

【赏析】

这首诗重点介绍了名士黄子廉，称扬其不为儿女之忧而改变固穷守节的志向。《三国志·黄盖传》注引《吴书》说："黄盖乃故南阳太守黄子廉之后也。"

前四句交代了黄子廉的仕宦与归隐，对应于陶氏本人的辞官，他的"不为五斗米折腰"。

中间四句写出在饥荒年间，黄子廉的妻子对于他的恳求。或许陶渊明也曾面临过同样的问题。下面两句谈及另一位名士，惠孙。时为荒年，在这样的背景下，哪怕是自己双手赚取的财富，在惠孙看来都是不义之财。最后两句点出作者咏贫士的理由与底气，即孔子的"君子固穷"和伯夷、叔齐等圣贤之人所做出的表率。

咏二疏①

【原文】

大象②转四时，功成者自去③。借问衰周来，几人得其趣？游目汉廷中，二疏复此举。高啸返旧居，长揖④储君傅⑤。饯送倾皇朝⑥，华轩盈道路。离别情所悲，馀荣⑦何足顾！事胜感行人，贤哉岂常誉⑧？厌厌⑨闾里欢，所营非近务。促席延故老，挥觞道平素。问金终寄心⑩，清言晓未悟。放意乐馀年，遑恤身后虑⑪？谁云其人亡，久而道弥著⑫！

【注释】

①二疏：据《汉书·疏广传》记载，指汉宣帝时兰陵人疏受与疏广。广是叔叔，受是侄子。

②大象：最伟大的境界。

③化用《老子》："功遂身退，天之道。"

④长揖（yī）：旧时相见或道别时的礼仪，即拱手高举，自上而下。诗中借动作指代道别。

⑤储君傅：储君的老师。这里指太子大傅与太子少傅这两个职位。

⑥皇朝：百官。

⑦馀荣：剩下的荣耀。

⑧贤哉岂常誉：贤德啊，这难道是寻常的赞誉？

⑨厌（yān）：满足。

⑩问金终寄心：指疏广曾托人试探后人，问他们需要多少钱财来置办房舍田产。

⑪遑（huáng）恤身后虑：哪有精力考虑死后如何？

⑫著：著名，指广为人知。

【译文】

最伟大的壮丽的景象来自于四时的运行，功成名就之际就应激流勇退。借问东周末年以来，体悟到这点的又有几人？放眼汉朝的朝廷，疏广与疏受才恢复了这一传统美德。长啸着回到旧居，推辞了太子太傅的高官厚禄。他们离开之际，百官都来相送，而路边塞满了百官华美的车子。临别了难免心情伤悲，留下的荣誉却不值得回顾。这样盛大的送别仪式令不知情的行人也为之感动，贤能是他们留下的美好的殊荣。邻里间的相聚是多么欢乐，所经营的均非眼前的俗事。请来坐在一起的有乡里的长辈，举起酒杯畅谈平生的抱负。借问金事说出不留遗产的心愿，愿清谈能使蒙昧的人们觉醒。称心如意地享受余生，哪里顾得上身后之事？谁说二疏死去很久了？他们的道德会随时间而愈发显著。

【赏析】

这首诗作于公元414年，其时陶渊明已五十岁。

此诗在陶渊明的作品中不占很重要的地位，但仍很值得玩味。诗的写法基本上是演绎史传，这本是咏史诗的一贯传统，而陶渊明比一般诗人高明的地方在于他“据事直书，而寄托之意自见”，即这首诗是写史事，同时准确地体现了陶渊明不为自己和周遭的意志所迷惑，同时确立人生追求的方向。

开篇两句颇为大气，之后两句抒发了自己的感慨。接着说到了本诗的写作对象，即“二疏”。在人心逐渐趋于浮华的西汉，“二疏”则功遂身退，远离朝廷。接着描写辞官归乡，百官相送的情形。

值得提起的是最后两句，在陶渊明而言，“二疏”是他追寻的榜样。

疏广的“问金”其实是为了“寄心”，他的深切心意一时不会被其族人理解，因此要“清言晓未悟”。《汉书·疏广传》所载：“数问其家金馀尚有几所。”疏广查询家里还剩下多少钱，是想把钱花光，把财散尽。这件事最能表现出疏广的潇洒旷达与深谋远虑。疏广有一大笔钱来自皇家的赏赐，来路是光明正大、有目共睹，完全合法的，但疏广并不打算留给子女，怕他们因为这钱财而损失向上的志气，或者颐指气使，高高在上，作威作福——他为后人考虑得很深远。陶渊明最赞赏的正是疏广拿来开导愚昧者的那十六字“清言”。

作为文人，豁达如陶渊明也无法完全抛开柴米油盐。据《宋书》记载，陶渊明曾“谓亲朋曰：‘聊欲弦歌，以为三径之资，可乎？’执事者闻之，以为彭泽令”。可见他并不迂腐，人首先要活着，才能谈到价值，理想，志趣。所以，陶渊明也曾违背内心出仕，缠绵于他特别反感，也特不擅长的人事应酬。然而，他同疏广一样，决定不给子女留下什么财产。

全诗简明扼要地交代了“二疏”的生平，赞美他们正是诗人追寻的榜样，继而是作者根据史实描写的“二疏”辞官回乡的场面；接着描写“二疏”归乡后过着自由自在的生活，以及他们不屑于“近务”，每日邀请亲朋一起饮宴的情景；他们告诫亲族，不要过分关注钱财之事；最后赞美“二疏”所奉行的“道”经过时间的洗礼仍闪耀着光辉。全诗既尊重史实，又有适当的想象，结尾表达了对“二疏”的敬意。文笔潇洒而大气，堪称是一篇咏怀佳作。

咏三良①

【原文】

弹冠乘通津，但惧时我遗②。服勤尽岁月，常恐功愈微。忠情谬③获露，遂为君所私④。出则陪文舆，入必侍丹帷⑤。箴规向已从⑥，计议初无亏。一朝长逝后，愿言同此归⑦。厚恩固难忘，君命安可违？临穴罔⑧惟疑，投义志攸希⑨。荆棘笼高坟，黄鸟声正悲⑩。良人不可赎⑪，泫然沾我衣。

【注释】

①三良：即子车奄息、子车仲行、子车鍼虎，春秋时秦国子车氏的三个儿子。三人都深得秦穆公宠爱。秦穆公死后，三人遵穆公遗嘱殉葬。

②通津：水上的险要通道，引申为高官厚禄。但惧时我遗：意为担心时代会把我抛弃。

③谬：错误的，此为臣子的谦辞。

④这句是说君王所推赏的。

⑤文舆，丹帷，都是皇室所用。这二句是说得蒙极高荣宠。

⑥箴（zhēn）规：建言。

⑦归：死亡。

⑧罔：否定语。

⑨希：愿望。

⑩黄鸟声正悲：《诗经·秦风·黄鸟》：“交交黄鸟，止于棘”，“交交黄鸟，止于桑”，“交交黄鸟，止于楚。”

⑪良人不可赎：化用自《诗经·秦风·黄鸟》：“彼苍者天，歼我良人！如可赎兮，人百其身。”

【译文】

弹冠踏上仕途，唯恐时间将我抛弃。终年做事任劳任怨，还是害怕功名太少。一片忠诚之心得以表白，从此成为君王的心腹重臣。外出则伴随君王漂亮的车驾，在宫中则护卫君王的安全。向君王进言得以采纳，有所建议亦完全接受。君王一旦死去，三子愿同赴黄泉继续辅佐君王。厚恩本难忘却，而君主的遗命不可违抗。站在墓前没有犹豫，他们的抱负正是为义捐躯。荆棘笼罩着高高的坟茔，黄鸟的歌声是多么地悲苦。三良的生命无法赎回，我不禁为之泫然泪下。

【赏析】

本诗与《咏二疏》均作于作者五十岁那年，即公元414年。

“三良”，即子车奄息、子车仲行、子车鍼虎，三人都深得秦穆公宠爱，后来都遵从穆公遗嘱殉了葬。《左传·文公六年》云：“秦伯任好卒，以子车氏之三子奄息、仲行、鍼虎为殉，皆秦之良也。国人哀之，为之赋《黄鸟》。”《黄鸟》，就是《诗经》中的《黄鸟》。

陶诗有“厚恩固难忘，君命安可违”之语，因而本诗为对时政的暗讽。

“弹冠乘通津，但惧时我遗”，意接屈子的“乘骐骥以驰骋兮，来吾道夫先路”。这是陶渊明早年抱负依然存在的肺腑之言吧。

下面很自然地过渡到“三良”，是如何受到君上的荣宠的。“士为知己者死”，这应该是陶渊明所信奉的理念，于是交代了穆公死后，“三良”慷慨殉葬的事情。在陶渊明看来，这很悲壮，他歌颂这种悲壮。而结尾的“良人不可赎，泫然沾我衣”，无疑衬托了这种悲壮背后的深深无奈。能力再大，也无法独自挽回颓势。公元421年，《咏三良》预言的事情发生了。《述酒》中的赏析，提及汤汉的注：“晋元熙二年六月，刘裕废恭帝为零陵王，明年以毒酒一罂授张祎，使鸩王、祎自饮而卒。继又令兵人逾垣进药，王不肯饮，遂掩杀之。此诗所为作，而以《述酒》名篇也”。

这首诗和《咏二疏》《咏荆轲》是同一个时期的作品，是陶渊明的三首著名的咏史诗，三篇结构风格大体相当。

咏荆轲

【原文】

燕丹善养士，志在报强嬴①。招集百夫良②，岁暮得荆卿③。君子死知己，提剑出燕京。素骥④鸣广陌⑤，慷慨送我行。雄发⑥指危冠，猛气冲长缨。饮饯易水上，四座列群英。渐离⑦击悲筑，宋意唱高声⑧。萧萧哀风逝⑨，淡淡寒波生。商音⑩更流涕，羽⑪奏壮士惊。心知去不归，且有后世名。登车何时顾，飞盖⑫入秦庭。凌厉越万里，逶迤⑬过千城。图穷事自至，豪主⑭正怔营。惜哉剑术疏，奇功遂不成。其人虽已没，千载有馀情。

【注释】

①嬴：秦王嬴政。

②百夫良：百人中的佼佼者。

③荆卿：荆轲。

④素骥：白马。

⑤广陌：大道。

⑥雄发：怒发。

⑦渐离：高渐离。

⑧宋意唱高声：《淮南子·泰族训》："荆轲西刺秦王，高渐离、宋意为击筑而歌于易水之上。"

⑨是句意接"风萧萧兮易水寒，壮士一去兮不复还"。

⑩商音：悲凉之音。

⑪羽：悲壮之音，或云惊恐之音。

⑫盖：车盖，代指车。

⑬逶（wēi）迤（yí）：曲折而遥远。

⑭豪主：指秦王嬴政。

【译文】

燕国太子收养门客，目的是对秦国报仇雪恨。到处招集有本领的人，这一年年底募得了荆轲。士为知己而死，而荆轲仗剑就要辞别燕京。白色骏马在大路上悲鸣，众人为他们送行，充满悲壮。每个人都同仇敌忾怒发冲冠，勇猛之气似要冲断颌下的帽缨。易水边摆下盛大的别宴，在座的都是豪侠壮士。渐离击筑声慷慨悲壮，宋意的歌声响彻行云。座席中吹过萧萧的哀风，水面上漾起淡淡的波纹。唱到商音令听者流泪，而奏到羽音壮士格外惊心。他明知这一去不再回返，姑且留下的姓名，万古长存。登车而去何曾有所眷顾，车盖如飞直驰秦国的宫廷。勇往直前行程超过万里，曲折行进所经何止千城。翻完地图忽地现出匕首，秦王一见不由胆颤心惊。可惜呀！他的剑术尚欠火候，奇功伟绩未能完成。但是荆轲其人虽然早已死去，千载之下永远激荡着他的豪情。

【赏析】

本诗作于公元414年，时年作者五十岁。陶渊明预感到晋祚不长，悲愤之余，他写下这首《咏荆轲》。用来以古喻今。

据《史记》记载，在荆轲入燕之前，面对盖聂和鲁句践的侮辱，他选择了规避和忍辱；对燕太子丹的礼遇表现出宠辱不惊。荆轲做到了《老子》意义下的“善为士者不武，善战者不怒，善胜敌者不与”，结合陶渊明之后不久的《与子俨等疏》等文字，这应该是陶氏所向往的精神境界。

本诗与《史记》的记载略有不同。《史记》中，荆轲近乎无情，有着壮士断腕的勇气与格局，从他劝说樊於期自杀而将其首级诱献秦王之举可见一斑。本诗不然，它与其说是写荆轲，不如说是写陶渊明的黍离之悲。

全诗主体分为两部分，前一部分描写易水悲歌，后一部分描写刺秦失败，分别对应第五句（“君子死知己”）到第廿句（“且有后世名”），和第廿一句（“登车何时顾”）到第廿八句（“奇功遂不成”）。

前四句交代历史背景，《史记》记载，燕丹与嬴政同在赵国为人质，自幼交好。在嬴政被立为秦王后，燕丹又到秦国作人质。秦王对待昔年好友太子丹态度恶劣，太子丹因怨恨而逃归。国仇家恨使得他寻求报复秦王的方法，燕国弱小，力不能及。所以“燕丹善养士，志在报强嬴”而最后“招集百夫良，岁暮得荆卿”。

士为知己者死，所以荆轲“提剑出燕京”。“素骥鸣广陌，慷慨送我行”，古文中，“我”往往指代“我们”。“雄发指危冠，猛气冲长缨”很悲壮，将这

种情绪具体化了。

宴饮或是诀别，燕丹的重要门客悉数到场，与荆轲和秦舞阳等人吃最后的一餐。席间“渐离击悲筑，宋意唱高声”。《史记·刺客列传》记载，“高渐离击筑，荆轲和而歌，为变徵之声，士皆垂泪涕泣”，徵声清亮，而变徵音声苍凉，与商音相似。相衬的萧萧哀风，淡淡寒波，烘托出悲壮而压抑的气氛。

“商音更流涕，羽奏壮士惊”，互文。刺客荆轲是燕丹的死士，身后之名大抵是荆轲或陶渊明这种生命所在意的，甚至是唯一在意的。

进入全诗第二部分的赏析，即关于刺秦失利的描述。

关于刺秦，陶渊明知晓这注定是失败的，但结合当时的政治局面，在陶渊明这首以古喻今的诗篇中，充满了对摇摇欲坠的晋氏河山的担忧。

“登车何时顾，飞盖入秦庭”，悲壮而决绝。“凌厉越万里，逶迤过千城”，描述燕秦两地的遥远，是想表达那种直上干云弥漫万里的悲壮与豪情。

“图穷事自至，豪主正怔营。惜哉剑术疏，奇功遂不成”，简要地交代了图穷匕见的事情，并把失败的责任完全归咎于荆轲。与本诗结合，可以体味出陶潜的悲愤与悲凉。

诗中前四句交代了其时的历史背景和荆轲的出现，从第五句开始交代了易水诀别和刺秦失手，最后两句结尾。

读《山海经》十三首

【原文】

其一

孟夏[①]草木长，绕屋树扶疏。众鸟欣有托，吾亦爱吾庐。既耕亦已种，时还读我书。穷巷隔深辙，颇回故人车。欢然酌春酒，摘我园中蔬。微雨从东来，好风与之俱。泛览周王传[②]，流观山海图[③]。俯仰终[④]宇宙，不乐复何如？

其二

玉堂[⑤]凌霞秀，王母怡妙颜。天地共俱生[⑥]，不知几何年。灵化[⑦]无穷已，馆宇非一山[⑧]。高酣发新谣，宁效俗中言？

其三

迢递槐江岭，是为玄圃[⑨]丘。西南望昆墟[⑩]，光气难与俦。亭亭明玕[⑪]照，落落清瑶流。恨不及周穆，托乘一来游。

其四

丹木生何许？迺在密山阳[⑫]。黄花复朱实，食之寿命长。白玉凝素液，瑾瑜发奇光。岂伊君子宝？见重我轩黄[⑬]。

其五

翩翩三青鸟，毛色奇可怜[⑭]。朝为王母使，暮归三危山[⑮]。我欲因此鸟，

具向王母言：在世无所须，唯酒与长年。

其六

逍遥芜皋上，杳然望扶木[16]。洪柯百万寻，森散复旸谷[17]。灵人侍丹池，朝朝为日浴。神景一登天，何幽不见烛？

其七

粲粲三珠树[18]，寄生赤水阴[19]。亭亭凌风桂[20]，八干[21]共成林。灵凤抚云舞，神鸾调玉音。虽非世上宝，爰得王母心。

其八

自古皆有没，何人得灵长？不死复不老，万岁如平常。赤泉给我饮，员丘[22]足我粮。方与三辰游[23]，寿考岂渠央[24]。

其九

夸父诞宏志，乃与日竞走。俱至虞渊[25]下，似若无胜负。神力既殊妙，倾河焉足有？馀迹寄邓林[26]，功竟在身后。

其十

精卫衔微木，将以填沧海。刑天舞干戚，猛志固常在。同物既无虑，化去不复悔。徒设在昔心，良辰讵可待？

其十一

巨猾肆威暴[27]，钦駓[28]违帝旨。窫窳[29]强能变，祖江[30]遂独死。明明上天鉴，为恶不可履。长枯固已剧[31]，鵕鹗[32]岂足恃？

其十二

鵃鹅[33]见城邑，其国有放士。念彼怀王世，当时数来止。青丘有奇鸟，自言独见尔。本为迷者生，不以喻君子！

其十三

岩岩[34]显朝市，帝者慎用才。何以废共鲧[35]？重华[36]为之来。仲父献诚言，姜公乃见猜。临没告饥渴，当复何及哉！

【注释】

① 孟夏：阴历四月。

② 周王传：《穆天子传》

③ 山海图：《山海经》。

④ 终：大略阅读。

⑤ 玉台：也叫玉山，传说是西王母居住的地方。

⑥ 共俱生：随之共同出生。

⑦ 灵化：神灵之变化。

⑧ 馆宇非一山：王母不专住一座山。

⑨ 玄圃：即平圃，又作“县（悬）圃”。《楚辞·离骚》：“朝发轫于苍梧兮，夕余至乎县圃。”

⑩ 崑墟：昆仑山。

⑪ 玕（gān）：即珠树，也叫琅玕树。

⑫ 迺：通“乃”。阳：山的南面。

⑬ 轩黄：轩辕黄帝。

⑭ 可怜：可爱。

⑮ 三危山：《山海经·西山经》：“三危山，三青鸟居之。”

⑯ 扶木：榑木。《山海经·东山经》：“无皋之山，南望幼海，东望榑木。”

⑰ 旸（yáng）谷：日出之处。

⑱ 三珠树：古代神话中的树名，也称三株树。《山海经·海外南经》：“三珠树，在厌火北，生赤水上。其为树如柏，叶皆为珠。”

⑲阴：水的南面，山的北面。

⑳凌风桂：迎风而长的桂树。

㉑八干：八棵树。

㉒员丘：传说中的山名，上有不死树，吃了能长生不老。

㉓三辰：指日、月、星。

㉔央：尽。

㉕虞渊：传说中的日落之处。

㉖邓林：桃林。

㉗《山海经·海内西经》："贰负之臣曰危。危与贰负窫窳，帝乃梏之疏属之山，桎其右足，反缚两手与发，系之山上木。"

㉘钦駓（pī）：一种神怪。《山海经·西山经》："又西北四百二十里曰钟山，其子曰鼓，其状如人面而龙身，是与钦駓杀葆江于昆仑之阳……"

㉙窫（yà）窳（yǔ）：神怪名。《山海经·海内西经》："窫窳者，蛇身人面，贰负臣所杀也。"

㉚祖江：葆江，见注㉘。

㉛剧：剧痛。

㉜鵕（jùn）鸃（yì）：传说中的一种鸟。

㉝鸼（zhōu）鹅：别本作"鸱鴸（chī zhū）"，鸟名。

㉞岩岩：山石堆积的样子。《诗经·小雅·节南山》："节彼南山，维食岩岩。"

㉟共鲧（gǔn）：共工和鲧，前者曾和大禹为敌，后者是大禹的父亲。

㊱重华：舜帝。

【译文】

其一

农历四月草木长得很快，环绕着我的房屋绿树枝繁叶茂。鸟儿们高兴自己终于有了家，我也爱这茅庐使我有了栖身之所。耕好了天地，也种好了庄稼，我终于有时间读我喜爱的书。远离喧嚣，我居住在这僻静的村子中，即使是老朋友驾车来探望也会掉头回去。我畅快地喝着春酒，采摘着园中新鲜的蔬菜。细雨从东方而来，夹杂着清爽的凉风一起来到我的面前。随意地翻阅着《周王传》和《山海经》。俯仰之间自然看到天地的景色，不快乐还想干什么呢？

其二

瑶台灵秀出在云霞之中，展现出西王母绰约的容颜。天地与之俱生，而不知经历了多少年岁。神灵变化无穷无尽，西王母居住的仙馆很多，不是始终住在一座山上。高朋满座，欢笑酣饮，放声歌唱新谣，这哪里是世俗凡间的语言可以比拟？

其三

高远的槐江岭啊，那便是玄圃的最高冈。西南昆仑山，华美的神气举世无双。亭亭玉立般的珠树映照着，清澈的瑶池水缓缓流淌。遗憾的是没能赶上周穆王的时代，跟随他的车子也去一同游赏。

其四

神奇的丹木生长在何方？就生长在密山南坡上。开的是黄色鲜花，而结的是红色果实，吃了它可以增长寿命。白玉凝结成白玉膏，瑾、瑜这两种美玉发出奇炫的光彩。难道仅仅被君子珍惜喜爱吗？也被轩辕黄帝所看重欣赏啊。

其五

翩翩飞舞的三青鸟啊，毛色特别不凡，颇为好看。清早为王母的信使，暮归居处，即三危山。我想让青鸟为我带话给王母，向她表达我的心愿：这一辈子别无所求，只要美酒与高寿之年。

其六

在无皋之山上逍遥快活，远远地我望见了榑木。巨大的树枝伸展得有百万丈长，四下纷纷披散开来正遮挡住旸谷。神仙服侍在丹池之旁，每天为太阳沐浴。闪耀着神异光芒的太阳一旦升到天上，就照亮了每一处阴暗。

其七

璀璨美好的三珠树，生长在赤水的南岸。高高耸立着迎接迎风而长的桂树，高大的八棵树蔚然成林。神异的凤凰在云中翩翩起舞，神奇的鸾鸟发出玉一样的声音。这虽然不是人间的珍宝，却深得王母的欢心。

其八

自古以来人有生就有死，谁能够长寿百岁？既不死也不老，活一万岁也平常。赤泉的水供我饮用，我把员丘不死之树当作粮食。日月星辰和我同游，寿命无尽而天长地久。

其九

夸父立下高远的志向，与太阳去赛跑。他们同时到达虞渊，好像并没有分出胜负。神奇的力量既如此奇妙，将黄河水喝干当然不够。他遗留下的遗迹化成桃林，身后功绩垂千古。

其十

精卫含着微小的木块，要用它填平沧海。刑天挥舞着盾斧，勇猛斗志始终存在。自化在万物之中便不再畏惧，化成了异物并无懊悔之处。只是徒然有着这样的意志品格，美好的时光一去不返。

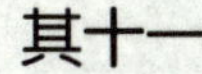

其十一

贰负之臣逞着它的凶暴，钦駓违背天帝的旨意。窫窳虽死尚能变化，而祖江死去后则永远消失。上天可明白审察，谁也不能作恶。危因被严惩而苦痛，鵕鸃之变不足以仗恃！

其十二

鸼鹅在城里出现，而国内便有被放逐的义士。想当年那楚怀王时，鸼鹅必定常飞至郢都。青丘山有奇鸟，独自于人不知处出现。本来就为迷者所生，不必晓喻贤达的君子！

其十三

大臣言行在朝廷彰显，君主应慎重地选择人才。缘何共工与鲧被废弃？帝舜所做的事情是除去不恰当的人。管仲临终肺腑语，齐桓公究竟还是没有听从。他临死前困于饥渴，纵然心中后悔，又有何用！

【赏析】

这组诗如题所言，是读《山海经》有感而发的。这组诗描写了《山海经》的各个方面，诗与诗之间独立但又浑然一体，其整体的言外之意大于分别表达的意象，所以一并鉴赏。

但《山海经》并非抒情或议论文，而是一本记载上古时期的典籍。而《楚辞》又意接《山海经》，所以，作者也接了《楚辞》的意。第九、十两首描写了《山海经》中夸父与精卫鸟等悲壮的意象，与《离骚》的精神有共通之处，而最后两首则分别描述了屈原被流放与齐桓之死，第十二首很明显地交代了《楚辞》的主要作者屈原的生活背景，而最后一首又涉及《离骚》（“吕望之鼓刀兮，遭周文而得举。宁戚之讴歌兮，齐桓闻以该辅”），《七谏》（“吕望穷困而不聊生兮，遭周文而舒志。宁戚饭牛而商歌兮，桓公闻而弗置”）等《楚辞》篇章。而且如前所述，《离骚》乃至整个《楚辞》的意象多源于《山海经》，这无形为两者构建起一座天然的桥梁。

这组诗中，第一首是序，以下分别阐述了《山海经》中的奇异景象，到了最后两首，分别交代了处于战国的楚怀王与春秋时期的齐桓公，多少有点史诗的意味。

第一首开篇交代了读书的时间（孟夏）与地点（穷巷），自己正在从事的职业，即农民。且开篇极富诗意，描绘了一幅如画的场景。继而写到在耕田之余读《山海经》。

在第一首结尾两句，作者似乎意接王右军《兰亭集序》中的“仰观宇宙之大，俯察品类之盛”，不过王羲之只是说说，而真正通过《山海经》去付诸实践的，是陶渊明。

“俯仰终宇宙，不乐复何如”是全诗的小结。就传统的意义而言，是继承了孔子“春服既成而浴乎沂”的理念。

虽然言外之意不乏安宁与优雅，此诗在写法上却纯以自然为宗。安静雅致，融情于景而臻于绝妙。但是，这仅仅是一个优雅平静的开头。

第二首重点描写了西王母，确切地讲，是她威严的容貌与无穷的神通。其中“天地共俱生，不知几何年”无形而“不经意”地将时间绵延得很漫长。

“灵化无穷已，馆宇非一山”描写了无垠的空间。这种对于时空广大的抒写无疑又为陶渊明提供了广大的想象空间。

《山海经·西山经》中对于西王母的描述是“其状如人，豹尾虎齿而善啸，蓬发戴胜，是司天之厉及五残……”从诗中几乎读不出西王母的相貌特点。从结尾“高酣发新谣，宁效俗中言”，可以读出西王母威严的容貌乃至性情，与陶渊明的宏大志向。

第三首诗让笔者想到《涉江》中的另外两句：“驾青虬兮骖白螭，吾与重华游兮瑶之圃。”此诗咏赞帝乡昆仑玄圃并表达了愿托乘周穆王之车以遨游其中之态。特别地，其中三四五六四句（“西南望崑墟，光气难与俦。亭亭明玕照，洛洛清瑶流”）是不严格的对仗，因而在不考虑格律的前提下，这就是一首五律近体诗。

结合上下诗句，得知陶氏想象和穆王同游的心情是怎样的：在轻松愉悦中，又夹杂了几分肃穆。

如《山海经·西山经》所言，第四首诗让笔者再度想到那句“与天地兮比寿，与日月兮齐光”。但不同于第二首的抒怀，本诗确切地书写了丹木、黄花、白玉、瑾瑜的功效或异象。如果说第二首诗是诗中抒情文的话，第四首则就是诗中的说明文。这也秉承了《山海经》的文风。

第五首诗尽管是叙事的体例，但还是再度回到了抒情的风格。并且让笔者想到后世李璟的“青鸟不传云外信，丁香空结雨中愁”（《摊破浣溪沙·手卷真珠上玉钩》）。

它的神在抒情，是“朝为王母使，暮归三危山”，这两句诗抒怀的意味大于叙事，它又一次为读者打开了宏观的视角。而结尾也很洒脱：“在世无所须，唯酒与长年。”再度将魏晋风骨发挥得淋漓尽致。

第六首所表现的是另一种宏大。如果说第五首诗表现的是“天”，那么第六首描写的则是“地”。风格分别对应于后世李白的《梦游天姥吟留别》与杜甫的《秋兴八首》，而意象方面，本诗则如题所言，更大程度地借用了《山海经》的典故。

本篇处处都是宏大的意象，诸如无皋、旸谷、丹池等，而视角也颇为辽阔，诸如杳然，登天。特别地，最后两句“神景一登天，何幽不见烛，”单纯地表达了对于光明的向往，这一点在晋宋易代之时尤为可贵。颇有“到得前头山脚尽，堂堂溪水出前村”（杨万里《桂源铺》）的意味。

第七首诗有着《山海经》的意象与《诗经》的情怀乃至风骨，其实头两个字就表现出它与《诗经》的渊源："适子之馆兮，还，予授子之粲兮。"(《诗经·郑风·缁衣》)《诗经》中的"粲"原指新衣，在这里引申为璀璨美好的事物。而八干成林，则意味着八棵树木的高大，甚至在想象中，独木亦可成林。最后以"虽非世上宝，爰得王母心"结尾，加之"灵凤抚云舞，神鸾调玉音"这种在陶诗中不多见的华美铺陈，无疑是陶渊明一方面想象着在天上也有着这种"无何有之乡"，另一方面也在隐喻着人间。

全诗安宁而不失华美，恬淡而不失优雅。是一篇寓情于景的佳作。

第八首诗再度表现了作者对于死亡的思考，这首诗借不死之国的神话传说，虚拟了一个人人不灭的处所，有《楚辞》中幻想自己神游于天地之间的意味："驾八龙之婉婉兮，载云旗之委蛇"(《离骚》)，"五音纷兮繁会，君欣欣兮乐康"(《东皇太一》)等；另一方面，"有员丘山，上有不死树，食之乃寿；亦有赤泉，饮之不老"(《山海经·海外南经》)。而本诗亦意接《山海经》之形与《楚辞》之神。结合相似的时代背景（战国，晋宋），不难发现本诗颇有"欲将沉醉换悲凉"的感觉。

结合当时的乱世，不难理解陶氏缘何会有这样的想象。现实苦难，政治动荡，陶渊明想自己找寻一方净土。

第九、十两首诗以其对于上古英雄的悲壮行为的讴歌而反复被后人所津津乐道。第九首是夸父逐日，第十首是精卫填海和刑天的猛志常在。但不同于《山海经》里冰冷的客观描述，这里的描述显得奔放而悲壮。

关于第九首，首先看一下《山海经》的原文："夸父与日逐走，入日。渴欲得饮，饮于河渭；河渭不足，北饮大泽。未至，道渴而死。弃其杖，化为邓林"(《海外北经》)。毫无疑问，夸父是一个失败的英雄，他的失败让笔者想到了项羽，而后者未正式称帝，但太史公在《史记》中依然以帝王之礼对待他(《项羽本纪》)，而击溃项羽的韩信，仅仅作为一个普通的公侯被记入史册(《韩信列传》)，说明伟大的失败也是成功，而渺小的成功也是失败，而类似地，《山海经》的作者，或陶渊明，也将夸父视为一个具有悲剧色彩的英雄，因而在作者来说，他是成功的。

关于夸父的事迹，《大荒北经》也有交代："夸父不量力，欲追日景，逮之于禺谷。"禺谷，或虞渊，都是太阳落山的地方。夸父逐日，我们知道没有

成功，但作者依然写道："俱至虞渊下，似若无胜负。"本身就暗含了对于夸父的礼赞，认为他能与太阳比肩。

令人感动的是结尾，"馀迹寄邓林，功竟在身后"。这有着"落红不是无情物，化作春泥更护花"的意味。《列子·汤问》亦有言："夸父不量力，欲追日影，逐之于隅谷之际。渴欲得饮，赴饮河、渭。河、渭不足，将走北饮大泽。未至，道渴而死。弃其杖，尸膏肉所浸，生邓林。邓林弥广数千里焉。"进一步暗喻着夸父想成为天，但最终成了大地的思想。

某种程度上，这也暗喻了陶渊明一生的轨迹：欲倥偬戎马而不得，却无心为后世的文人开辟了各自也是共同的桃花源。而陶氏对于夸父的崇拜，也暗喻着在地上的文人有着廓清宇内之志。

第十首诗分别在一二句和三四句对于精卫和刑天进行了讴歌。而五六句（"同物既无虑，化去不复悔"）则让笔者想到《形影神三首·神释》中的"纵浪大化中，不喜亦不惧"。而结尾有些消沉，让笔者想到《离骚》中的"恐鹈鴂之先鸣兮，使夫百草为之不芳"。

回到这首诗，先看一下相应的典故："又北二百里，曰发鸠之山，其上多柘木。有鸟焉，其状如乌，文首、白喙、赤足，名曰精卫，其鸣自詨。是炎帝之少女名曰女娃，女娃游于东海，溺而不返，故为精卫，常衔西山之木石，以堙于东海。"（《山海经·北山经》）

这一则典故让笔者想到了西绪弗斯的故事：西绪弗斯是科林斯的建立者和国王，他触犯了众神，诸神为了惩罚他，令他将一块巨石推上山顶，而由于那巨石太重了，每每未上山顶就又滚下山去，于是他就不断重复、永无止境地做这件事。而在东西方的神话中都出现了这样卑微而顽强的生命，说明悲剧英雄精神是人类共性的光辉。

以下进入三四两句，《山海经·海外西经》云："刑天与（黄）帝至此争神，帝断其首，葬之常羊之山。乃以乳为目，以脐为口，操干戚以舞。"这再度让笔者想起项羽。再结合一二两句，作者想表明，无论是伟大如刑天，或者卑微如精卫，只要付出了生命去完成一件事情，那么他或她就值得敬重。

下面进入五六两句："同物既无虑，化去不复悔。"很明显地表达了作者的"齐物"思想。只是结合上文，不免为这种不加偏颇的胸怀染上一种悲剧的色彩。刑天和精卫，可能已然做到了无情，唯其如此，才有"猛志固常在"

的精神。

结尾处作者感喟："徒设在昔心，良辰讵可待？"也是回归到了现实之中。作者感叹自己有着这种初心，但时不我待。这又与开篇的悲怆式的遗憾形成呼应。毕竟，在这里只有时间，才是真正的无情之物。

第十一首诗又陷入善恶有报，因果必应的思想。或许这种信念在我们这个时代已然老掉牙且过于简单了，但在晋宋的战乱之际，这种思想有必要再度重提。回到这首诗，它讲述了《海内西经》与《西山经》中臣危与钦駓两位神话人物违背上苍的旨意逞凶，结果遭受惩罚，"明明上天鉴，为恶不可履"，他们的结局也让笔者想到《老子》中的"强梁者不得其死"。

不过更深刻的意义在于借古讽今。其时公元408年，从上帝视角，刘裕已经扫除了所有异己，称帝只是时间和心情问题。而回顾东晋百年，几乎所有篡位者都不得好死。陶渊明也意识到这一点，所以有此诗篇。

最后两首可以视为到现实的回归。倒数第二首总体上说，是从鵃鹅与青丘之鸟过渡到楚怀王的时代。《山海经·南山经》云：柜山"有鸟焉，其状如鸱而人手，其音如痺，其名曰鴸，其鸣自号也，见则其县多放士"，而青丘之山"有鸟焉，其状如鸠，其音若呵，名曰灌灌，佩之不惑"。

注意，《山海经》本身对这两种鸟没有太大意义上的褒贬，是陶渊明赋予了它们以感情色彩。而通过对当年楚国屈原被放而怀王不悟，终至亡国的历史教训的回顾，预言了可能的江山异代。

注意到结尾的两句，“本为迷者生，不以喻君子”，隐然有《渔父》中“沧浪之水清兮，可以濯吾缨；沧浪之水浊兮，可以濯吾足”的意味。

最后一首诗兼有写史与总结的意味。需要说明的是，从舜帝杀共工（但据《山海经·大荒西经》：“西北海之外，大荒之隅，有山而不合，名曰不周负子，有两黄兽守之……有国名曰淑士，颛顼之子”），共工处于五帝中颛顼帝（第二帝）而非舜帝（第五帝）的时代，说明陶渊明在写这一句（“何以废共鲧？重华为之来”）时参考了其他的传说。

抛开考据的细枝末节，这首诗开头就写“岩岩显朝市，帝者慎用才”，如注释所言，“岩岩”二字引自《诗经·小雅·节南山》：“节彼南山，维石岩岩。赫赫师尹，民具尔瞻。忧心如惔，不敢戏谈。国既卒斩，何用不监！”开篇就控诉了周幽王时大夫师尹的暴虐行径，而回到本诗，无疑是控诉了刘裕的行为。

后四句讲述的是春秋时的一个故事：管仲病危时，曾和齐桓公有过一次著名的对话：桓公问：“易牙如何？”管仲答：“易牙为了迎合君王的口味，不惜杀掉亲生的爱子，做成美食给你尝鲜。但是人情莫亲于爱子，他对儿子都如此，何况于君呢？”桓公问：“卫公子开方如何？”管仲答：“开方舍弃卫国的侯爵，前来投奔齐国，其父母去世，也不回去奔丧。但是人情莫亲于父母，他舍弃千乘之国，必有超越千乘国的贪婪。”桓公问：“竖刁如何？”管仲答：“竖刁不惜阉割自己的身子，来尽心侍候君王。但是人情莫重于身，他对自己的身体都如此，何况于君呢？”桓公当时不以为意，但等到他年事已高，身体难支，于是朝中大权便落入佞臣手中，他们把桓公囚于宫中。他们先是假传桓公旨意，不准桓公诸子和大臣入宫探病，继而又断了桓公的饮食，只有一宫女晏娥从洞中爬入前来侍奉。桓公问她，自己饥渴交加，怎么无人送水送饭。晏娥告诉他，易牙、竖刁在外作乱，封锁宫廷已经很久了。桓公至死才领悟，但为时已晚，最后含恨而死，晏娥也撞柱而亡。

在这里，桓公无异于东晋王朝，佞臣们对应刘裕。但客观上二者有着本质上的差异。春秋时期，齐桓公开始是拥有权力的，但在东晋，除孝武帝外历任皇帝的权力均被门阀或军阀制约着。

拟挽歌辞三首

【原文】

其一

有生必有死，早终非命促。昨暮同为人，今旦在鬼录。魂气散何之？枯形寄空木①。娇儿索父啼，良友抚我哭。得失不复知，是非安能觉？千秋万岁后，谁知荣与辱？但恨在世时，饮酒不得足。

其二

在昔无酒饮，今但湛空觞②。春醪生浮蚁③，何时更能尝？肴案盈我前，亲旧哭我傍。欲语口无音，欲视眼无光。昔在高堂寝，今宿荒草乡。荒草无人眠，极视正茫茫。一朝出门去，归来良未央④。

其三

荒草何茫茫，白杨亦萧萧。严霜九月中，送我出远郊。四面无人居，高坟正嶕峣⑤。马为仰天鸣，风为自萧条。幽室一已闭，千年不复朝⑥。千年不复朝，贤达无奈何。向来相送人，各自还其家。亲戚或馀悲，他人亦已歌。死去何所道？托体同山阿。

【注释】

① 空木：棺木。

② 是句犹言杯中徒然斟满酒。

③ 酒熟后酒糟浮于水面似一队蚂蚁。

④ 良：诚然。《诗经·小雅·庭燎》：“夜如何其，夜未央。”央：白天。全句一作“归来夜未央”。

⑤ 嶕（jiāo）峣（yáo）：高耸貌。

⑥ 朝：白天。

【译文】

其一

人出生就会逐步走向死亡，早夭也算不得生命短促。昨天晚上还是活着的人，而到了今天清晨就人鬼殊途了。魂魄飘散去了哪里？在棺木里只留下枯槁的身躯。娇儿悲伤地哭泣，索要父亲，亲朋好友抚着我的身躯来哭泣。得与失已经没有感觉，是和非又如何察觉？等到千秋万代以后，谁能知道我的荣光与耻辱？只是遗憾在世的时候，没能把酒喝足。

其二

先前在世的时候没有酒喝，如今死去以后酒徒然斟满。春酒已熟，蚂蚁列似的酒糟浮起，什么时候能再度品尝？酒桌前的灵案摆满了美酒佳肴，亲朋好友在我的身边哭泣。想要说话却不能出声，想要看东西眼中已没有光泽。先前在高高的草堂睡觉，如今安眠于荒草丛生的旷野。荒野中也无人睡眠，竭力远望也只见一片白茫茫的场景。一旦出了家门，再回来就只能是漫漫长夜。

其三

荒草是白茫茫一片，白杨树亦是落木萧萧。九月深秋，送我的灵柩到远郊安葬。四下里无人居住，只有一座座高高耸立的坟茔。马为之仰天悲鸣，风也因而萧瑟作响。坟茔一旦封闭，纵然千年也不见日光。千年不见日光，纵使贤达之士也无可奈何。前来送葬的人们，也纷纷回到各自的家中。亲戚朋友中有的还有着些许伤悲，有的也已为我写下了挽歌。死亡又何所畏惧？形体已然回归到山川之中。

【赏析】

本诗作于公元 427 年，除了这三首诗之外，时年六十三岁的作者还留下了一篇《自祭文》，这些文字是他通过超越死的方式，留在世间的最大的精神遗产，也是他留给这个娑婆世界最后的也是最大的坦荡。写这组诗时的陶渊明，因饥饿而身染重病，于九月写下了这组绝笔，两个月后自然而然地完成了生命历程。

如果说《自祭文》（见本书最后一篇）中存有些许温情，这组诗则冷峻而无情。这组诗从不同侧面描述了死亡。第一首是纯粹的死亡视角，第二首是想象自己已然死去，而第三首则是对于死亡的超越。层层递进，最后终于完成了生命的圆满。这首诗中，作者已经放下生死，以坦然的心态面对即将到来的死亡。

历代诗人都认为第三首诗是真正的精华，昭明太子的《文选》中甚至只选择了这一首。为力求圆满，现一并鉴赏三首。前两首可以视作第三首的铺陈。

一开始陶渊明便开宗明义："有生必有死，早终非命促。"

"昨暮同为人，今旦在鬼录"，这种思想在更早的年代就已经以文字的方式出现："人生非金石，岂能长寿考？""人生天地间，忽如远行客"（《古诗十九首》）。但是这些文字多以生之视角来看问题，而陶渊明则直面死亡。

"魂气散何之？枯形寄空木。娇儿索父啼，良友抚我哭"，从生之视角来看，这一场景是令人悲痛的。但面对自己的死亡，陶渊明反而以很平静的语气说出这些话，理由如下："得失不复知，是非安能觉？"身后事和他无关，和亲朋好友关系也不大。

和他有关的事物是死亡，而他已然超越了它。

"千秋万岁后，谁知荣与辱？"不同于杜甫书写李白时"千秋万岁名，寂寞身后事"的伤感，此刻的陶渊明，是坦然的，甚至是轻松的，哪怕是面对死亡。这两句同时也为下文结尾做了铺陈，"但恨在世时，饮酒不得足"，很幽默地调侃了我们讳言的死亡。不经意地展现出真正的名士风度。

第一首诗末两句很自然地过渡到第二首诗，前面写"饮酒不得足"，第二首诗以"在昔无酒饮"开头，用了不严格的顶针手法。

"春醪生浮蚁，何时更能尝？肴案盈我前，亲旧哭我傍"。在陶氏看来很讽刺，生前没有酒喝，或者喝的酒不够，而死后灵案前却摆满了酒。

陶氏眷恋春酒，春是万物生长的时节。联系"有生必有死，早终非命促"与第三首诗结尾的"死去何所道，托体同山阿"，不难看出"春醪"确实是生的意象，但代表的却是重生，或涅槃。

作者继而写到自己“欲语口无音，欲视眼无光。昔在高堂寝，今宿荒草乡”，陶氏的这一丝落寞，并非对死亡恐惧，仅是对寂寞的不适应。而在下文，则加重了这份茕茕孑立的孤独感：“一朝出门去，归来夜未央。”

此时的陶渊明，他的身，包括他的心，都已“诚愿游昆华，邈然兹道绝”（《形影神三首》）。

第三首诗以“荒草何茫茫，白杨亦萧萧”开头，想象着自己下葬的场景。“严霜”“九月”无疑强调了这个过程是在一个肃杀的时节完成的。下文的“嶕峣”，原指山之巍峨高耸，陶渊明用以形容坟茔，一方面暗示了他认为死亡并不可怕，可怕的恰恰是对于死亡的恐惧。另一方面也意味着，他视死亡为一种涅槃重生。

在这种解读之下，“马为仰天鸣，风为自萧条”，结合上下文，这两句放在这里不能单纯地解读为旷达（如上所述）抑或伤悲，它兼具世俗之悲与离世之旷。“幽室一已闭，千年不复朝。千年不复朝，贤达无奈何”。其中二三两句再度强调了这种幽忧的伤悲，下面的两句“向来相送人，各自还其家”，可以视作对于生之人的小结。

如果说第一首是与死亡的和解，第二首表现了面对死亡的旷达，那么第三首——或者确切地讲，最后四句——则完成了作者对于死亡的无视与超脱。这四句，前两句写别人，后两句写自己。

最后四句由悲旷交加转化，或升华为全然的旷达："亲戚或余悲，他人亦已歌。死去何所道？托体同山阿。"陶渊明看透生死，淡然处之。作者敢于直面死亡的勇气令人肃然起敬。

元人李公焕曾评价《拟挽歌辞三首》："昔人自作祭文挽诗者多矣，或寓意骋辞，成于暇日。（祁）宽考次靖节诗文，乃绝笔于祭挽三篇，盖出于属纩之际者，辞情俱达，尤为精丽，其于昼夜之道，了然如此。古之圣贤，唯孔子、曾子能之，见于（孔子）曳杖之歌（"泰山其颓乎！梁木其坏乎！哲人其萎乎！"），（曾子）易箦之言（'君子之爱人也以德，细人之爱人也以姑息。吾何求哉？吾得正而毙焉，斯已矣'）。"俨然将这组诗的地位提升到圣贤之列。笔者认为，单就诗而言，这一评价绝非过誉。

谨以塞内加的一句名言结尾，这应该也是人生苦难的底色：

何必为部分生活而哭泣？

君不见全部人生都催人泪下！

联句

【原文】

鸣雁乘风飞，去去当何极①？念彼穷居士②，如何不叹息！（渊明）虽欲腾九万，扶摇竟无力。远招王子乔，云驾③庶可饬④。（愔之）顾侣正徘徊，离离⑤翔天侧。霜露岂不切⑥？徒爱双飞翼⑦。（循之）高柯擢条干⑧，远眺同天色。思绝庆未看⑨，徒使生迷惑。（渊明）

【注释】

①极：竭尽，引申为止息。

②居士：有道德的人，多为隐士。

③云驾：《楚辞·离骚》："凤凰翼其承旂兮，高翱翔之翼翼。""云驾"

接意于斯，意为云中之车，为仙人所乘。

④饬（chì）：整理。《诗经·小雅·六月》：“六月栖栖，戎车既饬。”

⑤离离：有序。

⑥切：切肤。

⑦是句一说“务从忘爱翼”。

⑧高柯：高大的树木，特指松树。擢：拔。

⑨是句犹言庆幸未曾看见王子乔等仙人。

【译文】

鸣叫的鸿雁随风高飞，又将在什么地方落脚？想起穷困的贤士，如何能不感伤！（渊明）虽然想腾飞九万里，没有扶摇而上的飓风哪里有力气？从远处招来仙人王子乔，云中之车才能遨游天上。（愔之）回顾伴侣正徘徊不前，而整齐的雁群已然在天边前进。风霜寒露难道不砭人肌骨？只是要跟上队伍，顾不上爱惜自己的羽毛。（循之）高高的松树上又抽出新的枝桠，远望高空，心情一如天色般洗练。思维由是停止，庆幸不曾见到王子乔等仙人，免得空空迷惘。

【赏析】

这首诗疑作于公元424年，时年作者六十岁。需要说明的是，愔之，循之均不可考，而且这虽然是几个人共同完成的诗作，但从用典和文风来看，宛然出自一人笔下。因此，一如之前鉴赏的诗篇，我们将它视为渊明于六十岁时一人创作的诗解读。

这首诗与作者于四十二岁所作的《归鸟》遥相呼应。两者意象相近，颇具意味的是，壮年时的“别树羁雌昨夜惊”转成暮年时的“却道天凉好个秋”。

开始的“鸣雁乘风飞，去去当何极”，让笔者想到《归鸟》的“翼翼归鸟，戢羽寒条。游不旷林，宿则森标”，只是迥异于《归鸟》从昂扬到低落，这首《联句》从开头就很低沉。

以上两句比兴兼用，下面两句直奔主题：“念彼穷居士，如何不叹息！”这里的“居士”指清贫的隐士，是作者自况。

作者保持了一如既往的贫而不怨，化用了《庄子》的典故：“虽欲腾九万，扶摇竟何力。”抟扶摇直上九万里是庄子想象的境界，而作者的境界，使笔者想到了和庄周同一时代的屈原。

“远招王子乔，云驾庶可饬”，从这一句，笔者想到了《离骚》的诗句：“折琼枝以为羞兮，精琼靡以为粻。为余驾飞龙兮，杂瑶象以为车。何离心之可同兮？吾将远逝以自疏。”

现实总是伤感甚至悲怆的，一如作者写下的“顾侣正徘徊，离离翔天侧”。这一句让笔者想到《归鸟》的“顾俦相鸣，景庇清阴”，而本诗更为低沉。“离离”二字，源自《楚辞·思古》：“曾哀悽欷心离离兮，还顾高丘泣如洒兮。”意为分散，几只飞鸟在疏朗的高空飞翔，该是多么落寞。

“霜露岂不切？徒爱双飞翼”，只爱惜自己，或连爱惜自己都顾不得了。结合背景，不难读出隐含其中的家国之思：宋武帝刘裕于两年前驾崩，而宋少帝也刚刚被废，江山无主，再度陷入动荡之中。

“高柯擢条干，远眺同天色”，这里的感情，或意境，接近于孟姜女庙前的那副对联：海水朝朝朝朝朝朝朝落，浮云长长长长长长长消。而作者“思绝庆未看，徒使生迷惑”，是怅然若失之感。

全诗从飞鸟写到自身，继而过渡回飞鸟的孤苦无依，茕茕孑立，继而写到飞鸟的迷惘与无助。全诗哀而不伤，以诗人的视角展现出飞鸟，或自身的无奈与彷徨。

卷之五

赋辞

感士不遇赋

【原文】

昔董仲舒作《士不遇赋》①，司马子长又为之②。余尝于三馀之日③，讲习之暇，读其文，慨然惆怅。夫履信思顺④，生人之善行；抱朴守静⑤，君子之笃素⑥。自真风告逝，大伪斯兴，闾阎⑦懈廉退之节，市朝驱易进之心。怀正志道之士，或潜玉⑧于当年；洁己清操之人，或没世以徒勤。故夷皓有安归之叹⑨，三闾发已矣之哀⑩。悲夫！寓形百年，而瞬息已尽；立行之难，而一城莫赏。此古人所以染翰慷慨⑪，屡伸而不能已者也。夫导达意气，其惟文乎？抚卷踌躇，遂感而赋之。

咨大块⑫之受气，何斯人之独灵！禀神志以藏照，秉三五⑬而垂名。或击壤⑭以自欢，或大济于苍生。靡⑮潜跃之非分，常傲然以称情。世流浪而遂徂⑯，物群分以相形。密网裁而鱼骇，宏罗制而鸟惊。彼达人之善觉，乃逃禄而归耕。山嶷嶷⑰而怀影，川汪汪而藏声。望轩唐⑱而永叹，甘贫贱以辞荣。淳源汨以长分，美恶作以异途。原百行之攸贵，莫为善之可娱。奉上天之成命，师⑲圣人之遗书。发忠孝于君亲，生信义于乡闾。推诚心而获显，不矫然而祈誉。嗟乎！雷同⑳毁异，物恶其上㉑。妙算者谓迷，直道者云妄。坦至公而无猜，卒蒙耻以受谤。虽怀琼而握兰㉒，徒芳絜㉓而谁亮？哀哉！士之不遇，已不在炎帝帝魁之世㉔。独祗修以自勤，岂三省之或废。庶进德以及时，时既至而不惠。无爰生㉕之晤言，念张季㉖之终蔽。愍冯叟㉗于郎署，赖魏守以纳计㉘。虽仅然于必知，亦苦心而旷岁㉙。审夫市之无虎，眩三夫之献说㉚。悼贾傅㉛之秀朗，纡远辔于促界㉜。悲董相㉝之渊致㉞，屡乘危而幸济㉟。感哲人之无偶，泪淋浪以洒袂㊱。承前王㊲之清诲，曰天道之无亲㊳。澄得一㊴以作鉴，恒辅善而佑仁。夷投老以长饥，回早夭而又贫。伤请车以备椁㊵，悲茹薇㊶而殒身。虽好学与行义，何死生之苦辛！疑报德之若兹，惧斯言之虚陈。何旷世之无才，罕无路之不涩㊷。伊㊸古人之慷慨，病㊹奇名之不立。广㊺结发㊻以从政㊼，不愧赏于万邑。屈雄志于戚竖㊽，竟尺土之莫及。留诚信于身后，恸众人之悲泣。商[49]尽规以拯弊，言始顺而患入[50]。奚[51]良辰之易倾，胡[52]害胜其乃急。苍旻[53]遐缅[54]，人事无已。有感有昧[55]，畴[56]测其理？宁固穷以济意，不委曲而累己。既轩冕[57]之非荣，岂缊袍[58]之为耻？诚谬会以取拙，且欣然而归止[59]。拥孤襟以毕岁，谢良价于朝市[60]。

【注释】

① 董仲舒：西汉时儒家代表人物，思想家，教育家，著有《春秋繁露》等书，曾作《士不遇赋》。曾向汉武帝建议“罢黜百家，独尊儒术”，这一思想统治了中国两千多年。

② 司马子长：即司马迁，字子长，西汉史学家、文学家，著有《史记》。曾作《悲士不遇赋》。

③ 三馀：指闲暇的时候。三国时魏人董遇常教学生利用“三馀”的时间读书，“三馀”即“冬者岁之馀，夜者日之馀，阴雨者时之馀也。”（见《三国志·魏志·王肃传》裴松之注。）

④ 夫履信思顺：《左传·隐公三年》：“君义、臣行、父慈、子孝、兄爱、弟敬，所谓六顺也。”《周易·系辞上》：“天之所助者顺也，人之所助者信也。履信思乎顺，又以尚贤也。是以自天佑之，吉无不利也。”

⑤ 守静：保持住内心的平静，不为外物所动。

⑥ 笃（dǔ）素：坚持志向专一毫不改变。

⑦ 闾阎：指代当时的社会。

⑧ 潜玉：比喻有德有才而隐居不仕的人。当年：风华正茂的时候。

⑨ 夷皓：指商末孤竹君的两个儿子伯夷、叔齐和秦朝末年四位德高望重的大儒：东园公唐秉、夏黄公崔广、绮里季吴实、甪（lù）里先生周术。

⑩ 三闾：官职名称，这里指屈原。屈原曾任三闾大夫一职。

⑪ 染翰：浸湿毛笔，指写作。

⑫ 大块：即大自然。气：天地自然之气。

⑬ 三五：即三才五常的省略。三才：指天、地、人。五常：指仁、义、礼、智、信，是儒家所说的五项道德标准。

⑭ 击壤：古代的一种游戏，这里指隐居。

⑮ 见《诗经·小雅·采薇》：“王事靡盬，不遑启处。”靡（mǐ）：没有。潜：暗藏，这里指隐居。

⑯ 徂（cú）：往，过去。

⑰ 嶷（nì）嶷：高耸貌。

⑱ 轩唐：轩辕与唐尧。

⑲ 师：效仿。

⑳ 雷同：人云亦云；相同。《楚辞·九辩》："世雷同而炫曜兮，何毁誉之昧昧！"

㉑ 物：指人。《晋书·袁宏传》："物恶其上，世不容哲。"

㉒ 怀琼而握兰：比喻拥有美好的品德。

㉓ 絜：通"洁"。

㉔ 炎帝帝魁之世：传说中炎帝、帝魁时期的上古太平的时代。炎帝即神农氏，帝魁即黄帝子孙，二人都是上古部落领袖。

㉕ 爰生：指爰（yuán）盎（《史记》作袁盎，此本《汉书》）。

㉖ 张季：字季，名释之。据《汉书·张释之列传》记载，张释之担任骑郎（管理宫廷马匹的小官）时，十年没有得到提升，经过爰盎向汉文帝的当面推荐，文帝任命释之为谒者仆射，后来任廷尉，处事得体，很合乎皇帝的心意。

㉗ 愍（mǐn）：哀怜，忧虑。冯叟：指冯唐。叟是对老者的称呼。据《史记·冯唐列传》记载，汉文帝时，魏尚任云中太守。他爱惜士卒，优待军吏，匈奴远避。一次匈奴进犯，魏尚亲自率车骑阻击，大胜。因为报功的文书上所载杀敌数字与实际不符（相差六人）而被削职。一次文帝经过郎署，冯唐谈起此事，经冯唐代为辩白，文帝即派冯唐前往赦免魏尚之罪，仍令担任云中太守。而冯唐也因此被封为车骑都尉。

㉘ 赖魏守以纳计：依靠魏尚昭雪一事，冯唐因向文帝提出建议而得以升迁。

㉙ 旷岁：耽搁许久。

㉚ 审夫：确实。眩：迷惑。这两句是说，人们常常被谣言迷惑，以为大家说的都是真的。

㉛ 贾傅：即贾谊。贾谊曾作长沙王太傅，梁怀王太傅，故称。

㉜ 纡远辔于促界：千里马只得囿于狭小的范围。

㉝ 董相：指董仲舒。董仲舒曾先后任江都王相、胶西王相，故称。

㉞ 渊致：学识很渊博。

㉟ 屡乘危而幸济：多次遇险但幸免于难。

㊱ 袂（mèi）：衣袖。

㊲ 前王：即素王，指古代圣哲。

㊳ 天道之无亲：天道对任何人都无亲疏之分。《老子》："天道无亲，常与善人。"

㊴ 一：指天道。《老子》："昔之得一者，天得一以清，地得一以宁，神得一以灵，谷得一以盈，万物得一以生，侯王得一以为天下贞。"

㊵ 请车以备椁（guǒ）：据《论语·先进》记载，颜渊死后，家里无钱买棺材，他的父亲颜路请求孔子把车子卖掉来筹办丧事。

㊶ 茹薇而殒（yǔn）身：据《史记·伯夷列传》记载，伯夷、叔齐隐居在首阳山，采薇（野菜）而食，最后都饿死了。

㊷ 涩：艰苦。

㊸ 伊：语助词，无实义。

㊹ 病：担忧。

㊺ 广：即李广。

㊻ 结发：束发，指年轻的时候。

㊼ 从政：从军征伐匈奴。

㊽ 戚竖：外戚小人。

㊾ 商：指王商。

㊿ 言始顺而患入：汉成帝时，王商深受皇帝的信任，被任命为左将军；后任丞相。后来王商被王凤、张匡等人所害，被罢相后吐血而死。所以陶渊明说他开始很顺利，后来遭祸患。

51 奚：疑问代词，何，什么。

52 胡：为什么。

53 苍旻（mín）：苍天。《诗经·小雅·小旻》："旻天疾威，敷于下土。"

54 遐缅：遥远。

55 昧：迷惑不解。

56 畴：谁。

57 轩冕：高官厚禄。

⑱ 缊（yùn）袍：用乱麻破絮做的袍子，穷人穿的。

⑲ 归止：解职归乡。止，语助词，无实义。

⑳ 谢良价于朝市：拒绝在市场上高价出卖，即即使有高官厚禄也不愿出仕。

【译文】

从前董仲舒写过《士不遇赋》，司马迁又写了《悲士不遇赋》。我曾经在冬天、夜晚和阴雨天等农闲时间，在学习讨论的空暇中，阅读了他们的作品，深深为之感慨惆怅。遵守信义，不忘忠孝，是人类的善行；胸怀淳朴，心地清静，是君子一向坚持的。自从真诚淳朴的风气宣告消失，虚伪的风气大肆盛行，廉洁谦让的操守在民间被逐渐减退，朝堂上追逐升官的心你追我赶。胸怀正直、立志遵守道义的士人，有的正年富力强却隐居不仕；洁身自好、清白守节的人，有的埋没众生之中白白辛劳。所以，伯夷、叔齐和“商山四皓”这样的人都有魂归何处的悲叹，三闾大夫屈原发出“完了”的哀声。可悲啊！人生百年，瞬息即逝；建立功业如此艰难，却得不到一座城池的赞誉。这就是古人慷慨挥笔的缘故，屡次抒发而难尽其情。能够抒发性情心意的，大概只有这篇文章了吧？掩卷思考，于是怀有感触地写下这篇文章。

敢问秉承自然的气息而万物诞生，为什么单单人类是万物之灵！禀受神志而藏有智慧，继承三才五常的灵气而流传英名故事。有人玩游戏来自娱自乐，有的人大范围地帮助天下的百姓。没有隐居和出仕谁是谁非的判定，常常骄傲地来使自己称心如意。世界在流浪一样一点点成就一点点消逝，人渐渐形成群体有了明显的分别。密织的网划过水面而鱼儿大为恐惧，巨大的罗网铺张开来而鸟儿心惊害怕。那些心智通达的人善于察觉，于是逃避官家俸禄隐居农耕。高峻山岭包容着他们的身影，广阔河流上隐藏了他们的声音。遥望远古而深深叹息，甘于贫贱来抛弃荣华。澄澈源头来永远分流，区分善恶来选择不同路途。探究各种行为的平凡和可贵者，没有比行善再让人欢娱的事。遵从上天规定好的命运，效法圣人流传下来的书籍。忠于君王孝敬双亲，在乡里建立信义。凭着真诚之心获得荣耀和名望，不虚伪做作而求取名誉。可叹哪！鹦鹉学舌毁灭异己，嫉恨别人比自己好。特别聪明的人被硬说成糊涂，追求大道的人被看作是疯子。坦诚到极点而当做幼稚，最后蒙受耻辱而遭到诽谤。虽然怀揣着美玉紧握着兰草，徒然芳香高洁而有谁知晓呢？

悲哀呀！作为怀才不遇的士，没赶上炎帝、帝魁时的时代。单单只能修身而独立勤勉，怎么能每天多次反省却有时荒废时光。希望提高德行而等待时机，时机到了却没有带来好处。没有爰盎向皇帝当面举荐，可想见张释之将永远被埋没。可怜冯唐虽年老卑微，靠进谏魏尚之事才得以升官。虽勉强最终得遇知己，也煎熬内心荒废岁月。清醒地知道市场上没有老虎，几个人说有便会有人受蒙蔽。怀念贾谊聪慧豁达，却委屈才华局促在狭窄的境界。可悲董仲舒才学渊博精深，屡遭危难而幸免一死。感慨哲人孤立无朋，泪流纵横以至于洒满我的衣袖。接受前代君王的教诲，言说天道没有亲疏之分。湛湛苍天能够按照统一标准而作为镜子，永远帮助善良的人保佑仁德的人。伯夷、叔齐到老因不食周粟而长期忍饥挨饿，颜回早逝而家境贫寒如洗。颜父悲伤地请求孔子卖车来准备棺椁埋葬颜回，可悲的是伯夷、叔齐以野菜为食而最终饿死。他们虽然好学仁义，为何无论生还是死总是痛苦艰难！我怀疑报答恩德的结果是这样的，恐惧天道无私是骗人的。哪里是天下之大没有贤才，只是几乎没有哪条道路不被阻塞。那些古人之所以感慨，忧虑奇伟的功名不能建立。李广刚能扎起头发就从军杀敌，封万户侯他也不愧受。雄心壮志受辱于外戚小人，竟然未能得赏尺寸之地。留下真诚信义在身后，感动众人为他悲泣。王商竭力谋划来补救弊端，开始得到信任和重用后来遭受祸患

吐血而死。为什么良机容易失去，为什么害人这样急迫呢。苍天在上无法追上，繁杂的事务没完没了。有的明白有的迷惑，谁能探究其中的道理？宁愿恪守贫穷来满足心意，也不要委曲损害自己。既然仕途艰险难获荣耀，难道破袍加身就算羞耻？老老实实按照我不合时宜的理解来采取守拙的方式生活，暂且高高兴兴地隐居避世。怀抱孤介之志而安度此生，也不会在朝野之上高价出卖自己。

【赏析】

本赋作于公元416年，作者时年五十二岁，最后一次归隐已有十年之久。本文是一篇标准的辞赋，满纸幽忧孤愤之言。在先秦的语境下，此赋兼有辞赋之形与诗歌之神，也就是说，《归去来兮辞》继承了《诗经》的乐而不淫和哀而不伤。而《感士不遇赋》则是“哀而伤，怨而怒”的。本文让笔者想到屈原在被放逐后的作品，如《离骚》《远游》等。但同时注意到辞赋这一文体滥觞并异化于汉朝，这应该也是本文多处引用汉朝典故的原因之一。

开头一段长序，差不多有正文的一半长，叙述了从伯夷、叔齐到司马迁的郁郁不得志，正文叙述了不得志的状况及原因。每个人或多或少地有不遇之叹，无论是董仲舒、司马迁还是陶渊明。因为社会的资源及话语权总是掌握在少数人的手中，因为机遇不同，才能和理想不同。文人善于表达这种忧愤。

从董仲舒和司马迁版本的《士不遇赋》说起，谈到自己在闲暇之余曾品读过他们的文章，感慨无论是儒家经典《论语》还是道家经典《老子》，它们所倡导的品质——如见素抱朴，少私寡欲，如杀身成仁，舍生取义——都与残酷的现实相左甚至相违。尤其是从实践中总结出的《论语》。作者认为当时世风日下人心不古，缅怀先民品格——“履信思顺，生人之善行，抱朴守静，君子之笃素”。

作者写到从伯夷、叔齐到屈原到“商山四皓”对于时代沉默的抗争——如孔子所言，“道不行，乘桴浮于海”，也如作者在序中所言，“寓形百年，而瞬息已尽；立行之难，而一城莫赏。此古人所以染翰慷慨，屡伸而不能已者也”，说明了秉持气节的士下场往往很悲惨。而陶渊明的总结就是为自己的选择寻找勇气。

进入正文。用了《庄子》(“夫大块噫气，其名为风”）和《尚书》(“惟天、地万物父母，惟人、万物之灵”）的典故，开篇宏大，继而写到（西周之前）先民的自由选择。然后写到人心的逐渐不古（“世流浪而遂徂，物群分以相形”），适逢东周乱世，于是高士哲人纷纷隐居（“彼达人之善觉，乃逃禄而归耕”），纷纷怀念三皇五帝的时代。接着描述了贤达们的选择，总结：只有行善才是快乐和可贵的（“原百行之攸贵，莫为善之可娱”）。

下面的“嗟乎！雷同毁异，物恶其上……”陶渊明宣泄一腔近于孤愤的幽忧之思。贤达之士的清白受到小人的诋毁，而陶渊明的感情不仅流诸笔端，也诉诸言外之意。

继而小结道：“哀哉！士之不遇，已不在炎帝帝魁之世。”这话有两重含义：感喟人心不古；鄙夷私欲。面对窘境，作者依然选择恪守清贫（“独祇修以自勤，岂三省之或废”），列举著名的例子，怀着自悼的心情追念先贤。

作者于是寄希望于天地，他不无自嘲地说道：“承前王之清诲，曰天道之无亲。”陶渊明认为命运总是偏袒小人，而对待君子过分苛刻：伯夷、叔齐，颜回，李广和王商。陶渊明忍不住质问：“缘何施展才能的良机易尽，为什么陷害忠良的小人之心那么焦急！”或许每个人都有说不出的苦，正是这些因私欲而生的烦恼与误会铸就君子的脆弱性——面对同样的事情，小人比君子的脸皮厚。

千回百转间，陶氏态度也是坚定不移的：宁可穷困潦倒而终，也不会随波逐流曲意逢迎。

闲情赋并序

【原文】

初张衡作《定情赋》①，蔡邕作《静情赋》②，检逸辞而宗澹泊③，始则荡④以思虑，而终归闲正⑤。将以抑流宕⑥之邪心，谅有助于讽谏。缀⑦文之士，奕代⑧继作。并固触类，广其辞义。余园闾多暇，复染翰⑨为之。虽文妙不足，庶不谬作者之意乎？

夫何瓌逸⑩之令姿，独旷世以秀群。表⑪倾城之艳色，期有德于传闻。佩鸣玉以比絜，齐幽兰以争芬。淡柔情于俗内，负雅志于高云。悲晨曦之易夕，感人生之长勤⑫。同一尽于百年，何欢寡而愁殷。褰朱帏⑬而正坐，汎清瑟以自欣。送纤指之馀好，攘⑭皓袖之缤纷。瞬美目以流眄⑮，含言笑而不分。曲调将半，景⑯落西轩。悲商⑰叩林，白云依山。仰睇⑱天路，俯促鸣弦。神仪妩媚，举止详妍。激清音以感余，愿接膝以交言。欲自往以结誓，惧冒礼之为諐⑲。待凤鸟以致辞⑳，恐他人之我先。意惶惑而靡宁，魂须臾而九迁㉑。愿在衣而为领，承华首㉒之馀芳；悲罗襟之宵离，怨秋夜之未央。愿在裳而为带，束窈窕之纤身；嗟温凉之异气，或脱故而服新。愿在发而为泽㉓，刷玄鬓于颓肩㉔；悲佳人之屡沐，从白水以枯煎㉕。愿在眉而为黛，随瞻视以闲扬㉖；悲脂粉之尚鲜，或取毁于华妆。愿在莞㉗而为席，安弱体于三秋；悲文茵㉘之代御，方经年而见求。愿在丝而为履，附素足以周旋；悲行止之有节㉙，空委弃于床前。愿在昼而为影，常依形而西东；悲高树之多荫，慨有时而不同。愿在夜而为烛，照玉容于两楹㉚；悲扶桑㉛之舒光，奄灭景㉜而藏明。愿在竹而为扇，含凄飙㉝于柔握；悲白露之晨零，顾襟袖以缅邈㉞。愿在木而为桐，作膝上之鸣琴；悲乐极以哀来，终推我而辍音。考所愿而必违，徒契契㉟以苦心。拥劳情而罔诉，步容与㊱于南林。栖木兰之遗露㊲，翳青松之馀阴。傥㊳行行之有觌㊴，交欣惧于中襟。竟寂寞而无见，独悁㊵想以空寻。敛轻裾以复路，瞻夕阳而流叹。步徙倚㊶以忘趣，色惨凄而矜颜。叶燮燮㊷以去条，气凄凄而就寒。日负影以偕没，月媚景于云端。鸟凄声以孤归，兽索偶而不还。悼当年之晚暮，恨兹岁之欲殚。思宵梦以从之，神飘飘而不安。若凭舟之失棹，譬缘崖而无攀。于时毕昴[43]盈轩，北风凄凄。悯悯[44]不寐，众念徘徊。起摄带以伺晨，繁霜粲[45]于素阶。鸡敛翅而未鸣，笛流远以清哀。始妙密以闲和，终寥亮而藏摧。意夫人之在兹，托行云以送怀。行云逝而无语，时奄冉[46]而就过。徒勤思[47]而自悲，终阻山而滞河。迎清风以祛[48]累，寄弱志于归波。尤蔓草[49]之为会，诵邵南[50]之馀歌。坦万虑以存诚，憩遥情于八遐[51]。

【注释】

①张衡：天文学家，有《两京赋》《定情赋》等传世。

②蔡邕：书法家。《静情赋》，亦作《检逸赋》。

③澹（dàn）泊：淡泊。

④荡：放纵。

⑤闲正：压制情思而端正。

⑥宕：同“荡”。

⑦缀：连缀。引申为作辞赋。

⑧奕代：意为累代。陶渊明之前，有王粲作《闲邪赋》、曹植作《洛神赋》等。

⑨染瀚：蘸墨。

⑩瓌（guī）逸：美好神异。

⑪表：发语词。《楚辞·九歌·山鬼》：“表独立兮山之上，云容容兮而在下。”

⑫长勤：长期劳苦。《楚辞·远游》：“惟天地之无穷兮，哀人生之长勤。”

⑬朱帷：红色的帷帐。张衡《南都赋》：“朱帷连网，曜野映云。”

⑭攘（rǎng）：挥动。

⑮流眄（miǎn）：顾盼生姿。曹植《洛神赋》：“容与乎阳林，流眄乎洛川。”

⑯景：同“影”，日影。

⑰商：秋天。《礼记·月令》：“孟秋之月，其音商。”

⑱睇（dì）：凝视。《楚辞·九歌·山鬼》：“既含睇兮又宜笑，子慕予兮善窈窕。”

⑲ 諐（qiān），同“愆”，过失。杨雄《逐贫赋》：“三省吾身，谓予无諐。”

⑳ 待凤鸟以致辞：化用《楚辞·离骚》：“凤皇既受诒兮，恐高辛之先我。”

㉑ 九迁：往来多次。

㉒ 华首：美丽的头面。

㉓ 泽：发脂。

㉔ 颓肩：削肩。

㉕ 枯煎：枯干。

㉖ 闲扬：舒展。

㉗ 莞（guān）：粗席。《诗经·小雅·斯干》：“下莞上簟，乃安斯寝。”

㉘ 文茵：有花纹的席子。

㉙ 这句是指行走终将停止。

㉚ 楹：堂前的柱子。

㉛ 扶桑，日出之地，这里代指太阳。《楚辞·离骚》：“饮余马于咸池兮，总余辔乎扶桑。”

㉜ 景，同“影”。

㉝ 凄飙（biāo），寒风。《楚辞·惜誓》：“临中国之众人兮，托回飙乎尚羊。”

㉞ 缅邈：遥远。

㉟ 契契：愁苦的样子。《诗经·小雅·大东》：“契契寤叹，哀我惮人。”

㊱ 容与：徘徊不定的样子。《楚辞·离骚》：“忽吾行此流沙兮，遵赤水而容与。”

㊲ 化用《楚辞·离骚》：“朝饮木兰之坠露兮，夕餐秋菊之落英。”

㊳ 傥（tǎng）：倘若。

㊴ 觌（dí）：相见。《论语·乡党》：“私觌，愉愉如也。”

㊵ 悁（juān）：忧愁的样子。《楚辞·哀时命》：“独便悁而烦毒兮，焉发愤而抒情。”

㊶ 徙倚：忧愁徘徊。《楚辞·哀时命》：“然隐悯而不达兮，独徙倚而彷徉。”

㊷ 燮（xiè）燮：落叶声。

㊸ 毕昴（mǎo），毕宿与昴宿，二十八星宿名。

㊹ 冏（jiǒng）冏：因过虑而不安。

㊺ 粲（càn）：鲜明的样子。《诗经·郑风·缁衣》："适子之馆兮，还，予授子之粲兮。"

㊻ 奄冉：荏苒。

㊼ 勤思：苦苦思索。

㊽ 祛：祛除。

㊾ 蔓草：指《诗经·郑风·野有蔓草》。

㊿ 邵南：指《诗经·召南》。

51 八遐：犹"八表"，意为遥远的八方。

【译文】

张衡写《定情赋》，蔡邕作《静情赋》，他们摒除华丽的辞藻，崇尚恬静淡泊的心志，开始将思绪散发开来，末了则归总到自制和主流思想的心绪中。这样来抑制可能会流于歪邪的不当心念，也有助于讽谏君主。遣词造句而敷衍成文的雅士们，累世继承这一传统。并将其弘扬光大，再从某些相关相似点推而广之言及其他，把原来的思考推广到更开阔的境地。平日我闲居田园，多有闲暇，于是也重提笔墨写作此辞赋。虽然辞采可能比不上前人精妙，但大约也并不至于曲解我的本意。

那多么闪亮潇洒的美丽的风姿啊，独独举世无双、秀美绝伦。卓然于倾城倾国的艳丽容颜，希望她的美德口口相传。佩戴发出悦耳声音的美玉来彰显纯洁，比肩高洁的幽兰来与她一般芬芳。淡化一片柔情在庸俗的世界里，寄托高雅的情志在高天上的流云。悲叹着晨曦轻易到了夜里，深深慨叹人生的漫长艰辛。同样一起完结在百年之内，为何人生的幸福这样少而忧愁这么频繁到来。挽起红色帏帐端正坐着，拨动琴弦而使自己快乐。送到纤纤的手指上美妙的音乐，舞动雪白的手腕上下翻飞。顾盼之际美目秋波荡漾，间或微笑、浅谈，同时可以随意奏乐。乐曲弹奏了一半，夕阳缓缓西沉。悲哀的商宫的乐声敲打着山林，白云依恋着山峦。她仰面眺望天际，低头急促地拨弄琴弦发出乐声。神情和仪态是那么妩媚，举止是那么安详美丽。激荡清越的乐声撩我心动，我渴望能与她促膝交谈。我想亲自到她跟前与她结下盟誓，担心唐突失礼会受到她的责备。等待凤鸟来为我送信，又怕别人抢在我的前面。心里惶惑而不安，魂魄一瞬间已经多次改变。我愿化作你上衣的领襟，能感受你姣美的容颜上发出的芳馨；可惜你晚上将会脱去罗缎的襟衫，只怨秋夜漫长，而天色未亮。我愿化作你外衣上的衣带啊，束住你的纤细的腰身；可叹天气冷热不定，季节的流转变迁，你又会脱去旧衣而换上新的。我愿化作你头发上的光泽，披散下来的乌黑的发鬓在你消瘦的肩膀旁；可惜佳人常常沐浴，我会在沸水中经受干枯煎熬。我愿在秀眉上成为你的黛妆，随着远望近看而逸采飞扬；可悲的是脂粉尚且新鲜，我可能已经因为你要新的妆容而粉身碎骨。我愿作你床上的簟席啊，让你柔弱躯体静卧于我之上；可恨的是在那三秋时节，便要用棉被代替席子，一年后才能再次用到。我愿作丝线做成你的鞋子，穿在你的光脚上而四处行走；可叹行走总有停止的时候，我只能被弃置在床前。我希望在白天成为你的影子，常依附在你的身上而向东向西行动；可悲的是高大的树下有很多阴影，叹惜有阴影的时候我没法和你一起。我希望在夜晚成为蜡烛，映照你美丽的容颜在画堂前；可悲太阳舒展着光辉，瞬间熄灭了烛光而掩住光明。我希望成为竹子而做成你手中的扇子，衔来习习凉风在你盈盈一握间；可悲的是白露的早晨凄冷，回望佳人的襟袖而遥遥难以接近。我想成为树木成为桐木，伏在膝上成为你手中的歌唱的琴；可悲的是欢乐到了尽头而哀愁来，最终你会把我扔在一旁而停止弹奏。想来我的愿望都一定不能实现，白白的一片热望而煞费苦心。怀抱痴情而无处可诉，漫步来到南林中。栖息在滴着露珠的木兰边，闭目合眼在青松的树荫下。梦想着随心愿能在这里与她双目相对，交集着狂喜与惶恐在内心。最终寂静的树林里一无所见，独自郁闷地想着心事而空自追寻。整理一下衣服而回返，一抬眼只见夕阳西沉，我不由得发出一声长叹。一路步履蹒跚而忘记欣赏美景，满眼凄惨而无有趣味。叶子飘飘然离开枝条，寒气凄凄而越来越冷了。太阳背负着它的影子而一起消失，月皎洁美好在云端呈现。鸟儿凄厉地叫着而孤独归来，野兽求偶还没有返回家园。凭吊当年那个晚上，遗憾这岁月转瞬即逝。回想在夜间梦中而跟着梦境经历，心神不定而不能安心。像坐在船上却失却了船桨，像攀岩时而无处可以抓紧。其时，毕宿与昴宿映照着屋宇，室外北风四起而声音凄厉。神志愈发清醒，再也不能入眠，脑海里盘旋着众多的念头。起身穿衣束带，等待天明，屋前石阶上寒霜晶莹剔透。公鸡敛着双翅不曾打鸣，笛声流转清远而清澈哀怨。起初美妙细密而悠然平和，最终寂寥清亮又隐含颓败的声音。想到那人在这样的景象里，托付行云来寄我送的情怀。行云很快流过不言不语，光阴荏苒而逝去。徒然时时思念而独自伤悲，最终拦阻了山堵塞了河。迎着清冷的风而卸去怯懦和疲累，寄托我微不足道的心志给荡漾着的波浪。希望能遇见《郑风·野有蔓草》那样的诗篇，吟诵《诗经·召南》的遗失长歌。坦白万千思虑而存下真诚的心，休憩遥远的情思在这八荒之外。

【赏析】

在陶渊明的诗文中，这是最别具一格的一篇。可以说，本文直接继承并发扬了《楚辞》昂扬绚丽的风格。

逯钦立认为《闲情赋》作于作者四十二岁时，是作者“以追求爱情的失败表达政治理想的幻灭”，袁行霈考证《闲情赋》是作者十九岁时所作，而据今人的考证，《闲情赋》作于作者二十七岁未仕之时。

其时正是晋孝武帝的时代，天下有着难得的相对的太平。作者对于爱情有着深沉的憧憬与向往。

《定情赋》与《静情赋》篇幅所限，不便展开，但其华美风格，大抵可以从《闲情赋》中略得一二，至于说到“检逸辞而宗澹泊，始则荡以思虑，而终归闲正。将以抑流宕之邪心，谅有助于讽谏”，可能是古人不好意思表达对爱的追求和向往，总以政治之类的“正事”掩盖一下，或相反，用“正事”来掩盖对爱的追求和向往。

进入正文，开头化用了曹植《洛神赋》的“瓌姿艳逸，仪静体闲”和

《楚辞·九歌·山鬼》的“表独立兮山之上”，又化用《离骚》的“鸣玉鸾之啾啾”与“结幽兰而延伫”。作者构思了一个类似于山鬼的女神：恬静淡远，遗世独立，不食人间烟火。

面对这样一位女神，陶渊明诚惶诚恐到了“意惶惑而靡宁，魂须臾而九迁”的“十愿十悲”的地步：想要成为女神的衣襟，可惜她晚上就要脱下衣服；想要成为她的衣带，但季节更迭她又要换上新衣；想要成为她头上的油脂，但禁不住她洗发；希望成为她的粉黛装扮，可惜她又要卸妆；想做她的凉席，又叹息秋冬季节的到来……一个仰望女神的暗恋者形象跃然纸上。对女神，结局终归是“知不可乎骤得，托遗响于悲风”。

作者的“女神”不仅是女性，也是自然，是天地，是世间乃至世间之外所有美好事物的综合。作者将这一女神默认为可望而不可及，很自然地过渡到后文的怅怅而归。

在后文的描写上，作者循着树林继续着对于女神的思念，一草一木无不彰显着女神的高贵与哀愁，作者将这份哀愁具体到枯枝寒气，到太阳月亮，到归鸟野兽。

从“于时毕昴盈轩”到结尾部分，可以视作作者从神思到现实的回归。作者回归到了《野有蔓草》与《召南》的诗篇，那都是《诗经·国风》的篇章，即先民的情歌。

从写作手法上讲，本文有不少句子与《楚辞》高度重合。如《离骚》：“凤皇既受诒兮，恐高辛之先我”，《闲情赋》：“待凤鸟以致辞，恐他人之我先”；如《楚辞·远游》：“惟天地之无穷兮，哀人生之长勤”，《闲情赋》：“悲晨曦之易夕，感人生之长勤”等。清代辞赋大家陈沆极为推崇《闲情赋》，曾评价道，“《闲情赋》，渊明之拟《骚》”，又说，“晋无文，惟渊明《闲情》一赋而已”。《闲情赋》的地位可见一斑。

归去来兮辞并序

【原文】

余家贫，耕植不足以自给。幼稚盈室，缾[①]无储粟，生生所资，未见其术。亲故多劝余为长吏，脱然有怀，求之靡途。会有四方之事，诸侯以惠爱为德[②]，家叔以余贫苦，遂见用于小邑。于时风波未静，心惮远役，彭泽去家百里，公田之利，足以为酒，故便求之。及少日，眷然有归欤之情。何则？质性自然，非矫励所得。饥冻虽切，违己交病。尝从人事，皆口腹自役[③]。于是怅然慷慨，深愧平生之志。犹望一稔，当敛裳宵逝[④]。寻程氏妹丧于武昌，情在骏奔[⑤]，自免去职。仲秋至冬，在官八十馀日。因事顺心，命篇曰归去来兮。乙巳岁十一月也。

归去来兮！田园将芜胡不归[⑥]？既自以心为形役[⑦]，奚惆怅而独悲！悟已往之不谏，知来者之可追[⑧]。实迷途其未远[⑨]，觉今是而昨非。舟遥[⑩]遥以轻飏，风飘飘而吹衣。问征夫以前路，恨晨光之熹微[⑪]。乃瞻衡宇，载欣载奔[⑫]。僮仆欢迎，稚子候门。三径就荒，松菊犹存[⑬]。携幼入室，有酒盈罇。引壶觞以自酌，眄庭柯以怡颜[⑭]。倚南窗以寄傲，审[⑮]容膝之易安。园日涉以成趣，门虽设而常关。策扶老以流憩，时矫首而遐观[⑯]。云无心以出岫，鸟倦飞而知还。景翳翳以将入[⑰]，抚孤松而盘桓。归去来兮！请息交以绝游。世与我而相违，复驾言兮焉求[⑱]？悦亲戚之情话，乐琴书以消忧。农人告余以春及，将有事于西畴[⑲]。或命巾车[⑳]，或棹孤舟。既窈窕[㉑]以寻壑，亦崎岖而经丘。木欣欣以向荣，泉涓涓而始流。善万物之得时，感吾生之行休[㉒]。已矣乎！寓形宇内复几时，曷[㉓]不委心任去留？胡为乎遑遑兮欲何之[㉔]？富贵非吾愿，帝乡不可期。怀良辰以孤往，或植杖而耘耔。登东皋[㉕]以舒啸，临清流而赋诗。聊乘化以归尽，乐夫天命复奚疑！

【注释】

① 缾：通“瓶”。

② 四方之事：指刘裕平定桓玄之乱。诸侯：指太守。

③人事：官场的应酬往来。口腹自役：为生计所需不得不说违心的话做违心的事。

④一稔（rěn）：原指庄稼成熟，引申为一年。宵逝：乘夜离开。

⑤骏奔：飞奔。

⑥胡不归：化用《诗经·邶风·式微》："式微，式微，胡不归？"

⑦《庄子·齐物论》："其形化，其心与之然，可不谓大哀乎？""心为形役"化用此典。

⑧化用《论语·微子》："往者不可谏，来者犹可追。"

⑨化用《楚辞·离骚》："回朕车以复路兮，及行迷之未远。"

⑩遥，同"摇"。

⑪熹微：隐隐有日光。

⑫《诗经·卫风·氓》："既见复关，载笑载言。""载欣载奔"化用此句。

⑬三径：王莽专权时，兖州刺史蒋诩辞官回乡，于院中辟三径，唯与求仲、羊仲来往。渊明曾谓高朋曰："聊欲弦歌以为三径之资可乎？"后多以三径指退隐家园。

⑭眄（miǎn）：闲观。

⑮审：深知。

⑯策：拄着。矫首：仰头。

⑰景，同"影"。翳翳：晦暗不明的样子。

⑱化用《诗经·邶风·泉水》："驾言出游，以写我忧。"

⑲西畴：西边的田地。

⑳巾车：带帷的车子。

㉑窈窕：幽深的样子。班固《西都赋》："步甬道以萦纡，又窈窕而不见阳。"

㉒是句犹言：身体还能存于世间多少年？

㉓曷（hé）："为何"的意思。《诗经·绿衣》："心之忧矣，曷维其已。"

㉔遑遑：心神不安的样子。《后汉书·明帝记》："灾异屡见，咎在朕躬，忧惧遑遑。"

㉕东皋：潘岳《秋兴赋》："耕东皋之沃壤兮，输黍稷之余税。"李善注："水田曰皋，东者取其春意。"

【译文】

我家很贫苦，耕种的收获不足以养活自己。幼小的孩子充满家室，米缸里没有备用的粮食，活下去需要资产，我没有其他的本领。亲戚朋友大多劝我做一个收入稳定的官吏，我没有办法也有这个想法，但求官无路。恰好有大人物平定了四方，地方长官以爱惜人才作为美德，本家叔叔因为我家境贫苦，于是推荐我到偏僻的小县去上任。其时平定风波未为平静，我心里惧怕到远地出任，彭泽县离家有一百里，公田里收获的粮食，足够造酒，所以我就请求去了那里。没过多长时间，我想念家乡产生了想回家的念头。为什么呢？本性让我这样，不是假装矫情所导致的结果。饥寒虽然很急迫，但是违背自己的本性使我身心受到很大伤害。曾经被迫跟着做官场的应酬往来，都是为了果腹被迫自己逼着自己。在这种情况下我惆怅感慨，深深有愧于自己一直以来的志愿。任上不到一年，便收拾行装连夜离去。不久，嫁到程家的妹妹在武昌去世，心情就像骏马驰骋一样，恨不能一下子飞到武昌，我自请免职。从立秋第二个月到冬天，我在职 80 多天。因为辞官顺遂了我的心愿，我写了一首《归去来兮》。乙巳年十一月。

回来吧！田地家园即将荒芜，为什么不回去呢？自己把心作为身体役使之后，为什么失落而独自悲伤！醒悟到过去没有办法补救，懂得未来不可追逐。实在是迷失道路大约不远，感觉现在的顺心而过去的别扭。船飘飘荡荡而轻轻摇曳，风习习而衣袂飞扬。问征人前面的道路，遗憾早上只是隐隐有光亮。才看到家里房子的轮廓，我就又是高兴又是奔跑。僮仆开心地迎接我，孩子们等候在门口。很多小路几乎荒芜了，我种下的松树菊花还活着。我带着孩子们走进家门，酒已经倒满了酒杯。拿起酒杯酒壶而自斟自酌，瞥见庭院里的树我露出笑容。靠着南窗放眼远望寄寓我的骄傲，审视着这仅仅能容纳膝盖的地方而简单得让我安身。园中每天漫步而成为乐趣，门虽然装着却经常无人打扰而关闭着。竹杖扶助着日渐年老的我或走动或休息，时而抬头眺望着远方。白云无心从山峰间飘浮而出，小鸟倦飞而知道要飞回巢里。日光渐渐苍茫而夜色即将进入，我抚摸着孤松徘徊不已。回家去吧！请让我停止交往而同外界断绝来往。世人和我志趣相悖，又要驾车出去说什么追求？开心亲戚朋友真情的话语，快乐弹琴读书来消减忧愁。农夫把春天就要到了的消息告诉我，我将要去西边的田地上耕种。有时驾着带窗帷的车子，有时划着一叶孤舟。走进幽深的地方而探寻沟壑之后，又要踏上崎岖不平的小路走过山丘。树木生机勃勃而向着太阳伸展新枝，泉水涓涓流淌而始终流着。赞美万物得到适宜的时刻，感喟我的一生行将就木。停止了吧！活在世上还能有多久？为什么不抛下杂念任意生死？为什么心神不想要去什么地方？富贵不是我所追求的，升入仙界也绝没有希望。怀揣着良辰美景我独自去欣赏，有时学习植杖翁去耕耘。登上东边的山坡我放声长啸，站在溪流旁赋写诗歌。姑且让我乘风变化而走到生命的终点，乐天安命不再有什么怀疑动摇！

【赏析】

本文作于公元405年，陶渊明四十一岁。

《归去来兮辞》因编入中学教材而知名，这里多了一篇序言，序言中，交代了写作的缘由：其时天下初定（刘裕平定桓玄之乱，迎回晋安帝），时任太常卿的族叔陶夔（kuí）可怜陶渊明家境贫寒，向朝廷推荐了他，陶渊明就任彭泽令。他的妹妹过世了，重视亲情的陶渊明要去奔丧，适逢督邮以长官的身份前来视察，身为下属的陶渊明必须沐浴更衣恭恭敬敬地迎接。陶渊明留下“吾不能为五斗米折腰，拳拳事乡里小人邪！”后负气离去。其实陶渊明辞官是必然的。他的上司督邮不学无术，和他以前的上司没法比，陶渊明心里不免有落差；妹妹刚刚过世心情不好；最为本质的，他不会当官，虽然序中写到“余家贫”，但陶渊明那时有宅有地，雇得起僮仆，生活并不窘迫。

正文一开始以抒发情怀为主。用浓重的情感色彩陈述结果，再说明原因，比如开头就是“归去来兮！田园将芜胡不归”，继而说自己“悟已往之不谏，知来者之可追。实迷途其未远，觉今是而昨非”。此后，行文便慢慢地舒缓下来，此刻的陶渊明，是真正意义上的“无官一身轻”。“舟遥遥以轻飏，风飘飘而吹衣”，自在的不是小舟和清风，是作者。

接下来的四言部分（“乃瞻衡宇”到“有酒盈樽”），描写了他在世俗意义上回归时家人欢迎和田园荒芜的场景，之后逐渐过渡到对个人的描写。“引壶觞”“眄庭柯”“倚南窗”“审容膝”，文风逐渐舒展开来，表达了作者轻松的心情。

后文表达了陶渊明归隐的志向，他想要的只是亲人们的陪伴，琴棋书画的消遣。而从“农人告余以春及”开始，循着曲径通幽的山路，作者观察到自然的美好景色。

最后正式“言志”，将全文升华到一个新的高度，“寓形宇内复几时”，表示作者已经有了避世的想法，“富贵非吾愿，帝乡不可期”，表明作者不想拥有世俗的富贵，也没有来世升仙的期许，骨子里他是一个恬淡自在的儒生。结尾处的“聊乘化以归尽，乐夫天命复奚疑！”表达了他顺任自然的态度。

《归去来兮辞》序言写辞官的原因。正文一开始写自己回家的急迫心情。接着写家中的场景与回家后舒展的心境。后寓情于景，描写自然。最后抒发了作者乐天知命的态度和归隐的决心。

后世对这篇辞赋评价颇高，唐朝李白写的《九日登山》首句就是“渊明归去来，不与世相逐”；宋朝欧阳修也说“晋无文章，唯陶渊明《归去来兮辞》一篇而已”；南宋朱熹也评价《归去来兮辞》“其辞义夷旷萧散，虽托楚声而无其尤怨切蹙之病”。

卷之六　记传赞述

桃花源记并诗

【原文】

晋太元①中，武陵②人捕鱼为业。缘③溪行，忘路之远近。忽逢桃花林，夹岸④数百步，中无杂树，芳草鲜美，落英⑤缤纷⑥。渔人甚异之，复前行，欲穷其林。林尽水源，便得一山。山有小口，仿佛若有光，便舍船从口入。初极狭，才通人，复行数十步，豁然开朗。土地平旷，屋舍俨然⑦，有良田、美池、桑竹之属，阡陌⑧交通，鸡犬相闻。其中往来种作，男女衣著，悉如外人。黄发垂髫⑨，并怡然自乐。见渔人乃大惊，问所从来，具答之。便要⑩还家，为设酒杀鸡作食。村中闻有此人，咸来问讯。自云先世避秦时乱，率妻子⑪邑人⑫来此绝境⑬，不复出焉，遂与外人间隔。问今是何世，乃不知有汉，无论魏晋。此人一一为具言所闻⑭，皆叹惋。馀人各复延至其家，皆出酒食。停数日，辞去。此中人语⑮云："不足⑯为外人道也。"既出，得其船，便扶向路⑰，处处志⑱之。及郡下，诣太守说如此。太守即遣人随其往，寻向所志，遂迷不复得路。南阳刘子骥⑲，高尚士也。闻之，欣然规⑳往，未果，寻病终。后遂无问津者。

诗：嬴氏㉑乱天纪，贤者避其世。黄绮之商山㉒，伊人亦云逝。往迹浸㉓复湮㉔，来径遂芜废。相命肆㉕农耕，日入从所憩。桑竹垂馀荫，菽稷㉖随时艺㉗。春蚕收长丝，秋熟靡㉘王税。荒路暧㉙交通，鸡犬互鸣吠。俎豆㉚犹古法，衣裳无新制㉛。童孺纵行歌，班白㉜欢游诣。草荣识节和㉝，木衰知风厉。虽无纪历志，四时自成岁。怡然有馀乐，于何劳智慧。奇踪隐五百㉞，一朝敞神界㉟。淳薄㊱既异源，旋复还幽蔽。借问游方士，焉测尘嚣外？愿言蹑㊲清风，高举寻吾契㊳。

【注释】

①太元：东晋孝武帝年号。

②武陵：武陵郡，晋时郡名。

③缘：顺着。

④夹岸：两岸。

⑤落英：取自《楚辞·离骚》："朝饮木兰之坠露兮，夕餐秋菊之落英。"

⑥缤纷：取自《楚辞·离骚》："佩缤纷其繁饰兮，芳菲菲其弥章。"

⑦俨然：整齐的样子。

⑧阡：南北向。陌：东西向。此句犹言桃花源四通八达。

⑨黄发，代指老人。垂髫（tiáo），代指孩童。是句整体代指男女老幼。

⑩要（yāo）：同"邀"。

⑪妻：妻子。子：儿女。

⑫邑人：乡亲。

⑬绝境：与世隔绝的地方。

⑭是句犹言，渔人将外面的见闻一一告知桃花源的人。

⑮语（yù）：告诉。

⑯不足：不值得。

⑰向路：来时的路。

⑱志：做标记。

⑲刘子骥：名驎之，字子骥，是南阳郡人。与陶渊明同为隐士，且是陶渊明的远亲。

⑳规往：计划去。

㉑嬴氏：指秦始皇。

㉒这句指的是"商山四皓"。

㉓湮：逐渐隐去。

㉔湮：埋没。

㉕肆：致力于。

㉖菽（shū）：豆类总称。稷：谷类总称。

㉗艺：种植。

㉘靡：无。

㉙暧：不明的样子。《楚辞·离骚》："时暧暧其将罢兮，结幽兰而延伫。"

㉚俎（zǔ）豆：两个分别为祭祀所用的器皿。

㉛新制：新款。

㉜班白：通"斑白"，代指老人。

㉝节和：暖和的季节。

㉞五百：五百多年。

㉟神界：神奇的地界，指桃花源。

㊱淳：淳朴。薄：薄凉。

㊲蹑：踏着。

㊳契：契合。

【译文】

晋代太元年间，有个武陵人以捕鱼为业。一天，他沿着溪水划船前行，竟然忘了道路的远近。忽然遇到了一片桃花林，夹着溪水两岸生长，有数百步的长度，其中没有夹杂其他树木，地上的芳草鲜嫩美好，花瓣纷纷飘落满地都是。渔人对此觉得十分惊奇，又继续向前，想穿越这片桃花林。桃花林的尽头也就是溪水的发源地，走到那里，便发现有一座山。山上有一个小小的洞口，洞口里好像有亮光，渔人就抛下小船从洞口进去。刚进去时，洞里很狭窄，仅能容纳一个人通过，再朝前走了几十步，眼前突然开阔明亮起来。土地平坦开阔，房屋排列整整齐齐，有肥沃的田地，美丽的池塘以及桑树、翠竹一类的东西，田间小路交错相通，可以听到鸡狗相互鸣叫的声音。源中的人们来来往往耕种劳作，男男女女穿着的衣服，都同源外面的人一模一样。老老少少都很安适愉悦。他们看渔人，大为惊异，问他从什么地方来，渔人全都一一作了回答。他们就邀请渔人到自己家里去，备酒杀鸡做饭，热情款待。村里人听说来了这样一个人，都来问外界消息。他们自我介绍说自己的祖先为了躲避秦时的战乱，带领妻子小孩和同乡人来到了这个与外界隔绝的地方，从此以后没有再出去，于是就跟外界隔绝了往来。又问渔人现在是什么朝代了。他们竟不知有汉朝，更不要说有什么魏朝和晋朝了。渔人详尽地讲了自己所知道的事情，他们都十分感叹惋惜。其他的人也都邀请渔人到自己家里做客，纷纷拿出酒食来款待。住了几天后，渔人要告辞回家。源中人对他说："这里的事不必对外面的人讲。"渔人出来之后，寻找到他的船，就沿着旧路划回去，一处一处做了标记。等到了郡城，就去拜见太守说了自己进入桃花源的经过。太守立即派人跟随他前去寻找先前所做的标记，渔人竟然迷失了方向，没有能够找到原来标记的道路。南阳的刘子骥是个高尚的隐士。听到这件事情，就高高兴兴地计划前去探访，但最后没能够实现，不久就生病死了。此后就再也没有去寻找桃花源的人了。

诗：

秦王暴政扰乱天理纲纪，贤人们远远地避开。“四皓”逃到了商山，那些百姓也隐居于此。往昔踪迹消失殆尽，来这里的路途已然荒芜。相约一同致力于农耕，太阳落山便还家休息。桑树竹林生长茂盛遮成浓浓树荫，庄稼按照节气来下种繁植。春蚕结茧就可以抽取长长丝线，秋日丰收竟然不用纳税。荒草茫茫，阻挡了交通往来，村中鸡鸣犬吠彼此相闻。祭祀仍遵从古代的礼法，衣裳也没有设计新的款式。儿童欢跳着纵情歌唱，白发之人也欣然地自在游憩。草长树茂花开预示春天要来到，衰木凋落告诉人们寒冬将至。虽然没有记时间变迁的日历，但一年四季自然成岁。欢快安逸的生活，哪里还需要动脑子算计？奇踪隐蔽了五百年，一朝敞开了神奇的地界。刻薄吝啬与淳朴厚道迥异，转眼道路深藏无处找寻。请问世间方士们，你们可知道世外这个奇迹？我畅想乘轻风高高飞翔，去寻找和我志同道合的人。

【赏析】

这是陶渊明最为知名的一篇作品。本篇长期收录在不同版本的中学语文教材中，一般没有诗。由清人吴楚材、吴调侯于康熙三十三年（1694 年）选定的古代散文选本《古文观止》，是一部供学塾使用的教材，收自东周至明代的文章 222 篇，也收录了这篇文章。题名“观止”是指该书所选的都是名篇佳作，是人们所能读到的尽善尽美的至文了。

陶渊明作这篇文章时五十八岁，时为公元 422 年。这年五月，宋武帝刘裕驾崩，宋少帝刘义符即位，社会再度动荡起来。文中出现的时间：太元。太元是东晋孝武帝的年号，其时桓温已病逝，谢安也垂垂老矣，门阀的权力削弱了，这是太元时代几乎没内战的原因。对晋朝百姓来说，那是一段美好的时光。

本文开始写的便是美丽祥和的乡村景色：一片桃花林，地上芳草青青，遍地是掉落的花瓣。桃花是农村最普通的春花，它艳丽娇媚象征对美好生活的希望，如同通往人间仙境的一道门扉；桃子丰满肥美，是吉祥长寿的象征。

渔人进入桃花源后，看到了桃花源里井井有条，生机盎然，和乐安宁，文明富足的景象。“土地平旷，屋舍俨然”“阡陌交通，鸡犬相闻”。没有争斗，没有压迫，人人安居乐业，自由平等。作者特别提到“桑竹”，因为从西周开始的养蚕业发展到晋朝，养蚕和丝织代表着当时较高的技术水平；而竹子既是南方生活中离不开的东西，又是被开发出的竹布、乐器、笔等文明产品最重要的原料之一。“桑竹”的存在意味着文明与传承。桃花源不是孤立于世外的存在，不仅是安宁富足的地方，而是养育着文明文化的理想乐园。

与桃源外的战争迭起等级森严迥异，桃花源中的人们安享着平和的小农经济的生活。他们见到渔人，“乃大惊”，不由分说热情地招待了渔人；听渔人讲述外界朝代更替，“皆叹惋”。渔人了解到热情善良的桃花源人主动选择了避世源于他们对战争的厌恶。

后文讲述了渔人向太守告密的环节，许多人看到的是桃花源渺不可寻，其实笔者以为作者更想告诉我们的是渺不可寻的原因：世人的贪婪和背信弃义引发了争斗，抢夺，乃至战争。这是晋朝战乱频繁的根本原因。仔细想想，世上很多悲剧的根源何尝不是如此？

本文虚实结合。作者借用小说笔法，以一个捕渔人的行踪为线索展开故事。开头的交代煞有介事，把读者从现实世界引入到迷离惝恍的桃花源。“不足为外人道也”及渔人返寻所志，迷不得路，又使读者从虚无缥缈的想象中退回到现实世界。而南阳刘子骥规往不果，再给全文有余意不穷之趣。

诗则表达了作者小国寡民加上小农经济的政治理想。而当时的社会注定桃花源只能是春梦一场。

对于《桃花源记》，后人的评价颇高，比较儒家经典《礼记》中的“大道之行也”，可以发现桃花源就是大道施行的理想社会。

晋故征西大将军长史孟府君传

【原文】

君讳嘉[①]，字万年，江夏鄳人也。曾祖父宗，以孝行称，仕吴司空。祖父揖[②]，元康中为庐陵太守。宗[③]葬武昌新阳县，子孙家焉，遂为县人也。君少失父，奉母二弟居。娶大司马长沙桓公陶侃第十女，闺门孝友，人无能间，乡闾称之。冲默[④]有远量，弱冠，俦类[⑤]咸[⑥]敬之。同郡郭逊，以清操知名，时在君右[⑦]。常叹君温雅平旷，自以为不及。逊从弟立[⑧]，亦有才志，与君同时齐誉，每推服焉。由是名冠州里，声流京邑。太尉颍川庾亮[⑨]，以帝舅[⑩]民望，受分陕[⑪]之重，镇武昌，并领江州，辟[⑫]君部[⑬]庐陵从事。下郡还，亮引见，问风俗得失，对曰：“嘉不知，还传当问从吏。”亮以麈尾[⑭]掩口而笑。诸从事既去，唤弟翼语之曰：“孟嘉故[⑮]是盛德人也。”君既辞出外，自除吏名。便步归家，母在堂，兄弟共相欢乐，怡怡如也。旬有馀日，更版[⑯]为劝学从事。时亮崇修学校，高选儒官，以君望实，故应尚德之举。太傅河南褚褒[⑰]，简穆[⑱]有器识，时为豫章太守，出朝宗[⑲]亮，正旦大会州府人士，率多时彦[⑳]，君坐次甚远。褒问亮：“江州有孟嘉，其人何在？”亮云：“在坐，卿但自觅。”褒历观，遂指君谓亮曰：“将无是耶？”亮欣然而笑，喜褒之得君，奇君为褒之所得。乃益器焉。举秀才[㉑]，又为安西将军庾翼府功曹，再为江州别驾、巴丘令、征西大将军谯国桓温[㉒]参军。君色和而正，温甚重之。九月九日，温游龙山，参佐毕集，四弟二甥咸在坐。时佐吏并著戎服。有风吹君帽堕落，温目左右及宾客勿言，以观其举止。君初不自觉，良久如厕。温命取以还之。廷尉太原孙盛，为谘议参军，时在坐，温命纸笔令嘲之。文成示温，温以著坐处[㉓]。君归，见嘲笑而请笔作答，了不容思，文辞超卓，四座叹之。奉使京师，除[㉔]尚书删定郎，不拜。孝宗穆皇帝闻其名，赐见东堂。君辞以脚疾，不任拜起，诏使人扶入。君尝为刺史谢永别驾，永，会稽人，丧亡，君求赴义[㉕]，路由永兴。高阳许询，有隽才[㉖]，辞荣不仕，每纵心独往。客居县界，尝乘船近行，适逢君过，叹曰："都邑美士，吾尽识之，独不识此人。唯闻中州有孟嘉者，将非是乎？然亦何由来此？"使问君之从者。君谓其使曰："本心相过，今先赴义，寻还就君。"及归，遂止信宿[27]，雅相知得，有若旧交。还至，转从事中郎，俄迁长史。在朝隤然[28]，仗正顺而已，门无杂宾。常会神情独得，便超然命驾，径之龙山，顾景酣宴，造夕乃归。温从容谓君曰："人不可无势，我乃能驾御卿。"后以疾终于家，年五十一。始自总发，至于知命[29]，行不苟合，言无夸衿，未尝有喜愠之容。好酣饮，逾多不乱。至于任怀得意，融然远寄，傍若无人。温尝问君："酒有何好，而卿嗜之？"君笑而答曰："明公但不得酒中趣尔。"又问听妓，丝不如竹，竹不如肉[30]，答曰："渐近自然。"中散大夫桂阳罗含，赋之曰："孟生善酣，不愆[31]其意。"光禄大夫南阳刘耽[32]，昔与君同在温府，渊明从父太常夔[33]尝问耽："君若在，当已作公[34]不？"答云："此本是三司人[35]。"为时所重如此。渊明先亲，君之第四女也。凯风寒泉之思[36]，实钟厥心[37]。谨按采行事，撰为此传。惧或乖谬，有亏大雅君子之德，所以战战兢兢，若履深薄云尔。

赞曰：孔子称："进德修业，以及时也[38]。"君清蹈衡门，则令闻孔昭[39]；振缨公朝，则德音允[40]集。道悠运促，不终远业，惜哉！仁者必寿[41]，岂斯言之谬乎！

【注释】

①孟嘉：东晋时期名士与官员，三国时期东吴司空孟宗曾孙，陶渊明的外祖父。曾任庐陵从事、江州别驾、征西参军等职，受到了庾亮、褚褒、桓温等上司的器重，曾得到过晋穆帝的亲自接见。五十一岁时去世。

②揖：音 yī。

③宗：曾祖父孟宗。

④冲默：淡泊而沉静。

⑤俦类：同辈。

⑥咸：都。

⑦右：上，古时以右为尊。

⑧立：郭立。

⑨庾亮：字元规。东晋时期外戚、名士，丞相军谘祭酒庾琛之子，晋明帝穆皇后庾文君之兄。

⑩帝舅：为晋明帝的妻舅。

⑪分陕：原指周成王时，周公、召公分陕而治。后指朝廷对守土重臣的托付。

⑫辟：征召贤才委以重任。

⑬部：部属。

⑭麈（zhǔ）尾：东晋尚清谈，麈尾形似拂尘，可用于驱蚊，魏晋名士常常用以助言谈。

⑮故：原来是。

⑯版：官名册。

⑰褚（chǔ）裒：康帝时国丈，先后任豫章太守，徐州及兖州都督。死后追为太傅。

⑱简穆：清简而庄重。

⑲朝宗：原意诸侯觐见天子，引申为下级觐见上级。

⑳时彦：其时的才俊。

㉑秀才：俊秀之才。

㉒桓温：东晋政治家、军事家、权臣。东汉名儒桓荣之后，宣城内史桓彝长子。桓温是晋明帝的驸马，因溯江而上灭亡成汉政权而声名鹊起，又三次出兵北伐（北伐前秦、羌族姚襄、前燕），战功累累。后独揽朝政十余年，操纵废立，有意夺取帝位，终因第三次北伐失败而令声望受损，且受制于朝中王谢势力而未能如愿。桓温曾在晚年逼迫朝廷加其九锡，但因谢安等人借故拖延，直至去世也未能实现。死后谥号宣武。

㉓著：放在。全句是说放在孟嘉的位置。

㉔除：封。

㉕义：道义。全句指前去吊丧。

㉖隽（jùn）才：俊才。

㉗信宿：两宿。

㉘隤（tuí）：原意疲惫，引申为柔和的样子。《诗经·周南·卷耳》：“陟彼崔嵬，我马虺隤。”

㉙知命：孔子云，五十而知天命。

㉚肉：歌喉。

㉛ 愆（qiān）：过失。

㉜ 刘躭：晋南阳人，字敬道。桓玄岳丈。博学，明习《诗》《礼》三史。历度支尚书，加散骑常侍。及玄辅政，以为尚书令，加侍中，不拜。改授特进、金紫光禄大夫。

㉝ 从父：在这里指叔父。夔（kuí）：陶夔，曾举荐陶渊明为彭泽令。

㉞ 公：三公。

㉟ 三司人：即三公。

㊱ 化用《诗经·邶风·凯风》："爰有寒泉，在浚之下。"这句是说母亲劳苦。

㊲ 是句犹言：实在充溢我心。

㊳ 此句是孔子对于乾卦的注解。

㊴ 是句是说美名广为流传。

㊵ 允：确实。

㊶ 化用《论语》："智者乐，仁者寿。"

【译文】

孟嘉先生，字万年，江夏郡鄳（méng）县人。曾祖父孟宗因为孝行而闻名于世，孟宗在吴国做官，官至司空。祖父孟揖在晋惠帝元康年间做过庐陵太守。孟宗往生后葬在武昌郡新阳县，子孙也在那里安了家，于是成为了该县人氏。先生年少丧父，奉养母亲，同两个弟弟住在一起。娶大司马长沙桓公陶侃的第十女作为妻子，他带领全家孝敬长辈友爱兄弟，人没有能使他们相互疏远的，乡里人都称许他。他生性淡泊恬静有气量，二十岁时，同辈人就都敬佩他。同郡的郭逊，以清高有节操而闻名，当时的名气在先生之上。常常赞叹先生温文儒雅，平易近人，心胸旷达，自己认为比不上先生。郭逊的堂弟郭立，也有才华有志向，他与先生年龄相仿而且名声相当，常常对先生推崇佩服。因此，先生名冠乡里，名气传到京城和其他郡邑。太尉庾亮是颍川郡人，凭皇帝妻舅的身份和在民间的威望，如周公、召公辅佐周成王一般，辅佐皇帝，坐镇于武昌，兼任江州刺史，他征召先生为其所属的庐陵郡的从事。一次，先生从郡里工作回来，庾亮召见他，问他下面民俗和郡里情况。先生回答说："我不知道，待我回旅舍时问问随从的小吏。"庾亮拿着拂尘掩口而笑。从事们离开后，庾亮叫来弟弟庾翼并对他说："孟嘉到底是有盛德之人啊。”先生告辞出来后，自己辞去了官职，就步行回到了家中。他的母亲还健在，兄弟见面共同欢乐，一家人高高兴兴和悦欢快。过了十多天，孟嘉被改任为劝学从事的官职。庾亮当时十分重视修建学校，选拔德高望重者担任儒官，因为先生的名望和实际才能，所以胜任这一类重视道德修养的职务。太傅褚裒，是河南人，他果敢而温和，很有度量且有才华，当时他担任豫章太守。一次他离开豫章来拜见庾亮，适逢正月初一庾亮大规模招待州府人士，其中大多是贤俊名流，孟嘉被安排的座位离主座很远。诸裒问庾亮道：“听说江州有位孟嘉，他在哪里？”庾亮说：“他就在这里，你自己找吧。”褚裒一一看过，最后指着孟嘉对庾亮说：“难道不是这个人吗？”庾亮高兴地笑了，笑的是褚裒居然能认出孟嘉来，同时也为孟嘉能被褚裒指认出来而感到惊奇。于是愈发器重孟嘉。先生被推举为俊秀之才，又做过安西将军庾翼府的功曹，后来又做过江州的别驾、巴丘的县令、征西大将军谯国人桓温的参军。先生为人和气而正派，桓温非常看重他。九月九日，桓温游历龙山，部下参佐官吏全都到齐，他的四个弟弟和两个外甥也都跟在身边。当时下属官员都穿戴着军装。一阵大风将先生的帽子吹落在地，桓温以目示意左右及宾客都不要讲话，以观察先生接下来的举动。先生开始并没显得在意，过了好一阵子，起身上厕所。桓温叫人把帽子捡起还给先生。廷尉孙盛是太原人，担任咨议参军，当时在场，桓温派人拿来纸笔，让他写文章来嘲笑先生。文章写好后拿给桓温看，桓温把它放在孟嘉的座位上。先生返回座位，看见嘲笑自己的文章，便请求拿来纸笔作答，完全不加琢磨一挥而就，文辞出众卓越，四周在座的人都为之赞叹。奉命出使京城，被封为尚书删定郎，他没有接受。孝宗穆皇帝听说了他的声名，要在东堂亲自召见先生。先生以脚疾为借口而推辞，说自己不能胜任拜见的礼节，皇帝下诏命人扶着他进入东堂相见。先生曾经担任刺史谢永的别驾。谢永，会稽人，死了，先生按照道义前去吊丧。高阳人许询，有出众的才华，放弃荣耀不去做官，常常随心所欲独自去游历。客居邻县边界，曾经乘船靠近船舷而走，正好遇到先生经过，许询感叹说：“城市乡里的才俊我全认识他们了，单单不认识这个人。只听说州里有个叫孟嘉的，不是这一位吗？然而他是因为什么到这里来的呢？”派人问先生的随从。先生对来问的人说：“本来应当去拜访，现在我去奔丧，不久回来去拜访先生。”等到回来，于是停下来住了两夜，彼此志趣相投，引为知己，像相交了很久的老朋友。回来任上，专任从事中郎，不久升为长史。在州府里随顺和气，只是凭借着自己的正直与谦和来待人接物，家中没有闲杂的客人来来往往。遇到内心有所感悟，就超然地驾车，径直去龙山和影子痛饮，到傍晚才会回来。桓温平静地对先生说："人不可以没有势力，我竟然能让你为我驱使！"后来孟嘉因病在家里去世，终年仅五十一岁。从孩提时代直到五十岁，孟嘉君行事从不苟且求同，言辞之中从不曾自我吹嘘，从未有过明显的喜怒哀乐的表情。喜欢酣畅地饮酒，即使过量但仍言行不乱。至于放纵情怀、得享意趣之时，就心寄于世外、恬适自在安然随意，旁若无人。桓温曾经问孟嘉："酒有什么好处，而你会如此嗜好它？"孟嘉笑着答道："明公您只是没有得到酒中的意趣罢了。"桓温又问关于歌妓弹唱的事，为什么听起来弦乐比不上管乐，管乐比不上歌喉声乐呢？孟嘉回答说："那是因为它们逐渐接近自然的缘故。"中散大夫桂阳人罗含曾为孟嘉赋诗说："孟嘉善于饮酒，不失其本心。"光禄大夫南阳人刘眈过去与孟嘉一同在桓温府中供职，我的叔父太常卿陶夔曾问刘眈："孟嘉如果还在世，能否做到三公的职位？"刘眈回答说："他本来就应该是三公中的人物。"孟嘉就是这样的被当时人们所推重啊。我已故的母亲是孟嘉公的第四个女儿。如同《诗经·邶风·凯风》的诗中所言："寒泉的水很清凉，源头就在浚土。儿子纵然有许多，母亲仍旧是很劳苦的。"对母亲的怀念充满我的内心。我谨慎地采录和她相关的人或物，考察孟嘉君生平的行踪事迹，写成这一篇传记。只恐怕有错误之处，会有损于大雅君子的德行。所以我战战兢兢，真是如临深渊，如履薄冰啊。

赞说：孔子说："提高道德水平，增进业务能力，来为时世所使用。"先生以高洁的情操隐居乡里时，就美名远扬；出仕做官时，则道德声誉更云集在他的身上。天道悠远命运短促，没有成就大业，可惜啊！仁德的人必定长寿，难道这话不是谬误的吗！"

【赏析】

本文作于公元402年，陶渊明三十八岁，丧母的次年。全文哀而不伤，以白描的方式回忆了自己已故的外祖父的嘉言懿行。陶渊明是以一个旁观者的身份来叙述的，使之愈发有说服力。

孟嘉是世家子弟，他的曾祖父曾官拜吴国司空，后家道中落。在交代孟氏家族定居新阳的原因后，文章描述了孟嘉少年丧父（注意到渊明亦少年丧父）与卓尔不群的名士风范。

到了弱冠之年，孟嘉因为德行和风度闻名乡里。到了都城建康，孟嘉得到了当时朝廷重臣也是皇亲国戚的庾亮的认可与推许。此后孟嘉做了一段时间庾翼幕下的功曹，后调任到征西大将军桓温的麾下，任长史一职。被晋穆帝要求觐见，孟嘉辞以腿疾，穆帝特许他在东堂相见。

终其一生，孟嘉从不喜怒形于色，这也是魏晋风度的一种，如王戎曾说："与嵇康居二十年，未尝见其喜愠之色"（《世说新语·德行》）；而王戎本人："魏明帝于宣武场上断虎爪牙，纵百姓观之。王戎七岁，亦往看。虎承间攀栏而吼，其声震地，观者无不辟易颠仆。戎湛然不动，了无恐色"（《世说新语·雅量》）。

孟嘉的同事刘耽和陶渊明叔父陶夔一致认为，（假以时日）孟嘉必当尊享三公的殊荣。

之所以如此详细地考证并撰写自己的外公，是因为自己的母亲，"爰有寒泉，在浚之下。有子七人，母氏劳苦"。

结尾感慨道：孔子所言的仁者寿，这一说法似有偏差，孟嘉就是一例。一般说来，慧极必伤，早夭在任何时代，对于贤德之人都是一种宿命式的戕害。

作者不经意间开创了从宏观整体叙事到微观抒发感情的一种文章风格。之后的明清散文，如归有光的《项脊轩志》，袁枚的《祭妹文》等，都多少受到了影响。

五柳先生传

【原文】

先生不知何许人也，亦不详其姓字。宅边有五柳树，因以为号焉。闲静少言，不慕荣利。好读书，不求甚解，每有会意，便欣然忘食。性嗜酒，家贫不能常得，亲旧知其如此，或置酒而招之。造饮辄尽，期在必醉，既醉而退，曾不吝情去留①。环堵萧然，不蔽风日。短褐穿结，箪瓢屡空②，晏如也③。常著文章自娱，颇示己志。忘怀得失，以此自终。

赞曰：黔娄之妻有言："不戚戚于贫贱，不汲汲于富贵。"极其言，兹若人之俦乎？酣觞赋诗，以乐其志。无怀氏④之民欤？葛天氏⑤之民欤？

【注释】

① 曾（zēng）不吝情去留：没有舍不得离开。

② 箪瓢屡空：化用《论语·雍也》："贤哉回也！一箪食，一瓢饮，在陋巷，人不堪其忧，回也不改其乐。贤哉回也！"

③ 晏如：安然的样子。《史记·司马相如列传》："及臻厥成，天下晏如也。"

④ 无怀氏：传说中的远古帝王名。《管子·封禅》："昔无怀氏封泰山。"

⑤ 葛天氏：传说中的远古帝王名。《史记·司马相如传》："奏陶唐氏之舞，听葛天氏之歌。"

【译文】

先生不晓得是什么地方的人，也不清楚他姓甚名谁。只是因为他的住宅旁边有五棵柳树，就把这个作为他的别号了。他安静少话，不爱慕荣华利禄。喜欢读书，不在一字一句的解读上过分深究，每当对书中的内容有所领悟的时候，他就会高兴得忘记吃饭。他生来喜爱喝酒，家里穷得经常没有酒喝，亲戚朋友知道他的这种境况，准备了酒叫他去喝，他只要去喝酒就喝个尽兴，希望一定喝个大醉，喝醉了就直接回家，说走就走，没有什么舍不得离开的。简陋的房子里空空荡荡，遮挡不住寒风和烈日。粗布短衣上打满了大小补丁，饭篮水瓢经常是空空的，可是他还是从容不迫安然自得。常常写文章来自我娱乐，稍微能透露出他的一些志趣。从不把得失放在心上，想以这种方式过完自己的一生。

赞语说：黔娄的妻子曾经这样说过："不为贫贱困苦而忧愁，不热衷于发财做官。"这话大概说的就是五柳先生这一类人吧？边喝酒边作诗，因为抱定自己的志向而感到无比的快乐。他是上古无怀氏时代的人呢？还是葛天氏时代的人呢？

【赏析】

这篇文章作于公元410年，陶渊明四十六岁。

很多人认为这是他的自传，但笔者想，与其将这篇文章理解为一篇自传，不如理解为一种向往逍遥的人格与精神力量，此后的《九日闲居》《饮酒》组诗等诗文中，我们看到在接下去的十多年里，他将这种精神付诸实践了。

"先生不知何许人也"，不知他的出身和籍贯，"亦不详其姓字"，一句话就把五柳先生排除在名门望族之外。晋代是门阀制度最为严苛的时代，显然五柳先生与这种时风背道而驰，这就暗示五柳先生拥有和世俗不相融的个性。"宅边有五柳树，因以为号焉"，就这样随随便便地用家前院后最常见最低贱的柳树取了一个字号，可见五柳先生的率真质朴。五柳先生生活贫穷，可以想见他的屋舍一定也很简陋，这五棵柳树围绕着宅子，会有那么一点淡雅、清丽的色彩。所以从五柳为号可以看出，五柳先生自由自在率真傲岸的性格。

接着过渡到对五柳先生的禀性志趣、生活、性格的叙写。因为不追求荣利，所以就闲，就静，不说违心话，不巴结逢迎。但闲静少言，不等于没有追求。"好读书，不求甚解"，读书是为了享受精神上的快乐，不是为了炫耀或博取功名，"每有会意，便欣然忘食"。所以五柳先生的读书是纯粹的，没有任何功利的。

五柳先生好酒而不得。亲朋故旧款待他，他也不客气，"造饮辄尽，期在必醉，既醉而退，曾不吝情去留"，可见他的嗜酒是出于天性，而非门阀之士的放荡纵酒，自我麻醉。他毫无拘束，去了就喝，喝了必醉。不矫情不造作，领情，率性而为。这样老小孩一样的五柳真是可爱啊。

接着写五柳先生的安贫与著文。“环堵萧然，不蔽风日。短褐穿结，箪瓢屡空”。屋漏衣破食物不足，但安然自得。

“赞曰”后的总结加深了这种安贫乐道君子固穷的信念。文章最后有两句设问的话：“无怀氏之民欤？葛天氏之民欤？”表达了陶渊明对淳朴的上古社会的向往之情；同时也是对当时黑暗现实的针砭与嘲讽。这些前后照应，总结并升华了全篇。

扇上画赞

【原文】

（荷蓧丈人，长沮、桀溺，於陵仲子，张长公，丙曼容，郑次都，薛孟尝，周阳珪）

三五[①]道邈，淳风日尽，九流参差，互相推陨[②]。形逐物迁，心无常准，是以达人，有时而隐。

四体不勤，五谷不分，超超[③]丈人，日夕在耘。辽辽[④]沮溺，耦耕自欣，入鸟不骇，杂兽斯群。

至矣於陵，养气浩然，蔑彼结驷，甘此灌园。张生一仕，曾以事还，顾我不能，高谢[⑤]人间。

岧岧[⑥]丙公，望崖辄归，匪[⑦]骄匪吝，前路威夷[⑧]。郑叟不合，垂钓川湄，交酌林下，清言究微[⑨]。

孟尝游学，天网时疏，眷言哲友，振褐偕徂[⑩]。美哉周子，称疾闲居，寄心清尚[⑪]，悠然自娱。

翳翳衡门，洋洋泌流[⑫]，曰琴曰书，顾眄有俦。饮河[⑬]既足，自外皆休。缅怀千载，托契[⑭]孤游。

【注释】

①三五：三皇五帝。

②推陨（yǔn）：排斥挤压。

③超超：高远的样子，此指精神上超然物外。

④辽辽：远远的样子。《楚辞·九叹·忧苦》：“山修远其辽辽兮，涂漫

漫其无时。”

⑤ 谢：辞谢。

⑥ 岧岧（tiáo）：高远的样子，在此引申为高远的精神。

⑦ 匪：非。

⑧ 威夷：在此引申为艰险。

⑨ 微：微言大义。

⑩ 偕徂（cú）：携同归去。

⑪ 清尚：一说“清商”，清远的意思。

⑫ 泌（mì）：泉水。《诗经·陈风·衡门》：“衡门之下，可以栖迟。泌之洋洋，可以乐饥。”

⑬ 饮河：化用《庄子·逍遥游》：“偃鼠饮河，不过满腹”。

⑭ 契：契合，全句意思为与累代的心友神交。

【译文】

三皇五帝的道德已渐渐邈远，淳朴的风俗日已消尽，诸多学派的见解不一，有了彼此相互的排斥和怨恨。形体随外物而改变，心中没有稳定的标准，所以有智慧而通达的人，就审时度势之后远去归隐。

“不能去参加劳动，五谷庄稼也不能区分”，然而，荷蓧丈人隐居世外，日暮仍在田地中耕耘。长沮、桀溺距今早已经遥远，他们曾并肩耕作自得其欢，鸟儿飞近并不会让鸟儿惊心，隐居偏远之地与猛兽为群。

道德高尚的陈仲子君，涵养深厚正气浩然，蔑视那些高官厚禄之徒，而甘愿归隐为人灌园。张挚曾一度出仕，后因事回家，自思与世不能相容，所以高蹈远去而不再为官。

丙曼容有高尚的道德，被封高官后就回了家，既不显得骄纵也不做贪鄙的事，感慨仕途充满险阻艰难。郑敬不能与世同流合污，隐居后垂钓于大泽之边，故友来访就共饮于水边，终日畅谈大义微言。

薛孟尝笃行本心潜心游学，仕途罗网亦能规避，顾念昔日的贤友，一同振衣同行携手远离。周阳珪同样是个值得赞美的人，托疾辞官闲居在家，寄心于尘外，有高尚的情操，悠然随意自得欢心。

树荫之下是柴门，而泉水涌出了激荡的飞流，能弹琴也能读书，左右逢源以琴书为友。生活只需要必需品，其他一切皆无所欲。遥思千载以降，寄

心知音而独自邀游。

【赏析】

本文作于公元 424 年，陶渊明六十岁，这篇文章表达了作者安于隐居与贫穷，但已有山高水长之感。

这篇文章歌颂了荷蓧丈人，长沮、桀溺，於陵仲子，张长公，丙曼容，郑敬，薛孟尝与周阳珪。这些人的共性是安贫乐道、躬耕陇亩。这或许是陶氏放下自我的标志之一。

下文的这些前人的嘉言懿行，也很大程度上影响了此前的陶渊明。他们对待名利的态度表明陶渊明是儒家思想在晋朝比较突出的代表。从屈原到孔子到陶渊明，体现中国文人的精神特点，那就是忠于内心宁死不屈的独立忠诚、无私坚定。

最后部分的前四句明显化用了《诗经·陈风·衡门》的“衡门之下，可以栖迟。泌之洋洋，可以乐饥”。《诗经原始》对于这首诗的注解是“贤者自乐而无求也”，显然也可以诠释本文。后四句则从儒家的进取向道家的达观转化，作者希望做到“我需要我一无所需”，从而“独与天地精神往来，而不傲睨万物，不谴是非，以与世俗处”。

读史述九章并序

余读《史记》，有所感而述之。

【原文】

夷齐

二子让国，相将海隅。天人革命[①]，绝景[②]穷居。采薇高歌[③]，慨想黄虞。贞风凌俗，爰感懦夫。

箕子

去乡之感，犹有迟迟。矧伊[④]代谢，触物皆非。哀哀箕子，云胡能夷？狡童之歌[⑤]，凄矣其悲。

管鲍

知人未易，相知实难。淡美初交，利乖[⑥]岁寒[⑦]。管生称心，鲍叔必安。奇情双亮，令名[⑧]俱完[⑨]。

程杵

遗生良难，士为知己。望义如归，允伊二子[⑩]。程生挥剑[⑪]，惧兹馀耻。令德永闻，百代见纪[⑫]。

七十二弟子

恂恂[⑬]舞雩，莫曰匪贤。俱映日月，共飡[⑭]至言。恸由才[⑮]难，感为情牵。回也早夭，赐[⑯]独长年。

屈贾

进德修业，将以及时[17]。如彼稷契[18]，孰不愿之？嗟乎二贤，逢世多疑。候詹写志，感鹏献辞[19]。

韩非

丰狐隐穴，以文自残[20]。君子失时，白首抱关[21]。巧行居灾[22]，忮辩[23]召患。哀矣韩生，竟死说难[24]。

鲁二儒[25]

易代随时，迷变则愚[26]。介介[27]若人，特为贞夫[28]。德不百年，污我诗书。逝然不顾，被褐幽居。

张长公

远哉长公，萧然何事？世路多端，皆为我异。敛辔朅来[29]，独养其志。寝迹穷年[30]，谁知斯意。

【注释】

①革命：改朝换代。《周易·革卦·彖传》："天地革而四时成，汤武革命，顺乎天而应乎人。"

②绝景：绝影，销声匿迹。

③采薇高歌：化用《史记·伯夷列传》引伯夷、叔齐《采薇歌》："登彼西山兮，采其薇矣。以暴易暴兮，不知其非矣。神农、虞、夏忽焉没兮，我适安归矣？于嗟徂兮，命之衰矣！"

④矧（shěn）：况且。伊：语助词。

⑤狡童之歌：化用《史记·宋微子世家》："其后箕子朝周，过故殷虚，感宫室毁坏，生禾黍，箕子伤之，……乃作《麦秀》之诗以歌咏之。其诗曰：'麦秀渐渐兮，禾黍油油。彼狡童兮，不与我好兮！'所谓狡童者，纣也。殷民闻之，皆为流涕。"

⑥乖：违逆，引申为冲突。

⑦岁寒：见《论语·子罕》："岁寒，然后知松柏之后凋也。"

⑧令名：美名。

⑨完：完美。

⑩允：诚信。《诗经·小雅·车攻》："允矣君子，展也大成。"

⑪程生挥剑：见《史记·赵世家》："赵武冠，为成人，程婴乃辞诸大夫，谓赵武曰：'昔下宫之难，皆能死。我非不能死，我思立赵氏之后。今赵武既立，为成人，复故位，我将下报赵宣孟与公孙杵臼。'赵武啼泣顿首固请，曰：'武愿苦筋骨以报子至死，而子忍去我死乎！'程婴曰：'不可。彼以我为能成事，故先我死；今我不报，是以我事为不成。'遂自杀。赵武服齐衰三年，为之祭邑，春秋祠之，世世勿绝。"

⑫纪：记载。

⑬恂（xún）恂：忠厚的样子。

⑭飡：通"餐"，意为品位。

⑮才：指颜回。

⑯赐：端木赐，指子贡。

⑰及时：见《周易·乾·文言》："君子进德修业，欲及时也。"指赶上举用之时。

⑱稷契（xiè）：舜帝时两位贤臣。

⑲俟詹写志，感鹏献辞：见《楚辞·卜居》："屈原既放，三年不得复见。竭知尽忠而蔽障于谗。心烦虑乱，不知所从。乃往见太卜郑詹尹曰：'余有所疑，愿因先生决之。'"此句犹言屈原明其志也。《鹏鸟赋》：贾谊所作名篇。

⑳丰狐隐穴，以文自残：化用自《庄子·山木》："夫丰狐、文豹，栖于山林，伏于岩穴，静也……然且不免于罔罗机辟之患。是何罪之有哉？其皮为之灾也。"

㉑君子失时，白首抱关：意谓君子如果失去时机，到老只能屈居下位。抱关：指监门小吏。《史记·魏公子列传》："魏有隐士曰侯嬴，年七十，家贫，为大梁夷门监者。公子闻之，往请，欲厚遗之。不肯受，曰：'臣修身絜行数十年，终不以监门困故而受公子财。'公子于是乃置酒大会宾客。坐定，公子从车骑，虚左，自迎夷门侯生。侯生摄敝衣冠，直上载公子上坐，不让，欲以观公子。公子执辔愈恭。"

㉒ 巧行居灾：是句犹言，小聪明招致大灾祸。

㉓ 忮（zhì）辩：强词夺理。

㉔ 说难：一语双关：韩非著《说难》指出游说很危险，同时他死于游说。

㉕ 鲁二儒：汉高祖刘邦初定天下，叔孙通谏议定礼仪，于是叔孙通使征鲁诸生三十余人。鲁有两生不肯行，曰：'公所事者且十主，皆面谀以得亲贵。今天下初定，死者未葬，伤者未起，又欲起礼乐。礼乐所由起，积德百年而后可兴也。吾不忍为公所为。公所为不合古，吾不行。公往矣，无污我！'叔孙通笑曰：'若真鄙儒也，不知时变。'"（《史记·刘敬叔孙通列传》）

㉖ 指叔孙通忘记节操，详见上注。

㉗ 介介：耿介，耿直。

㉘ 贞夫：志节坚贞之人。

㉙ 敛辔朅（qiè）来：意为辞官归隐。

㉚ 穷年：直到离世。

【译文】

我读《史记》，有所感悟而加以记述。

夷齐

伯夷、叔齐互相推让君位，相伴逃离至海滨。周武王顺天应人讨伐商纣，伯夷、叔齐匿迹于那里僻远穷困。采薇充饥而高歌，慷慨之中怀想黄帝虞舜。坚贞风骨凌驾于世俗之上，感奋鼓舞激励着懦弱之人。

箕子

离开家乡时的那种难言的感觉，尚且依恋不已。更何况是改朝换天，接触的事物总觉得都已不是旧日的模样。悲痛万分的箕子啊，说什么才能平息起伏不定的心情？感慨之下而作出狡童之歌，哀伤凄凉啊何其悲伤。

管鲍

了解别人并非容易，能够相知更是无比困难。初次交往平淡和美，利益相悖时如同经历严寒的考验但友情不变。只要管仲能得偿所愿，鲍叔牙定然心安。珍奇的友情双双辉映，美好的名声一样完美。

程杵

舍弃生命的确很难，但士甘愿为知己者付出一切。向义而求视死如归，程婴和公孙杵臼二位就是这样的人。程婴挥剑自戮，害怕苟活成为以后的羞耻。美好的品德永远被传颂，千秋百代仍然在历史中闪耀。

七十二弟子

仲尼弟子谨恭地学习，没有说不是贤才的。高尚道德个个都辉映日月，一起参悟老师最好的教诲。孔子的悲伤来自人才难得，感悟总是被主观感情所牵制。可惜颜回早早夭折，只有子贡独享天年。

屈贾

增进道德水平学习知识，将用才智为时世所用。就像那古代的后稷与契，谁不希望像他们那样成为有作为的人？唉，两位贤才——屈原、贾谊，受尽

世人的猜忌。屈原问卜詹尹以抒发心怀，而贾谊有感鹏鸟作赋嗟叹。

韩非

丰满的狐狸隐藏在山穴，因为皮毛美丽而遭受残害。君子生不遇时，到白头只能做个看门人。机智的行为容易招致灾祸，巧言善辩也能引来祸患。可悲啊韩生，最后竟然死于《说难》。

鲁二儒

改朝换代随时势变迁，糊里糊涂不断跟着变化就不免愚蠢了。孤介正直的像这两个人，特别是坚贞不改的男子汉。高尚的品德传承尚且不到百年，而污蔑我所捍卫的诗书。远远离开不回头张望，宁愿穿着粗布短衣隐居起来。

张长公

距今已然遥远啊长公，寂寞冷落到如此究竟为何事？世上道路有无数起点，都与我的志趣不相同。勒住缰绳辞去官职，独自涵养我的心志。隐藏踪迹渡尽岁月，谁能知道这其中的含意。

【赏析】

这是一组四言诗，风格、情感与《扇上画赞》相仿，作于公元420年，陶渊明五十六岁。不难看出，陶渊明是在借古写今阐述自己的亡国之悲。

本组诗内容上可以视作《史记》的读后感。陶氏读《史记》，多少有着相惜相怜的成分。

全组诗由远及近，分别讲述了伯夷与叔齐、箕子、管仲与鲍叔牙、程婴与公孙杵臼、孔子门人、屈原与贾谊、韩非子、鲁国儒生与张挚的故事。评价标准符合儒家的道德观。

首先讲述了伯夷与叔齐以王族之尊而隐居首阳山的故事，太史公在《伯夷列传》中感叹道："或曰：天道无亲，常与善人。"而比之于颜回，又徒增一分感慨，突出了他们的凛然大义。陶渊明强调了他们因易代的愤然或超然的隐居："天人革命"以后便"绝景穷居"。

第二首承接第一首。关于箕子，《史记》中记载他是商王帝乙的长子，纣王的庶兄，宋国的开国之君。“纣始为象箸，箕子叹曰：‘彼为象箸，必为玉桮；为桮，则必思远方珍怪之物而御之矣。舆马宫室之渐自此始，不可振也。”纣为淫泆，箕子谏，不听。人或曰不听而去，是彰君之恶而自说于民，吾不忍为也。”乃被发详狂而为奴。遂隐而鼓琴以自悲，故传之曰箕子操。”（《史记·宋微子世家》）

第三首诗，从管鲍之交，笔者读不出亡国之悲，不过笔者想到作者的一些朋友肯定投靠了新朝，于是作者对于友情的理解会有不同。

第四首《程杵》，讲述了一个悲壮的复仇故事，如果进一步解读，则是对于刘裕的讽刺——他不能像程婴与公孙杵臼一般效忠晋朝，“程生挥剑，惧兹馀耻”。

第五首《七十二弟子》，讲述了他心中的儒家氛围，有“风乎舞雩”的场景，有学生们“共湌至言”的思想交锋。最后交代了颜回早夭，子贡长寿。

第六首《屈贾》，则抒发了自己郁郁不得志的感情。借舜帝时的两位贤臣后稷（传说是周朝的先祖）与契来比喻屈原、贾谊两位贤臣。而“候詹写志，感鹏献辞”，则分别指屈原的《怀沙》（也是屈原的绝笔）与贾谊的《鹏鸟赋》。鹏（fú）鸟，可以理解为猫头鹰，古人视为不祥之物。这两篇文章不算很短，都有幽忧之思。

第七首诗讲述了韩非子的生平。在《史记·老子韩非列传》中，先是原文引用了《说难》，继而讲述了李斯如何戕害同门，虽未提及老庄，但“巧行居灾，忮辩召患”颇有老庄思想。

第八首则写到两位恪守气节的儒生。借古讽今，打了攀附刘宋王朝的人的脸。

最后一首表达了陶渊明的归隐之情。令笔者想到《离骚》的“不抚壮而弃秽兮，何不改乎此度？”“饮余马于咸池兮，总余辔乎扶桑”等诗句。可以说，陶渊明很洒脱地秉承了孔子的“道不行，乘桴浮于海”，渴慕上古时期的淳朴之风。

卷之七

疏祭文

与子俨等疏

【原文】

告俨、俟、份、佚、佟[1]：天地赋命[2]，生必有死。自古圣贤，谁独能免？子夏有言曰："死生有命，富贵在天。"[3]四友[4]之人，亲受音旨[5]。发斯谈者，将非穷达不可妄求，寿夭永无外请[6]故耶？吾年过五十，而穷苦荼毒，每以家弊[7]，东西游走。性刚才拙，与物多忤。自量为已[8]，必贻俗患。僶俛辞世[9]，使汝等幼而饥寒。余尝感孺仲贤妻之言[10]，败絮自拥，何惭儿子[11]。此既一事矣。但恨邻靡二仲[12]，室无莱妇[13]，抱兹苦心，良独内愧。少学琴书，偶爱闲静，开卷有得，便欣然忘食。见树木交荫，时鸟变声，亦复欢然有喜。常言：五六月中，北窗下卧，遇凉风暂至，自谓是羲皇上人[14]。意浅识罕，谓斯言可保。日月遂往，机巧好[15]疏。缅求[16]在昔，眇然[17]如何！疾患以来，渐就衰损。亲旧不遗[18]，每以药石见救，自恐大分将有限也。汝辈稚小家贫，每役柴水之劳，何时可免？念之在心，若何可言。然汝等虽不同生，当思四海皆兄弟之义[19]。鲍叔、管仲，分财无猜；归生、伍举，班荆[20]道旧，遂能以败为成，因丧立功。他人尚尔，况同父之人哉！颍川韩元长[21]，汉末名士。身处卿佐，八十而终。兄弟同居，至于没齿。济北汜稚春[22]，晋时操行人也。七世同财，家人无怨色。《诗》曰："高山仰止，景行行止。"[23]虽不能尔，至心[24]尚之。汝其慎哉！吾复何言。

【注释】

①俨、俟、份（bīn）、佚、佟：陶渊明的五个儿子。

②赋命：给予生命。

③见《论语·颜渊》："司马牛忧曰：'人皆有兄弟，我独亡。'子夏曰：'商闻之矣：死生有命，富贵在天。'君子敬而无失，与人恭而有礼，四海之内，皆兄弟也。君子何患乎无兄弟也？"

④四友：据《孔丛子》记载，颜回、子贡、子张、子路为孔子四友。

⑤音旨：要义。

⑥外请：即分外期求。

⑦弊：贫寒。

⑧为己：为自己。

⑨僶俛：同黾（mǐn）勉。僶俛辞世，指努力不与社会同流合污。

⑩见《后汉书·列女传》："初，霸与同郡令狐子伯为友，后子伯为楚相，而其子为郡功曹。子伯乃令子奉书于霸，车马服从，雍容如也。霸子时方耕于野，闻宾至，投耒而归，见令狐子，沮怍不能仰视。霸目之，有愧容，客去而久卧不起。妻怪问其故，始不肯告，妻请罪，而后言曰：'吾与子伯素不相若，向见其子容服甚光，举措有适，而我儿曹蓬发历齿，未知礼则，见客而有惭色。父子恩深，不觉自失耳。'妻曰："君少修清节，不顾荣禄。今子伯之贵孰与君之高？奈何忘宿志而惭儿女子乎！"霸屈起而笑曰："有是哉！"遂共终身隐遁。"

⑪是句是说自己没有资格说儿子们的缺点。

⑫靡：无。二仲：求仲，羊仲。

⑬《高士传》："王曰：'守国之政，孤愿烦先生。'老莱子曰：'诺。'王去，其妻樵还，曰：'子许之乎？'老莱曰：'然。'妻曰：'妾闻之，可食以酒肉者，可随以鞭捶；可授以官禄者，可随以铁钺。今先生食人酒肉，受人官禄，为人所制也，能免于患乎？"投其畚而去。老莱子亦随其妻，至于江南而止。"莱妇：老莱子之妻。

⑭羲皇上人：羲皇之前的人民。古人朴素地认为，越是先民就越是纯粹。

⑮好（hǎo）：很。

⑯缅：怀念。求：期望。

⑰眇然：渺然。

⑱不遗：没有嫌弃。

⑲见注③。

⑳班荆：铺满树枝。

㉑韩元长：名融，字元长。《后汉书·韩韶传》："子融，字元长。少能辩理而不为章句学。声名甚盛，五府并辟。献帝初，至太仆。年七十卒。"

㉒济北氾（fàn）稚春：济州北部的氾稚春，是晋代一位品德高尚的人。他家累计七代没有分家，共有财产，但全家人没有有意见的。

㉓语出《诗经·小雅·车舝》，后史迁《孔子世家》中有言：“《诗》有之：‘高山仰止，景行行止。’虽不能至，然心向往之。”

㉔至心：至诚之心。

【译文】

告知俨、俟、份、佚、佟几个孩子：天地赋予生命，有生就必定有死。自古而今圣贤之中，谁能单单免除死亡呢？子夏曾说过：“生死由命运决定，富贵由老天安排。”颜回、子贡、子张、子路等人的学生，亲耳听过孔子的教诲。子夏发表这样的言论，难道不是因为走投无路和扬名显达不可妄自追求，长寿与夭折永远不可能在命运之外求得的缘故吗？我已经活了超过五十岁，而穷苦潦倒备受煎熬，常常因为家里无法言说的苦难，不得不四处奔走求告。我性格刚强才能笨拙，与诸多事物多有不合。自己思量作为我这个人那样下去必会在俗世留下祸患。于是我努力摆脱世俗事务不与他们同流合污，这样使你们从小就过着饥寒交迫的生活。我曾感喟于孺仲贤妻的话，破棉袄包裹着自己，又何必因为儿子不如别人而羞惭呢？这已经是一个道理了。我只遗憾没有求仲、羊仲二位那样的邻居，家中没有像老莱子的妻子那样的妇女，抱着这等的苦心，实在是内心很惭愧。我年少时曾学习弹琴、读书写字，偶尔喜欢悠闲清静，打开书卷如有收获，便高兴得忘记了吃饭。看到树木交错荫蔽，应时的候鸟不同的鸣声，我也欢心愉悦十分高兴。我常常说：五六月里，在朝北的窗下躺着，遇着凉风一阵一阵地吹过，便自认为是伏羲氏这样的人了。我的思想浅薄，见识稀少，认为这样的愿景可以保持下去。时光成功地逝去，投机讨巧的本领还是远离我。缅怀追求过去的那种生活，渺茫得连一点希望也没有！自从生病以来，我的身体逐渐接近衰老消减。亲戚朋友们不抛弃，常常用药物石剂给我医治，我担心自己的寿命将有限了。你们一群孩子年纪幼小，家中贫苦，常常担负打柴挑水的劳动，什么时候才能不用干这些粗活呢？思虑这些事在我的心上，我又能说什么呢。可是你们兄弟几人虽然不是一母所生，应当想着普天下的人都是兄弟的道理。鲍叔和管仲瓜分钱财时，互不猜忌；归生和伍举久别重逢，在路边铺上荆条就坐下畅叙旧情，于是才使得管仲凭失败者走向成功者，伍举在逃亡的经历后回国立下功劳。他们尚且能够做到这样，何况你们是同一父亲的人呢！颍川的韩元长，是汉末的名士，身居卿佐的位置，八十岁时离世。兄弟在一起居住，直到年老掉光牙齿。济北的氾稚春，是个晋代有操行的人，他家累世七代共同拥有财产，全家无人有怨恨的表现。《诗经》说：“敬仰古人的道德则像敬仰高山，对古人的高尚行为要努力效法和遵行。”虽然我们不能达到那样高的境界，至诚之心要崇尚他们的美德和高行。你们一定要谨慎做人啊！我又有什么话好说呢。

【赏析】

本文作于公元 415 年，陶渊明五十一岁。其时作者疟疾发作，弟弟妹妹都先他而逝，好友刘遗民也在这一年过世，所以在给五个儿子的所谓遗言里，陶渊明愧疚地写下“僶俛辞世，使汝等幼而饥寒”的句子。

这篇《与子俨等疏》的核心内容主要是交代——或希望——五子同心。

作者首先表明了对于死亡的坦荡：“天地赋命，生必有死，自古圣贤，谁独能免？”再引用《论语》中子夏的话：“死生有命，富贵在天。”阐发近乎宿命论般的观点：人的穷窘和富贵不可以强求，寿夭亦是命定。

然后过渡到自己的生平，并表达了对儿子们的歉疚，自己已经五十多岁了，少年穷苦，性格刚强，做事不为他人考虑。感慨自己没有善邻贤妻鼓励自己的隐逸生活，提醒自己己所不欲勿施于人的道理。于是“抱兹苦心，良独内愧”。

接着写到自己对于官场中所谓的人际关系深感厌恶，自从疟疾缠身，遂有“缅求在昔，眇然如何”之叹，所幸的是亲朋好友还想着自己，但“自恐大分将有限也”，自己怕是时日无多。

于是对儿子们担心道：你们什么时候才能不从事苦力劳作呢？好好努力吧，兄弟同心，其利断金。

最后化用《史记·孔子世家》中引用的《诗经》章节结尾：“高山仰止，景行行止。”再度表达了希望自己，同时也希望孩子们，对于生命高度的崇敬与追寻。

祭程氏妹文

【原文】

维晋义熙三年，五月甲辰①，程氏妹服制再周②。渊明以少牢③之奠，俛而酹之④。呜呼哀哉！寒往暑来，日月浸疏⑤。梁尘委积，庭草荒芜。寥寥空室，哀哀遗孤。肴觞虚奠，人逝焉如⑥！谁无兄弟，人亦同生。嗟我与尔，特百⑦常情。慈妣早世，时尚孺婴。我年二六，尔才九龄。爰从靡识，抚髫相成⑧。咨尔令妹，有德有操。靖恭鲜言，闻善则乐。能正能和，惟友惟孝。行止中闺，可象可效⑨。我闻为善，庆自己蹈⑩。彼苍何偏⑪，而不斯报！昔在江陵，重罹天罚。兄弟⑫索居，乖隔楚越⑬。伊我与尔，百哀是切⑭。黯黯高云，萧萧冬月。白雪掩晨，长风悲节⑮。感惟崩号，兴言泣血。寻念平昔，触事未远。书疏犹存，遗孤满眼。如何一往，终天不返！寂寂高堂，何时复践？藐藐⑯孤女，曷依曷恃？茕茕游魂，谁主谁祀？奈何程妹，于此永已！死如有知，相见蒿里⑰。呜呼哀哉！

【注释】

①五月甲辰：据陈垣《二十四史朔闰表》，为丁未年（407年）五月初六。

②服制：丧服及服期的制度。再周：按服限规定，出嫁姊妹过世，一周九月，再周即十八月。

③少牢：先秦为诸侯卿大夫祭祀的规格，有猪和羊两种动物。《礼记·杂记》："卒哭成事附皆少牢。"

④俛：通"俯"。酹（lèi）：将酒洒在地上。

⑤浸疏：意为渐渐疏远。

⑥焉如：去哪里？

⑦百：百倍。

⑧是二句犹言，从懵懂无知一步步成长起来。

⑨是句犹言，其行为可做表率。

⑩ 蹈：履。

⑪ 彼苍：上天。《诗经·秦风·黄鸟》："彼苍者天，歼我良人。"

⑫ 兄弟：犹言兄妹也。

⑬ 楚：湖南。越：浙江。此处泛指相隔千里。

⑭ 百哀是切：深感哀恸。

⑮ 节：节气。

⑯ 藐藐：幼小。

⑰ 蒿（hāo）里：犹言魂魄所归之处。《蒿里》："蒿里谁家地，聚敛魂魄无贤愚。"

【译文】

晋朝义熙三年，五月六日，我为程氏妹服丧已有两周（此处的一周为九个月）。渊明用少牢之礼祭奠你，低下头把酒洒在地上。哀痛啊！寒去暑来，岁月渐渐流逝。屋梁上尘土落满堆积，庭院荒芜杂草丛生。空旷寂寞的屋里，可怜你丢下的孤女。盘杯里的酒肉空自祭奠，你已消失，不知去往哪里！谁人没有兄弟姐妹，人也同样都是父母所生。叹惜我和你兄妹之间的感情，独独百倍超过常人的感情。慈母早早就离世，当时你还是弱小的婴儿。我长到十二岁，你才九岁。从那无知懵懂的童年开始，我们相互扶持相互怜爱着长大。仔细地分析，你是我的好妹妹，有德行有操守。安静谦恭很少言语，听到美好就开心。能端端正正也能温温和和，只知道和兄弟友爱，和孝顺长辈。言行举止都符合典雅的闺中礼节，值得模仿和学习。我听说行善之人庆幸自己的所作所为（能带来福分），那苍天为什么这样不公正，而没有这样的善报！往昔在江陵之时，曾经遭到惨重的天惩（生母过世），我们和兄弟们各自孤单地分散而居，背离我们的心情相隔遥远。我们兄妹二人，为此深感哀恸。黯淡无光的天空下，寒风萧萧的冬月里，白雪覆盖的清晨，呼啸的狂风悲号着时节。我悲伤得只能叩头哭号，叨念着曾经的岁月哭得吐出血来。追思起过去的日子，好像触手可及，并不遥远。互通的书信尚在，你可怜的孩子都在眼前。为什么你一去就永远不返！寂寥的高堂上，你何时再来？你孤零零的女儿从此能依靠谁呢？你那茕茕游荡的魂魄，谁庇护祭祀呢？无法可想啊我的妹妹，到现在就永远完结了！如果死后有知，将来我们就在魂魄归依的地方——墓地——相会吧。长歌当哭啊！

【赏析】

这篇祭文作于公元 407 年，陶渊明四十三岁。从这篇祭文中我们可以看出兄妹二人相依为命非同一般的亲情。

程氏妹，陶渊明同父异母的妹妹，比陶渊明小三岁，因嫁给程家，故称程氏妹。程氏妹于义熙元年（405 年）十一月在武昌去世，陶渊明曾辞去彭泽令前往奔丧。尔后，陶渊明写下这篇祭文，向已经逝去的妹妹寄托深沉的哀思。

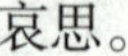

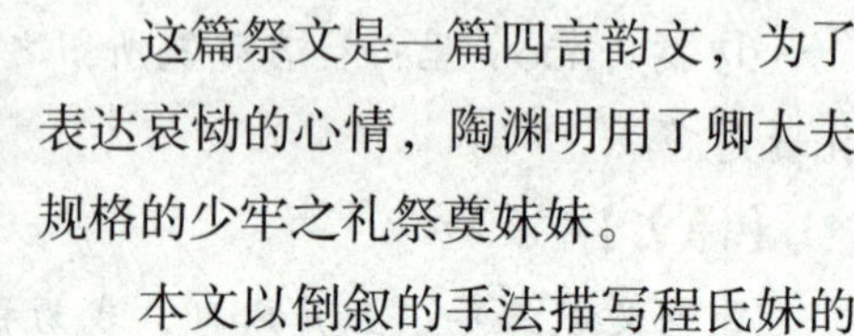

这篇祭文是一篇四言韵文，为了表达哀恸的心情，陶渊明用了卿大夫规格的少牢之礼祭奠妹妹。

本文以倒叙的手法描写程氏妹的生平，其中描写程氏妹死亡场景的“梁尘委积，庭草荒芜”，也是陶氏当时心境的写照。《诗经》中说，“哀哀父母，生我劬劳”，而在《祭程氏妹文》中写道，“寥寥空室，哀哀遗孤”，更觉无助与凄凉。毕竟已经“肴觞虚奠，人逝焉如”了。

然后叙述程氏妹的生平。首先交代了她的母亲，陶渊明的庶母过世了，兄妹相依为命地成长，“爰从靡识，抚髫相成”。

下面叙述程氏妹的嘉言懿行：“咨尔令妹，有德有操。……行止中闺，可象可傚。”她的性情符合《诗经》意义下的“乐而不淫，怨而不怒”，固然有美化的可能，但“能正能和，惟友惟孝”的叙述在笔者看来是有道理的，毕竟她“孝”的对象很有可能是陶渊明之母。

善不一定有善报。这里化用了《诗经》中的“彼苍者天，歼我良人”，而这句话可与本文的“彼苍何偏，而不斯报”互为解释。继而作者结合程氏妹的过世，将生前值得后悔或遗憾的往事一一道出：兄妹异地，常饱受亲情意义下的思念之苦，而这种苦已使作者悔恨：“伊我与尔，百哀是切。”

“黯黯高云，萧萧冬月。白雪掩晨，长风悲节。”结合两人曾经的相依为命，凄楚之情愈发地跃然纸上。而“书疏犹存，遗孤满眼”也让笔者想到后世元稹的“今朝都到眼前来”。但终究，已是“如何一往，终天不返”的了。而下文的“高堂”与“孤女”形成鲜明的对比。

令笔者感喟的是那句“茕茕游魂，谁主谁祀”。笔者承认，有很多生前身后都凄凉的生命，但唯其如此，才愈发感到悲哀。而绝大多数生命的出生与死亡都是默默无闻的，这对于陶渊明而言，可能是残酷而悲怆的事情，毕竟在那个年代，死比生要重要。

陶渊明感叹道：“死如有知，相见蒿里”，多少有种兔死狐悲的悲凉心境。而其实陶渊明的内心是复杂的，兼有对于生母过世不能及时奔丧的悔恨，对于程氏妹已死讯息的不能接受（“书疏犹存，遗孤满眼”）和对于亡者已矣的追思。其实，通篇表达的是后两者，以及近乎悔恨交加的态度。

祭从弟敬远文

【原文】

岁在辛亥[①]，月惟仲秋[②]，旬有九日[③]，从弟[④]敬远[⑤]，卜辰云窆[⑥]，永宁后土。感平生之游处，悲一往之不返。情恻恻以摧心，泪愍愍[⑦]而盈眼。乃以园果时醪，祖[⑧]其将行。呜呼哀哉！於铄[⑨]吾弟，有操有概。孝发幼龄，友自天爱。少思寡欲，靡执靡介[⑩]。后己先人，临财思惠。心遗得失，情不依世。其色能温，其言则厉。乐胜朋高[⑪]，好是文艺。遥遥帝乡，爰感奇心[⑫]，绝粒委务，考盘[⑬]山阴[⑭]。淙淙悬溜，暧暧荒林。晨采上药[⑮]，夕闲[⑯]素琴。曰仁者寿，窃独信之。如何斯言，徒能见欺。年甫[⑰]过立，奄与世辞，长归蒿里，邈无还期。惟我与尔，匪但亲友，父则同生，母则从母[⑱]。相及龆齿[⑲]，并罹[⑳]偏咎[㉑]。斯情实深，斯爱实厚。念畴昔日，同房之欢。冬无缊褐[㉒]，夏渴瓢箪。相将以道，相开以颜。岂不多乏，忽忘饥寒。余尝学仕，缠绵[23]人事。流浪无成，惧负素志。敛策[24]归来，尔知我意。常愿携手，置[25]彼众意。每忆有秋，我将其刈[26]。与汝偕行，舫舟同济。三宿[27]水滨，乐饮川界。静月澄高，温风始逝。抚杯而言，物久人脆[28]。奈何吾弟，先我离世。事不可寻，思亦何极。日徂月流[29]，寒暑代息。死生异方，存亡有域。候晨[30]永归，指涂载陟[31]。呱呱遗稚，未能正言。哀哀嫠人[32]，礼仪孔闲[33]。庭树如故，斋宇廓然。孰云敬远，何时复还。余惟人斯，昧[34]兹近情。蓍[35]龟有吉，制我祖行。望旐[36]翩翩，执笔涕盈。神其有知，昭余中诚。呜呼哀哉！

【注释】

①辛亥：公元411年。

②古人以孟、仲、季加上春夏秋冬完成对十二个月的叙述。仲秋，即农历八月。

③旬有九日：十有九日，即十九日。一旬为十日。

④从弟：堂弟。

⑤敬远：陶渊明的堂弟兼表弟，比陶渊明小十五六岁，见诗《癸卯岁十二月中作与从弟敬远》。

⑥窆（biǎn）：下葬。

⑦愍（mǐn）愍：哀愁。

⑧祖：送行前祭祀路神。

⑨於（wū）铄（shuò）：光明。

⑩执：执着。介：孤僻。

⑪是句犹言，乐于结交高人隐士。

⑫是句犹言，激起了他的好奇心。

⑬考盘：考，敲。敲着盘子唱歌。

⑭山阴：山南水北为阳，山北水南为阴。或曰，山中幽静处也。

⑮上药：仙药。

⑯闲：悠闲自得地拨弄。

⑰甫：刚刚。

⑱从母：母亲是堂姐妹。

⑲龆（tiáo）齿：即幼龄也。

⑳ 罹：遭逢。

㉑ 偏咎：此指丧父。

㉒ 缊（yùn）褐：粗布棉衣。

㉓ 缠绵：意指在官场中斡旋。

㉔ 敛策：辞官。

㉕ 置：搁置。

㉖ 刈（yì）：收割。

㉗ 三宿：犹言数次住在水岸上。

㉘ 脆：弱。

㉙ 是句犹言岁月匆匆流逝也。

㉚ 晨：特指八月十九日早晨。

㉛ 陟（zhì）：登上。

㉜ 嫠（lí）人：亡者的妻子。

㉝ 是句犹言其行止有度，不因过度哀伤而失态。

㉞ 昧：遮蔽。

㉟ 蓍（shī）：蓍草，占卜用之。

㊱ 旐（zhào）：旗名。《诗经·小雅·出车》："出车彭彭，旂旐央央。"旂（qí）旐本意是大战旗，引申为出殡灵柩前的旗帜。

【译文】

时间到了辛亥年八月十九日，我的堂弟陶敬远，占卜定下时辰要下地安葬了，他将永远安息在大地的怀抱。感念我们平日一同游历的地方，悲叹你一去而不复返。悲切切而心碎，哀愁愁而热泪满眼。于是用园子里的果蔬和新酿之酒，出行前祭祀路神送你将要远行。痛彻心扉啊！我那光明如星辰的弟弟啊，有节操有胸怀。孝顺父母从幼年就开始了，对兄弟的友爱出自于天性。天真烂漫无忧无虑，对人对事要求不多，既不执拗，也不孤介。先人后己，面对财物总是先想着别人。心里不在意得失，感情上的好恶不依靠于世俗的标准。他的脸色能温和，他的言辞却很严厉。乐于结交高人隐士，喜欢好的诗辞文章与琴棋书画。遥远的仙人世界，使他感到探胜之心，他绝弃食物抛弃世俗事务，隐居于山林中人迹罕至的地方。淙淙作响的高悬的流水，昏暗幽深的荒芜的树林。清晨采摘上好的药材，晚上闲暇的时候研究一无装饰的琴。圣贤曾说：仁者长寿。我单单相信了这句话。为什么这句话，却白白地能将我欺骗呢？敬远年纪刚过而立，遽然和世界告别，永远安眠于荒草丛中，永远没有回归的时候。只有我与你，不仅仅是相知的亲人，我们的父亲还是同胞兄弟，我们的母亲还是同胞姊妹。我们一起到了六七岁时，一起痛遭丧父的灾难。我们这样相亲相怜的感情实在深切，我们这样的感情确然很深厚。想想过去的时光，同住一处的欢乐。冬天没有旧袍子和粗布短袄，夏天渴了靠瓢饮勉强度日。我们用圣贤之道来相互扶持，用笑脸来让对方开心。生活怎么可能不贫乏艰难，只是忽然间我们暂且忘记了饥寒。我曾经外出学习做官，纠缠斡旋于繁杂的人事俗务。四处奔波却无依无靠一事无成，全然辜负了一直以来的志向。我收起书籍回到家乡，你懂得我心中所想。常常愿意与我携手交游，而不顾及那些大多数人的议论。每当回忆起那年秋天，我将要收割庄稼，和你一道前往，一起同舟而行。我们连宿数夜于河边，饮酒取乐在河流的岸边。静静的明月一片澄碧挂在高空，温热的

风开始消减。我们抚摸着酒杯畅谈，事物常在而人的生命却如此不堪一击。为什么啊我的弟弟，竟在我之前离开了这人世！往事再也不可追寻，思念也哪有尽头？日去月流，寒暑更替。死和生各在一方，存与亡各有界域。等待清晨到来安葬你永远归去，准备踏上泥泞的道路前往墓地。呱呱啼哭的你的幼儿，尚未能学会说清楚话。你悲哀的寡妻，痛哭着一一行礼。庭院中的树木还是原来的样子，屋舍之中上下空空荡荡。谁还在说着“敬远你什么时候回来呢？”我只剩下人在这里，却无法再和你亲近了。占卜好吉利的时辰，按照规定的丧礼送你远行。眼看着魂幡翩翩飘舞，我拿着笔泪水充满双眼。你的神灵一定有知觉，会明白我心中的真诚。呜呼哀哉！

【赏析】

本文作于公元411年八月，陶渊明四十七岁，而哀悼的对象，是作者的堂弟陶敬远，于三十一岁时过世。颜回四十一岁过世，而自己这位与颜回相似的堂弟却死得更早。这不仅仅是兔死狐悲的伤感，更有着伯牙子期般痛失知音的悲痛。关于两人高山流水的一段近乎淡泊的友情，见诸《癸卯岁十二月中作与从弟敬远》，而这篇哀而不伤，或者说，伤而不恸的四言韵文，则记叙了两个人的亲情。

首先交代了时间，继而在“永宁后土”后记述了两个人的亲情加友情。陶渊明化用《楚辞·九歌·国殇》的“出不入兮往不反”来寄托自己这份伤感，“感平生之游处，悲一往之不返”，但毕竟仅仅和自己友情大于亲情，所以不同于程氏妹，作者仅仅用果蔬和酒祭祀他。但是注意到一个字，祖。这个充满仪式感的字充分表达了陶渊明对于亡者的敬重，哪怕这个人年龄上小他很多。

下文谈及这个堂弟的嘉言懿行。有原则，同时不失气度。待人接物的方面都温润而祥和。遇到金钱也与《世说新语·俭啬》中的人物不同，总想着先人后己。他寄情山水，“寝迹衡门下，邈与世相绝”（《癸卯岁十二月中作与从弟敬远》），“晨采上药，夕闲素琴”，过着半人半仙的逍遥生活，同时这种生活也是安静的。

继而引用了孔子的话，“知（智）者动，仁者静；知者乐，仁者寿”，事实上，孔子最器重的弟子颜回，就早夭了。相信陶渊明此刻，与孔子听闻颜回过世时的心情是相若的。孔子说：“天丧予！天丧予！”而陶渊明相对温和地表达了自己的哀思："年甫过立，奄与世辞，长归蒿里，邈无还期。"

继而追忆两人的亲情：父亲是亲兄弟，母亲是堂姐妹。"冬无缊褐，夏渴瓢箪"，还"相将以道，相开以颜"，颇有孔子周游列国时弟子之间的那份相濡以沫的亲情。自己还曾怀抱一腔热血地出仕，而堂弟则超然物外。到了辞官归来之际，还过来帮忙收庄稼，收完了庄稼，还要"与汝偕行，舫舟同济，三宿水滨，乐饮川界"，想必其间一定有一些玄谈高论。

以下的内容（"静月澄高，温风始逝。抚杯而言，物久人脆"）可以视为雅谈的场景，也可以视作陶渊明睹物思人心怀感伤所依托的氛围。毕竟，已经"死生异方，存亡有域"了。而以下安静而感伤的人："呱呱遗稚，未能正言。哀哀嫠人，礼仪孔闲。"和物，尤其是那句"庭树如故"，虽然作者可能想表达的是桓温北征时那句"木犹如此，人何以堪"（见《世说新语·言语》），但更让笔者想到归震川的《项脊轩志》："庭有枇杷树，吾妻死之年所手植也，今已亭亭如盖矣。"

不同于那篇《祭程氏妹文》，本篇全文哀而不伤。从另一个角度，与其说是追悼一个生命的离世，不如说是纪念一个生命的完成。

自祭文

【原文】

岁惟丁卯①，律中无射②。天寒夜长，风气萧索。鸿雁于征，草木黄落。陶子将辞逆旅之馆，永归于本宅③。故人凄其相悲，同祖行于今夕。羞④以嘉蔬，荐以清酌。候⑤颜已冥，聆音愈漠⑥。呜呼哀哉！茫茫大块⑦，悠悠高旻⑧。是生万物，余得为人。自余为人，逢运之贫。箪瓢屡罄，絺绤冬陈⑨。含欢谷汲⑩，行歌负薪。翳翳柴门，事我宵晨⑪。春秋代谢，有务中园。载耘载耔⑫，迺育迺繁。欣以素牍⑬，和以七弦⑭。冬曝其日，夏濯其泉。勤靡馀劳，心有常闲。乐天委分⑮，以至百年⑯。惟此百年，夫人爱之。惧彼无成，愒⑰日惜时。存为世珍，殁亦见思。嗟我独迈，曾是异兹。宠非己荣，涅岂吾缁⑱？捽兀⑲穷庐，酣饮赋诗。识运知命，畴能罔眷⑳？余今斯化㉑，可以无恨。寿涉百龄，身慕肥遁。从老得终，奚所复恋！寒暑逾迈㉒，亡既异存㉓。外姻㉔晨来，良友宵奔。葬之中野，以安其魂。窅窅㉕我行，萧萧墓门。奢耻宋臣㉖，俭笑王孙㉗。廓兮已灭，慨焉已遐。不封不树，日月遂过。匪贵前誉，孰重后歌㉘。人生实难，死如之何㉙？呜呼哀哉！

【注释】

① 丁卯：公元 427 年。

② 无射：代指农历九月。《礼记·月令》："季秋之月……律中无射。"季秋之月即农历九月。

③ 是句犹言陶渊明自觉大限将至。

④ 羞：进献。

⑤ 候：眼看着。是句犹言眼看着相貌愈发模糊。

⑥ 漠：远，引申为低微。

⑦ 大块：大地。《庄子·齐物论》："夫大块噫气，其名为风。"

⑧旻（mín）：天。

⑨絺（chī），细葛布。綌（xì）：粗葛布。《诗经·邶风·绿衣》："絺兮綌兮，凄其以风。"

⑩谷汲：从谷中汲水。

⑪宵晨：意为由早至晚。

⑫耘：除草。耔：培土。

⑬素牍：代指书。

⑭七弦：指琴。

⑮乐天委分：乐天知命。

⑯百年：一生。

⑰愒（kài）：贪恋。

⑱涅：染着。緇：黑。《论语·阳货》："不曰白乎？涅而不缁。"

⑲捽（zuó）兀：挺拔的样子。

⑳畴：发语词。罔眷：无所眷恋。

㉑化：死去。

㉒愈迈：渐进。

㉓亡既异存：死既然不同于生。

㉔外姻：女方家属。

㉕窅（yǎo）窅：幽深的样子。

㉖宋臣：有两解，一指春秋时宋国司马桓魋；二指刘宋王朝的新臣。

㉗王孙：指主张裸葬的杨王孙。

㉘歌：歌颂。

㉙如之何：如何。

【译文】

时间停留在丁卯年九月。天寒夜长，北风和寒气逼人，天地一片萧条冷落。大雁向南飞去，草木枯黄凋落。陶先生我将要辞别这旅居的地方，永远回到自己本来的居处。朋友可怜同情我的悲惨，今晚一道来祭奠路神送我的亡灵远行。用新鲜的果蔬进献给我的亡魂，用清洌的酒敬我的灵魄。等待自己的容颜已经模糊不清，聆听我的声音越来越遥远而微弱。呜呼！痛苦啊！

茫茫大荒悠悠高苍，您创造了生生不息的万物，我也能够降生为人。自从我成为一个人，遭遇厄运家境贫困，饭筐水瓢里常常空空如也，简陋的葛麻夏衣冬季还穿在身上。我仍怀着欢快的心情跑去山谷中取水，背着沉重的柴木边走边唱。昏暗的关着的柴门中，不分晚上和清晨我忙碌不停。春天秋天季节更替，总是劳作在田园中。又是耕耘又是培土，又是育苗又是分枝。欣喜地捧起装订简陋的书，配合着弹起琴弦。冬天曝晒太阳，夏天在清泉中洗去尘土。不遗余力地辛勤耕作，心里总是悠闲放松。顺应天道的安排任由命运的支配，以至于度过一生。那么人人爱生命，担心那些岁月里无所成就，格外珍惜时光。活着被时人所珍爱，死了也被后人所追思。可叹我独独曾是另类，与众不同。我不以受到荣宠为自己的荣耀，污浊的社会怎能把我染黑？挺拔傲立在走投无路的时刻，饮酒赋诗。我认清时运懂得命格，心地坦荡能无所惦念。我今日这样化为尘土，可以说没有遗憾。我已到了老年，身体仍依恋着安逸的退隐的生活。随着年老得到平静的离世，又有什么值得留恋的！寒来暑往一天天过去，死已经是另一种形式的生。亲戚们清晨来吊唁，好友们连夜来奔丧。将我埋葬在荒野之中，以安慰我的灵魂。幽深的黑暗中我踯躅前行，

萧瑟的墓门前，我羞耻于宋国那样奢侈的墓葬，可笑汉代杨王孙那过于简陋的墓葬。墓地空阔一切尘埃落定，叹惜我的灵魂已经远逝。既不筑造高坟，也不在墓旁种树，时光于是流逝而去。既矜贵生前的美誉，谁还会看重死后的颂歌呢？人生实在艰难，死又怎么样呢？呜呼哀哉！

【赏析】

本文作于公元427年，应该是作者意识到大限将至，所以写下这篇和天地对话的《自祭文》。本文冷静而不失温情地剖析了自己的生平，仿若讲述一个和自己毫无关联的人。联系作于同一时间的《拟挽歌辞》，不难想见，作者正从自我的樊笼中得以解脱。

这篇文章是作者的绝笔之一，如果说《拟挽歌辞》是天，反映了陶氏的精神高度，那么这篇《自祭文》是地，反映的是作者的精神深度。

这篇四言韵文，开头渲染了作者（预知）死亡的时间："天寒夜长，风气萧索。鸿雁于征，草木黄落"，显示出一派肃杀的景象。这不仅昭示着他生命终止的时间，更是描画出他一生的最后一笔苍凉。

继而，作者庄严地向天地宣告："陶子将辞逆旅之馆，永归于本宅。"而"故人凄其相悲，同祖行于今夕"，描写近乎庄严的场景，以生之渺小衬托了死之伟岸。

"羞以嘉蔬，荐以清酌"，让读者联想到"但恨在世时，饮酒不得足"（《拟挽歌辞·其一》）与"在昔无酒饮，今但湛空觞"（《拟挽歌辞·其二》）。不过"候颜已冥，聆音愈漠"，自己看不明也听不清。作者看着自己的容颜（不是对着镜子）而更加模糊；聆听自己的声音，而愈发微弱。可见把自己作为一个逐渐消解的客体去审视。

作者冷静而清醒地分析自己的经历与内心。"茫茫大块，悠悠高旻。是生万物，余得为人"。一方面自己天生地养，有了配得上三才天地人的精神高度与威严；另一方面在世俗生活中，自己"逢运之贫"。的确，从物质与政治环境上来说，陶渊明的一生几乎都在走下坡路，直至写下《乞食》。不过作者在临终之际依然乐观，他"含欢谷汲，行歌负薪。翳翳柴门，事我宵晨。春秋代谢，有务中园。载耘载耔，乃育乃繁。欣以素牍，和以七弦。冬曝其日，夏濯其泉。勤靡馀劳，心有常闲。乐天委分，以至百年"。没有丝毫对于死亡的惶恐和疑惑。

陶潜面对死亡很豁达。这首诗作于农历九月，已是秋天，但作者描写的场景却是万物生长，欣欣向荣，俨然一派春季盎然的景象。这仿佛不是绝笔，而是对生命即将重新开始的期待。

“嗟我独迈，曾是异兹”，陶渊明不是那么执着于生前之功与身后之名。无欲无求这应该是他此刻的真实心境。他“性本爱丘山”，他“晨兴理荒秽，带月荷锄归”，作者希望的，是怀着庄严的隐逸的心态归于天地之间。

作者总结了自己一生（“嗟我独迈，……亡既异存”），“余今斯化，可以无恨”，而这句话也令笔者感喟良久。而“寿涉百龄，身慕肥遁。从老得终，奚所复恋！”是对自我在形而下状态的消解。

“余今斯化，可以无恨”中的“化”，可以解读为“纵浪大化中，不喜亦不惧”（《形影神三首》）的“化”，更可以理解为自我消融。

下面想象安葬自己的场景，没有《招魂》的伤感，没有《大招》的凶险，有的仅仅是一份肃杀而具有儒家意义下庄严的场景。

儒家注重慎终追远，而“奢耻宋臣，俭笑王孙”暗示了儒家合于中庸之道的礼葬；“匪贵前誉，孰重后歌”表明了孔子般的达观与不畏世俗的评价。面对死亡，陶渊明心情近乎坦然。

在文末的“人生实难，死如之何”里，作者似乎还是落于有情的窠臼。所以本文可视为作者物理生命的终止与精神生命的绽放，或升华。

全文通过面对死亡，总结了自己的一生，想象自己的葬礼，庄严地完成了对于儒家的依止。全文过渡自然，庄重而肃穆。

参考文献

[1] 班固 . 汉书 [M]. 北京 : 中华书局，2007.

[2] 方玉润 . 诗经原始 : 上 [M]. 北京 : 中华书局，1986.

[3] 河上公 . 老子道德经河上公章句 [M]. 北京 : 中华书局，1983.

[4] 洪兴祖 . 楚辞补注 [M]. 北京 : 中华书局，1983.

[5] 郭维嘉，包景诚 . 陶渊明集全译 [M]. 贵州 : 贵州人民出版社，2008.

[6] 钱志熙 . 陶渊明传 [M]. 北京 : 中华书局，2012.

[7] 司马迁 . 史记 [M]. 北京 : 中华书局，2006.

[8] 富强 . 山海经 [M]. 北京 : 作家出版社，2016.

[9] 袁行霈 . 陶渊明集笺注 : 上下册 [M]. 北京 : 中华书局，2018.